Francesca de Barcelona

Novela Histórica

Biografía

Laia Perearnau Colomer nació en Barcelona en 1972. Es licenciada en Ciencias de la Comunicación por la Universitat Autònoma de Barcelona (1995) y en Historia por la Universitat de Barcelona (2008). Empezó su carrera profesional en la prensa escrita pero pronto se decantó por la televisión y, en concreto, por la ficción televisiva. Actualmente trabaja en Televisió de Catalunya, donde ha sido guionista de programas de temáticas diversas. Es autora de varios libros infantiles y su primera novela para adultos, *Francesca de Barcelona* (Booket, 2024), fue galardonada con el Premio Néstor Luján de Novela Histórica en el año 2022.

@lperearnau

Laia Perearnau

Francesca de Barcelona

Traducción de Olga García Arrabal

Premio Néstor Luján de Novela Histórica 2022

DESTINO

Título original: *Francesca de Barcelona*

Ediciones Destino, un sello editorial de Editorial Planeta, S. A.
Avda. Diagonal, 662-664, 08034 Barcelona (España)
www.edestino.es
www.planetadelibros.com

La traducción de esta obra ha contado
con una ayuda del Institut Ramon Llull.

institut ramon llull
Lengua y cultura catalanas

Adaptación de la cubierta: Booket / Área Editorial Grupo Planeta
Ilustración de la cubierta: © Agustín Escudero
Primera edición en Colección Booket: febrero de 2024
Segunda impresión: octubre de 2024
Tercera impresión: abril de 2026

Depósito legal: B. 20.519-2023
ISBN: 978-84-233-6467-1
Composición: Realización Planeta
Impreso en España

Dedico este libro a las mujeres de mi familia:
mi madre, Mercè, mi tía Lali y mi hija, Marina

1. Hospital de Sant Llàtzer o Casa de los Leprosos
2. Cementerio de los Condenados
3. Plaza de Santa Anna
4. Catedral
5. Tribunal del veguer
6. Palacio Real
7. Convento de las Magdalenas
8. Matadero mayor o mercado de la carne
9. Sant Cugat del Rec
10. Plaza del Blat
11. Plaza del Oli
12. Calle de los Mercaders
13. Plaza de la Llana
14. Portal Nuevo
15. Hospital de Marcús
16. Calle del Mar
17. Calle de Montcada
18. Santa Maria del Mar
19. Calle Esparteria
20. Calle del Pou de l'Estany
21. Laguna del Bogatell
22. Calle del Born
23. Calle de la Pescateria

Barcelona en el siglo XIV

24. Pescateria
25. Lonja
26. Cementerio de Santa Maria del Mar
27. Convento de Framenors
28. Calle Ample
29. Palacio Real Menor
30. Cagalell Nou
31. Consejo de Ciento
32. Plaza de Sant Jaume
33. Capilla de la Santa Trinitat, antigua sinagoga del Call Menor
34. Call Mayor
35. Castillo Nuevo
36. Portal de la Boqueria
37. Burdel de Viladalls
38. Hospital de Colom
39. Plaza Nova
40. Canal Comtal
41. Calle del Malcuinat
42. Calle de los Marquet
43. Calle de los Escudellers
44. Calle del Dormitori de Sant Francesc

PRIMERA PARTE

Un parto complicado

Barcelona, noviembre de 1382

Los gritos de su madre le ponían los pelos de punta. Algo no iba bien.

—¡No te quedes ahí plantada! —ordenó Bonanada—. Ya sabes lo que hay que hacer. ¡Espabila, por todos los santos del firmamento!

Francesca ayudó a su madre a sentarse en la silla de partos, que había situado junto al fuego para que no tuviesen frío ni ella ni el futuro bebé. La abuela iba de un lado para otro reuniendo toallas y calentando agua mientras murmuraba algún tipo de letanía. Ambas se lavaron las manos con una infusión de lino y fenogreco y se agacharon para comprobar el grado de abertura de la madre.

—Virgen santa...

—No se abre lo suficiente, solo tres dedos —concluyó Francesca.

—Tengo que andar, dejad que me mueva —dijo Eulàlia con gran esfuerzo. Sabía que la mejor manera de estimular el parto era moverse lo máximo posible para que el niño bajase y se encajase en el canal de salida.

Caminó de un lado a otro de la estancia durante horas, parando de vez en cuando para comprobar si la abertura se ensanchaba, pero las contracciones eran cada vez más espaciadas y débiles. La obligaron a comer el caldo de gallina que les había llevado una vecina, Antònia Gasull, que iba asomando la cabeza por la barraquita de vez en cuando. También les dejó un amuleto de coral bajo la mesa de la cocina porque, según decía, no había mejor ayuda para que los niños saliesen como un rayo.

—Rompedme las aguas —pidió Eulàlia, a quien ya le flaqueaban las fuerzas, pero conservaba la determinación en la mirada.

Bonanada suspiró exasperada. Una vez rotas las aguas, el bebé no podría permanecer mucho más tiempo en la barriga, y temía estar añadiendo un problema más a un parto ya de por sí complicado, pero apenas le quedaban opciones. Sabía reconocer los síntomas de cansancio extremo que manifestaba su hija. Finalmente, cedió y la hizo sentarse en la silla. Con un hábil movimiento, introdujo un dedo en Eulàlia, pellizcó con la uña la bolsa y un líquido caliente se derramó por el suelo.

—¡Qué demonios! —exclamó la abuela contrariada.

—Son oscuras... —interpretó Eulàlia—. Madre, ¿las aguas son oscuras?

—Sí —dijo con aspereza, y chasqueó la lengua.

A pesar de ser todavía muy joven, Francesca había visto suficientes partos para saber lo que significaba aquello: el agua se había mezclado con las heces del bebé, y eso podía envenenarlo y matarlo. Un sabor amargo ascendió hasta su boca.

—Yo misma lo haré bajar, y por Dios que si no sale te lo arrancaré con mis propias manos. ¿Podrás soportarlo? —preguntó la abuela a su hija con mirada de acero.

Eulàlia asintió y se tumbó en la mesa de la cocina con la ayuda de ambas. Bonanada comenzó a masajearle con fuerza la barriga, dejándose caer encima de su hija con todo su peso y haciéndola aullar de dolor aún más.

—A ver si ahora... —dijo esperanzada Francesca. Soltó la mano de su madre para observar si había algún cambio en el canal del parto, pero se mantenía tozudamente cerrado.

La puerta se abrió y entró el padre. Una bocanada de pescado llenó la estancia.

—¿Ya? —fue su única pregunta.

—Aún no, Ramon —respondió la abuela sin ocultar la preocupación.

Ramon se sentó en un taburete a ver cómo las mujeres luchaban para lograr que su hijo naciera. A Francesca le pareció que a su padre se le llenaban los ojos de lágrimas. Nunca lo había visto llorar, ni demostrar sentimiento alguno hacia su madre. Sabía que se habían conocido después de que él huyese de Premià siendo muy joven, harto de sufrir los ataques piratas que robaban el botín a los pescadores como él. Eso, en el mejor de los casos. En el peor, los secuestraban para venderlos como esclavos. Para convertirse en ciudadano de pleno derecho de Barcelona tan solo había necesitado alquilar una barraca en la Ribera, en la calle Pou de l'Estany, y casarse con una hija del barrio, Eulàlia, a quien solo había visto una vez antes de que las familias pactasen el matrimonio entre ambos. Siempre había pensado que sus padres se habían resignado a tener al lado una compañía incómoda, distante durante el día y obligada de noche, pero necesaria para sobrevivir en una de las zonas más pobres de la ciudad, por eso ahora se le hacía raro ver a su padre tan compungido.

Las contracciones habían vuelto con más fuerza y más seguidas a causa de las maniobras que Bonanada no dejaba de practicar en la barriga de su hija.

—No lo soporto más —sentenció el padre al fin.

El hombre se levantó y se dirigió, abrumado, a la puerta de la calle.

—¡Qué diantres! ¿Ya te vas, Ramon? —exclamó la abuela—. ¡Si un hombre no es capaz de aguantar cuatro gritos, que Dios nos proteja! —Francesca la conocía lo suficiente para saber qué era lo que en realidad había querido decir: que no sería mala idea que se despidiese de su mujer por si acaso.

Pero aquel miedo que flotaba en el aire era demasiado para él. Salió de allí en dirección a la taberna más próxima, donde estaba dispuesto a gastar lo poco que había obtenido con la venta de lo que había pescado.

—Deteneos... —susurró Eulàlia exhausta—. Deteneos... —Bonanada dejó de presionarle la barriga—. No hay nada que hacer, madre...

«Se está rindiendo», se dijo Francesca con pánico. La mirada funesta de la abuela le confirmó sus sospechas. Entonces Bonanada, en un gesto mucho más vigoroso de lo que se habría considerado normal por las horas de cansancio que llevaba a sus espaldas, agarró a Francesca del brazo y se la llevó a un aparte.

—Francesca, escúchame bien —le ordenó en el tono adusto de siempre—. Tienes que ir a buscar ayuda. Recuerda bien lo que voy a decirte porque la vida de tu madre puede depender de ello.

A Francesca le dio un vuelco el corazón e intentó disimular la angustia que la carcomía.

—Nada de lloriqueos. —El rostro de su abuela era más duro que nunca, parecía un capitán en plena batalla repartiendo órdenes a sus soldados—. Vas a ir a la judería y vas a buscar la casa de los Benevist. Pregunta por Sara, le cuentas lo que pasa y ella sabrá qué tiene que hacer.

Francesca no estaba segura de haber escuchado bien.

—Pero aquello está lleno de judíos... No puedo ir allí. Me pueden raptar, o matar...

—¡Pamplinas! ¡Mentiras que difunden los curas con mala fe! Malnacidos... —soltó enojada—. Corre a buscarla y no te detengas por nada.

Cambió el tono por uno que pocas veces le había escuchado, con unas grietas por donde se escapaba toda la tristeza del mundo.

—Es nuestra última esperanza.

Un grito agónico de Eulàlia la hizo partir como una exhalación hacia el barrio prohibido: el Call, la judería.

La tarde era gélida, y Francesca atravesó a toda prisa la plaza del Blat. A aquellas horas solo quedaba allí el almotacén, el funcionario que velaba por su buen funcionamiento, que, renegando, estaba apartando con el pie un gato muerto. Pasó, sin levantar la vista, frente a dos horcas situadas delante del portal de la muralla romana, de donde colgaban dos cadáveres: probablemente, ladrones. Se tapó la nariz con la capucha por el hedor a carne podrida. Enfiló corriendo la bajada de la Prisión, donde se alzaba el tribunal del veguer, el representante del rey en la ciudad, y pasó también por delante del edificio que daba nombre a la calle, la prisión. Por fin, con el rostro encendido por la carrera, llegó ante las enormes puertas de madera del Call, cerca de la plaza de Sant Jaume, que estaban abiertas de par en par. Decían que era uno de los lugares más poblados de la ciudad, y por eso habían tenido que fundar una segunda judería más abajo, el Call Menor o de Sanahuja, donde la joven tampoco se acercaba si podía evitarlo. Su corazón latía desbocado, ya no sabía si por las prisas o por los nervios. Las historias que se contaban sobre judíos que devoraban niños y desfloraban jovencitas eran espantosas.

«Es nuestra última esperanza», recordó.

Tomó aire y entró.

Las calles eran más estrechas de lo que esperaba y el aire estaba enrarecido. Todo eran barraquitas hechas con troncos y leña. Según le dijo un chiquillo con un bonete rojo en la cabeza, aquel día celebraban la fiesta de los Tabernáculos,* para conmemorar la liberación del pueblo judío de Egipto. Los chiquillos correteaban por la calle y se escondían en las cabañas. Se adentró más aún en aquel laberinto de edificios altos y apiñados que parecía que se le fuesen a caer encima de un momento a otro. En la vía principal se detuvo frente a una carnicería en la que una mujer troceaba una pata de

* También se llama *fiesta de Sucot*. Se celebra en otoño y conmemora la cosecha, así como la partida y liberación del pueblo judío de Egipto.

cordero. Llevaba una toalla de color blanco enrollada en la cabeza, la que siempre utilizaban las judías.

—Perdone, ¿me puede indicar dónde está la casa de los Benevist?

La mujer se sobresaltó al ver a una cristiana allí.

—Está a dos portales de aquí, a mano derecha —respondió secamente, y volvió a su trabajo.

Caminó apresuradamente hasta el portal que le había dicho. Se detuvo un instante, preguntándose si se estaba metiendo en la boca del lobo y si lograría salir de allí con vida. Se persignó, rezó un padrenuestro y entró. Ante ella se abría un pequeño patio de piedra y a su derecha una escalera ascendía al piso de arriba, donde había una galería con ventanas. A medida que subía los escalones, un intenso olor a mermelada caliente se le metió por la nariz e hizo que le rugiesen las tripas; no se acordaba, pero hacía horas que no había comido ni una migaja de pan. A medio subir, un muchacho de su edad que leía bajo una de las ventanas en forma de ojiva la vio y se puso en pie de un brinco.

—¿Eres una cristiana? —preguntó mientras la escrutaba de arriba abajo. Era larguirucho y desgarbado, como si hubiese dado el estirón demasiado pronto y las partes de su cuerpo aún no hubiesen encajado—. No he visto muchas... ¿Sois todas así? —Le señaló el pelo.

—¿Vive aquí una muchacha que se llama Sara, Sara Benevist? —preguntó ella desconcertada. Tampoco estaba acostumbrada a ver chicos como aquel, con el pelo tan negro y rizado y vestido con la ropa color gris oscuro que solían llevar los judíos. Se le había acercado con curiosidad, aunque cauteloso, como si se hallase delante de una especie desconocida de animal y estuviese valorando si podía o no aproximarse sin peligro.

—¿Quién pregunta por ella?

—Bonanada, mi abuela —dijo mientras subía los últimos escalones.

—No es ninguna muchacha.

—¿Qué?

—Sara. No es ninguna muchacha. Es mi madre —dijo mientras daba una vuelta completa a su alrededor—. Está preparando buñuelos para la fiesta de hoy, la Janucá. ¿Los has probado alguna vez? Están muy buenos. —El muchacho se detuvo de repente—. ¿No crees en Jehová?

—¡Por favor, tengo prisa! —estalló ella, fuera de sí—. ¡Mi madre está pariendo!

El muchacho dio un paso atrás sorprendido por el grito. Asintió avergonzado y le indicó con un gesto que lo siguiese al interior. Al traspasar la puerta de entrada besó una pequeña caja que había en la jamba de madera y que Francesca nunca había visto en ninguna casa.

—Que el Señor bendiga mi salida y mi entrada ahora y siempre —susurró el muchacho—. Esta cajita se llama *mezuzá*, y dentro tiene dos versículos de la Torá —explicó orgulloso al ver la expresión de curiosidad de la joven.

El olor dulzón se iba volviendo cada vez más intenso, y Francesca comenzó a salivar.

—¿Sabes que algún día seré médico como mi padre? —prosiguió, como si hubiese olvidado las prisas de Francesca—. Iré a estudiar Medicina a la Universidad de Montpellier.

Entraron en una cocina grande con un gran hogar y una mesa larga de madera oscura, en la que descansaba un objeto que a Francesca le llamó la atención.

—Es un *januquiá* —explicó él—, un candelabro de

nueve velas para celebrar la victoria de los macabeos sobre el rey Antíoco. ¿Sabes la historia? No, supongo que no. Resulta que la llama de la única lámpara de aceite que había en el templo durante la batalla estuvo encendida nueve días en lugar de uno, y ese milagro...

—Astruc, deja de atosigar a esta pobre chica con tus historias.

Se había dirigido a él una de las dos mujeres, que se habían quedado mirando a la muchacha como si fuese un bicho raro. Iban cubiertas de la harina con la que estaban amasando unos pastelillos. Aquel penetrante aroma a mermelada de moras provenía de la olla que borboteaba al fuego.

—¿Quién eres, cristiana? —le preguntó mientras se secaba las manos con un paño.

—Me llamo Francesca y me envía Bonanada. Mi madre... —Sin poder evitarlo, las lágrimas brotaron de sus ojos y la cabeza comenzó a darle vueltas.

Inmediatamente, la mujer que había hablado se puso de pie y se arrancó el delantal de un tirón. Estaba tan delgada que parecía que una ráfaga de viento pudiese llevársela.

—Si no ha venido ella es que la cosa debe de ser grave —dijo mientras cogía un hatillo y lo llenaba de utensilios que Francesca no supo identificar—. Toma, come un poco, tienes cara de estar hambrienta.

La muchacha obedeció y engulló un buñuelo frito con tanta fruición que Sara no pudo evitar una sonrisa y le ofreció más. Luego se dirigió a su hijo Astruc y le dijo que volvería tarde, que no la esperasen. Al salir de la casa, Francesca la siguió al trote por la maraña de calles hasta detenerse ante un pequeño portal.

—¡Reginó! ¡Asómate!

Por la ventana de encima apareció una mujer regordeta.

—¿Qué pasa? —preguntó risueña.

—Bonanada nos necesita. ¡Avisa a Coloma, deprisa! —La que respondía al nombre de Reginó mudó el semblante y desapareció de la ventana.

Mientras se dirigían apresuradamente al barrio de la Ribera, Francesca le daba vueltas a un pensamiento: si aquellas mujeres habían acudido en su ayuda sin dudarlo, quizá después de todo los judíos no fueran tan despiadados como siempre le habían hecho creer.

Cuando llegaron a la barraca del Pou de l'Estany, Eulàlia tenía la cara blanca como la cera y dos sombras oscuras debajo de los ojos. Las mujeres intercambiaron frases cortas y graves con Bonanada, que las puso al corriente de la situación. Reginó se despojó de su capa y descubrió su cuerpo rollizo. Miró entre las piernas de la parturienta mientras se embadurnaba con infusión de aceite de fenogreco. A continuación, metió la mano en el canal del parto y estuvo un rato hurgando dentro con la mirada clavada en la pared.

—Mira tú, Coloma, pero yo diría que las secundinas están bajas.

Coloma, que debía de tener la edad de la abuela y era esbelta y de gestos elegantes, repitió la misma operación, y al cabo de unos instantes dibujó una mueca.

—Sí, la placenta tapa la salida. —Y con voz suave se dirigió a Eulàlia, que apenas podía hablar—. Escúchame bien, querida, ya sabes lo que pasa cuando la placenta no está en su sitio... Tienes que decirnos qué prefieres.

—¡No! —gritó Bonanada con los labios trémulos—. Aún no...

—Sabes que no se puede hacer nada —trató de calmarla Sara mientras la agarraba del hombro.

—¿Qué pasa, abuela? —preguntó Francesca con la boca seca como el esparto.

Nadie se atrevía a decir nada, y aquel silencio la quemaba por dentro.

—¡Quiero saber qué pasa! —exigió, sorprendida por su osadía. Le habían enseñado que no se hablaba así a los adultos.

Bonanada inclinó la cabeza, en una leve señal de asentimiento a Reginó.

—Tu madre tiene que elegir entre ella y la criatura —le explicó con dolor—. Con suerte, una de las dos podrá salvarse.

Francesca tragó saliva y notó que el cuerpo se le helaba.

—La criatura... Salvadla... —murmuró Eulàlia.

Las mujeres se miraron durante un instante que pareció eterno. Corrían historias cargadas de superstición que hablaban de niños nacidos por cesárea, pero todas sabían que abrir la barriga significaba forzosamente la muerte de la madre. Sara sacó del fardo un tarrito de vidrio con jugo de mandrágora, adormidera, hojas de hiedra y beleño como para tumbar a un buey. A continuación impregnó una esponja con los líquidos, pero antes de ponérsela a Eulàlia bajo la nariz, esta levantó la mano y señaló a su hija.

—Qué, madre, dime —dijo la chiquilla con temblor en la voz.

—No los escuches como hice yo, Francesca... —dijo enigmáticamente. Y con un último esfuerzo, añadió—:

Tú siempre dices que quieres curar. Pues que nada te detenga, hija mía... Nada...

Agarró su mano y puso en ella una crucecita de madera muy desgastada por el tiempo que Francesca apretó contra su pecho. Luego todo sucedió muy deprisa: Sara colocó la esponja bajo la nariz de la madre con una sonrisa benévola, Eulàlia asintió en señal de despedida y de inmediato perdió el sentido. A continuación, Coloma le puso un pie encima de la barriga, apretando con tanta fuerza que Francesca tuvo que apartar la mirada, mientras Reginó intentaba arrancar las secundinas con las uñas. Un torrente de sangre comenzó a manchar de rojo la sábana.

—¡Deprisa, toallas! —gritó Reginó.

Las rasgó con los dientes y metió los jirones en la vagina de Eulàlia. Estaba blanca como la leche. Bonanada rezaba arrodillada. Sara comprobaba el pulso. Negó con la cabeza. Se acabó, la vida de su madre se había apagado. La abuela dejó escapar un quejido entrecortado.

—Cesárea, deprisa —ordenó Reginó, cubierta de sangre, pero resuelta a no dejar marchar también al bebé.

Coloma le alargó una lanceta pequeña y muy afilada y Reginó se puso a horcajadas sobre el cuerpo aún caliente de la madre. Con destreza, le clavó la punta bajo el ombligo. Francesca jamás había visto una operación igual, y, pese a la profunda tristeza que la invadía, no podía apartar los ojos de las manos de la comadrona. La judía trazó una línea recta hasta el pubis y fue cortando la piel capa por capa para no herir al bebé. Había llegado al útero. Con un gesto ágil, metió la mano y extrajo a la criatura por los pies. Un niño de color morado. Le dio unos cuantos azotes en el culo. Silencio. Unos instantes de pánico. De pronto, el llanto. Coloma le cortó el cordón umbilical y se lo ató con un trozo de lana para que cicatrizase bien. Su hermano acababa de llegar al mundo.

La abuela cosía el vientre de su madre con la misma delicadeza con que lo habría hecho con una persona viva mientras le susurraba palabras hilvanadas con una letanía monótona. Francesca clavó la mirada en aquel ser tan pequeño y lleno de vida, ajeno al dolor que ocupaba cada rincón de la estancia. Y en aquel momento se hizo una promesa. Dios le había entregado unas manos y unos ojos para poder curar, y los iba a utilizar. Sería médico, aunque sabía que había un pequeño problema para lograr su objetivo: a las mujeres no se les permitía serlo.

Las campanas de Santa Maria tocaban a muertos desde primera hora de la mañana y una niebla húmeda y fría se había instalado en el barrio. Los vecinos aguardaban fuera de la barraquita de la calle del Pou de l'Estany; los hombres con gramallas y bonetes azules y las mujeres con mantos y capas moradas en señal de duelo. Los entierros siempre se vivían con gran solemnidad, eran uno de los escasos acontecimientos en que todo el mundo salía a la calle y la vida de la Ribera se paralizaba. Llevaban el féretro cuatro pescadores amigos de la familia, y lo rodeaban seis vecinos más con velas encendidas. Detrás desfilaba el monaguillo con la cruz, seguido en primer lugar por Ramon, Francesca —que llevaba al recién nacido, a quien habían llamado Pere, en brazos— y Bonanada, que llevaba de la mano a los dos hermanos pequeños: Joan, de ocho años, y Anna, de cuatro. Todos vestían de negro de la cabeza a los pies. La procesión se dirigía al camposanto de Santa Maria del Mar avanzando entre los vecinos, que sostenían antorchas y velas prendidas. El ataúd estaba abierto. Algunas miradas furtivas se detenían por un instante en el cadáver blanquecino de Eulàlia, que iba envuelto en la mortaja. Los Gasull, los Rotlan, la familia del apotecario Francesc de Camp, los Jordà, frailes, marineros, mozos, porteadores y, sobre todo, pescadores conformaban la multitud silenciosa, que marchaba solemnemente detrás de la difunta.

Francesca apenas apartaba los ojos de su hermano Pere. Acababa de ser amamantado por una vecina a la que pagaban con remedios y pociones para toda la familia cuando los necesitaba. Los únicos que lloraban eran Joan y la pequeña Anna, pero a ella se le habían secado las lágrimas. «Ya lloraré cuando pueda descansar», se decía. Ramon atufaba a alcohol y las arrugas que le surcaban el rostro se habían vuelto más profundas. Su carácter huraño se había agriado aún más, caminaba cabizbajo, esquivando las miradas de compasión de la gente, que se descubría a su paso. Quizá viendo la pena reflejada en sus rostros se le haría más evidente que apenas sentía nada por aquella mujer muerta que yacía en el ataúd, que era un solitario que no veía el momento de largarse a la taberna y que lo dejasen en paz. Durante toda la procesión, los amigos del alma de Francesca, Martí y Blanca, la seguían de cerca sin quitarle la vista de encima. Era un modo de decirle que no la dejarían sola en aquellos momentos tan duros.

Finalmente llegaron al camposanto, donde ya habían excavado un agujero en el suelo. No había sido fácil encontrar un buen sitio; con las mortandades por la peste de los últimos años, los cementerios estaban al límite. Mientras el rector decía la misa de difuntos, Francesca observó a tres mujeres alejadas de la multitud, a las puertas de la iglesia, que aún estaba en construcción y tenía andamios en todas las paredes: eran Sara, Reginó y Coloma, las judías gracias a las cuales su hermano estaba vivo. Le habría gustado pedirles que se uniesen a ellos, agradecerles todo lo que habían hecho, pero sabía que entre sus dos mundos se alzaba una barrera invisible. Una vez finalizada la ceremonia, dos pescadores cerraron la caja de madera y, con unas cuerdas, la introdujeron en el hoyo.

Poco a poco, la gente se fue dispersando y ellos volvieron a la barraca. Si hubiesen tenido dinero, habrían vestido el cadáver con paños de púrpura o de oro, habrían alquilado a pobres para llevar el féretro para que el funeral hubiese sido más vistoso y, después del entierro, se habrían reunido a comer en la calle con amigos y familiares; era la costumbre. Pero los Estrany eran pobres, de modo que tomaron una cena frugal a base de pescado frito y se fueron a dormir con la sensación de que su futuro era más incierto que nunca.

Mercado de esclavos

Un barco procedente de Cerdeña acababa de fondear junto a la isla de Maians, que se había formado hacía unos años frente a la playa. Un enjambre de barqueros se afanaba por salir con sus pequeñas naves para ser los primeros en recoger las mercancías y trasladarlas a tierra firme. Los marineros desembarcaban sucios y cansados después de una travesía larga en que, probablemente, habían tenido que esquivar desde naves piratas genovesas hasta temporales, pero en cuanto tocaban la arena con los pies se les dibujaba irremediablemente una sonrisa en la cara; ya estaban en casa y ese día dormirían en un lugar seco y caliente, lejos de las ratas con las que habían compartido catre y de los vendavales que les cortaban las manos de frío.

Los estibadores descargaban botas de vino, telas de seda y sacos junto con uno de los bienes más codiciados, que se pagaba a precio de oro: las especias. El olor a pimienta, azafrán, jengibre, clavo, cardamomo... se mezclaba en una nube sutil pero penetrante. En los últimos años aquel se había convertido en uno de los mercados más prósperos del Mediterráneo porque no había mercader, noble o prohombre que no deseara perfumar sus viandas con aquellos sabores provenientes de Oriente. Se los llevaban como hormigas alineadas hacia las casas de los comerciantes o a las alhóndigas, unos edificios donde los vendedores extranjeros tenían un buen lugar para pasar la noche y, además, disponían de almacén y tienda para hacer negocios.

Las prostitutas deambulaban por la playa como salidas de la nada. La noticia de la llegada de posibles clientes corría como el viento por las calles cercanas al mar. Después de días, o quizá semanas, sin catar hembra, no tenían que menear demasiado el culo para que contratasen sus servicios, y muchos se las llevaban detrás de los cañizos de la playa para aliviar el deseo allí mismo.

Francesca Estrany observaba todo aquel espectáculo con los pies enterrados en la tierra húmeda. Tenía quince años, una edad que se consideraba la puerta a la edad adulta y, por tanto, para casarse y ser madre, aunque ella veía aquel horizonte todavía muy lejano y difuminado. Hacía apenas tres meses que habían enterrado a su madre y desde entonces todo su mundo había cambiado. Se dedicaba a cuidar de sus tres hermanos, especialmente de Pere, que llevaba pegado al cuerpo con un paño prácticamente todo el día, salvo cuando se lo dejaba a la vecina que lo amamantaba y ella aprovechaba para hacer las tareas de la casa, que ahora recaían todas en ella: barría, lavaba las palanganas, hacía la cama, pasaba la harina por el cedazo, la amasaba y la llevaba a cocer al horno... Ingresaban mucho menos dinero y nunca estaban seguros de si ese día podrían llevarse un pedazo de pan a la boca, de manera que el hambre se había convertido en uno más de la familia. Mientras acariciaba la cabeza del bebé, vigilaba a Joan y Anna. «Si madre estuviera aquí para verlos...» Notó la misma punzada de tristeza que se le clavaba en el pecho cada vez que pensaba en Eulàlia. Jugaban junto a la muralla de levante, que el rey Pere había ordenado ampliar por sus guerras con Castilla, pero las obras iban a paso de tortuga y pocas veces se veía a alguien trajinando por allí. Una racha de viento invernal revolvió su pelo rubio y le salpicó el rostro de minúsculas gotitas saladas, que se afanó en lamer. Cerró los ojos para retener aquella sensación.

Un poco más allá, su abuela charlaba con algunas esposas de pescadores. Todas eran hijas de la Ribera, mujeres fuertes como las olas que se estrellaban contra la playa los días de temporal, con un montón de deseos guardados muy dentro del pecho para que nadie pudiera descubrirlos y las manos encallecidas de tanto manipular el pescado y clavarse las espinas. Cada día rezaban a santa Madrona para que les devolviese a sus maridos e hijos sanos y salvos a casa. La familia aguardaba la llegada del padre con la esperanza de tener esa vez la suerte de cara, que la pesca fuese generosa y así poder esquivar el hambre unos días más.

Entre los que iban de aquí para allá en aquel batiburrillo de gente y griterío en diferentes idiomas, Francesca distinguió a su amigo Martí. Llevaba una caja a la espalda y aquella sonrisa de satisfacción que pocas veces lo abandonaba. Era un chico bien proporcionado, de facciones suaves y delicadas. Desprendía una ilusión innata por todo lo que lo rodeaba y parecía destinado a vivir grandes proezas con finales épicos; nada podía interponerse entre él y sus sueños de aventuras, ya fuese matando enemigos en Neopatria, ya hundiendo naves genovesas. Ayudaba a su padre, Dalmau Rotlan, que era barquero y uno de los hombres más devotos y temerosos de Dios del barrio; corría el rumor de que se habría ordenado sacerdote de no haber tenido tantas ganas de ser rico. Martí se acercó nada más verla.

—¿Qué haces aquí? ¿Has venido a verme, Caracola?

Francesca notó que se ruborizaba hasta la nuca. Sus dos hermanos se aproximaron.

—Ya te he dicho mil veces que dejes de llamarme Caracola; era divertido cuando éramos pequeños, pero ahora suena ridículo. Y no, no he venido a verte —respondió malhumorada.

—Hoy mi padre traerá muchos peces —anunció alegre Joan—. ¿Qué hay en esa caja?

—Seda y algodón turquesco; lo llevamos a casa de un mercader de la calle Montcada. —Y, mirando a Francesca—: ¿Quieres acompañarme?

Martí sonrió y ella se quedó sin aliento. No entendía lo que le ocurría de un tiempo a esta parte, el cuerpo no la obedecía en nada de lo que le ordenaba: las mejillas se le ruborizaban y el corazón se le desbocaba a la mínima ocasión, y no podía mirarlo sin que el estómago se le llenase de mariposas. «No seas ridícula», se decía una y otra vez. No se acostumbraba a todos aquellos cambios tan extraños de los que nadie la había advertido. Desde que los tres eran pequeños había jugado con Martí y Blanca, su otra gran amiga, por las calles del barrio; juntos habían correteado entre las barcas de la playa, se habían escondido tras los cañizos de la laguna del Bogatell y se habían bañado desnudos mientras sus madres lavaban la ropa allí. Aunque Blanca fuese la hija del apotecario, la amistad que la unía con Francesca y Martí era tan incorruptible que jamás habría pensado en cambiarlos por chicos y chicas de otras familias más acomodadas. Eran inseparables y compartían todos sus secretos, incluso los que no se podían contar a nadie.

El padre de Martí soltó un grito para que acudiese a ayudarlo, haciendo que más de uno volviese la cabeza.

—¡Ya voy, padre! —contestó de inmediato el muchacho. Dalmau Rotlan no era un hombre al que le gustase que le hiciesen esperar.

—A mi hermana le gustas —soltó Anna, que tenía el pelo tan rubio que parecía blanco y ya se había acostumbrado a que todo el mundo se lo tocase.

—Cuando te ve siempre se queda muda —añadió Joan.

Martí se echó a reír.

—¿Es eso cierto? —preguntó a Francesca.

La muchacha quería desaparecer, literalmente; que una nave cargada de piratas apareciese de la nada y la arrastrase mar adentro.

—Contesta... —le susurró Martí al oído para que los niños no pudiesen oírlo—. ¿Te gusto, Caracola?

Francesca notó como el mero roce de su aliento le erizaba la piel y una nueva sensación entre los muslos se abría camino, una que nunca había sentido. «Esto tiene que ser obra del demonio.» Haciendo un sobreesfuerzo, logró decir:

—No, no me gustas nada. Eres un insolente. Te crees que todas las chicas caerán rendidas a tus pies, ¿verdad?

La sonrisa de oreja a oreja de Martí era capaz de fundir el oro.

—Pues sí, lo pienso porque es la verdad. Buena

suerte con la venta del pescado, Caracola —añadió, remarcando la última palabra.

Martí se escabulló entre las decenas de estibadores y mozos que introducían las mercancías en la ciudad mientras ella renegaba una y mil veces por no haber sabido responder con más desparpajo.

—¡Padre! —gritó entusiasmado Joan, que despertó a su hermana mayor del estado de ensimismamiento en que había caído.

Todos corrieron a recibirlo, pero, de pronto, los gritos enmudecieron. La pesca, un día más, había sido escasa. Bonanada y Ramon a duras penas intercambiaron cuatro palabras y se limitaron a cumplir con sus tareas. Él limpió la barca y la subió tierra adentro maldiciendo entre dientes, siempre enfadado con el mundo, como si esa piel tan arrugada de su cara fuese un reflejo de su espíritu: más cansado y envejecido de lo que sería pertinente. Se marchó a casa a dormir porque al día siguiente volvería a subirse a la barca hasta vete a saber cuándo. La abuela y los niños se dirigieron con la carreta de pescado hacia el mercado, que consistía en unas cuantas mesas bajo un cobertizo justo enfrente de la lonja. Los puestos ya se estaban llenando con el género que llevaban las familias de pescadores como ellos. Como siempre, surgían peleas por ver quién se hacía con el mejor sitio, pero Bonanada, a pesar de su edad, aulló como una fiera y consiguió una mesa por donde pasaba bastante gente. En ocasiones la venta del día dependía de eso.

—No puedo más —se quejó la abuela, con las manos en los riñones, después de vender el último dentón—. Con lo que hemos vendido solo nos llega para la comida. Los zapatos tendrán que esperar —le dijo a

Francesca mientras contaba las cuatro monedas y las metía en una bolsita de piel que ocultó en la pechera.

La muchacha miró avergonzada las abarcas agujereadas que llevaba, que le hacían tener siempre los pies fríos, acarició la mejilla de Pere, que estaba profundamente dormido, y suspiró. No quería ni pensar en qué pasaría cuando ya no tuvieran dinero ni para el pan.

Cuando estaban a punto de irse, su amiga Blanca se presentó ante el puesto con aquellos andares suyos tan poco femeninos y el rostro más pálido de lo habitual.

—¡Blanca! —gritó Francesca muy contenta—. ¿Qué haces aquí?

—Nada, he ido a comprar huevos —dijo mostrando una cesta—. Y he venido a buscarte porque es muy pero que muy urgente que me acompañes a un sitio —añadió con un ruego en la mirada.

Francesca daba saltitos de puntillas a la espera de la respuesta de su abuela.

—Anda, ve —rezongó Bonanada de mala gana—; pero no tardes, que me tienes que ayudar a preparar la cena.

Francesca dejó a Pere a su cargo, se agarró del brazo de Blanca y las dos se alejaron corriendo del mercado de pescado.

—¿Qué pasa? ¿A qué viene tanta prisa?

—Pues que Simó ha empezado a trabajar de *bastaix* con su padre y hoy están en Montjuïc, en la cantera...

—¿Y tú lo que quieres es que te acompañe a ver si lo vemos...

Blanca se puso colorada.

—... porque a lo mejor quieres charlar un rato con él...

Su amiga asintió con los ojos brillantes.

—Y, quién sabe..., quizá darle un beso... —añadió Francesca, burlona.

—¡Puaj! ¡Qué asco! —dijo Blanca teatralmente.

Ambas comenzaron a reír y echaron a correr hacia la montaña.

Una vez que estuvieron a los pies de Montjuïc, se situaron en un pequeño promontorio junto al camino por donde pasaban los *bastaixos*, los estibadores encargados de descargar las mercancías en el puerto de Barcelona y también de llevar las piedras desde la cantera de Montjuïc hasta Santa Maria del Mar para su construcción. Desde aquella pequeña atalaya rodeada de juncos se veía el mar, de un color azul marino intenso, moteado por alguna vela blanca a lo lejos.

—Espera, Blanca —dijo Francesca—. Así no puedes presentarte ante Simó.

—¿Así? ¿Así cómo?

—Tienes que estar muy guapa para que caiga rendido a tus pies.

La chica se acercó a un madroño, arrancó unas ramas llenas de flores y las puso con delicadeza en la cabeza de Blanca como si fuesen una tiara.

—¡Ahora sí! ¡La Reina de los Mozos!

—¿Tú crees que me queda bien? —preguntó, insegura, su amiga.

—Estás preciosa. Lo dejarás herido de muerte.

Ambas rieron, sin percatarse de que por detrás se les había acercado una presencia.

—¡Aquí no se os ha perdido nada! ¡No se os ha perdido nada! —gritó una voz masculina.

Las muchachas se callaron de pronto y se agarraron

las manos. Al darse la vuelta descubrieron a un hombre harapiento y sucio, de andar cansino y mirada amenazante. Volvía la cabeza de forma insistente hacia la izquierda.

—¡Aquí no se os ha perdido nada! ¡Malditas zorras! ¡Malas pécoras! ¡No se os ha perdido nada! —Estaba cada vez más exaltado y se les acercaba cojeando.

—Me parece que es Natzarè... —susurró Blanca.

Francesca se quedó de piedra. Llevaba años oyendo que había un monstruo que vivía en la montaña de Montjuïc y que era medio hombre, medio caballo. Atemorizaba a todos aquellos que se le acercasen: los cogía y se los llevaba a una cueva, donde los devoraba vivos. Siempre había dudado de que existiese, pero en aquel momento todas esas historias le parecían extraordinariamente reales.

—Blanca... ¿Qué hacemos? —preguntó en un hilo de voz. Con su calma, su hablar pausado y su capacidad para mantener la cabeza fría, su amiga siempre sabía cómo sacarlos, tanto a ella como a Martí, de los problemas en los que se metían; pero en aquella ocasión, pensó, incluso para ella sería difícil encontrar una escapatoria.

Contra todo pronóstico, Blanca sacó pecho, dio un paso al frente y, con la voz más tranquila que jamás le había oído, dijo:

—Que Dios os bendiga, señor. Estamos buscando el camino a la pedrera... Si fuese tan amable de indicarnos cómo...

—¡Malditas pécoras! —gritó de nuevo el hombre con un brazo en alto. Blanca dio un brinco hacia atrás—. ¡No se os ha perdido nada aquí! ¡Esta es mi casa!

—Sí, sí, es su casa... Nosotras ya nos íbamos...

El hombretón estaba fuera de sí y parecía dispuesto a todo, así que Blanca cogió muy lentamente la cesta con los huevos y dio unos pasos hasta situarse a cierta distancia, sin dejar de hablar con aquella voz melodiosa.

—¡Os voy a matar! ¡Aquí no se os ha perdido nada! —Natzarè avanzó un par de pasos más hacia ellas—. ¡Esta es mi casa!

Era ahora o nunca.

—¡Corre! —gritó Blanca mientras le arrojaba los huevos a la cara—. ¡Corre, Francesca!

El monstruo, totalmente desconcertado, se cubrió el rostro con un brazo para protegerse de la lluvia de huevos, y las dos chicas aprovecharon para salir corriendo cuesta abajo como si las estuviese persiguiendo el mismo demonio. Se arañaron con los arbustos y matorrales, pero no se detuvieron. Francesca tropezó y Blanca la ayudó enseguida a levantarse, y continuaron la carrera sin atreverse a mirar atrás. Cuando consideraron que el aliento no les alcanzaría para dar un paso más, cayeron por una duna de arena hasta que dejaron de rodar. Francesca abrió los ojos y se encontró con la mirada de un mozo bajo y robusto que cargaba un bulto gigante. Las muchachas se echaron a reír como posesas. El hombre se quedó mirándolas durante un rato y, sin entender nada, siguió su camino.

—No sabía que eras tan buena lanzando huevos... —dijo Francesca con sorna mientras se sacudía la ropa—. Oooh, ¡mírate! ¡Con lo guapa que ibas! —Ayudó a su amiga a levantarse del suelo.

—¡Adiós a la Reina de los Mozos! —exclamó Blanca.

Se palpó la cabeza y comprobó que las ramas se le

habían enredado en el pelo y que aquella maraña parecía un nido de pájaro.

—¿Acaso os ha pasado una mula por encima? —preguntó un muchacho apuesto que también acarreaba un sillar y al que acompañaba su padre. Se las había quedado mirando como si fuesen la cosa más divertida que hubiese visto en mucho tiempo.

—Eeeh... Simó... Nooo... Yo... —titubeó Blanca ruborizada.

—Nos hemos librado de Natzarè —dijo Francesca con orgullo. Y enseguida añadió, dándole un codazo en las costillas a su amiga—: Blanca le ha lanzado una cesta entera de huevos para despistarlo. ¿Alguna vez has conocido a una chica más valiente?

El muchacho abrió aún más los ojos, sorprendido ante aquella información.

—Imposible, una chica no puede ganar a Natzarè.

—Pero es que Blanca no es cualquier chica... Créeme cuando te digo que ella ha podido.

Su amiga se puso colorada como un tomate.

—Hale, vamos, Simó —dijo su padre, que retomó la marcha—, que se soporta la carga si el camino no se alarga...

—Adiós, chicas, y cuidado con el monstruo —dijo.

Blanca intentó dar alguna respuesta, pero vaciló y lo único que logró pronunciar fue un sonido extraño.

—Quizá... —dijo Francesca con cautela. Estaba mirando de reojo a su amiga—. Quizá podrías reunirte con Blanca cuando hayas terminado el trabajo, y así te contaría cómo, ella sola, ha ahuyentado a Natzarè...

El muchacho contestó con una media sonrisa y, antes de seguir su camino, añadió:

—Por supuesto. Puedo quedar con Blanca... y me

gustaría que tú también vinieras —le dijo guiñándole un ojo.

Una vez dicho esto, Francesca miró a su amiga, a la que se le había borrado la sonrisa bobalicona. En el fondo de su mirada descubrió un nuevo sentimiento al cual aún no sabía cómo llamar.

Pasó un tiempo sin que ninguna de las dos mencionase aquel episodio con Simó. No había día en que Francesca no corriese a casa de Blanca después de haber hecho las tareas domésticas y atendido a sus hermanos. Allí, ambas se sentaban en el poyete y se peinaban las largas cabelleras mientras se imaginaban que algún valiente caballero acudía a salvarlas de un rapto a manos de los sarracenos.

—Hoy Martí irá con su padre a comprar un esclavo a la lonja —anunció de pronto Blanca—. ¿Te imaginas?, un esclavo... Me encantaría tener uno, parecería una gran señora.

—¿De verdad? ¿Por qué siempre soy la última en enterarse de las cosas importantes? —preguntó Francesca con cierto recelo.

—Venga, ¿lo acompañamos?

Francesca asintió, y, juntas, se dirigieron hacia la lonja cogidas de la mano, como siempre. La lonja era un edificio pequeño y destartalado, ubicado justo enfrente del mercado de pescado, donde se realizaban las transacciones comerciales del puerto. Enseguida vieron a Martí y a su padre, que estaban esperando la llegada de los esclavos junto a otros comerciantes.

—Buenos días nos dé Dios, señor Rotlan —saludó Francesca al padre de Martí.

—Buenos días —respondió con seriedad Dalmau Rotlan pese a conocerla desde muy pequeña. Era un hombre de pocas palabras y que nunca miraba directamente a los ojos, como si ocultase algún secreto.

Los tres jóvenes se separaron del padre de Martí y Francesca constató, para su desesperación, que con su mera proximidad volvía a notar aquel rubor en las mejillas y en el cuello. «Que los diablos se lleven mi alma.»

—Cuando compremos el esclavo podré ordenarle todo lo que quiera —presumió Martí—. Que me traiga la comida. O que me rasque la espalda.

—¿Y que te limpie el culo? —dijo Francesca con menosprecio—. Pobre gente. No sé cómo no os da pena.

—Estás cada vez más rara —dijo Blanca con franqueza—. ¿Quién, aparte de ti, le haría ascos a tener un esclavo?

—Déjala, Blanca, siempre le gusta llevar la contraria —se mofó Martí, cosa que hizo que ella se enrabietase aún más—. Mi padre dice que lo necesitamos porque el negocio va en ascenso y nos hacen falta más manos, pero yo no necesito a nadie, soy lo bastante fuerte como para cargar los sacos que hagan falta. —Hablaba sin ninguna altivez en la voz, sencillamente tenía un cuerpo que le permitía creer lo que decía.

Unos cincuenta jóvenes, la mayoría no debían de pasar de los dieciséis años, desfilaban ante ellos unidos entre sí y con las miradas llenas de desconfianza y de pavor. Muchos ciudadanos se habían acercado para contemplar aquella sarta de razas diferentes. Los había de todas las procedencias, colores de piel y de pelo: eran tártaros, rusos, griegos, turcos, húngaros, búlgaros, bosnios, albaneses... Contaron muchas más mujeres que hombres; los ciudadanos las utilizaban de nodrizas para amamantar a los hijos de las familias ricas, de sirvientas y como concubinas de mercaderes, consejeros e incluso clérigos. Barcelona llevaba años siendo un mercado de esclavos importante, que recibía de zonas remotas como la ciudad de Caffa, en el mar Negro, bajo dominio genovés. En aquellos territorios, azotados por las guerras entre diversas tribus locales, se vendía a los cautivos como esclavos, que luego se repartían por todo el Mediterráneo.

—Agarradme, que me desmayo... Acabo de enamorarme... —exclamó Martí teatralmente.

Contemplaba a una de las esclavas más exóticas del grupo, de pelo rubísimo trenzado con una cinta de cuero.

—Lo dices por la esclava de pelo rubio, ¿verdad? —adivinó Blanca, señalando a la muchacha.

—Cuando regrese de mis viajes convertido en un rico mercader me la compraré, a ella y a diez más como ella —suspiró Martí.

—Dudo que alguna vez dejes de ser un simple barquero, así que ya te puedes ir olvidando de tu sueño lleno de esclavas que te hagan de concubinas —soltó Francesca con un exceso de rabia.

—¿Qué mosca te ha picado ahora? —dijo Blanca sorprendida—. Yo sí creo que serás un hombre rico, Martí —añadió, poniendo una mano en el hombro de su amigo.

—Parece que no la conozcas, Blanca. Todo eso lo dice porque está celosa —aseguró Martí sin mirarla—. Es guapa, pero no tanto como la esclava de la trenza.

Francesca sintió un nudo tan grande en el estómago que tuvo que llevarse las manos a la tripa para hacer desaparecer aquel ardor. Le acababa de decir que la consideraba guapa. Entonces, ¿por qué estaba enfadada con él?

Mientras daba vueltas a estos pensamientos, no se fijó en que las palabras de Martí habían herido a Blanca y habían contribuido a acumular un poco más de ese resentimiento que desde hacía un tiempo, y muy a su pesar, albergaba contra ella. Cada vez le resultaba más difícil soportar la belleza de Francesca. Le molestaba. Le molestaba mucho.

—Vamos, que ya entran —dijo Martí.

Una muchedumbre entró a empujones en el interior de la lonja. Los esclavos subían a una tarima de madera para que los barqueros, los mercaderes y los corredores, que actuaban en nombre de los ciudadanos ricos, pudiesen verlos bien. El trujamán, un hombre que dominaba muchos de los idiomas más hablados en el Mediterráneo, era el encargado de traducir lo que decía el procurador: «¿De dónde vienes?» y «¿Te han capturado en una guerra?» eran las preguntas más habituales. Si había sospechas de que alguna persona hubiera sido secuestrada ilegalmente, no se podía vender y debía ser liberada de inmediato. El mercader que había traído a aquellos esclavos desde Constantinopla era un viejo conocido del barrio de la Ribera, Jaume Pou, un marinero que en poco tiempo y con pocos escrúpulos a la hora de aplastar a sus competidores había amasado una pequeña fortuna con la compraventa de esclavos. Se trataba de un negocio al alza por la gran demanda que existía entre muchos comerciantes y mercaderes que habían prosperado. La mano de obra esclava tenía más o menos el mismo estatus que un animal doméstico, al que podían dar una paliza o incluso matar si se comprobaba que quería huir, intenciones que nunca nadie se molestaba en comprobar.

—Aquí tenemos una pieza magnífica, prisionera de guerra bosnia, una belleza de poco más de quince años, pechos abundantes y caderas anchas, muy preparada para engendrar y hacer de nodriza —gritaba Jaume Pou mientras se paseaba por la tarima—. Además, es un ejemplar virgen, no tiene mácula. Pido por ella setenta libras, una gran oportunidad. ¡No la dejéis escapar!

—¡Muy cara! —decía alguien.

—¡A esa la han montado más que a mi yegua! —advertía otro.

Se alzaron unas cuantas manos y se produjo una trifulca entre dos compradores que se la disputaban. Al final se la quedó, por ochenta y cinco libras, un hombre gordo muy conocido en el barrio que se dedicaba a la venta de paños de lana de Olot y Puigcerdà en la isla de Sicilia, donde eran muy apreciados. Francesca sintió una gran compasión por la chica; no había que ser muy perspicaz para imaginar para qué la quería su amo.

La venta se fue alargando hasta que el padre de Martí se interesó por un muchacho de unos diecisiete o dieciocho años robusto, con los músculos muy marcados, de piel clara, ojos almendrados y rostro impenetrable. Según el trujamán, que tradujo las palabras del esclavo, procedía de Rusia, y Jaume Pou aseguró por san Marcos, patrón de los zapateros, por san Esteban, patrón de los freneros, y por san Julián, el de los colchoneros, que era un trabajador incansable, más fuerte que una mula y más dócil que un gatito. Dalmau Rotlan ofreció cincuenta libras, y después de un par de ofertas más, se lo quedó por sesenta.

Cuando salieron de la lonja, el esclavo ruso comenzó a hablar en su lengua. Gesticulaba con los brazos y señalaba en dirección a la iglesia de Santa Maria del Mar, que después de años en obras estaba ya prácticamente terminada.

—¿Qué le pasa a este? —se quejó Dalmau Rotlan mientras empujaba al joven hacia delante de malas maneras.

—Quizá quiera ir a rezar a Santa Maria, el pobre no sabe que aún no está abierta —se aventuró Blanca—. ¿Estáis seguros de que es cristiano?

—Lo que le pasa es que tiene hambre —dedujo Francesca—. Le llega el olor de la olla que están cocinando para los pobres en la calle del Malcuinat.

—Pues si tan hambriento está como para comerse ese caldo repugnante es que realmente debe de estar famélico —dijo Blanca.

—Dicen que lo preparan con ratas y verduras podridas —añadió Martí, exagerando cada palabra—. En casa comerás, muchacho. Y mejor que aquí, te lo aseguro.

Y, como si lo hubiese entendido, el esclavo se serenó y siguió esperanzado a su joven amo.

La caracola

—Dos cucharadas de comino bañadas en vinagre..., una onza de polvo de jengibre... —se decía a sí misma Francesca. Anna jugaba a sus pies con una muñeca hecha de esparto y ropa vieja.

La barraquita de los Estrany, más parecida a una cueva que a una casa, estaba adosada a un edificio de la calle del Pou de l'Estany. Aquellas eran las viviendas de la gente más pobre del barrio, la que no se podía permitir comprar una casa decente. Estaba compuesta por una única estancia oscura y minúscula con chimenea donde hacían vida y una habitación en un entresuelo al que se accedía por una pequeña escalera de madera. El hecho de dormir todos juntos en el suelo sobre un jergón de paja tenía muchos inconvenientes, pero al menos en invierno no pasaban tanto frío. Sobre la única mesa, e iluminado por una vela, descansaba un recetario voluminoso y viejo, de tapas duras y ennegrecidas por el paso del tiempo. Eulàlia nunca había revelado quién se lo había entregado y le había enseñado a leerlo, aunque Francesca sospechaba que se trataba del apotecario Francesc de Camp, el padre de Blanca. Con las recetas del libro, la muchacha también había aprendido más o menos a leer. Salvo por los poquísimos chicos que también sabían, madre e hija eran las únicas del barrio que habían aprendido. Allí nadie lo consideraba demasiado importante. De hecho, los libros eran escasos y casi todos estaban en manos de clérigos y ciudadanos ricos, de modo que en la Ribera eran objetos extravagantes. Martí sí leía, gracias al rector de Santa Maria del Mar, que dedicaba algunas tardes a enseñar a los niños en la sacristía. A Blanca, en cambio, pese a tener algún recetario a mano, nunca le había interesado aprender. «Para ser madre y esposa de nada sirve», decía. En eso eran como la noche y el día. A menudo pensaba que quizá la rara era ella, y la acompañaba la sensación de estar haciendo algo que no le correspondía.

—¿Qué haces? —le preguntó Joan, mordisqueando el último pedazo de pan que le quedaba, que estaba hecho con habas, porque la harina ya se les había acabado.

—Estoy preparando un jarabe para el dolor de barriga a Genís Jordà, ese pescador gruñón amigo de padre.

Había dejado a Pere en casa del ama de cría y había aprovechado para dedicarse a lo que más le gustaba: experimentar con las recetas del viejo antidotario. Había conseguido algunos utensilios viejos que el padre de Blanca ya no quería (una balanza, un decantador, un destilador y hasta una prensa para extraer el jugo a algunas semillas y frutos), y se enorgullecía de saber preparar el coriandro confitado para matar los gusanos del estómago, el jarabe para la tos —que se elaboraba hirviendo vino, hinojo y marrubio— o la bebida de vino cocido con raíces de cintoria para soldar los huesos.

—¿Ves? Desmenuzo cuatro clavos... —dijo mientras los molía en un mortero de piedra—, añado una cucharada de cardamomo...

A continuación, traspasó el polvo del mortero a un caldero y le incorporó dos cucharadas de miel. Joan metió el dedo en el frasco de cardamomo y lo escupió.

—¡Qué asco! Tengo hambre. ¿Qué más hay de comer?

—Yo también tengo hambre —gimoteó Anna.

Francesca recorrió la estancia con la mirada. Sabía de sobra que ya no les quedaba nada con qué saciarla.

—¿Sabéis por qué le estoy haciendo esta poción a Genís Jordà? —preguntó para intentar distraerlos—. Porque el pobre hombre está tan hinchado de pedos que un día va a explotar.

Joan y Anna estallaron en carcajadas y comenzaron a imitar un montón de pedos de diferentes intensidades. Con un poco de suerte se olvidarían del hambre durante un rato. Se aproximó al fuego con el caldero y lo enganchó de las llares de hierro que colgaban encima de la llama. Cuando la mezcla llevaba un rato hirviendo, un aroma dulce le destapó los orificios de la nariz e hizo que le sonaran las tripas. Con destreza, vertió el brebaje en una botellita sin derramar ni una gota.

Bonanada abrió la puerta en aquel momento. Venía de asistir un parto.

—¿Cómo ha ido? —preguntó Francesca mientras la ayudaba a quitarse la capa.

—El parto bien, pero la criatura no vivirá mucho. Es más pequeña que un gorrión —explicó la abuela con voz cansada—. Supongo que tu padre no ha vuelto...

Francesca negó con la cabeza. Sin aquella fuente de ingresos estaban perdidos, ambas lo sabían. La anciana se desprendió de la toca, una tela blanca que llevaban tanto casadas como viudas, y liberó una cabellera blanca como la nieve.

—Y esos piratas desgraciados vuelven a campar a sus anchas —se quejó la mujer—. ¡Las malditas hogueras que han puesto en Montjuïc y Montgat para avisar a los pescadores no sirven de nada, por Dios bendito! ¡Seguro que los que tienen que encenderlas se pasan el día en la taberna!

Se había acercado a la mesa y miraba fijamente el ungüento que había preparado Francesca.

—Veo que has hecho la poción que te he encargado...

La olisqueó y, después de ponerla al trasluz de la vela para inspeccionarla, sentenció:

—No la has pifiado completamente...

Francesca no desaprovechó el momento, y, viendo que su abuela parecía satisfecha con la tarea, dejó caer:

—Es que me esfuerzo porque quiero ser cirujana.

—¿Eh...? ¡Esta sí que es buena! ¡Vaya humos se gasta la muchachita...! Las mujeres somos comadronas, nada más.

—Pero yo he oído que hay mujeres con licencia para curar —se atrevió a apuntar.

La mujer le lanzó una mirada desafiante.

—¡Por santa Quiteria y santa Úrsula! Quítate esas ideas de la cabeza. ¡No te traerán más que problemas!

—Joana Sarrovira...

Se hizo el silencio. Bonanada se quedó absorta un momento, como si estuviese rememorando algo.

—Sí, ella tiene licencia —dijo por fin—. Y por las almas que arden en el infierno que no querrías estar en su lugar. —Chasqueó la lengua—. Le hacen la vida imposible... Los muy desgraciados... —añadió enigmáticamente.

Con un gesto de los dedos, indicó a Francesca que se acercase.

—Basta de cháchara. Llévale la poción a Jordà y le cobras quince dineros.

—Pero, abuela... ¿ahora? Es tarde y tengo hambre... —se atrevió a decir. A los mayores no se les replicaba, pero en ocasiones le costaba obedecer.

—Más hambre tendrás si no tenemos pan —dijo ella inflexible—. Obedece como una buena chica.

Francesca se puso la caperuza y salió. El sol comenzaba a ocultarse, pero calculó que le daría tiempo a volver antes de que cayese la oscuridad.

Genís Jordà cogió con prisa la poción, pero solo le pudo pagar diez dineros y le aseguró que le daría el resto en cuanto volviese a pescar. La vida en la Ribera era así: hoy por mí, mañana por ti. Todo el mundo vivía sin demasiados planes de futuro, porque muchos pescadores y marineros que zarpaban no regresaban jamás a casa y la familia se veía obligada a mendigar.

Cuando estaba saliendo de la casa de los vecinos sonaba el toque de queda, la campana que anunciaba el cierre de las puertas de la muralla y que todo el mundo debía echar la llave de casa, tal como ordenaba el Consejo de Ciento. «Corre, Francesca», se dijo. Aceleró el paso, pero la noche era oscura y sin luna y tropezaba con frecuencia. Se maldecía por no haber llevado consigo una tea. De pronto, oyó detrás ruido de pasos. De reojo, la claridad de una antorcha. Se apresuró aún más. Notó en el pecho una punzada de angustia. Las historias de muchachas violadas después del toque de queda que contaba Bonanada hacían estremecer al más valiente. Los pasos se acercaban.

—¡Detente! —gritó una voz masculina al tiempo que una mano le tapaba la boca para que no gritase.

Aquel olor no le resultaba extraño en absoluto; al contrario, le era familiar y agradable: una mezcla de madera y cuero, de especias y lana, todos los materiales que transportaba cada día de la playa hasta las casas de la ciudad. El corazón se le desbocó.

—¿Martí? —susurró mientras el muchacho retiraba la mano.

—¿Qué haces fuera a estas horas? —preguntó desconcertado—. ¿Es que no sabes que no puedes rondar sola?

—Sé defenderme bastante bien, no es necesario que te preocupes por mí —contestó ella arisca—. Lo mismo podría preguntarte yo.

—Vengo de dejar un saco de telas en la alhóndiga de Santa Maria... Pero... ¿a ti qué te pasa últimamente? Estás siempre enfadada. ¿Qué te he hecho?

—Pues mira, ya que me lo preguntas, te lo voy a decir. Siempre te metes donde no te llaman y eres impertinente y te crees vete a saber quién. No te soporto.

Se sintió miserable en cuanto lo dijo.

—¿Eso es lo que piensas de mí? —Dio un paso hacia ella con la tea en alto. La luz cálida que derramaba le había transformado la cara, sus ojos claros se habían oscurecido y las cejas, poblado; su rostro ya no era el de un muchachito, sino el de un joven atractivo—. ¿O te estás engañando a ti misma?

Permanecieron mirándose fijamente unos instantes, pero Francesca logró despegar sus ojos de aquellos dos pozos profundos que la atraían como el fuego y que le estaban pidiendo cosas que ni siquiera entendía. Echó a correr hasta que estuvo en el portal de su casa y llamó con fuerza para que le abriesen. Junto al fuego, con un agujero en el estómago del hambre que tenía, se puso a llorar en silencio sin llegar a comprender por qué.

Como cada mañana, en cuanto aparecían los primeros rayos del sol, las muchachas más madrugadoras se sentaban en los poyetes de las casas a hilar la lana y charlar animadamente. Francesca se había levantado pronto y se estaba lavando la cara y las axilas con el agua de la jofaina. Había hecho sus necesidades en una bacinilla, que después tendría que ir a vaciar a aquel lugar tan repugnante al final de la calle. Llevaba tiempo observando que las zonas del barrio donde más se acumulaban los excrementos, allí donde las aguas se quedaban estancadas, es donde más reclamaban a su abuela para que acudiera a curar enfermos. Quizá no fueran más que imaginaciones suyas, pero intuía que ambas cosas estaban relacionadas.

Quería preparar una sopa de gallina porque veía a sus hermanos en los huesos, así que salió a la calle con el cesto para ir a comprar verduras y carne a la plaza de las Cols con los diez dineros que le había pagado Jordà. No había dado ni dos pasos cuando se detuvo en seco. Martí la estaba esperando apoyado en la pared de la barraca, como tantas veces había hecho antes.

—¿Qué quieres? —preguntó ceñuda.

—Quería estar aquí cuando salieses de casa. Tenemos que hablar, pero no aquí —ordenó—. Ven.

La agarró del brazo con rudeza y la llevó con él sin darle ocasión de discutir. Giraron por la calle Esparteria, donde los artesanos ya empezaban a sacar las cuerdas, las cestas y las alpargatas y las situaban encima de las mesas recién montadas para venderlas a los transeúntes. Martí la hizo pasar por el tablón que hacía de puente de la acequia condal y se metieron por un callejón, al final del cual había una valla de madera. La abrieron y entraron en el huerto de Bardina. En medio había un pozo destartalado entre cultivos de zanahorias, coles, cebollas y unos limoneros. Martí la arrinconó contra la pared que rodeaba el recinto.

—¡Suéltame! —dijo ella, liberándose de su mano y jadeando después de la urgencia del trayecto—. ¿Por qué me has traído aquí? Tengo que ir a comprar...

—¡Calla y escúchame! —la interrumpió él bruscamente.

Francesca se quedó boquiabierta, nunca le había hablado en aquel tono.

—Hace tiempo que estás muy rara, no eres la de antes. Siempre estás enfadada conmigo y... —Ella iba a cortarlo, pero Martí le puso un dedo en la boca— y parece que quieras verme muerto. —El muchacho se acarició el pelo con una mano, como si aquello fuese a ayudarlo a encontrar las palabras adecuadas—. Si te has cansado de mí, solo tienes que decírmelo y no volverás a verme.

Francesca se retorcía las manos a causa del nerviosismo.

—No, no es eso... No sé qué me pasa —dijo al fin mientras le lanzaba una mirada de súplica.

—Quizá pueda ayudarte —sugirió él.

La muchacha lo escuchaba expectante.

—Eso que sientes, esa rabia... —prosiguió, acercándose despacio—. ¿La notas aquí?

Le puso un dedo en mitad del pecho.

Francesca, incapaz de abrir la boca, asintió.

—Y quizá... ¿aquí?

El dedo le tocó la boca del estómago.

De nuevo, ella asintió.

—¿Y puede que sea más fuerte cuanto más me acerco a ti?

Dio un paso adelante y se plantó ante su cara.

—¿Así? ¿Notas la rabia ahora?

—Sí —dijo ella en un hilo de voz—. Ahora me das mucha rabia.

Martí aproximó los labios a su oreja y a ella un calor le recorrió todo el cuerpo.

—Pues entonces sentimos lo mismo... —dijo él finalmente—, pero yo lo disimulo mejor.

La cara de Francesca se iluminó.

—Entonces..., ¿tú tampoco me soportas? —preguntó desconcertada.

Martí se rio.

—No es exactamente eso, Caracola. Más bien lo contrario.

Martí descansó una mano en el muro, junto a la cabeza de la muchacha, y le besó el lóbulo de la oreja. Francesca entreabrió imperceptiblemente la boca y vació de aire los pulmones. Notaba el corazón entre los muslos con más intensidad que nunca y las ganas de tocar a Martí la torturaban. Lentamente, las dos caras se buscaron hasta encontrarse las miradas. Él apretaba con fuerza su cuerpo contra el de ella, que se estaba encendiendo tan deprisa como una madeja de estopa con un ascua de fuego. Al fin, sus labios se rozaron muy superficialmente, pero lo suficiente para que Francesca se sintiese flotar por encima del suelo. Las lenguas se buscaban con ternura, descubrían anhelos escondidos con cada movimiento. Martí parecía maravillado al reparar en las formas de mujer de su amiga, y se le despertaba un hambre voraz que no ascendía desde el estómago sino de más abajo. Se abandonaron a aquel placer durante mucho tiempo, hasta que por fin se apartaron el uno del otro. Del interior de un saquito de piel que llevaba colgando del cinturón, el muchacho extrajo una caracola blanca.

—He ido a buscarla esta mañana a la playa. —La depositó en su mano—. La más bonita de todas.

La chica sonrió mientras olía la caracola.

—Me gusta este olor a mar.

—Llevo demasiado tiempo esperando este momento. —Se acercó a su boca y volvió a besarla con ternura—. Deseo casarme contigo, no quiero esperar más. Se lo diremos a nuestros padres y ellos darán su consentimiento.

Francesca se quedó de piedra. Matrimonio. No es que antes hubiese pensado mucho en ese tema; esperaba que llegase en algún momento de su vida, aunque todavía no.

—Pero... —dijo con las mejillas ruborizadas por la excitación.

—¿Me quieres? —preguntó él. Antes de que respondiese, le cerró la boca con un nuevo beso.

«¿Que si te quiero? Te quiero más que a nada en

este mundo.» Se sorprendió a sí misma con esos pensamientos, que iban tomando forma a gran velocidad. En medio de tanta confusión, notó una punzada de inquietud. ¿Acaso conocía a alguien que hubiese elegido a su marido o a su esposa? Eran los padres los que decidían con quién se casaban sus hijos, siempre había sido así. «Es preferible un matrimonio sin amor, lo más importante es asegurar el patrimonio y dejarse de memeces», decía siempre su abuela. Pero cuando Martí se abalanzó de nuevo sobre su boca, las preocupaciones se esfumaron.

El muchacho gemía de placer, y cuando ya le estaba subiendo la falda, Francesca lo detuvo con la mano.

—Aún no estamos casados... —dijo con la respiración entrecortada.

—Pues casémonos cuanto antes, porque no voy a poder aguantar mucho más estas ganas de tocarte...

—Aún no te he dicho si quiero casarme contigo.

A Martí se le arrugó la frente y echó la cabeza hacia atrás.

—Pero quieres, ¿no? ¿Quieres casarte conmigo? —La abrazó con fuerza apretándola contra el muro—. Tienes que querer, Caracola.

Francesca le devolvió el abrazo.

—Sí que quiero.

Y permanecieron un buen rato enlazados, embriagados por el perfume del limonero.

Fiebres palúdicas

El pequeño Miquel Gasull gimoteaba sin fuerzas. Tenía las mejillas encendidas y el cuerpo empapado en sudor; la fiebre le había subido tanto que ni con el agua fría del pozo le bajaba. Bonanada le comprobó el pulso y luego le inspeccionó las axilas con detenimiento.

—Es la landre,* ¿verdad? —preguntó con la mirada llena de pánico Antònia Gasull, la madre del niño. Apretaba con fuerza el brazo de su marido con el corazón en un puño—. Dios mío, estamos condenados...

—Aún no lo sé, Antònia, ¡haz el favor de calmarte, demonios! —respondió la anciana con cara de preocupación—. Tiene el pulso muy agitado.

Francesca observaba cada movimiento de su abuela, que intentaba averiguar qué podía estar causando aquella fiebre.

Con las manos nudosas y arrugadas, retiró la manta de lana y escrutó las ingles del niño, apretándoselas con fuerza para asegurarse de que no estaban inflama-

* Peste bubónica.

das. En aquella pequeña estancia todo el mundo sabía cuáles eran los síntomas de la peste porque los habían visto en un momento u otro. Había matado a los padres y los hermanos de Antònia Gasull y al marido y a infinidad de pacientes de Bonanada. Comenzaba con fiebre, dolores de cabeza, vómitos y sequedad en la boca. Luego aparecía la sensación de ahogo, se les volvía la lengua pastosa y temblaban como si estuviesen poseídos por el mismísimo Satanás. Al mismo tiempo, se les llenaban las axilas y las ingles de bubones oscuros, unos granos negros que podían alcanzar el tamaño de un huevo o de una manzana, supuraban pus y, al abrirse, provocaban dolores indescriptibles. La inmensa mayoría de enfermos acababan muriendo. A algunos la piel se les cubría de manchas oscuras —de ahí venía el nombre de peste negra—, y la enfermedad los mataba en medio de grandes delirios. Los físicos no conocían ni las causas ni la cura, iban absolutamente a ciegas, y tampoco lograban esclarecer cómo era posible que muchas de las personas que estaban al lado de estos enfermos también acabasen muriendo, incluso más deprisa que los propios apestados.* El único remedio efectivo que conocía la abuela ante la peste era huir. Solamente ese.

—¿Ha tenido mareos o vómitos? —preguntó a Antònia. Detrás de ella estaban su marido, rezando en silencio con un crucifijo en la mano, tres niños y una muchacha mayor, Gasulleta. A Francesca nunca le había gustado, tenía alma de escorpión.

* Por efecto de la peste neumónica o pulmonar, causada por la bacteria *Yersinia pestis*, que se transmite al aparato respiratorio por las gotas que el apestado expulsa al hablar o toser.

—Sí, y dolores de cabeza. Tuvo fiebre hace dos días y se le pasó, pero ahora le ha vuelto...

La abuela suspiró un poco aliviada.

—No tiene bubones ni la lengua blanca... Es terciana, lo que significa que se le irá la fiebre y regresará al cabo de dos días, y será aún más fuerte que ahora.

La abuela cerró los ojos unos instantes y se hizo el silencio. A continuación, como si hubiese dado con el meollo de la cuestión, preguntó:

—¿Ha estado en la laguna del Bogatell o en el Cagalell Nou, en Sant Pau del Camp?

Todos los miembros de la familia se miraron con extrañeza por la pregunta, hasta que Gasulleta dio un paso adelante y se atrevió a decir:

—Hace dos semanas fuimos al Raval a buscar ortigas y él se metió dentro de la laguna porque vio una rana —confesó atemorizada—. ¡Pero se lo había prohibido, de verdad!

—Enséñame el color de la orina —pidió la abuela finalmente.

La madre le mostró el líquido de la bacinilla que tenía a los pies de la cama. Era oscuro, casi marrón.

—El niño tiene fiebre palúdica,* la que se coge en los pantanos y marismas. Mira que os lo tengo dicho, que no tenéis que ir allí, ¡qué diablos!

Se oyó un suspiro general de alivio. El hecho de que no tuviese la landre era en sí una promesa de vida. Francesca también se sintió confortada. Apenas recordaba la plaga, porque la última vez que había aparecido ella era muy pequeña, pero sabía que aquel mal negro se llevaba por delante a la gente sin distinción de sexo, edad ni riqueza.

* Malaria.

Bonanada sacó de su fardo un tarro de vidrio con sanguijuelas y los niños soltaron un grito. Las fue colocando una por una sobre el cuerpo enfebrecido de Miquel y en unos instantes ya estaban hinchadas de sangre. Luego le dio una cucharadita de jarabe para que le bajara la fiebre y a continuación untó un paño con un ungüento que llevaba en un frasco, un líquido color verde oscuro que Francesca le había visto preparar muchas veces: belladona, brotes secos de olmo, hojas de adormidera y beleño. La mezcla calmaba los dolores e inducía un sueño dulce y duradero. Le frotó las muñecas, las piernas y los tobillos con la sustancia y el niño se durmió enseguida.

Mientras Antònia iba a buscar el dinero para pagarle, Gasulleta aprovechó para acercarse a charlar con Francesca.

—Tu abuela tiene agriado el corazón, y no me extraña, todo el día tocando enfermos... —le dijo observándola con curiosidad—. Yo no soportaría tocar a gente con fiebre y maloliente. —La miraba con malicia.

—Pues suerte tienes de que haya personas sin tantas manías. Si no, ¿quién iba a curarte? —dijo ella con paciencia.

Gasulleta frunció los labios en forma de piñón.

—Mira, si no te lo digo, reviento: si continúas así, ahuyentarás a los pretendientes. Te lo digo porque te aprecio, ¿eh? Ah, y luego está lo de los libros... No hay ni una sola alma en el barrio que lo entienda, te lo juro. ¿Por qué te interesan tanto si solo cuentan paparruchas?

—Si nunca has leído ninguno, ¿cómo puedes saber lo que cuentan?

Gasulleta volvió a apretar los labios contrariada, pero no iba a soltar a su presa tan fácilmente.

—Muy bien —la cortó—, muy bien. Y si no te casas, ¿qué vas a hacer?, ¿eh? ¿De qué vas a vivir?

A Francesca se le disparó el corazón al recordar la promesa que se habían hecho Martí y ella. Martí. Llevaba un rato sin pensar en él; el niño enfermo y las lecciones de su abuela la habían apartado del pensamiento que ocupaba su mente todo el santo día. Solo podía pensar en sus labios carnosos, en cómo se habían pegado a los suyos... Se sacudió aquellas imágenes de la cabeza y pensó que debía encontrar el momento para hablar del asunto con su padre. De momento, a la única que tenía que contárselo era a su amiga Blanca.

—Aún soy muy joven para eso —mintió.

—No tan joven, Francesca. Las hijas de los Segura y de los Casal ya están comprometidas. Pero de todas ellas la que tiene una flor en el culo es la hija del apotecario. Ella va a ser la primera... —añadió con un suspiro.

—¿Blanca? ¿Mi Blanca?

—Sí, sí. Creía que ya te lo habría contado —exclamó, contentísima de saber un secreto que la otra desconocía.

Cuando viese a Blanca se iba a enterar, ¿cómo podía haberle ocultado algo así?

—Mi madre ha ido a buscarle un remedio cuando ha empezado la fiebre de Miquel y se lo ha contado. —Hablaba con excitación.

—¿Y se puede saber quién es el afortunado? —preguntó Francesca medio ofendida.

—Pues Martí Rotlan, por supuesto. ¿Con lo amigos que sois y no te lo han dicho? Los padres de ambos ya lo tienen todo pactado. Él entrará como aprendiz para llegar a ser apotecario con su suegro. —Francesca se había quedado helada, no podía moverse—. Dicen que los De Camp pagan cincuenta libras de dote... —susurró—. Muchos padres han intentado casar a sus hijas con Martí Rotlan, ahora que la familia ha ascendido de categoría, pero la elegida, mira por dónde, ha sido la mosquita muerta de Blanca. ¿Sabes que tienen un esclavo ruso?

Francesca ya no la estaba escuchando. Se dirigió mecánicamente hacia la puerta y dejó a Gasulleta con la palabra en la boca. El aire gélido de la calle la hizo volver a la realidad. Y la realidad era que tenía un nudo en la garganta que la estaba estrangulando y que no lograría deshacerlo hasta hablar con Martí.

Un compromiso inesperado

Al llegar a casa se encontraron a Anna llorando en brazos de su padre.

—A la niña le duele mucho la boca —dijo Ramon.

Bonanada se la inspeccionó y le vio una herida muy fea.

—Ve a casa del apotecario y pídele flor de romero, que vamos a preparar una infusión. ¡Venga, vamos, no te entretengas o le subirá la fiebre! —ordenó a Francesca.

La muchacha se cubrió con la caperuza para protegerse del viento invernal que soplaba en la calle. Los sentimientos la desbordaban; por un lado, los chillidos de Anna, que se le habían metido en la cabeza, y por el otro, la información de Gasulleta sobre la boda de Martí con Blanca. Tenía que descubrir qué había de verdad en todo aquello, y quién mejor que el padre de su amiga para sacarla de dudas.

Siempre que entraba en el obrador de la calle de los Especieros lo primero que hacía era inspirar profundamente para retener aquella mezcla de olores que tanto le gustaban y que la hacían viajar a los puertos de Oriente. Jugaba a aislarlos del resto mentalmente y recordar de dónde procedían: el dulzor del eneldo, el azafrán amargo de la isla de Creta, los capullos de clavo picantes de las Indias, el jengibre, la manzanilla, el cardo mariano... Unas voces en la trastienda le recordaron por qué estaba allí.

La cortinilla que tenía enfrente se abrió y apareció el apotecario Francesc de Camp con las manos amarillas de haber tocado azafrán.

—¡Francesca, mi médica favorita! —exclamó sonriendo el especiero. Era un hombre alto y delgado, escaso de pelo, afable y proclive a ayudar a todo aquel que se lo pidiese, el mejor carácter para ejercer el oficio de especiero—. ¿Qué necesita Bonanada esta vez? ¿Un poco de jarabe para la mala leche?

Francesca sonrió a medias, pero tenía demasiadas cosas que preguntarle.

—Mi hermana, que le duele la boca y necesito...

—¿Flor de romero?

La muchacha asintió y se volvió hacia los anaqueles repletos, donde descansaban decenas de albarelos pintados, todos de boca ancha y estrechada en el centro para que fuesen cómodos de agarrar. De uno de ellos extrajo un ramillete de hierbas.

—Aquí la tienes. ¿Cómo va la familia? —dijo con una sombra de tristeza en la voz—. Quiero decir... después de que Eulàlia... No me hago a la idea de que ya no esté, Dios mío...

El apotecario no podía disimular lo afectado que estaba por la muerte de su madre, con quien de joven había querido casarse. Francesca estaba casi segura de que había sido él quien la había enseñado a leer. Los padres del muchacho, con la buena intención de procurarle un mejor futuro que el de emparentarse con una familia de pescadores muertos de hambre, pactaron un casamiento que debía beneficiarlos mucho, porque la chica era la hija de un fabricante de agujas, Llúcia, una mujer práctica que nunca dejaba ninguna decisión al azar.

—Vamos tirando.

Manoseaba el ramillete de flor de romero sin decidirse a pedir explicaciones sobre la duda que la corroía cuando, de pronto, Llúcia salió de la rebotica para facilitarle las cosas.

—¿Ya sabes la buena nueva, Francesca? Nuestra hija y Martí Rotlan celebrarán nupcias de primavera —dijo con una sonrisa postiza—. Pero supongo que ya te había llegado, las buenas noticias vuelan aquí, en el barrio.

Y a Francesca se le cayó el ramillete al suelo.

Al salir de la tienda tuvo que apoyarse contra la fachada para recuperarse. «No puede ser, Martí me lo ha prometido. Nos hemos prometido.» Las palabras le martilleaban una y otra vez la cabeza como campanas enloquecidas.

Dio la vuelta a la esquina y se situó bajo la ventana principal de la casa.

—¡Blanca! —gritó como en tantas otras ocasiones, pero esta vez la urgencia por verla estaba teñida de un sentimiento de desconfianza turbador—. ¡Blanca, sal! ¡Soy yo, Francesca!

La ventana se entreabrió tímidamente y, con un gesto de cabeza, Blanca le indicó que esperase, que ahora bajaba. Nada más verse, Francesca advirtió en ella una expresión que nunca le había visto. ¿Vergüenza? ¿Remordimiento? Se sentaron en el poyete de la calle, y, pese a que se le acumulaban mil preguntas y reproches, no fue capaz de pronunciar ni una palabra. Al final, Blanca rompió el hielo.

—O sea, que ya lo sabes... —Parecía realmente afectada—. Lo siento. Lo siento mucho... No sé qué tengo que hacer, Francesca. Cuando mis padres me lo dijeron me quería morir, te lo juro.

A la muchacha se le quebró la voz.

—¿Lo sabías cuando el otro día te conté que nos habíamos prometido? —estalló Francesca—. Lo sabías, ¿verdad?

Blanca, cabizbaja, se retorcía con fuerza la tela de la falda.

—¡Contesta!

—Había oído a mis padres hablar de ello, sí... Y al salir de misa los veía siempre hablando con Dalmau Rotlan... —confesó por fin—. Pero no pensé que fuese en serio —dijo, dirigiéndole una mirada cargada de culpa—. Estabas tan feliz que... no tuve fuerzas para contártelo.

Francesca dejó escapar un largo suspiro mientras se le caían unas lágrimas sordas.

—¿Qué puedo hacer, Francesca? —exclamó su amiga con los ojos anegados—. Me gustaría que os casaseis y fuerais felices —agregó en un hilo de voz—. ¡Si a mí me gusta Simó!

—¡Pues di que no te quieres casar con él! —replicó Francesca con un grito desesperado.

Blanca abrió mucho los ojos.

—Pero ¡¿qué dices?! No puedo desobedecer a mis padres, ya lo sabes. Me tengo que casar con él —añadió Blanca con el rostro desencajado.

Aquellas palabras la alteraron de tal modo que se

puso de pie de un brinco y, presa de un arrebato de furia nacido debajo del estómago, gritó:

—¡No debes casarte! ¡Él me quiere a mí! ¡A mí, y no a ti!

De repente, Blanca mudó el semblante.

—¿Tan extraño sería que me quisiera a mí? ¿Es eso lo que de verdad piensas? ¿Que nadie puede quererme? —El tono de Blanca transmitía una firmeza que Francesca apenas reconocía en ella.

Francesca puso los ojos en blanco.

—No, no es eso lo que pienso. Estoy convencida de que encontrarás a alguien que te quiera, pero esa persona no puede ser Martí. No es él, por el amor de Dios... —Notó que le fallaba la voz.

—Por desgracia, eso no lo decide ninguna de las dos. —Se levantó pesadamente—. Resígnate como yo. Es lo único que podemos hacer.

Le dio un beso en la mejilla y entró en casa con aspereza. A Francesca le subió la acidez por la garganta; odiaba con todas sus fuerzas a Blanca, pero al mismo tiempo la quería con locura. Mientras corría hacia la barraquita del Pou de l'Estany se enjugaba las lágrimas con rabia, quería arrancárselas igual que se habría arrancado el amor que sentía por su amigo de la infancia. Al llegar, Martí la estaba esperando. Andaba de un lado para otro como un animal enjaulado, y cuando la vio se detuvo en seco. Permanecieron unos instantes intentando leerse el pensamiento hasta que el muchacho dijo:

—Al huerto de Bardina.

Corrieron sin mediar palabra. Junto al muro, de pie frente a frente, Francesca tuvo un mal presentimiento. Demasiado silencio. Él le sostenía las manos con firmeza para ocultar su propio temblor.

—No es necesario que me digas nada —dijo ella—, ya me puedo imaginar lo que piensas.

—Sí, sí es necesario que te lo explique —respondió él con la voz grave—. Yo no sabía nada de las intenciones de mi padre, nada, tienes que creerme. —El rictus de Martí era severo. Transmitía una urgencia desesperada por salir de un laberinto en que alguien lo había dejado abandonado sin ningún tipo de instrucción. El muchacho aventurero, entusiasta y lleno de sueños se había convertido en un ser atrapado entre su propia moral y un amor que lo atenazaba con mano férrea—. Si lo hubiese sabido, no...

—¿No... qué? ¿No nos habríamos prometido? —preguntó Francesca dando un paso atrás.

—¡No! ¡Quiero decir que si hubiese sabido que me quería prometer con Blanca habría intentado impedirlo antes! —gritó, levantando los brazos al cielo—. No sé cómo lo voy a hacer, pero le haré cambiar de opinión, te lo aseguro. Buscaré el momento oportuno para contarle que nos habíamos prometido y estoy seguro de que nos dará su bendición.

Francesca habría querido escuchar una certeza, pero solo oía promesas que le sonaban vacías y remotas. Le habría reprochado su falta de palabra, su poca determinación, pero estaba paralizada como la esposa de Lot, que se había convertido en estatua de sal. Aquella imagen siempre la había aterrorizado.

—Pero ¡por el amor de Dios, di algo! ¡Este silencio me está matando! —exclamó Martí con desesperación—. ¡Es la voluntad de mi padre, no la mía!

Por fin, el nudo que tenía en la garganta se deshizo para dejar paso a la rabia que le subía del estómago.

—¡Mi padre! ¡Mi padre! Y ¿qué pasa con tu voluntad? ¿Cómo puede haberse esfumado tan deprisa? —dijo con las mejillas encendidas. La evidencia de que la autoridad que Dalmau Rotlan ejercía sobre su hijo era mucho más fuerte que cualquier sentimiento que Martí pudiese tener por ella cayó sobre Francesca como una losa.

Él le soltó las manos y se puso a andar por el huerto de un lado para otro, mordiéndose los nudillos de la mano. Aquel chico que quería atravesar el Mediterráneo y matar piratas solo existía porque ella lo veía así; no era fuerte ni valiente, era el hijo de un barquero que apenas era capaz de sostenerle la mirada a su padre. Con cuatro zancadas, Martí volvió a situarse delante de ella y la rodeó con los brazos.

—Por favor, no te enfades. Tú no. —La notó gélida y temblorosa—. Haré que mi padre lo entienda. Confía en mí.

Por un momento pensó que aquella seguridad tan solo era un grito sordo de impotencia, pero descartó esa odiosa idea y prefirió creer que aún había un futuro para los dos. Francesca le alzó la barbilla y se acercó a su boca. Los labios se tocaron y un nuevo deseo bañado de esperanza se apoderó de ambos. Se besaron con fuerza, con el alma y con el corazón. Mientras le besuqueaba el cuello, Martí puso sus labios sobre el cordón del que colgaba la caracola que le había regalado.

—No te la quites nunca —dijo con una mirada enigmática—. Te protegerá, lo sé porque la elegí entre miles y miles de caracolas.

—¡Exagerado!

La alzó en sus brazos y la hizo girar y girar. Y desde el cielo, por unos instantes, Francesca pensó que lo estaba tocando de verdad.

Los tres iris

En los días posteriores no halló un momento de descanso; su padre había salido al mar justo cuando Bonanada cayó enferma. Por primera vez, su cuerpo había desobedecido las órdenes de mantenerse firme ante las adversidades y pilló un catarro de pecho que la dejó postrada y sin fuerzas, con una tos ronca que no auguraba nada bueno. Francesca le hacía infusiones de romero y le daba un brebaje que ella misma había elaborado, el diagragante, a base de tragacanto, que, mezclado con regaliz, almidón y semillas de melón, era un potente remedio para las vías respiratorias.

Cada día que pasaba, las reservas de comida menguaban más y más; ya no les quedaba harina, ni legumbres ni tampoco vino, que al menos habría adormecido a sus hermanos, que ahora lloraban de hambre día y noche. No tenía ni un dinero para ir a comprar. Finalmente, se tragó el orgullo y los llevó a la calle del Malcuinat, donde les sirvieron un caldo repugnante pero que aliviaba las ganas de comer. Cuando Ramon llegaba de pescar, le daba cuatro monedas para ir tirando, pero estaba segura de que él se quedaba algunas, porque desaparecía y no regresaba hasta entrada la noche atufando a vino. Por todo ello, aún no había encontrado ni un momento para poder hablar con él sobre la boda con Martí. Cada noche, en un gesto que alimentaba su esperanza, rezaba en silencio para que Eulàlia los ayudase desde el cielo.

Esa mañana se sentía mareada porque no había comido nada desde el día anterior y fue a vender el género a la pescadería con su padre. Había dejado a Joan en casa para que hiciese compañía a la abuela y ella se había llevado a Anna, que estaba jugando con una peonza, y a Pere, que, como siempre, dormía pegado a su cuerpo. Un cliente se acercó a la parada. Era un hombre de mediana edad que tenía visto por el barrio; lo recordaba tirando de la barca por la arena. Aunque jamás había visto un pirata, imaginaba que debían de ser como él, con una barba espesa y sucia y una mirada tan llena de brutalidad que invitaba a pensar que en cualquier momento desenvainaría una espada y comenzaría a degollar a la gente.

—¿Tenéis atún? —preguntó el hombre con una voz grave y quebrada; no podría haber sonado amable ni proponiéndoselo.

A Francesca le sorprendió que un marinero fuese a comprarles pescado, pero una venta era una venta y lució la mejor de sus sonrisas.

—El mejor, señor. Recién pescado esta madrugada —respondió mientras le mostraba el último lomo que le quedaba.

El hombre tocó el pescado, pero observándola a ella con una mirada que la hizo estremecer.

—¿A qué precio?

—Dos florines al corte o diez la pieza entera, señor.

Se había quedado inmóvil, con una sonrisa extraña en la boca, como si se hubiese olvidado de lo que había ido a buscar a la parada. Un nuevo detalle de su cara en el que no había reparado le provocó un escalofrío: en lo blanco del ojo derecho tenía una mancha oscura que parecía un tercer iris y que le daba una apariencia aún más monstruosa. De pronto, Ramon se acercó a ellos.

—Francesca, te presento a Berenguer Satorra, un viejo amigo.

Su padre sonreía, y aquel cambio de humor la extrañó. «Nada bueno», se dijo.

—Entonces, ¿se lo queda o no? —preguntó ella para zanjar de una vez el tema.

—¿El qué? —respondió Berenguer.

—El atún.

—Ah, no, no... Solo quería saber si eras tan guapa como me había dicho tu padre, y... —añadió sonriendo— ¡doy fe de que lo eres! —Se volvió hacia su padre—. ¡Hará feliz al hombre que la pille!

Soltó una carcajada estridente que dejó al descubierto una boca con pocos dientes. La visión fue tan repulsiva que fingió que Pere se despertaba y dejó solos a los dos hombres. De reojo los observó charlar mientras Berenguer la examinaba de arriba abajo, como si se tratase de un caballo que fuese a comprar. Pasó el día entero con un regusto amargo en la boca.

Por la tarde, después de ir a recoger a Pere, al que había llevado a amamantar a casa de la vecina, se encontró a su padre esperándola sentado en la cocina. Bonanada continuaba en la cama, aunque le había bajado un poco la fiebre.

—Siéntate —le ordenó con malos modos. La amabilidad mostrada con Berenguer había sido solo un espejismo.

Francesca tenía los cinco sentidos en alerta. Habría preferido confiar el alma al mismísimo demonio antes que obedecer, pero de repente pensó que se le presentaba la oportunidad que tanto había esperado.

—Padre, llevo días queriendo hablarte de una cosa. —Tomó aire. «Suéltalo rápido.»—. Martí Rotlan y yo nos queremos casar. Solo necesitamos que nos des tu consentimiento y...

—¡¿Qué?! —exclamó incrédulo.

—Pues que nos hemos prometido... —prosiguió. Vacilaba—. Queremos hacerlo público lo antes posible...

—¡Calla, majadera! —gritó con un puñetazo en la mesa—. ¡No digas disparates! ¡No te casarás con Martí!

Francesca estaba a punto de protestar cuando su padre le soltó:

—Te casarás con Berenguer Satorra. Ya lo hemos hablado y está todo acordado.

La muchacha se sintió como si la hubiesen sumergido en el agua helada del mar en el mes de enero. Sin darse cuenta, se había aferrado a la tela de la falda.

—Es viudo y tiene una gran casa, mucho mejor que este cuchitril en el que vivimos. También tiene una esclava, no tendrás que trabajar mucho... Ahora ya no es pescador, sino marinero. Viaja a menudo con su patrón a Cerdeña y a Sicilia y gana bastante dinero. —Entonces Ramon hizo una mueca casi imperceptible, pero que a ella no le pasó inadvertida—. No puedo alimentaros a todos... Mañana llevaré a tus hermanos al hospital de Colom.

Sin previo aviso, Francesca salió corriendo a coger una bacinilla y vomitó lo poco que tenía en el estómago.

—Te lo pido por mi madre, que en el cielo esté —dijo limpiándose la boca—. No me obligues a casarme con ese hombre —rogó.

Ramon se levantó y la claridad del fuego proyectó su sombra alargada por toda la estancia.

—Por supuesto que te casarás con él —dijo enfatizando cada palabra—. Tienes suerte de que tu melena rubia los enamora a todos. Le has gustado, va caliente y está dispuesto a aceptar como dote solo una manta de lana, un par de sábanas de cáñamo y una almohada. No encontrarás a nadie que te quiera por tan poco.

—¡Pues claro que le he gustado! ¡Si es un viejo repugnante! —gritó. No se reconocía a sí misma.

—¿Cómo te atreves a hablarme así?

Su padre levantó la mano con intención de pegarle y ella se protegió con el brazo. El golpe no llegó y Ramon salió de casa blasfemando entre dientes para ir a desfogarse a la casa de juego de la calle Ollers.

No consiguió dormir en toda la noche. Aplicaba cataplasmas de romero a su abuela y daba vueltas y más vueltas a la cabeza en busca de algún modo de escapar de aquella pesadilla en que la había metido su padre. Cuando Bonanada abrió los ojos, estos habían perdido el brillo de la fiebre.

—Condenada niña consentida..., ¡piensa en tus hermanos! ¡Tendrás que casarte con el tal Berenguer! ¿Me has oído? Si no, no sobreviviremos —dijo aún ronca—. Si tu marido te da dinero suficiente, dentro de poco podrás ir a buscarlos al hospital, pero si no, se quedarán allí para siempre. ¿Es eso lo que quieres?

Francesca no podía creer lo que estaba escuchando, y una oleada de indignación le hizo arrojar al suelo el paño con infusión de romero.

—¡No! ¡Claro que no quiero! —Respiró profundamente unas cuantas veces para calmarse—. Ya sé que esperáis de mí que obedezca en todo, pero con esto no puedo, abuela. Encontraré otro modo de traer dinero a casa, puedo hacer de sirvienta o de comadrona.

Ella misma percibía su desesperación en la voz. Su abuela endureció el semblante e hizo un esfuerzo para incorporarse y agarrarla con fuerza del brazo.

—¿Y crees que con lo que te paguen podrás alimentarnos a todos? ¡Vamos, Francesca, no te creía tan estúpida!

La vieja hablaba con la determinación en la mirada que en tantas ocasiones le había visto.

—Escucha, yo ya soy mayor, no sé cuándo me llevará con él Nuestro Señor, pero no tardará mucho. —Le alzó la barbilla para que la mirase de frente—. ¡Por san Nicolás, tiene mucho dinero! Ahora debes pensar en tus hermanos, no en ti.

Francesca se levantó. Se mordisqueaba un dedo con insistencia hasta que, finalmente, reunió el suficiente valor para decir:

—Mi corazón pertenece a otro.

Su abuela se rio y le dio un ataque de tos. Cuando se recuperó, dijo:

—Sí, te he oído decirlo. El atolondrado de Rotlan. El amor no trae más que problemas, te lo he repetido mil veces. Olvidarás a ese muchacho y aprenderás a querer a tu marido. Todas hemos tenido que aprender.

—Nunca podré olvidarlo, ni él a mí tampoco. No espero que lo entiendas...

—¿Sabes qué es lo que no entiendo? Que seas tan inocente, jovencita. ¿Cuántas veces ha venido a verte tu príncipe?, ¿eh? ¿Cuántas? ¿Cuántas te ha traído comida, o dinero para que no pases hambre? —preguntó con toda la malicia.

—¡Dejadme! ¡Dejadme todos!

Bajó tan rápido la escalerita que por poco tropieza y cae desde arriba, y corrió hasta la iglesia de Sant Cugat del Rec de la calle Carders, donde a su madre le gustaba tanto ir a rezar. Se arrodilló ante la talla del santo y rezó con todas sus fuerzas para que le enviase una señal que le indicase qué hacer. ¿Cómo podía salvar a sus hermanos del hospicio? ¿Cómo podía salvarse ella? Pero los ruegos pronto perdieron fuerza, porque la lengua viperina de su abuela la había hecho mirar cara a cara la realidad: ¿por qué desde su última conversación Martí no había dado señales de vida? Como única respuesta, solo oía el correteo de los ratones entre los bancos.

Entonces se le apareció la sonrisa desdentada de Berenguer y decidió que ya había esperado bastante. Si quería respuestas, debía ir a buscarlas.

Había comenzado a nevar y llegó al portal de la casa de Martí muerta de frío. Estaba abierto de par en par y entró en el patio, donde ya se estaba formando un manto blanco. Enseguida lo vio trajinando en el establo. Estaba cargando un burro con dos botas de vino.

—¡Francesca!

Parecía que hubiese visto un fantasma. El corazón de la muchacha latía desbocado. Martí salió de su ensimismamiento y se aproximó a ella con expresión funesta.

—Vete, por favor, mi padre está arriba. —Lanzó una mirada de temor hacia la escalera que subía al primer piso—. Si te encuentra aquí, no sé qué será capaz de hacer...

—Vaya, ¿eso es todo lo que tienes que decirme? ¿No tenías que convencerlo de que nos íbamos a casar? —dijo ella irritada.

El muchacho se frotaba la barbilla con insistencia y rehuía su mirada inquisitiva.

—No... No lo he convencido de nada —confesó—. Tengo que casarme con Blanca. No se puede hacer nada.

Entonces Francesca, en un impulso irrefrenable, lo besó, y, por un momento, la herida que tenía abierta en el pecho dejó de dolerle tanto. Él le respondió, pero los besos ya no tenían aquel sabor a promesas alegres, sino a amargura.

—Mi padre me quiere casar con un viudo. —En cuanto lo soltó, los besos se volvieron desesperados—. Por favor, ayúdame.

A través de los labios y la lengua de Martí podía percibir sus dudas, sus miedos, su lucha interna.

—Casémonos —exclamó ella de pronto—, casémonos ahora mismo. Solo necesitamos dos testigos y pronunciar las palabras de compromiso. Ya está. Todo el mundo sabe que eso es un matrimonio válido ante la Iglesia.

El muchacho se separó de ella.

—Sí, para la Iglesia, pero está prohibido por las autoridades. No podemos... Mi padre...

Francesca le sujetó la cara con las dos manos.

—¡Olvídate de tu padre! —le suplicó—. Huyamos; ahora.

La rigidez de su cuerpo la hizo callar de repente.

—No —dijo Martí, que dio un paso atrás—. Ya sabes que si nos casamos nos espera el exilio, y si no respetamos el exilio, la muerte.

Ahora la rabia había borrado el resto de los sentimientos, y salió por la boca de la chica con la fuerza de un ciclón.

—¡Prefiero el exilio o la muerte que pasar el resto de mis días con ese hombre! —Le golpeó el pecho con ambas manos—. ¡Y esperaba que a ti te pasase lo mismo con Blanca! Un momento, quizá es que te gusta. ¿Es eso? ¿Te gusta?

—No, no del modo en que me gustas tú. —Y, dirigiéndole una mirada culpable, añadió—: Pero nos entendemos.

Los gritos habían alertado a Dalmau Rotlan, que había bajado en silencio, y no habían reparado en que estaba casi al lado. Apretaba los puños con fuerza.

—¿Se puede saber qué está haciendo esta aquí? —dijo, haciendo un esfuerzo por contenerse—. ¡Que estás prometido, cojones! —Y, levantando un dedo hacia ella, exclamó—: Y tú, muerta de hambre, lárgate o te echaré yo a empellones.

—Padre, te lo ruego, cálmate. —Martí avanzó hacia él alzando las manos—. Francesca ya se marchaba.

—Te ha atrapado con su lujuria y ese pelo rubio. Pero ¡tú te debes a mí! ¡A tu familia! —vociferaba el hombre, escupiendo bilis.

—¡Ya te he dicho que me casaré con Blanca, te lo juro! —gritó exasperado el joven.

Dalmau no se movía. Entonces Martí se volvió hacia Francesca. Avanzó con paso decidido y, cuando la tuvo delante, dijo cabizbajo:

—Vete, te lo suplico. Soy un hombre prometido y no podemos... —Por un momento, dudó. Francesca notaba que las palabras se le habían quedado atravesadas en la garganta—. No podemos volver a vernos —dijo finalmente con la voz rota.

El aire no le llegaba a los pulmones. Buscaba la mirada de Martí, pero no la encontraba. Respiró dos veces para no ahogarse y salió corriendo.

¿Quién le quedaba? Su madre ya no estaba, la única en quien de verdad confiaba. Tampoco Blanca ni Bonanada. Estaba sola en el mundo y no podía confiar en nadie que no fuese ella misma. Y se prometió que escaparía a su destino ella sola, aunque le costase la misma vida.

El convento de las Magdalenas

Las últimas horas habían sido tan intensas que le parecía que la quietud de aquella celda no era real. Respiró profundamente y se sentó en el frío banco de piedra bajo la ventana, desde donde podía ver una parte de la riera de Sant Joan, junto al portal de l'Àngel. La gente caminaba apresuradamente de un lado para otro, y ella lo observaba todo con la distancia de quien sabe que aquel mundo ya no es el suyo porque lo ha dejado atrás. «Me casaré con Blanca.» Esa frase continuaba martilleándole la cabeza, a pesar de que allí, tras los muros de aquel convento, se sentía segura y protegida.

Después de salir de casa de los Rotlan había ido a la barraquita, donde la esperaba una sorpresa aún más desagradable: Berenguer Satorra. Su prometido la había recibido con unas guirnaldas de flores, pero ella ni siquiera se molestó en aceptarlas y corrió escaleras arriba con sus hermanos y su abuela, que seguía postrada. Oyó a su padre decir que la haría entrar en razón y Berenguer soltó, con la mirada clavada en el entresuelo:

—Más vale que así sea. Si no cumples la carta de

compromiso te arruinaré más de lo que ya estás. Nadie aparte de mí aceptará la mierda de dote que me ofreces por ella.

Arrojó las guirnaldas al suelo y se marchó.

Las pisadas de su padre subiendo la escalera no auguraban nada bueno, y no se equivocaba; había cogido una cuerda de esparto, que balanceaba de una mano a otra. La abuela se levantó como pudo.

—Ramon, no, por el amor de Dios... —dijo mientras trataba de detenerlo.

El hombre la apartó de un empujón y ella, anticipando lo inevitable, agarró a los tres niños y se los llevó abajo. Los gritos de Francesca hicieron que Anna y Joan rompiesen en llantos, que Bonanada intentaba calmar tapándoles las orejas.

Pasó una eternidad. Ramon bajó sudando, con las manos temblorosas y la cuerda manchada de sangre. Tenía los ojos brillantes y llenos de culpa. Se refrescó la cara, congestionada, con el agua de un botijo y, dando un portazo, se marchó.

Francesca repetía una y otra vez el nombre de su madre con el rostro lleno de lágrimas y mocos, apretando contra el pecho la crucecita de madera que le había entregado antes de morir. ¿Por qué Dios se la había llevado a ella y no a aquel ser cruel? Los tibios sentimientos que despertaba en ella se habían convertido en un odio furibundo, y se juró que jamás lo perdonaría.

Mientras Bonanada le aplicaba cataplasmas sobre la piel quemada y le recitaba palabras de consuelo con voz cansada y grave, una idea iba tomando forma en su cabeza: escaparse. Había oído muchas historias de muchachas que se habían recluido en un convento para huir del matrimonio. Dudaba. Separarse de sus hermanos le rompía el corazón. Primero pensó en llevárselos con ella, pero lo descartó de inmediato porque era imposible que los aceptasen. Tendría que hacerlo ella sola.

Cuando aún reinaba la oscuridad y la casa se encontraba en absoluto silencio, cogió el fardo que ya tenía preparado dentro de un baúl y salió de la estancia de puntillas. Se volvió para mirar por última vez a sus hermanos y se le heló la sangre: Bonanada tenía sus ojos pequeños y negros clavados en ella. Vaciló. ¿Volver a la cama o salir corriendo? Si despertaba a su padre ya no tendría escapatoria, la obligaría a casarse aquella misma noche. Pero la abuela hizo un gesto sutil con la cabeza, un «vete y no vuelvas». Después de ver la paliza que le había propinado su padre, la vieja de hierro le regalaba el acto de amor más grande que había recibido nunca: la libertad.

El día 20 de marzo de 1383, de madrugada, Francesca llamaba a la puerta del convento de las Magdalenas para entrar y no salir jamás. Le abrió una anciana monja renqueante llamada Bartomeua. Aquel reducto se había creado hacía pocos años para rescatar a muchachas que ejercían la prostitución —llamadas *arrepentidas* para no tener que mencionar su oficio real, que podría ofender a las personas de bien—. El éxito había sido relativo, porque para muchas era más atractivo el sonido del dinero en la bolsa que la vida de contrición del convento, y a menudo regresaban a las calles. Aun así, algunas de las que ingresaban lograban convertirse en mujeres de bien, e incluso las llegaban a casar gracias a las limosnas ofrecidas por la casa real para ayudarlas a pagar la dote. Francesca decidió dar un nombre falso y hacerse pasar por meretriz; le resultaría más fácil que tener que contar su verdadera historia. Allí sería Florensa Pinós.

Bartomeua la había conducido ante la presencia de la priora, Constança de Bellera, una mujer pequeña pero vivaracha que se comunicaba con un poco más de vehemencia de lo que por su condición habría sido conveniente. Sin ambages, le preguntó si se arrepentía de su vida de mujer pública y, tras responder la muchacha que sí, le advirtió que no toleraría que cometiese ningún otro pecado bajo aquel techo.

—Aquí, castidad, Florensa.

Y con un ligero ademán le indicó que ya podía retirarse.

Su celda consistía en una tabla de madera que actuaba de cama, una sábana fina y una ventana que dejaba pasar una brisa gélida que ponía la piel de gallina, pero Francesca estaba contenta de tener un dormitorio para ella sola por primera vez en su vida. La monja le entregó un hábito oscuro con un cinturón, una toca y un velo blanco y se llevó su ropa de calle.

Durante los primeros días, pese a la pena por no tener cerca a sus hermanos, se fue adaptando a su nueva vida y a los horarios que la regían. Se prometió que las lágrimas de la primera noche serían las únicas que derramaría, y la ayudó a cumplir su promesa el portazo con que la despertaron de madrugada y todas las madrugadas en lo sucesivo; aunque a aquella hora el frío era lacerante y no podía dejar de temblar, la llevaron junto al resto de novicias a la *oratio matutina*, que se celebraba en el oratorio del monasterio. Tres horas después de la salida del sol, lo que llamaban la hora tercia, volvían a rezar, también a la hora sexta y a la nona. Entre plegarias, se dedicaban a trabajar en el huerto y a tareas domésticas como hacer prendas de lana para los monjes, lo cual les proporcionaba ingresos para mantener el cenobio.

Dado que pronto corrió la voz de que tenía conocimientos médicos, las monjas le hacían consultas, y a los pocos días dedicaba más tiempo a las curas que a las labores rutinarias, a pesar del recelo de la que hasta entonces se había ocupado de la salud del convento, la monja Cecília, una mujer apática y con pocas ganas de trabajar que apenas sabía curar un resfriado.

Por la tarde se entregaban a la lectura y al estudio de las Escrituras. Cuando se enteró de que dos monjas llegadas del monasterio de Sant Pere de les Puel·les copiaban códices, insistió en quedarse más tiempo para poder mejorar su lectura, que no era muy fluida. Entre aquellas mujeres provenientes de familias acomodadas dio también los primeros pasos para aprender a escribir observando cómo lo hacían ellas. Con mano ágil y gran precisión copiaban textos bíblicos y litúrgicos, pero también algunos manuscritos profanos e incluso algún clásico romano. Para hacerlo utilizaban la tinta que ellas mismas extraían de las sepias. Pasó largas jornadas mirando cómo una copista trabajaba con *El eunuco*, del gran escritor Terencio, de quien nunca había oído hablar, y que la hacía reír tanto que tenía que taparse la boca para no estallar en carcajadas y entorpecer el trabajo de sus compañeras.

Al último rezo vespertino lo llamaban *lucernarium*, porque se recitaba cuando ya estaba oscuro y era necesario prender los cirios. Con unos horarios tan rígidos y tanto trabajo por delante, Francesca apenas disponía de tiempo para pensar en lo que había dejado atrás.

La cocinera, una monja regordeta de andares parsimoniosos que se llamaba Elvira, se acercó una tarde a su celda para preguntarle si la podía librar de las almorranas, que no la dejaban vivir. La muchacha le dio tres instrucciones fáciles de seguir: dejar de comer platos picantes, consumir verduras y aplicarse cataplasmas de piedra arábiga molida. Al cabo de una semana, Elvira daba saltos de alegría porque las hemorroides se le habían secado, y a partir de aquel momento la dejó entrar en la cocina con total libertad. Siempre que podía se colaba allí para aliviar el frío junto a sus enormes chimeneas, un privilegio reservado solamente a poquísimas novicias.

Allí también descubrió que no solo existía un tipo de vino. Un día que Elvira estaba distraída, entró en la bodega, donde se guardaban decenas de botas cubiertas por dentro de brea para evitar que el vino se convirtiera en vinagre. Estaba el tinto, el griego, que era muy apreciado, el corso, el de Candía, el de Calabria... Cuando un vino no era muy bueno, las monjas le añadían jengibre blanco, canela, amomo, que tenía un sabor picante como el de la pimienta, clavos y miel, y se convertía en el hipocrás, el vino más sabroso del mundo.

Las comidas también estaban reguladas, como toda la vida dentro del monasterio, y se tomaban en común en el refectorio, una gran sala con arcos ojivales en el techo y una larga mesa en forma de U. El *ientaculum*, la primera del día, consistía en un poco de pan con miel, vino y aceitunas; a media mañana tomaban el llamado *prandium*, a base de pan, queso y algo de fruta; y la comida más importante del día era la *coena*, que se servía por la tarde y en la que siempre estaban presentes la carne o el pescado, durante la cual se leía o se conversaba. En pocas semanas, Francesca ganó peso y ya no se le marcaban todos los huesos del cuerpo.

Se hizo muy amiga de otra novicia que tenía pocos años más que ella. Era una muchacha enjuta, de ojos gigantes y azules como dos lunas, de rostro pecoso y pelo negro. Se llamaba Valençola y había trabajado en el burdel de Viladalls desde que sus padres habían muerto y se había encontrado sola en la calle. Se había escapado de allí porque el hostalero abusaba de ella, y después de pasar semanas viviendo de la caridad la habían aceptado en las Magdalenas bajo el juramento sincero de que se arrepentía de sus pecados. De inmediato había sentido una necesidad imperiosa de protegerla. Se la llevaba con ella a la cocina y Elvira fingía no verla. Allí se contaban historias junto al fuego mientras tostaban almendras y se calentaban los dedos de los pies, que se les habían puesto morados a causa de los sabañones. A medida que pasaban las semanas, la cocinera les iba encargando más y más tareas. Primero solo permitía que la ayudasen a poner al fuego las enormes marmitas de metal donde preparaba el caldo de gallina o bien que cargasen los sacos de harina, pero luego comenzó a permitirles que amasaran el pan e incluso que preparasen algunas comidas más complicadas, como las empanadas, uno de sus platos favoritos: amasaban la harina, las metían en el horno de leña y las rellenaban con carne o con pescado mientras recitaban salmos o canturreaban las canciones que aprendían en el oratorio.

Dormían juntas a hurtadillas para no pasar tanto frío por la noche y, bajo la exigua vela que les había dado Elvira, Francesca enseñaba a leer a su amiga, que aprendía con facilidad. Sin darse cuenta, la compañía que se hacían una a la otra las había ayudado a llenar aquel vacío tan amargo que habían dejado todas las personas que amaban.

Pero aquella vida plácida se terminó el día que una prostituta con la piel del color de la noche entró por la puerta del convento de las Magdalenas: Maria la Negra, la llamaban. Superado el susto inicial, decidió convencerse de que no debía temer nada porque aquella muchacha nunca la reconocería y, por tanto, no revelaría su verdadera identidad. Al fin y al cabo, la última vez que se habían visto Francesca era solo una niña.

Barcelona, 1375
Siete años antes

Cuanto más se adentraban en aquella parte de la ciudad, más la invadía una inquietud desconocida, como si algo terrible estuviese a punto de suceder y ella fuese a meterse allí de cabeza. Francesca tenía ocho años y no se apartaba de la falda de su madre, aunque su paso acelerado la obligase a correr en más de una ocasión. A su lado, Bonanada iba cargada con una silla de partos que más de un transeúnte miraba con curiosidad; las habían requerido en un lugar llamado hostal de Viladalls, muy cerca del portal de la Boqueria. Las calles eran oscuras y húmedas por la altura de los edificios, que no dejaban pasar la brisa marina para limpiarlos del hedor a descomposición que flotaba en el aire. En una esquina, una mujer de pelo largo y negro estaba recostada en la pared con las tetas a punto de salírsele por el escote. Llevaba un collar vistoso y, aunque hacía frío, no llevaba ni abrigo ni capa; había oído decir que en la ciudad de Barcelona las prostitutas tenían prohibido llevarla para que nadie las confundiese con mujeres decentes. Se les acercó con una sonrisa pícara y desvergonzada. Sus labios eran rojos como las cerezas y tenía las mejillas encendidas por algún tipo de pintura. No podía decirse que fuese guapa, pero todo en ella era muy diferente de lo que Francesca solía ver en las muchachas de su barrio, un suburbio nacido junto a la playa, la antigua Vilanova de la Mar, que ahora todo el mundo llamaba la Ribera.

—¿Qué se os ha perdido aquí, doncellas? —preguntó bajándose aún más el escote. La niña no podía apartar la mirada de aquel par de pechos enormes—. ¿Y esta criatura tan rubia? ¿Acaso la traéis al burdel? Ganaréis una fortuna, os lo puedo asegurar. ¡Pagarán lo que queráis! —dijo con una carcajada.

—No deberíamos haber traído a la niña —le recriminó la madre a la abuela en un susurro.

—Tu hija tiene que aprender el oficio, y cuanto antes lo haga, mejor —contestó Bonanada—. Tú también empezaste a su edad.

Giraron hacia la calle Viladalls, donde se alzaba uno de los dos burdeles de la ciudad, que, en las conversaciones a puerta cerrada, tanto las autoridades como la Iglesia aceptaban como mal menor y necesario. ¿Cómo, si no, podrían los hombres librarse de sus instintos más bajos y dedicarse a asuntos más importantes? Alrededor de un burdel siempre se reunían los personajes que una sociedad decente rechazaba, desde las meretrices hasta sus alcahuetes, que las explotaban hasta extraerles la última gota de sangre, así como ladrones, mendigos y gente de mal vivir. Las muchachas tenían prohibido alejarse mucho para no ofender con su presencia a los llamados ciudadanos honrados, o sea, los rentistas y mercaderes, pero aquella ley se vulneraba a la luz del día porque todas ellas, que con frecuencia procedían de familias pobres que no podían permitirse una dote y casarlas, debían buscar clientes bajo las piedras si no querían morirse de hambre y se contoneaban por todos los rincones de la ciudad para cazar con la guardia baja a clérigos, comerciantes o padres de familia. Los dueños de los burdeles, por su parte, les cobraban alquileres abusivos y las obligaban también a comprar allí la comida, de modo que era prácticamente imposible salir de aquella rueda en la que giraban y giraban sin fin.

La puerta del edificio parecía un hormiguero: un centinela nocturno y un oficial armados con espadas hablaban con dos busconas muy risueñas. Pese a que los hombres de la casa del rey tenían prohibido frecuentar a prostitutas so pena de ser expulsados del cuerpo, ni las siete plagas de Egipto los habrían apartado de aquellas dos muchachas; una de ellas había deslizado la mano bajo la ropa del más corpulento y le frotaba con ahínco lo que escondía. Francesca sabía bien qué era, porque se lo había visto mil veces a su hermano pequeño. Un viejo sucio y desdentado estaba pidiendo limosna por los pecados del alma mientras un pequeño grupo rodeaba a dos hombres andrajosos que jugaban a dados y blasfemaban y vociferaban, soliviantados por el alcohol, con cada tirada. Se toparon de frente con un judío que huía. Desde una ventana, una muchacha lo increpaba.

—¡Lo que te he hecho con la lengua vale más que estos dos dineros de mierda! ¡Vuelve, perro, que te voy a acabar de recortar esa verga judía!

Con un ligero golpe en el brazo, la madre sacó a la niña de su ensimismamiento.

—Ya hemos llegado —dijo Bonanada.

Al entrar, un olor denso y acre les golpeó la nariz. Era una mezcla de orines concentrados, sudor y madera vieja de las vigas podridas que sostenían el techo. Un hombre gordo, de cara brillante y con poco tiempo que perder acudió a recibirlas.

—Ah, ya estáis aquí, Bonanada. Ya era hora —dijo, malhumorado, mostrándoles el camino—. Subid, deprisa.

Sin cruzar ni una palabra, las mujeres subieron por una escalera muy estrecha por la que bajaban hombres y mujeres sin parar. El hedor se iba asentando a medida que se adentraban en las entrañas de aquel lugar.

—No hemos podido llegar antes, venimos de otro parto. ¿Cuánto hace que han comenzado los dolores? —preguntó la abuela.

—Hará unas cinco o seis horas como poco. Los gritos asustan a los clientes, así que hacedla parir de una puta vez.

—Eso no lo decidimos nosotras, señor Just, sino Nuestro Señor.

Una vez en el piso de arriba, el hostalero las condujo a través de una sala alargada con diferentes compartimentos separados por unas cortinas deshilachadas que en algún momento debieron de ser blancas. Una de las telas se descorrió y salió un hombre que se iba ajustando una garnacha azul con forro de pieles y llevaba un sombrero ostentoso; sin duda se trataba de un mercader rico o de un consejero. Agachada sobre una palangana llena de agua, una mujer gorda y desnuda se lavaba sus partes. A través de las cortinas le llegaban unos gemidos parecidos a los de su padre cuando se acostaba con su madre y pensaban que todos dormían. Todo aquello no hacía otra cosa que aumentar la curiosidad que despertaba en ella aquel lugar. El hostalero las llevó a una estancia de la que salían unos gritos espantosos, muy distintos a los anteriores. La niña se aferró con fuerza a la mano de su madre.

—Siempre nos has preguntado qué significa ser comadrona, ¿no? Pues hoy lo vas a saber. Está a punto de nacer un bebé y la abuela y yo lo ayudaremos a llegar a este mundo con ayuda de santa Margarita y de la madre de Dios, que siempre ayudan a las parturientas —la confortó con una sonrisa tranquilizadora.

En el interior había cuatro mujeres medio desnudas, una de ellas con la piel muy negra y brillante, que captó toda su atención.

—Madre, es negra. ¿Qué le pasa? —preguntó la niña con los ojos muy abiertos.

—No le pasa nada, Francesca. Hay gente de ese color que viene de muy lejos —le explicó ella.

—Os dejo, que tengo trabajo. Cuando acabéis, pasad a cobrar. Quince dineros, ni uno más, ni uno menos, que hace semanas que esta no se acuesta con nadie, y con el miedo a la pestilencia, los clientes prefieren ir a misa que al burdel —dijo el hostalero de mala gana—. Aquí solo quiero a Maria la Negra; las demás, ¡a trabajar! —Y, después de hacerlas salir, cerró de un portazo a modo de despedida.

El recuerdo de la pestilencia, o landre, aún estaba muy presente, tanto en Viladalls como en el resto de la ciudad. Desde su aparición, en 1348, regresaba de vez en cuando. Aquel primer año, según contaba la abuela con frecuencia, una nave genovesa llegó a la playa con la tripulación enferma y moribunda. Se decía que se propagaba por el aire, o porque los judíos la introducían en el agua de los pozos o por la conjunción de los planetas, pero lo cierto era que ningún físico de la cristiandad había logrado encontrar la manera de frenar aquella terrible mortandad que había acabado con pueblos enteros, había hecho disminuir de forma alarmante la población de las ciudades y había extendido otro elemento incluso peor que la propia enfermedad: el miedo.

Francesca se fijó en que en un pequeño catre en el suelo yacía una muchacha pocos años mayor que ella, con el pelo largo color castaño pegado al cuerpo por el sudor y que por toda vestimenta llevaba una camisola que no ocultaba su prominente barriga. Eulàlia pidió a la tal Maria la Negra que fuese a buscar agua caliente y toallas.

—¿Cómo te llamas? —preguntó Bonanada a la parturienta.

—Me llaman Isabel la Valenciana —dijo ella con voz temerosa—. ¡Quiero salir de aquí! ¡Quiero a mi madre!

—¡No te fastidia! Tú no vas a ir a ninguna parte. Vas a tener un niño muy pronto y tienes que ser fuerte. Siéntate aquí —ordenó mientras señalaba la silla de partos.

La silla no tenía culo para sentarse ni el travesaño delantero, de tal modo que las mujeres que parían en ella permanecían con las nalgas atrapadas entre los travesaños laterales y las piernas separadas para que la comadrona pudiese observar desde abajo el canal del parto. Isabel se sentó con semblante desconfiado.

—Ya se ve la cabeza —dijo la abuela de Francesca,

que se había agachado para ver si faltaba mucho o poco para que saliese la criatura.

Eulàlia extrajo una botellita del interior del zurrón, se echó su contenido en las manos y se las frotó con energía. La habitación se llenó de una fragancia vegetal agradable. Bonanada imitó a su hija y también ofreció la sustancia a Francesca.

—Huele bien —observó la niña—. ¿Qué es?

—Una infusión de lino y fenogreco para limpiar las manos. Frota muy fuerte, que la criatura cuando sale tiene el alma a medio hacer y cualquier cosa se la puede llevar al otro mundo —advirtió la madre.

Una nueva contracción le arrancó un grito a Isabel, que empezaba a dar señales de agotamiento. La niña dio un respingo por el susto.

—Haz algo, madre —le pidió—, le duele mucho.

—Sí, pero no es un dolor como cuando te caes de rodillas o te das un golpe —la calmó ella—. Este dolor hace que la mujer se abra y la criatura pueda salir del vientre.

—Ven aquí y podrás ver la cabeza —ordenó Bonanada.

Se aproximó despacio. Se agachó y desde abajo miró donde le indicaba la abuela. Lo que parecía la cabeza llena de pelo de un bebé asomaba de donde pensaba que solo salía orina, cuya abertura era del tamaño de una coliflor. De los bordes resbalaba un líquido caliente mezclado con sangre que salpicaba el suelo y desprendía un olor intenso y ácido. Eulàlia se había puesto a frotar la barriga de la muchacha con otro líquido que olía a violetas y vinagre para ayudar a que bajase el feto.

—Ahora tendrás que empujar fuerte, como si quisieras echar al mismísimo diablo de tu interior —ordenó Bonanada.

—Dios no perdonará mis pecados... No los perdonará... He yacido con tantos hombres... tantos... —gimoteaba la joven entre lágrimas, exhausta.

—¡No seas boba, no es momento de lloriqueos! La madre de Dios quiere que este niño venga al mundo y vendrá. Así que escúchame bien: harás que nazca, como me llamo Bonanada y soy hija de la Ribera. —Cuando su abuela hablaba con aquella rotundidad era difícil llevarle la contraria—. ¡No quiero oírte protestar!

La muchacha, débilmente, asintió con la cabeza. Eulàlia se situó detrás de ella y la rodeó con los brazos por encima de la barriga.

—¿Qué haces? —preguntó Isabel alarmada.

—Ayudo a que la criatura baje. Puede que te duela un poco, pero nada que no puedas soportar. Eres joven y fuerte —le dijo con dulzura.

—Francesca, tú a mi lado —ordenó Bonanada.

La niña, que no se atrevía a respirar, lo observaba todo con los ojos abiertos de par en par por la curiosidad y la certeza de estar asistiendo a un momento importante.

—Aquí llega otra... ¡Fuerte, Isabel! ¡Empuja! —la conminó en voz alta.

La joven sacó fuerzas de donde pudo, apretó los dientes y, con un chillido, empujó. Se había doblado hacia delante agarrándose a los lados de la silla con las manos, pero Eulàlia la obligó a reclinarse otra vez mientras le presionaba con fuerza la barriga hacia abajo. Por unos instantes dio la impresión de que Isabel no podía respirar.

—¡Coge aire, ¡ahora! ¡Fuerte! —la animó Bonanada con una seguridad que no admitía dudas.

Esta vez el grito de dolor llegó a la calle. Francesca observaba cómo la cabeza del bebé se abría paso acompañada de más líquido y sangre y la abuela la sostenía con las manos.

—Una toalla —pidió.

Maria la Negra se apresuró a entregarle una de la pila. Bonanada colocó la toalla en el suelo y estiró del cuello de la criatura hacia abajo para extraer todo el cuerpo. En un santiamén se deslizó, pero las manos expertas de la vieja lo alzaron enseguida, antes de que tocase la tela, y por fin Francesca comprendió de dónde provenía el nombre de *comadrona*: su abuela y su madre se dedicaban a traer hijos al mundo *con la madre*.

—Una niña.

Bonanada le dio un cachete en el culo y la criatura comenzó a bramar como la trompeta del nuncio de la ciudad. Eulàlia ya había mojado con agua caliente más toallas y le estaba limpiando la sangre y una fina telilla blanca que le recubría el cuerpo. La abuela le alargó un cuchillo a su nieta y agarró el cordón umbilical entre los dedos.

—Córtalo por aquí —señaló.

La niña sostuvo la herramienta bajo la atenta mirada de todas. Cortar el cordón le costó mucho menos de lo que esperaba, tenía la textura de una cuerda podrida por el agua del mar. Cuando terminó, la abuela lo anudó ágilmente.

—¿Está bien la pequeña? —preguntó Isabel, que todavía respiraba agitadamente.

—Sí, antes era de color lila, pero ahora ya está más guapa —le explicó Francesca muy satisfecha.

Isabel tomó a la recién nacida en sus brazos y se quedó mirándola absorta.

—Francesca, aún tienes que aprender una cosa. Vuelve aquí.

La niña volvió a agacharse junto a su abuela.

—Ahora tienen que salir las secundinas, que a veces tardan un poco.

Del agujero por donde había salido la niña colgaba el cordón umbilical, pero nada se movía. Al cabo de un momento, la abuela volvió a untarse con el ungüento de lino y fenogreco y le introdujo una mano.

—Si no salen, hay que ayudar con la mano. No debe quedar nada dentro. Así... —explicó mientras hurgaba en el interior.

De repente, del interior del cuerpo de la muchacha salió lentamente la placenta, caliente y chorreando sangre.

—Ahora sí, hemos terminado.

Limpió a la joven con el resto de las toallas y agua.

—Muchas gracias... —susurró la prostituta sin apartar la mirada de su hija—. Es un milagro de Nuestro Señor Jesucristo. Qué menudita es. Se llamará Arcàngela.

Avisaron a las compañeras que aguardaban fuera de que ya podían pasar y entraron en tromba a felicitarla y a admirar a la recién nacida. Bonanada y Eulàlia estaban recogiendo las toallas y limpiando el suelo de líquidos cuando Francesca decidió echar un último vistazo a aquella criatura a la que había ayudado a traer al mundo. Algo le llamó la atención, una pequeña señal de alarma que no sabía cómo identificar.

—Abuela, madre, mirad... —advirtió.

De pronto, toda la alegría desapareció para ser sustituida por una oleada de miedo. La cara de Isabel estaba blanca como la cera y Maria la Negra tuvo que sostenerle a la criatura para que no se le cayese de los brazos.

Todo el mundo se arrimó a la pared para dejar paso a las comadronas. La abuela retiró la sábana para descubrir una mancha de un rojo vivo extendiéndose entre las piernas.

—¡Qué demonios! Rojo claro —dijo con un mohín.

El rostro de Eulàlia se ensombreció mientras sostenía la muñeca de la joven para buscarle el pulso. Francesca siempre había oído que la sangre de ese color no auguraba nada bueno, que corría tan rápido fuera del cuerpo como el agua de un torrente después de un aguacero. Se quedó mirando la escena desde un rincón, aguantando la respiración.

Bonanada metió la mano por donde había salido la niña hacía solo un instante, pero la sangre manaba sin cesar, más y más.

—Quizá aún pueda... Sí, creo que la puedo cortar...

—Madre, déjalo.

La abuela continuaba con la mano dentro de la muchacha, hurgando, buscando el modo de frenar la vida que se le escapaba, pero los ojos de Isabel ya se habían vuelto de hielo.

—Déjalo —insistió Eulàlia poniéndole la mano en el hombro—. Está muerta.

Bonanada, con las mangas enteras empapadas de sangre, agachó la cabeza un momento y suspiró. Arcàngela no dejaba de llorar, como si hubiese intuido el futuro que le esperaba sin padre ni madre. Sobre un lecho totalmente encarnado descansaba el cadáver de una muchacha de solo quince años. Francesca, completamente paralizada, no pudo derramar ni una sola lágrima.

Aquella noche era más fría que de costumbre, y Francesca temblaba bajo la finísima sábana que la cubría pese a estar vestida y tener a Valençola a su lado. Un fuerte estrépito retumbó por todo el convento. Aguzó el oído: parecía que alguien estuviese echando abajo las puertas. En su interior notó una punzada de inquietud. Poco después, los ruidos resonaban por las paredes del claustro. Entre inquieta y temerosa, entreabrió la puerta. Los gritos y el rumor de las espadas subían por la escalera hasta el piso donde se encontraban las celdas de las novicias. Valençola se despertó.

—¿Qué pasa? ¿Qué es ese ruido?

Francesca cerró la puerta de golpe con un mal presentimiento y recostó el hombro en ella. «No hay pestillo.» Todavía se resistía a creer la evidencia. Hasta que oyó su voz.

—Berenguer. Me ha encontrado.

Aquello solamente podía significar una cosa: Maria la Negra la había reconocido y le había contado a la priora quién era. Ignoraba qué podía haberla empujado a desvelar su secreto, pero las envidias entre novicias podían llegar a la crueldad, y el hecho de que ella gozase del favor de Elvira podía ser un motivo muy poderoso.

—¿Quién te ha encontrado? —titubeó Valençola, aún medio dormida. Al ver a su amiga blanca y temblorosa, se espabiló—. Florensa, ¡cuéntame qué pasa de una vez! ¡Me estás asustando!

—No me llamo Florensa, me llamo Francesca.

Se ahogaba.

—¡Viene a por mí! —gritó dominada por el pánico—. ¡Tengo que huir!

Los gritos cada vez eran más fuertes. Chillidos de mujeres. Portazos. Abrían las celdas una por una.

—¿Quién viene a por ti? ¿Por qué tienes que huir?

—Porque Berenguer me ha encontrado. Mi padre me ha prometido con él y por eso está aquí.

De pronto Valençola lo comprendió todo.

—Pues tienes que huir ahora mismo. —Revisó la habitación con ansia—. Pero ¿por dónde?

Los gritos se acercaban.

Francesca también miraba a su alrededor con desesperación. La única salida era la ventana. Calculó si podía saltar desde allí y sobrevivir. Cuando ya se disponía a lanzarse ante la mirada aterrorizada de Valençola, la puerta se abrió de par en par y apareció su figura imponente. Tenía un aspecto más brutal que nunca. Y aquellos tres iris la miraban con una rabia ardiente. Blandía una espada y respiraba con agitación.

—¡Mala pécora! —exclamó Berenguer.

A continuación, cinco o seis hombres armados se agruparon detrás de él y, a su señal, entraron. Valençola se resistió como una leona, les arañó cara y brazos, pero la redujeron fácilmente, y luego, de un empujón, la estamparon contra la pared y la dejaron fuera de combate. Los hombres cortaron la salida, y así Berenguer pudo agarrar a Francesca sin dificultad y llevársela al hombro boca abajo. La tenía bien sujeta. Todos los esfuerzos para liberarse eran inútiles. El grupo de secuestradores bajó a toda prisa por la escalera. Se la llevaban de su refugio para siempre. Monjas gritando. Arrojaban objetos a los hombres. Hábitos negros de aquí para allá. Elvira y la priora Constança se plantaron delante de ellos en la puerta de la calle con la dignidad como única arma. Los hombres se rieron. Uno de ellos las empujó con fuerza y cayeron como figuritas de paja. Cuando Francesca salió a la calle a lomos de aquella bestia, vio alejarse el convento, así como su sueño de libertad. Ni siquiera aquellos muros tan gruesos habían podido protegerla de su futuro marido.

Nupcias de primavera

Bonanada llamó a la puerta de la rectoría de Santa Maria del Mar perfectamente tapada con su capucha de paño viejo. El hombre tardó en abrir; era ya mayor, y arrastraba un dolor de piernas que ni los ungüentos de la mujer conseguían aliviar. Con pocas palabras, Bonanada le contó al rector que su yerno estaba a punto de forzar a Francesca a casarse. El clérigo, que ya estaba curado de espantos, la tranquilizó y le prometió que haría todo lo que estuviese en su mano para evitar aquel disparate.

—La Iglesia jamás dará por válido un matrimonio si no consienten los dos —aseguró sin mucha convicción.

Sabía de sobra que una cosa era lo que decía la ley y otra lo que ocurría en realidad. Aun así, la curia episcopal emitió una orden en la que decía que ningún sacerdote podía dar su bendición a aquel matrimonio. Bonanada respiró algo más calmada. Después de todo, cabía la posibilidad de que su nieta se salvase.

Blanca

El sol ya se había ocultado y las mujeres se apresuraban a llenar el enorme recipiente con agua caliente, que trasladaban con ollas desde la cocina. Se despojó de la camisola y se metió con prudencia: no estaba acostumbrada a bañarse de cuerpo entero. En el agua habían echado flores de romero y de espliego para perfumarla y para que fuese irresistible ante su futuro marido. La lavaron con esponjas y la ungieron con aceites, la secaron con toallas y la vistieron con la ropa nueva: calzas rojas de lana sujetas con un liguero y un vestido de satén carmesí con cordones delante para ceñir el pecho. Suspiró y se puso las manos en el vientre para deshacer el nudo de nervios que la atenazaba. Con aquella indumentaria y el pelo suelto sobre los hombros, la novia estaba preparada para el gran día que le esperaba. Solo una cosa la atormentaba: su futuro marido amaba a otra mujer.

Francesca

Antònia Gasull le había prestado un vestido de paño largo, un poco ceñido por la cintura y de un descolorido color amarillo, que ya no le entraba después de tantos embarazos. La abuela estaba acabando de cosérselo porque le iba ancho. Francesca había perdido mucho peso y tenía unas ojeras oscuras alrededor de los ojos que delataban muchas noches en vela. Berenguer se la había llevado al pueblo de Montcada, a la casa de su hermano, y hacía tres días que la tenía encerrada por miedo a que se volviese a escapar y para evitar que alguien impidiese los esponsales. Estando lejos de la ciudad era más difícil que los encontrasen y desbaratasen sus planes.

Bonanada había aceptado su derrota en silencio, maldiciendo al rector y sus vacuas promesas. Estaba desenredando el pelo de su nieta con esmero a la luz de una vela, y cuando le soltó la melena por la espalda, como un torrente de oro, pensó sencillamente que nunca había visto una novia más hermosa en toda su vida. Ni tan triste.

Blanca

La casa de la novia, en la calle Carders, tenía las puertas y las ventanas engalanadas con flores y gallardetes de colores para celebrar aquel gran día, y lucía tanta pompa que los vecinos se acercaban a echar un vistazo llenos de curiosidad. En el portal, un caballo blanco esperaba a la novia. Un mozo la ayudó a montar y todos los hombres que la acompañaban, parientes y amigos de la familia, encendieron antorchas para iluminar la noche. A pesar de que las autoridades no veían con buenos ojos aquella muestra de ostentación en época de carestía, Llúcia había insistido en salir en procesión para que todo el barrio viese la suerte que tenía su hija al casarse con Martí Rotlan, la gran promesa de la Ribera. Con la novia al frente, emprendieron la marcha por las calles de la ciudad, y a su paso la gente gritaba, aplaudía, lanzaba piropos a la muchacha y se maravillaba ante un espectáculo tan bonito.

Francesca

Las marcas de los golpes con que su padre la había recibido al llegar de las Magdalenas aún eran visibles en los brazos y el tórax, pero nadie tenía por qué verlas, pues el vestido las tapaba convenientemente. «Las verá él», pensó, de pronto, Francesca. Se estremeció al pensar en la noche de bodas. Apenas sabía qué esperar, pero con Martí se la había imaginado como un regalo de placer y amor. Ahora ya había borrado de su cabeza aquellas ideas y dedicaba todos sus esfuerzos a no pensar en nada, a mantenerse vacía e indiferente, quizá así conseguiría lo que aparentemente todo el mundo sabía hacer y ella no: resignarse.

Blanca

Blanca observaba de reojo a Martí, sentado a su lado bajo un palio cubierto de flores a la entrada de la casa. Su tío sería el encargado de oficiar la ceremonia.

—Ya puedes pronunciar los votos matrimoniales —dijo el hombre.

—Yo, Blanca, os doy mi cuerpo, Martí Rotlan, por leal esposa y tomo el vuestro por leal marido —dijo, titubeante.

—Ahora vos, Martí.

—Yo, Martí...

Se detuvo. Las palabras le quemaban en la garganta. Su tío le recordó qué iba a continuación.

—Os doy mi cuerpo, Blanca...

—Os doy mi cuerpo, Blanca —repitió él casi en un susurro.

—... por leal marido y tomo el vuestro por leal esposa.

—... por leal marido y tomo el vuestro por leal esposa.

Se notó un suspiro de alivio general. Blanca había cerrado los ojos para no sentir tanta vergüenza. Se sobrepuso; al fin y al cabo, Francesca se encontraba lejos y él estaba allí, a punto de convertirse en su marido.

El sacerdote, que estaba entre el público, dio un paso adelante, como era tradición.

—¿Alguien tiene conocimiento de que estas dos personas sean familia?

Unos cuantos noes se escucharon entre los casi ochenta invitados.

—¿Alguien conoce algún impedimento para que el matrimonio se celebre?

Martí volvió los ojos hacia su padre con todo el pesar del mundo. Dalmau Rotlan le devolvió una mirada amenazadora. A Blanca le sudaban las manos. Notaba decenas de miradas clavándose en su nuca, compadeciéndose de ella, murmurando palabras malévolas, mofándose de su desdicha.

—Pues si nadie tiene nada que decir, os doy mi bendición —añadió el sacerdote.

Y con aquellas palabras Martí y Blanca se convirtieron en marido y mujer. Tendría que haber estado contenta, pero lo único que sentía era el cuerpo entumecido y la frente caliente. El beso no llegaba. Más vergüenza. El padre del novio gritó:

—¡Bésala de una vez! ¡No seas tímido, cojones!

El hijo obedeció. Un beso frío y amargo. Y la gente estalló en gritos de júbilo y alegría.

En cuanto comenzó la ceremonia, Berenguer hizo cerrar las puertas de la casa con llave para que nadie pudiese entrar y, sin disimulo, entregó una buena cantidad de dinero al sacerdote del pueblo al que había mandado llamar para oficiarla. Francesca no levantó la vista del suelo hasta que llegó el momento de comprometerse públicamente con los votos matrimoniales.

—Yo, Francesca, os doy mi cuerpo, Berenguer Satorra, por leal esposa y tomo el vuestro por leal marido —dijo el sacerdote, esperando que la muchacha las repitiese. El hombre hablaba deprisa, se notaba que no se sentía cómodo y quería terminar lo antes posible.

Ante su silencio pertinaz, Ramon se levantó del banco y la amenazó con darle una nueva sarta de golpes si no hablaba. Berenguer se retorcía las manos inquieto. Aquella condenada le tenía el cerebro sorbido y hacía malabares con su corazón. La deseaba y no pensaba mendigar su amor. Si no le daba lo que quería, lo tomaría sin permiso. «Esta noche te bajaré esos humos, espera y verás.» Estaba dispuesto a hacerle pagar tanto menosprecio.

De repente, llamaron a la puerta de la casa. Era el nuncio del obispo, que traía una carta de la curia episcopal para detener la boda. Francesca corrió hacia la ventana con un atisbo de esperanza. El sacerdote que oficiaba la ceremonia se quedó blanco como el papel, y ya se disponía a marcharse cuando Berenguer lo agarró del brazo y lo hizo sentarse con malos modos. Luego apartó a Francesca de la ventana y amenazó al nuncio con introducir en su sagrado culo un cirio de dimensiones colosales si no se largaba de inmediato. El emisario del obispo se marchó en el acto, pues no tenía intención de poner en peligro su físico por una carta, y no se lo volvió a ver. Desesperada, Francesca trató de correr hacia la ventana, pero el hermano de Berenguer la redujo y su padre le propinó un par de bofetadas. Finalmente, pronunció los votos matrimoniales con sabor a sangre en la boca. Se acababa de casar con un monstruo y parecía que nadie se hubiese dado cuenta.

Blanca

Todo el mundo bailaba al ritmo de la música que los juglares interpretaban con sus cornamusas, flautas y trompas. Las antorchas iluminaban los restos de comida desperdigados por las mesas: cabrito asado con ajos y cebollas, salsa de almodrote —a base de queso y ajos— e higos negros, cerezas y confites.

Llúcia observaba a los novios desde un rincón y no le gustaba lo que veía. En toda la larga jornada, Martí se había mantenido frío y distante con su hija, pese a las constantes atenciones de la muchacha. No hacía otra cosa que beber, y a aquellas alturas le resultaba difícil mantenerse en pie. Evitaba su mirada y apenas había cruzado cuatro palabras con su flamante esposa. Y sabía de sobra que, si aquella noche no se consumaba, el matrimonio podía peligrar. Pragmática como era, trazó un plan para que los vínculos con los Rotlan fuesen definitivos e indestructibles.

Francesca

No probó el pollo, ni el potaje de después, ni el nogado, hecho con nueces, miel y harina. Nada. Los gritos y las risas de su padre, su marido y su cuñado, celebrando aquella farsa como si hubiesen ganado una guerra, le habían provocado un nudo en el estómago. Habían estado bebiendo vino durante horas. Quizá, después de todo, se libraría de la noche de bodas.

Su abuela observaba la escena desde un rincón. Reconocía la violencia de los hombres cuando se escondía tras unos ojos de lobo como los de Berenguer. No podía evitar que el matrimonio se consumase, pero había algo que sí podía evitar: que su nieta se quedase preñada de aquella bestia. Se sentó al lado de Francesca y, por debajo de la mesa, le entregó una bola de lana bañada en resina y vino. Bajito, le dio una única instrucción: de ahora en adelante, debía introducírsela en la vagina antes de tener relaciones. La muchacha había asistido a suficientes partos como para saber de qué le hablaba.

Blanca

Llevaba tiempo esperándolo en la estancia, que habían engalanado con flores y lavanda. Llúcia acompañó al novio hasta la puerta. Con una sonrisa desafiante, le dio a entender que no se movería de allí hasta llevarse la virginidad de su hija. Ni ella ni las otras siete mujeres que la acompañaban. Martí entró y se reclinó en la pared. Estaba tan borracho que todo le daba vueltas. Sostenía una copa de vino llena a rebosar. No había escapatoria. Llúcia era el perro de su padre. Si no cumplía, iría a contárselo. Y sabía que cuando se enfadaba podía ser muy cruel y violento. Vació la copa de un solo trago. Blanca lo miraba con una mezcla de miedo y expectación. Se quitó la camisola. Luego, el justillo que le sostenía los pechos. Martí apartó la mirada y tiró la copa al suelo. Y se acercó a su esposa con una cara que apenas podía disimular la pena que lo consumía.

Francesca

Berenguer la hizo subir a rastras por la escalera. Cerró la puerta de la habitación con llave y arrojó a su esposa sobre la cama como si fuera un saco. Tenía la lascivia grabada a fuego en la mirada. Los tres iris recorrían sus pechos, su vientre, su culo...

—Ahora ya estamos casados ante Dios. Yo te procuraré lo que necesites para vivir, pero tú tienes que cumplir con el matrimonio, ya lo sabes —iba diciendo mientras se acercaba—. Puedo ser muy bueno si sabes cuidar bien de mí... —dijo con voz melosa.

Francesca echó un vistazo a la estancia buscando una salida, pero no la encontró.

—¡Si no quieres hacerlo de buen grado, lo harás a la fuerza, condenada furcia! —Ya estaba junto a la cama.

La muchacha corrió hacia la ventana. Ni siquiera podía acabar con su vida tirándose: habían atrancado los postigos.

Blanca

Martí se bajó las calzas. Se puso encima de ella con brusquedad. Le abrió las piernas y la penetró con violencia, arrancándole un quejido de dolor. Comenzó a empujar con fuerza. Así los castigaba a todos: a Llúcia, a su padre, a Blanca..., a todos. Soltó un gruñido profundo. Se levantó. Salió del dormitorio dando un portazo. Pasó por delante de Llúcia y las mujeres sin mirarlas. Blanca lloraba sobre las sábanas manchadas de sangre. Maldecía a su amiga porque todo aquello era culpa suya. Pero, por desgracia, no podía odiarla. La quería demasiado. Así que se resignó a sentir una honda amargura en el estómago y cerró los ojos.

Francesca

Berenguer le rasgó el vestido. Dejó al descubierto sus pechos blancos y firmes. Se puso encima de ella. La muchacha no podía moverse. Luchaba con todas sus fuerzas. Golpeaba. Arañaba. Con un gesto expeditivo, el hombre la hizo girar sobre sí misma. Le levantó la falda. Le bajó las calzas. Con una sacudida, la penetró con fuerza por detrás. Un dolor agudo. Ella pensó que iba a perder los sentidos. La sangre caliente se deslizaba entre sus piernas. Ni siquiera podía llorar. Él gruñó como un puerco. Se desplomó a su lado. La Francesca que conocía había desaparecido. La había sustituido una muchacha con un rencor infinito y a la que acababan de violar.

El hospital de Colom

El viaje en carro por el camino de Montcada fue un suplicio para Francesca; el dolor y el escozor que sentía entre los muslos eran insufribles. Berenguer había abusado de ella tantas veces como le había apetecido hasta quedarse dormido boca arriba como un cerdo satisfecho. Avanzaban despacio junto al lecho del Besòs a través de campos sembrados, de viñas, de frutales y de masías desperdigadas aquí y allá. Pasaron por la Vallbona, por la carretera de Ribes, el pequeño núcleo de Sant Andreu y el Clot hasta entrar en la ciudad por el portal Nou. La mula que arrastraba el carro se detuvo ante su nueva casa de la Ribera, un edificio de dos plantas en la calle de la Pescateria, muy cerca del mar. Al entrar vio un pequeño patio con una bodega donde se distinguían diversas botas de vino y utensilios para prensar la uva. En la planta superior los recibió la esclava Guillemona, una muchacha asustadiza que no tenía ni quince años, de pelo anaranjado y rebelde, que iba llena de harina de amasar el pan. Cuando Berenguer pasó por delante, ella bajó la mirada como si temiese un grito o recibir un golpe. Ahora que conocía más a su marido, no era difícil imaginar los tormentos que habría sufrido la muchacha mientras vivían solos.

A mediodía, Berenguer arrastró a Francesca hasta el dormitorio.

—¡Por favor, Guillemona! ¡Ayúdame! —imploró, pero la jovencita corrió a esconderse a la bodega. No podía reprochárselo; al fin y al cabo, la esclava había estado sometida a la crueldad de aquel hombre durante mucho tiempo.

—¡Condenada mujer! ¡Tienes que cumplir como esposa, es tu deber! —exigió él, furibundo, mientras la arrojaba sobre la cama—. Ya te domaré, ya...

Francesca volvió a resistirse con todas sus energías, pero le sirvió de muy poco ante un hombre despiadado como él, y de nuevo abusó de ella. Pero, a pesar de las prisas y la violencia, no había olvidado ponerse la bola de lana que le había entregado Bonanada.

Cuando ya estaba saciado, Berenguer, mientras se metía la camisa dentro de las calzas, le dijo:

—Hazme la comida, tengo hambre.

La muchacha salió corriendo hacia la cocina y se refugió en un rincón. Poco después, Guillemona asomó la cabeza por la puerta, miró a lado y lado para asegurarse de que el amo no estaba y se acercó a ella. Se sentó a su lado en silencio y le pasó el brazo por el hombro. No era necesario decir nada, ambas compartían el mismo dolor. Al cabo de bastante tiempo, Francesca se fue calmando, hasta que se levantó, un poco agarrotada, y se acercó a la mesa, donde descansaba un aguamanil. Vertió agua en una bacinilla y se refrescó la cara y el cuello. Aquello la animó. Miró un momento por la ventana, desde donde se veían los tejados de las casas de alrededor, mientras reflexionaba acerca de su situación: si quería sobrevivir a aquel infierno y volver a ver a sus hermanos tendría que cambiar de actitud. Y supo qué debía hacer. Comenzó a dar órdenes a Guillemona para que la ayudase a coger una de las marmitas que reposaban en una balda al lado de la chimenea, junto a un espetón, parrillas y ollas. Se notaba que al dueño de la casa le gustaba comer bien y que su anterior esposa debía de ofrecerle buenos banquetes. Cortó las verduras y las metió en el agua, que ya estaba hirviendo, junto con unos pichones. Mientras la esclava vigilaba, ella preparó una salsa que su madre le había enseñado a hacer años atrás, el mirrauste, con almendras, caldo, canela y azúcar. Cuando lo tuvo todo listo, ella misma avisó a Berenguer. El hombre se dirigió a la mesa con desconfianza, pero al ver el manjar que le había preparado, se sentó y no dijo una palabra hasta que estuvo saciado. Francesca pensó que aquel era el momento y tenía que aprovecharlo. Desde una distancia prudencial, se dirigió a él en voz alta para fingir una fortaleza de la que carecía.

—Esposo —dijo titubeante. Aquella palabra le hería la boca—. Si me lo permites, me gustaría mucho ir a ver a mis hermanos al hospital. No los veo desde...

La voz se le quebró y se puso a llorar, pese a los esfuerzos por evitarlo. Berenguer la miró durante un instante hasta que finalmente suspiró y dijo:

—Vamos, vamos, no llores más. Si yo por ti haría lo que fuera, mujer. —No reconocía su tono calmado, incluso afable—. Ve a ver a tus hermanos, que yo estaré aquí esperándote... ¡calentando nuestra cama!

Mostró una sonrisa llena de manchas negras, y la angustia hizo que Francesca tuviera que apartar la vista. Sabía a qué venía aquel cambio de actitud. «Debes de pensar que así me ablandarás.» Antes de que su marido cambiase de parecer, salió a toda prisa hacia la barraquita a ver a Bonanada, a quien añoraba más de lo que habría imaginado.

Cuando su abuela la vio andar con las piernas abiertas, se cubrió la boca y soltó cuatro blasfemias; enseguida, sin necesidad de oírlo, adivinó lo que Berenguer le había hecho. La hizo sentar en la silla para inspeccionarle las partes íntimas y a continuación le aplicó un ungüento a base de manzanilla y aloes que le calmó el escozor. Luego salieron en dirección al hospital que acogía a Joan, Anna y Pere.

El hospital de Colom había sido fundado en 1219 por el canónigo de la catedral de Barcelona, Joan Colom, y, como todos los hospitales de la época, en un principio no estaba destinado a curar enfermos, sino a dar cobijo y alimentar a personas pobres y desvalidas. Por ese motivo, el médico solo acudía cuando se le avisaba. Se encontraba en las afueras de Barcelona, en el Raval, un lugar aún bastante despoblado donde abundaban los campos y huertos bajo la antigua riera de Valldonzella, que provenía de Sarrià, en una calle que con el tiempo se convertiría en la del Hospital. Las dos últimas plagas habían dejado una huella profunda: la de 1360, la llamada «mortandad de los pequeños», había aniquilado prácticamente a todas las criaturas que allí vivían. Durante la última epidemia de landre, la de 1375, a la que se llamó «mortandad de los medianos» porque afectó más a los adolescentes, murieron la mitad de los huérfanos y también gran parte del personal. Uno de los supervivientes había sido el presbítero Esteve March, el responsable de la institución. Fray Esteve era un hombre gordo y flácido. Al andar, sus carnes temblorosas y fofas se movían como si tuviesen vida propia, lo que provocaba un efecto curioso a la vista que lo convertía en blanco de todas las miradas. No era muy reconfortante ver un cuerpo tan bien alimentado mientras la mayoría de los pequeños estaban en los huesos, pero Francesca había aprendido hacía tiempo que había cosas que más valía no comentar.

El hombretón, que conocía a su abuela por las curas que en ocasiones acudía a hacer a los críos, las acompañó al interior. El pequeño Pere estaba con una ama de cría y las recibió con un concierto de sonidos guturales y babas, y ella lo cubrió de besos de la cabeza a los pies. En poco tiempo había dado un gran estirón. Con su hermano en brazos, salieron a un patio en el que jugaba una decena de niños y niñas, entre ellos, Joan y Anna. Estaban más delgados, y el rubio de su pelo era ahora castaño a causa de la roña. Tenían ampollas en las manos y el cuello, pero, pese a verlos tan demacrados, hizo de tripas corazón y ofreció la mejor de sus sonrisas. Anna corrió a abrazarlas, tanto a ella como a la abuela, pero Joan ni las miró. Después de un momento de mimos con su hermana, Francesca se arrodilló al lado del niño.

—Dios te bendiga, Joan. ¿Me das un beso?

—No.

—¿Estás enfadado?

—No.

—Entonces, triste.

—No.

Francesca suspiró. Y para romper el hielo lo intentó con otra estrategia.

—¿Me enseñas este sitio?

Mientras Bonanada visitaba a algunos enfermos, los dos hermanos llevaron a Francesca a dar una vuelta por su nuevo hogar. Entraron en un almacén donde se amontonaban jergones de paja y colchones. En un rincón había algunos féretros pequeños y Francesca apartó la mirada. Joan hablaba cada vez más, se acercaba a ella y, en cierto momento, notó su manita huesuda entre los dedos. La aferró con fuerza y ya no volvió a soltarla. Para finalizar, la llevaron a la pocilga, donde le presentaron a los cochinillos Judas y Simón, bautizados como los santos apóstoles patrones del hospital.

De regreso en la sala grande, donde se habían distribuido unas treinta camas con muchos niños y algún adulto, fray Esteve les aseguró que estarían bien cuidados y, orgulloso, les explicó con qué personal contaban: tres recaudadores que se encargaban de pedir limosna para el pan de los enfermos, dos monaguillos, dos donadas —mujeres pobres que ayudaban a cambio de que las alimentasen—, cuatro sirvientas, una mayordoma, dos criados para el huerto y cinco nodrizas para alimentar a los bebés.

Bonanada se había distraído con una niña que permanecía en cama con una herida abierta en la pierna —que, además, estaba enrojeciendo— y un hueso astillado.

—Y con tanta gente como tenéis, ¿no hay nadie que pueda curar a esta pobre desgraciada? —le espetó irritada—. ¡Lo que tendríais que hacer es echar a alguno de esos inútiles y pagar a un médico como Dios manda!

El presbítero, bastante desconcertado, respondió:

—Pero Bonanada, ya sabéis que nos honra con sus servicios Mossé Falcó, el judío del Call —balbuceó.

—Pues ya podríais hacerlo venir más a menudo, que seguro que le pagáis menos que a otro porque es judío —sentenció con su lengua viperina—. Es preciso curarle la herida o la carne se pudrirá y tendréis que hacer que le corten la pierna —le advirtió con mirada feroz.

Una pátina de sudor cubrió la piel de larva del clérigo.

—No, no, no, nada de cortar... Nada de cortar —repetía—. ¿Quién la querrá entonces de sirvienta?

La abuela extrajo una lanceta del fardo y el jarabe para adormecer, a base de belladona, brotes de olmo secos, hojas de adormidera y beleño.

—Necesito vino —dijo al presbítero.

—¿Ahora? Si queréis ya os daré un traguito cuando terminéis, mujer —respondió él tímidamente.

—¡Por todos los santos! ¡Es para limpiar el estilete, no para beber! —exclamó la mujer, que había perdido la paciencia.

El hombre salió de estampida hacia la bodega y enseguida volvió con una bacía llena de vino tinto en el que introdujeron la lanceta. Entretanto, ya habían administrado el jarabe a la niña, que dormía plácidamente. Con gran habilidad, la abuela fue sajando todos los trozos de carne enrojecida, y cuando acabó le aplicó una cataplasma de cintoria para soldar los huesos. Lanzó a fray Esteve todo tipo de advertencias sobre la importancia de cambiarle la gasa tres veces al día y él se escabulló a la bodega a curar su alma aturullada por aquella anciana del demonio con unas cuantas copas de su mejor vino griego.

—Despídete de tus hermanos —ordenó su abuela mientras recogía el instrumental médico.

Francesca había temido aquel momento. Le dio un beso a Pere y se lo entregó a una de las nodrizas. Luego se arrodilló delante de los otros dos; con Anna fue fácil, la niña la abrazó fuerte y luego corrió hacia la abuela para hacer lo propio. Joan estaba pálido.

—Yo sé que querrías venir con nosotras a casa, pero ahora no tenemos dinero y debes quedarte aquí. Eres mayor y sé que puedes entenderlo.

El niño no pudo reprimir una lágrima, que se secó apresuradamente sin apartar la mirada del suelo, y aspiró los mocos con fuerza.

—No estoy llorando, es solo que tengo un ojo triste.

Francesca sonrió y lo abrazó.

—No me dejes aquí otra vez. No me abandones en este sitio, te lo pido por nuestra madre.

El niño se agarraba a ella con tanta fuerza que estuvo a punto de rasgarle la ropa.

—Tienes que ser valiente, Joan —dijo ella conteniendo el llanto—. Pero te prometo —le alzó la barbilla para que la mirase— que vendré a buscaros.

El pequeño no pudo aguantar más y rompió a llorar mientras se echaba en sus brazos y le rogaba que no lo dejase allí. Por un momento pensó que las fuerzas la abandonaban, pero una corpulenta ama de cría, con experiencia en escenas como aquella, intervino deprisa y se llevó al niño entre gritos.

—¡Estamos aquí por tu culpa! ¡Nos lo dijo padre!

¡Cuando te fuiste al convento nos tuvo que encerrar aquí! ¡Te odio! ¡Te odio!

Aquellas palabras la dejaron paralizada. La cobardía de su padre no tenía límites, y el odio que sentía hacia él se acrecentó un poco más. Ambos sabían que él ya quería llevarlos al hospital antes de que Francesca huyese. A pesar de no ser la responsable, el sentimiento de culpa por que sus hermanos hubiesen vivido allí tanto tiempo no la abandonaría durante una larga temporada, pero se consolaba pensando que les había hecho una promesa, y estaba dispuesta a todo por cumplirla.

—Señor Satorra, debéis dejar de gritar y explicarme qué os sucede. De lo contrario me será muy difícil, por no decir imposible, libraros de este dolor que tanto os aflige.

Quien hablaba en un tono tan afable era un viejecito menudo, casi un enano, de cráneo muy ancho, mentón estrecho y piel arrugada como el pergamino. Se trataba de Bernat Oriol, un médico municipal de Barcelona al que Berenguer había hecho llamar.

—Aquí, aquí... —se lamentaba el enfermo señalándose la parte derecha del estómago.

—Me parece que es el hígado, señor Oriol —se atrevió a sugerir Francesca.

—Este no es asunto que deba discernir una mujer —la cortó él—. Por eso su esposo, muy acertadamente, ha hecho llamar a un físico con años de experiencia.

Francesca bajó la mirada avergonzada. Había intentado convencer a Berenguer de que no era necesario llamar a ningún médico, que ella era lo suficientemente capaz de sanarlo con sus conocimientos, pero su marido no quería ni oír hablar de que ella hiciese de médica.

—A ver... ¿Os duele aquí?

El médico apretó con los dedos un punto del vientre y Berenguer dejó escapar un alarido.

—Ya veo que sí. ¿Y aquí? También... Muy bien... Muy bien... Huy, huy, qué gritos...

—Basta, por el amor de Dios... Decidme cómo puedo curarme y dejad de torturarme... —suplicó el enfermo, empapado en sudor.

—Tenéis el hígado muy afectado —aseguró, mirando de soslayo a Francesca—. Debéis dejar de beber tanto si queréis permanecer en este mundo, señor... —dijo como si le hablase a un niño—. Señora Satorra, dado que seréis vos quien lo preparará, escuchadme bien. El remedio para este mal consiste en un ramillete de marrubio. Lo herviréis en vino blanco hasta que se reduzca a tres cuartas partes. Y finalmente lo dejaréis al sereno dos noches. Serán treinta dineros por la visita.

—Perdonad, señor Oriol, pero ¿no habría que añadirle también un poco de miel? —Francesca reparó demasiado tarde en que no debería haber hablado.

El hombre mudó el semblante en un instante y toda la bonhomía que había mostrado hasta aquel momento desapareció. Pero aquella expresión duró poco. Enseguida volvió a ofrecer la más amable de las sonrisas.

—Cierto, señora, cierto. Añadidle miel también, le irá bien.

Mientras Francesca iba a buscar el dinero a la estancia de al lado, oyó decir al médico:

—Debéis enseñar a vuestra esposa que a los hombres no se les corrige. Una mujer hermosa a los ojos de Dios es aquella que cuida, cocina y sabe callar.

—No me habléis, que me estoy ganando el cielo con ella. ¡Santa paciencia! Mi mujer es una fiera.

—Pues ya lo sabéis, a las fieras hay que domarlas...

«Si había funcionado una vez, podría funcionar una segunda», se dijo. Y en esta ocasión se esmeraría un poco más. Envió a Guillemona a comprar pan, huevos, fruta y una gallina a la plaza Nova, al lado de la catedral, que aún estaba en obras para ampliarla. Preparó en una cazuela una gallina rellena con ajos y pasas y también unos huevos con salsa de granadas agrias, hizo que le subieran hipocrás de la bodega y puso la mesa con un mantel que encontró en el fondo de un baúl. El hombre llegó de buen humor, debía de haberle sonreído la suerte jugando en la tahurería. Ya no apestaba como siempre; desde que le habían dejado el jabón y la palangana a la vista, parecía que los utilizaba. A pesar de que la falta de higiene era algo habitual, a Francesca le gustaba ir limpia, y la fetidez de algunos cuerpos la ofendía mucho. Había oído hablar de que tanto los árabes como los judíos tenían baños públicos y se lavaban con frecuencia, pero no acababa de creérselo.

—Ya me dijo tu padre que eras un buen partido. —Berenguer agarró la gallina con las manos y le hincó el diente—. Y no solo en la cama, ¡también en la cocina!

Y estalló en una risotada soez. Era ahora o nunca.

—Quería pedirte... —dijo Francesca con la mejor de sus sonrisas.

—¡Siéntate, mujer, que no muerdo! —dijo señalando el sitio a su lado—. Por fin empiezas a demostrar algo de cordura.

Francesca se acercó y no pudo evitar un mohín por el mal aliento de su marido. Él le manoseó el culo y la forzó a sentarse.

—Ya tengo ganas de tenerte debajo otra vez —dijo con lascivia mientras masticaba con la boca abierta.

—Berenguer, escúchame —dijo por fin, resuelta a no dejar escapar aquella oportunidad—. Si a ti te parece bien, me gustaría que mis hermanos viniesen a vivir aquí con nosotros. Son muy buenos y apenas gastan.

El hombre se bebió la taza con el vino endulzado, que le resbaló por las comisuras, y se secó sin manías con la manga.

—¿Criaturas? Si quieres criaturas, ya las tendremos. No te preocupes por eso.

—No, no, no, te hablo de mis hermanos, Joan, Anna y Pere.

—No —respondió secamente metiéndose un huevo en la boca—. Si va a haber niños en casa, serán los que tú paras, y no se hable más. Dentro de poco te crecerá la barriga.

—Pero...

Soltó un eructo estridente.

—¡Hablas demasiado, mujer! Tienes que obedecerme y callar, ¿me oyes? —Bebió unos cuantos tragos de vino y dejó de golpe la taza en la mesa—. Ya verás como con el tiempo cambias. Yo te enseñaré a ser obediente como un corderito...

Y a continuación se la llevó del brazo a la habitación; sin embargo, cuando se le echó encima masculló cuatro palabras, y al instante ya estaba durmiendo como un lirón. El vino no solo llevaba especias y miel, sino que, previsoramente, Francesca le había echado el jarabe para adormecer que solía utilizar Bonanada. Y aquello, al menos por esa vez, la había salvado.

Estaba metiendo las escudillas dentro del cubo para lavarlas cuando la esclava apareció de repente medio llorando.

—¿Qué te pasa, Guillemona?

—Moriremos todos, señora. La landre está por todas partes... —gimoteó mientras se enjugaba las mejillas con la falda.

—¿Quién te ha dicho eso? —preguntó asustada Francesca.

—Una esclava sarracena en el mercado. Dice que la gente se pone muy negra y muere aullando de dolor...

—Venga, mujer, no te creas todo lo que oyes en la calle. —Francesca estaba al corriente de que la peste se extendía por pueblos y ciudades pequeñas de toda Cataluña, pero no había ningún brote importante, y menos en Barcelona—. En este momento la pestilencia está muy lejos. Ya verás como no llega aquí —añadió fingiendo convicción.

—¡Dios no lo quiera! Déjeme a mí, señora, ya lavaré yo las escudillas —dijo, más tranquila, mientras le quitaba el balde de las manos.

—No sé qué te han dicho de mí, pero hasta hace unos días yo me encargaba de todas las tareas de mi casa. Nos las repartiremos, así no será tan pesado para ninguna de las dos.

La esclava se quedó inmóvil con el balde entre las manos sin saber qué hacer. Siempre le habían exigido que lo hiciese todo y sin protestar. Para romper el hielo, Francesca le preguntó de dónde era, y la muchachita volvió a la tarea mientras le contaba que era tártara, que venía de muy lejos, de un pueblecito a la orilla del mar Negro donde unos piratas la secuestraron cuando era pequeña junto con su hermano. A ella la obligaron a subir a una nave rumbo a Constantinopla para embarcar luego en una galera catalana que la llevaría hasta Barcelona; a él lo embarcaron rumbo a Egipto para venderlo como esclavo al ejército mameluco y jamás volvió a verlo. Francesca admiraba la entereza con que la muchacha relataba su vida; después de todo, debía de ser solo una niña cuando la arrancaron de su familia. Nada más llegar a la ciudad la bautizaron y le dijeron que ya no se llamaba Anecosa, su verdadero nombre, sino Guillemona. Primero fue esclava de un barquero, y luego este la vendió a Berenguer Satorra.

—¿El señor... —no sabía cómo encarar aquella conversación— te ha tratado bien en este tiempo? —preguntó por fin.

La esclava se tensó de la cabeza a los pies. Asintió levemente con la cabeza, pero los labios fruncidos la delataban. Francesca dejó de secar las escudillas y se acercó a ella despacio.

—¿Te ha forzado? —preguntó—. Puedes decírmelo. —Y con una mueca de repugnancia, añadió—: Ya has visto que a mí me lo hace.

Entonces Guillemona abrió mucho los ojos y de pronto se cubrió la cara con las manos y se echó a llorar. Francesca la abrazó.

—¡Desgraciado! Ese monstruo no volverá a ponerte la mano encima, te lo prometo.

Lentamente se fue calmando y se separaron.

—Y yo te ayudaré a sacar a tus hermanos del hospital —dijo la esclava con los ojos llorosos.

Secretos de belleza

Francesca sobrevivía, esa es la palabra. En ocasiones Berenguer era amable con ella e incluso le permitía cierta libertad para ir a ver a su abuela y a sus hermanos, pero de pronto cambiaba de humor y la violaba sin remedio si el preparado que le echaba en el vino no hacía efecto a tiempo. A menudo pensaba si no sería más fácil abandonarse, pero, cuando se le acercaba, le nacía una rabia en el estómago que la hacía luchar con todas sus fuerzas. Luego se lavaba entera con jabón, uno que fabricaban ella y Guillemona con cal y grasa de cerdo, pero que no le servía para quitarse de encima la inmundicia que sentía por dentro.

Su pasión por la medicina también se había visto truncada por aquel matrimonio. A Berenguer no solo no le despertaba ninguna simpatía que aprendiese, sino que le prohibió acompañar a su abuela a curar enfermos. Según él, el trabajo de la mujer se reducía a dos tareas: cocinar y recibirlo con las piernas abiertas. Sospechaba que en el origen de aquella obstinación tenía bastante que ver aquel médico que lo había curado del mal de hígado hacía tiempo, Bernat Oriol; lo que le había dicho le había dejado huella.

En los últimos meses había dedicado todas sus energías a convencer a su esposo de sacar a sus hermanos del hospital de Colom, pero él se negaba una y otra vez, hasta que, por fin, cansada de depender de su autorización, trazó un plan. No le contó los detalles a Guillemona, solo le dijo que necesitaba su ayuda. Aquella mañana soleada se puso polvos en el rostro para blanquearlo, ocultó su magnífica melena rubia bajo la toca blanca y ambas salieron en dirección a la plaza del Oli. Era uno de los lugares más caóticos y sucios de la ciudad; bien visibles a ojos de todo el mundo había dos horcas con dos cadáveres calcinados a los cuales primero habían asfixiado. Había sido un caso sonado de dos sodomitas muy conocidos: el exconsejero Joan de Llobera y el clérigo fray Bartomeu Polo, a quienes habían sorprendido en pleno acto contra natura, uno de los pecados que se castigaban con más severidad. Las paradas ofrecían todo tipo de aceites, quesos, huevos y gran variedad de aves vivas. El suelo estaba salpicado de cabezas, patas, órganos de animales, grasa y sangre derramada por todas partes. El hedor, en pleno día, podía ofender al olfato más indulgente.

Francesca fingía no acabar de decidirse por una gallina o una perdiz.

—La perdiz es bien grande y parece sana; y el precio es bueno... —apuntó Guillemona.

—No, no, me parece que está enferma —respondió su dueña despistada.

A continuación se aproximaron a una parada de faisanes y codornices, pero Francesca, en lugar de mirar los animales, observaba a una criada que cargaba con un cesto.

—No hemos venido a comprar, ¿verdad? —preguntó la esclava bajando la voz.

Francesca sonrió.

—Eres muy lista —respondió—. No puedo ocultarte nada.

Con un movimiento de cabeza señaló a aquella sirvienta bien vestida de mediana edad. En el cesto llevaba dos codornices, dos faisanes, tres becadas y una tórtola.

—Hace semanas que la vigilo. Debe de trabajar para algún ciudadano honrado...

—Si compra esos manjares no trabaja para un pescador, eso seguro...

—Será un rentista o un mercader. Tú quédate aquí.

Entonces Francesca dejó al descubierto un mechón de pelo rubio de modo que estuviese bien visible fuera de la toca, se acercó a la mujer y le dio un empujoncito con el cesto como quien no quiere la cosa.

—¡Ay, perdonad! —exclamó, volviéndose hacia ella—. No os había visto.

Y, fingiendo que se avergonzaba, escondió a toda prisa el mechón dentro de la toca de tela blanca.

—Perdonad, se me escapan... Hace poco que estoy casada y aún no tengo costumbre de llevar la toca. Veo que vos también sois rubia...

La mujer se mostró muy ufana; al fin y al cabo, los cánones de belleza dictaban que las mujeres más bellas debían ser rubias y muy blancas de piel.

—Sí, Nuestro Señor me ha concedido ese don.

Francesca aproximó una mano a su cabeza.

—¿Me permitís?

La mujer respondió que sí y por unos instantes se dejó tocar el pelo.

—Qué melena tan bonita —dijo, y la volvió a esconder—. Supongo que ya sabéis qué se necesita para volverlo aún más rubio, ¿verdad?

—Sí, por supuesto... Hay que echarle lejía —dijo dubitativa.

—Ah... ¿Vos lo hacéis solo con lejía? Sí, eso es lo más habitual... —Francesca dejó la frase en el aire. Notaba que a la criada se la comía la curiosidad.

—Pues... ¿qué otra cosa hay que añadirle si no? —preguntó la mujer al fin, intrigada.

Francesca estaba entusiasmada, pero tuvo que mantener una actitud indiferente.

—Huy, unos cuantos ingredientes más. —Y como quien no dice nada importante—: A vos os vendería la receta, me parece que sois una persona decente, pero no me interesa que según qué mujeres sepan que vendo elixires de belleza... Los tengo muy bien guardados.

La mujer apoyó el cesto en la mesa.

—Pues parecen surtir efecto, porque vuestra cara y vuestra melena son muy hermosas —dijo, alzándole la mandíbula con suavidad para examinarle la piel. Luego se acercó para susurrarle—: Os estaría muy agradecida si pudieseis venir a casa de mi señora. Está casada con un mercader muy rico y os pagaría bien. Seguro que su hija os compraría las pociones que tengáis; siempre se aplica toda clase de potingues, que bien poca cosa hacen, pobrecita, porque no es muy agraciada. Si me hacéis quedar bien, os podéis ganar unos cuantos sueldos y la señora me deberá un favor.

Ya la tenía en el bolsillo. Ahora solo debía vender bien los productos que había aprendido a hacer con el antidotario de su madre y comenzar a ganarse su propio salario. Y Berenguer no podría negarse, porque todo el mundo sabía que vender recetas para la belleza no era curar a nadie.

Al día siguiente se presentó con Guillemona en casa de los Fivaller, en la calle Montcada. Se trataba de una de las zonas más elegantes y con más casas opulentas de la ciudad. Las recibió la sirvienta del día anterior, Margarida, y enseguida las hizo pasar a un patio de piedra que era el más grande que ella había visto. Estaba lleno de mozos y sirvientes que iban de aquí para allá llevando mercancías al establo, la bodega o el granero; había también, un poco apartado, un huerto bastante grande. Margarida las guio hasta la primera planta y, cuando estaban a medio subir, Francesca observó una puerta abierta a su derecha en la que había una estancia con cortinajes y un gran escritorio, encima del cual descansaban papeles, una pluma y un tintero. Los objetos no le eran ajenos, pero habría pagado un sueldo por acercarse y poderlos tocar.

—El señor firma aquí los contratos con los otros mercaderes —explicó Margarida.

Guillemona le tiró de la manga para que continuase subiendo. Entraron y recorrieron un pasillo generoso hasta una gran puerta.

—No me hagáis quedar mal, por el amor de Dios. La familia está terminando de almorzar. Esperad aquí fuera —rogó Margarida en un susurro mientras entraba en el comedor.

La criada anunció su presencia a la familia, que estaba formada por Hug Fivaller, su esposa Beatriu y sus dos hijos, Marta y Romeu, que estaban comiendo cabezas de cabrito asadas en una vajilla de plata. El suelo estaba lleno de huesos y restos de verduras porque, como señal de buena educación, no debía quedar nada en la mesa.

—Padre, si no te importa —dijo Marta emocionada—, tenemos una visita importante.

Hug Fivaller asintió despreocupado y Marta y Beatriu abandonaron la sala para dirigirse al dormitorio de la joven. Francesca tuvo que reprimirse para disimular la impresión que le causó. Jamás había visto tanto lujo; en la pared colgaba un enorme tapiz con una escena de caza, y, justo a su lado, la cama más grande que había visto nunca, cubierta por un dosel de cortinas color carmesí. Estaba formada por unos cuantos colchones de lana y una almohada larga de pluma, todo cubierto con una colcha de bordados magníficos. A los pies de la cama, un baúl de madera tallada, y sobre una mesita, un relicario de oro con la efigie de san Juan con cuatro piedras preciosas y perlas.

Sus ojos fueron saltando de un objeto a otro hasta que se percató de que tanto la madre como la hija estaban esperando sentadas en un tocador en que reposaba una pieza de vidrio curvo y redondo que actuaba como espejo, un objeto del que disfrutaban poquísimas casas barcelonesas. La mujer había sido guapa, pese a que ya se le había blanqueado el pelo y algunas manchas oscuras le cubrían la piel del rostro. Llevaba las cejas bien depiladas y en los ojos lucía sombra hecha con ceniza de incienso. La hija no era muy bella, aunque tenía una melena preciosa, negra como el carbón, larga y abundante. Ambas iban magníficamente vestidas, con tejidos de aceituní bordados en plata procedentes de China y chapines en los pies para parecer más altas.

—Si vuestra cara habla de los productos que vendéis, deben de ser los mejores de la ciudad, porque sois muy hermosa —dijo Marta con sinceridad—. ¿Cómo os llamáis?

—Francesca Satorra, señora —dijo, tragando saliva para aclararse la garganta de tan seca que la tenía.

—Podéis llamarme Marta. Como veis, tengo tantas pecas en la cara que parezco enferma. —Y con los ojos brillantes de esperanza, preguntó—: ¿Me las podéis quitar?

Y entonces fue cuando Francesca desplegó todo el arsenal que llevaba en el hatillo. Primero aplicó cal en las mejillas y aguardó un momento a que le hiciese efecto. Marta aguantó con una valentía admirable, porque aquello provocaba un picor de mil demonios. A continuación, le extendió una crema espesa hecha con enjundia de gallina, alcanfor y miel.

—Y, para terminar, el secreto mejor guardado de todos —anunció.

Guillemona le acercó un frasco con polvos hechos con cal, mármol, sepia, trigo y la planta de dragontea y se los repartió con delicadeza por toda la cara. La madre la observaba totalmente absorta, pendiente del resultado final. Finalmente, Marta abrió los ojos, agarró el espejo y se miró. Tenía la piel más blanca que la leche. Margarida respiró aliviada: su apuesta había tenido más éxito del que había podido imaginar.

—Es... Es... —La joven no podía hablar de la emoción.

La madre la sujetó por los hombros sonriendo.

—¡Es una maravilla! —exclamó—. Jamás había visto nada igual. —Y, volviéndose hacia Francesca, dijo—: Creo que a partir de ahora vos y yo nos vamos a entender.

Antes de salir de la casa con unas cuantas monedas de más en el bolsillo, le regaló a Margarida una pastilla de jabón para aclarar el pelo rubio y le reveló el secreto que escondía.

—La lejía debe hacerse con madera de corteza de cedro blanco, yema de huevo y azafrán. Si os laváis el pelo dos veces por semana y os lo dejáis secar al sol, lo tendréis más amarillo que el oro.

La criada, con una sonrisa de oreja a oreja, les prometió que las avisarían muy pronto. Cuando llegaron a la esquina de la calle del Born, Francesca y Guillemona no pudieron evitar dar un grito de alegría y abrazarse como si hubieran perdido la cabeza.

El asesino

—Tengo hambre. Prepárame la cena —dijo, saliendo de dentro de ella sin delicadeza.

Berenguer se secó la saliva de la boca con la manga y se subió las calzas.

—Estoy contento de que hoy no me haya entrado ese sueño... ¡Ya pensaba que me estaba haciendo viejo, pardiez!

Mientras se dirigía a la puerta, Francesca lloraba con la cara enterrada entre las sábanas. Ya no tenía ganas de vivir si debía ser de ese modo.

—Luego repetiremos, que quiero tener un heredero, ¡un Satorra de buena raza, como yo! —Se golpeó el pecho, orgulloso—. Dentro de un mes el patrón me lleva con él a Cerdeña, y quién sabe cuándo podré yacer otra vez contigo.

Francesca notó una sensación muy extraña, como si, estando a punto de caer sobre unas rocas, una mano invisible la atrapase al vuelo y la salvase de morir aplastada. El desgraciado se marchaba.

Aquellas semanas pasaron muy despacio, hasta que, finalmente, Berenguer embarcó en una galera que se lo llevaría muy lejos de ella. Desde que el hombre zarpó, Francesca había vuelto a preparar pociones, y entre ella y Guillemona no tenían bastantes manos para elaborar todos los encargos que le iban llegando. Después de la experiencia con las Fivaller, habían comenzado a visitarla mujeres muy emperifolladas preguntando por la famosa poción blanqueadora de cara y por la lejía para aclarar el pelo. Y no solo eso: vete a saber quién había hecho correr la voz por el barrio de que su ungüento para curar llagas era extraordinario, y de un día para otro la casa se llenó de pescadores, tanto viejos como jóvenes, que iban a buscar el popular *postolicon*, hecho de colapez, amoniaco e incienso, de cualidades casi celestiales. A pesar de que los ingresos eran exiguos, albergaba la esperanza de que un día u otro llegaría a ahorrar lo suficiente para que su abuela pudiese mantener a los tres niños fuera del hospital.

Sin Berenguer, Bonanada solía llevarla con ella para que la ayudase en los partos que asistía, pero ojalá aquel día hubiese tenido un tronco ante la puerta de casa para impedirle salir. Tomasa, la esposa del curtidor Humbert Salzet, había comenzado con las contracciones el día anterior. Al entrar en la casa las recibió un fuerte olor a pieles de animales. Lo había visto cien veces trabajarlas cuando acudía a hacer alguna cura: las escurría, las golpeaba, las engrasaba, las planchaba y, finalmente, las secaba. Aquel maldito día, y después de muchas horas intentándolo, Bonanada sentenció que el bebé estaba muerto. Si no lo sacaban, acabaría pudriéndose y la madre también moriría con grandes fiebres, pues no era la primera vez que lo veía. Después de tantos años acompañando a su abuela a asistir partos, Francesca aún no la había visto utilizar los ganchos de hierro, y habría preferido no tener que verlo nunca. Para poder extraer el cadáver del bebé, la abuela introdujo tres en la madre, que perdía los sentidos por momentos: dos los clavó en los ojos del feto, y el tercero en las costillas. Lo hacía a ciegas, procurando no pinchar otra cosa que no fuera el cuerpo de la criatura. Una vez aferrados, estiraba con suavidad una y otra vez, pero se soltaban a menudo y solo sacaba trozos de carne pequeños. Guillemona se mareó y tuvo que salir de la habitación a vomitar mientras Francesca hacía de tripas corazón e iba depositando los pedacitos de carne en un balde. Después de horas de batallar, la abuela extrajo la última parte del feto y, finalmente, la placenta. Era un milagro que Tomasa continuase viva después de aquella carnicería.

Después de dejar a la abuela en la barraquita, Francesca y Guillemona llegaron a casa. Les pareció oír un ruido procedente de la bodega y se acercaron con cautela. Alguien ahogó un grito, y la esclava se aferró a la ropa de Francesca.

—¿Quién va? —preguntó esta, sobreponiéndose al miedo.

Entonces oyó claramente unas voces masculinas.

Guillemona negó con la cabeza y trató de retenerla, pero aun así entró, intentando mantener la calma pese a estar temblando.

—*Dio mio!* ¡Sale mucha sangre! —gritó un muchacho con acento extranjero y con una cicatriz que le cruzaba el pómulo.

«Llorenç Ros», pensó Francesca mientras tragaba saliva. Decían que era el autor de uno de los crímenes más famosos del barrio, el de la esposa de un vidriero a la que encontraron en el suelo del obrador con el cuello abierto. Algunos afirmaban que era hijo de una prostituta italiana, otros que era un pirata, y hasta que era el hijo ilegítimo de un consejero, pero nadie sabía con certeza quién era ni de dónde provenía. Estaba sentado en el suelo y en el regazo tenía a otro joven al que también reconoció, Bertran Serrador, un zascandil del barrio que había acabado dedicándose a robar casas y obradores. Parecía inconsciente. Al ver que tenía una herida abierta y que su compañero se la presionaba con un trapo sucio para evitar la hemorragia, Francesca se acercó a socorrerlo.

—¿Qué ha pasado? —preguntó mientras destapaba la herida para inspeccionarla. Era profunda y de ella manaba bastante sangre.

—Nos han dicho que eres curandera. —Hablaba apresuradamente, casi comiéndose las palabras—. Un centinela nocturno lo ha herido con una daga —dijo Llorenç, que, a pesar de su aspecto brutal, estaba blanco como la leche.

—No lo ayudes, Francesca, o te meterás en un lío —se atrevió a decir la esclava desde la puerta—. Vete a saber de qué aprieto han escapado.

—¡Yo de vosotras no me la jugaría! —respondió Llorenç, que entonces sacó un puñal.

—¡Si quieres que te ayude, ya puedes ir guardando el arma! —ordenó Francesca, sorprendida ella misma de su valentía. Nunca habría imaginado que le plantaría cara al temible Llorenç Ros. El ladrón la guardó y se quedó observando a la joven con una súplica en la mirada.

—Por favor. Cúralo —rogó.

Francesca sacó del hatillo aguja e hilo y cosió el corte de Bertran con movimientos precisos y seguros. El muchacho continuaba inconsciente, pero se quejaba entre dientes. Llorenç lo observaba todo en silencio con el entrecejo fruncido. Luego, la joven echó vino en el corte y se lo vendó con un paño.

—No sé si saldrá adelante, la herida es bastante profunda.

—¡No se puede morir! —dijo con toda la rabia escrita en los ojos. Suspiró como si necesitase coger fuerzas—. *Ti prego* —suplicó al fin.

Aquel muchacho de aspecto salvaje que tantas veces mencionaba su abuela cuando quería asustar a sus hermanos, ahora parecía un niño pequeño y desamparado. «Chiquillo despierto y sin pavor, obedece o vendrá Llorenç Ros», les cantaba.

Francesca reflexionó un instante, y antes de poder cambiar de parecer le propuso:

—Os quedaréis aquí en la bodega, nada de subir a casa.

—Francesca, estás loca... —murmuró Guillemona.

—Cuidado con lo que decís, esclava. Si se muere será culpa vuestra, y entonces...

—¡Silencio! —gritó Francesca—. He dicho que se quedan y se van a quedar.

Tanto Llorenç como Guillemona enmudecieron.

—Cuidaré de tu amigo hasta que se ponga bien, pero si haces cualquier movimiento extraño, dejaré que se muera o lo mataré yo con mis propias manos —advirtió al ladrón, sorprendida ante su propia audacia.

Guillemona se encerró arriba y no quiso bajar ni una sola vez a la bodega. Era Francesca quien les llevaba la comida y le curaba cada día la herida a Bertran, que, contra su propio pronóstico, evolucionaba bien. Después de tres días, el chico reunió fuerzas para andar, y al cuarto los dos ladrones decidieron marcharse al caer la noche.

—Adiós, Llorenç. Cuida de Bertran, que aún está muy débil —le aconsejó Francesca—. Escondeos hasta que se recupere completamente.

Llorenç sostenía a su amigo por la cintura y lo ayudó a avanzar hasta la calle. Se detuvo. Volvió el rostro, con aquella cicatriz espantosa, y como única despedida dijo:

—Me llamo Lorenzo, Lorenzo Rosso. Soy italiano, llegué oculto en una galera cuando era pequeño, pero muy pocas personas lo saben. No estoy muy acostumbrado a recibir ayuda de nadie, así que, si alguna vez me necesitas, deja un trapo blanco atado en la talla de san Dimas, el patrón de los ladrones, que está en la capilla de la calle del Rec.

Y con aquel ofrecimiento tan enigmático, los dos muchachos se desvanecieron entre las sombras.

Bonanada había ido a buscar a Francesca para que la acompañase al Call a ver a Reginó, Sara y Coloma. La excusa es que hacía tiempo que no las veía, pero Francesca sospechaba que tenía relación con el parto de Tomasa Salzet. Su abuela confiaba en que aquellas mujeres, avanzadas en muchos sentidos, pudiesen enseñarle algún modo de evitar otra carnicería de ese estilo. La muchacha se unió a ella enseguida, sentía una genuina curiosidad por conocer mejor a las comadronas que habían salvado a su hermano Pere. Todo lo que decía la gente en contra de los judíos no tenía nada que ver con lo que ella había vivido. Aquellas mujeres tenían buen corazón, y eran más cultas que la mayoría de quienes tanto las odiaban.

Era viernes por la mañana y en la plaza de Sant Jaume se había reunido una multitud. La abuela se quedó esperando en las puertas de la judería y, mientras tanto, ella y Guillemona se acercaron a ver qué pasaba. Estaban azotando a un hombre con la espalda ensangrentada al que habían atado a un olmo. Les dijeron que se llamaba Pericó de Pinós, un escudero que había robado dinero, y que después de obligarlo a pasear desnudo por la ciudad recibiría cien azotes y le cortarían las orejas. Guillemona abrió los ojos y agarró del brazo a su dueña. El espectáculo de gritos y sangre atraía a la gente como las moscas, y cuando se estaban dando la vuelta para marcharse, se toparon de frente con una pareja: Martí y Blanca. Por unos instantes, él y Francesca se olvidaron de respirar. El muchacho parecía que hubiese visto un espejismo. Durante un momento que se hizo eterno, el mundo se había apagado y en aquella plaza solo estaban ellos dos. Sus corazones latiendo desbocados, sus rostros ruborizados.

—¡Francesca! ¡Cuánto tiempo! —Blanca rompió el hechizo y ambos bajaron las miradas. Por unos instantes, la cara de su amiga se iluminó, parecía sentir auténtica alegría de verla. Sin embargo, de pronto, su rostro perdió la sonrisa y se tornó de hielo.

—Sí, mucho tiempo. ¿Cómo estáis? —balbuceó ella.

—Muy bien, ahora íbamos a misa a la iglesia de

Sant Jaume. ¿Sabías que tenemos una casita en la calle de la Bòria, muy cerca de donde viven mis padres? —dijo su amiga con un entusiasmo postizo.

No podía creer que aquella muchacha de semblante falso y mirada calculadora hubiese sido su mejor amiga tiempo atrás.

—La vida de casados es magnífica, ¿verdad, querido? —preguntó a Martí mientras se aferraba a su brazo—. Pero qué estúpida soy; tú también estás casada, así que ya lo sabes. Berenguer Satorra, ¿verdad?

Al escuchar su nombre, Francesca se estremeció sutilmente e hizo amago de marcharse.

—¿Seguro que estás bien? —preguntó Martí reteniéndola por el brazo.

—No hagas el ridículo, querido, que es una mujer casada —susurró su mujer tratando de disimular la exasperación, y rápidamente se lo llevó de allí.

Y Francesca pensó que, después de todo, aquella mujer crispada y arisca era la misma Blanca de siempre, pero con un sufrimiento tanto o más grande que el suyo. Muy en el fondo de su corazón, despertó en ella un sentimiento de ternura.

La biblioteca judía

Las puertas del Call las custodiaba un guardián cristiano que les preguntó dónde iban. Al indicarle que se dirigían a casa de los Benevist, las dejó pasar con un bostezo. Aquella visita parecía inofensiva, pero el hombre últimamente tenía trabajo echando a más de un descerebrado que reclamaba la cabeza de los judíos. Estos eran propiedad del rey Pere III, y los únicos que le podían prestar las grandes cantidades de dinero que necesitaba para conservar su reino en el Mediterráneo a fuerza de guerras carísimas; por eso el monarca estaba decidido a proteger como fuese la judería más importante de toda la Corona.

Se trataba de una ciudad encajada dentro de la ciudad, con una pescadería, una taberna donde se podía beber y jugar sin apostar, un obrador, baños, carnicería, un *hekdeish*, que tenía las funciones de un hospital... Las tiendas solo comerciaban con productos permitidos, los que cumplían estrictamente las normas para ser consumidos por los judíos. El Castillo Nuevo, un edificio fortificado con diversas partes añadidas a lo largo de los siglos, se alzaba majestuoso junto a la entrada, en la calle de los Torners. Lo habían construido en una de las puertas romanas de la ciudad durante las ofensivas sarracenas para evitar que entrasen en Barcelona, y ahora se usaba como lugar de reunión del Consejo de los Treinta, que gobernaba los asuntos internos de la judería. De la sinagoga mayor salía el rumor de las plegarias que rememoraban los cuarenta días que Moisés había permanecido en el monte Sinaí, y la cadencia de sus voces extendiéndose por los callejones resultaba hipnótica.

Allí también había diferencias entre ricos y pobres. Las élites vivían en casas de propiedad y eran médicos, miembros de la administración, escribientes, prestamistas o mercaderes de especias, de coral o de seda. Por otro lado, había pequeños obradores artesanales, sastres, zapateros, colchoneros, revendedores de ropa usada..., que vendían sus productos dentro y fuera de la judería y sobrevivían como podían.

Al fin, las mujeres llegaron a la casa. Francesca recordó el miedo que le había producido entrar en ella tiempo atrás, aquel maldito día en que murió su madre. El patio olía a potaje de carne, cebollas, alubias y ajos, debía de ser un plato típico judío. Sara bajó la escalera para recibirlas y Guillemona se escondió en el acto detrás de Francesca.

—¡No te preocupes, soy judía pero no muerdo! —dijo Sara risueña. La esclava, con el rubor en las mejillas, sonrió con timidez e hizo una leve reverencia—. Estoy cocinando *haní* para un regimiento porque mañana es *sabbat*. Pasad, pasad.

Para las mujeres judías, el viernes era el día de encerrarse en la cocina y dejar todas las comidas preparadas para el domingo, porque durante el día sagrado estaba prohibido hacer cualquier cosa. Dentro de la cocina, el aroma a guiso era penetrante y delicioso. Una niña de unos ocho años, la hija del matrimonio, jugaba a amasar la harina. Sentado en un banco estaba el marido de Sara, Bonjuhà Benevist, que era uno de los médicos más conocidos de la judería. Tenía la barba más grande y espesa que Francesca hubiese visto; los ojos, la boca y la nariz estaban enterrados en un mar de pelo. Iba cubierto con el taled, un manto de lana totalmente blanco con flecos en los extremos, y lo acompañaban un niño de unos diez años y el muchacho al que llamaban Astruc —todos cubiertos asimismo con el taled—, que desde la última vez que Francesca lo había visto se había convertido en todo un hombre.

Bendito seas tú, Dios nuestro, Dios rey del siglo,
Dios de Abraham, Dios de Isaac, Dios de Jacob, el Dios,
el fuerte, el temeroso, el que engalana con la misericordia
a su pueblo de Israel. Bendito seas tú, emperador de
[Abraham...

—Será solo un momento, están a punto de terminar la *amidá* —anunció Sara.

Efectivamente, al cabo de un momento las oraciones finalizaron y se pusieron en pie.

—*Shalom*, Bonanada, que la paz sea contigo. Imagino que esta joven debe de ser tu nieta Francesca —exclamó Bonjuhà.

—¡Astruc, Samuel, Asteró! Venid a saludar —gritó Sara.

Los dos pequeños corrieron a esconderse tras la falda de su madre, pero Astruc se acercó a las mujeres.

Conservaba el cabello rizado y rebelde de la primera vez que lo vio, pero le había salido más pelo en la cara y en las cejas, que le enmarcaban unos ojos negros como el tizón y que respiraban curiosidad por todo lo que lo rodeaba. Aunque no era un rostro muy corriente, se había convertido en un joven atractivo.

—*Shalom*. Perdonad a mis hermanos, son unos mocosos —dijo mientras se volvía y les guiñaba un ojo— y todavía no saben cómo comportarse.

Y, dirigiéndose a Francesca, añadió:

—Lo cual me hace recordar que yo tampoco supe comportarme la primera vez que viniste. Si no recuerdo mal, creo que te pregunté si creías en nuestro Dios... Discúlpame, por favor. Era de las primeras veces que veía a una cristiana.

A Francesca se le escapó la risa.

—Sí, ya me acuerdo.

Bonjuhà se despojó del taled.

—Lo lamento, pero debo dejaros —anunció en tono grave.

—¿Acabamos de llegar y ya huis, maestro? —dijo la abuela.

—Ay, Bonanada... Ya quisiera quedarme, ya —se lamentó—, pero han encarcelado al rabino Hasday Cresques con calumnias y debemos acudir a la curia del veguer a ver si podemos liberarlo. Ahora ya se atreven incluso con los hombres más sabios de la judería...

Bonjuhà se enrolló un turbante en la cabeza, se despidió de todos y se marchó apresuradamente.

Sara invitó a las mujeres a sentarse en el banco de la cocina y ordenó a Samuel que fuese en busca de Reginó y Coloma. El niño besó la *mezuzá* de la puerta y salió corriendo mientras comenzaban a hablar de tiempos pasados, de cuando llegó la primera pestilencia y todo el mundo culpó a los judíos de haberla provocado por despertar la ira de Dios.

—Si me disculpáis, voy a estudiar —anunció Astruc con delicadeza. Se levantó y desapareció por el pasillo.

Francesca no pudo evitar quedarse mirándolo con curiosidad y dejó de interesarse por la conversación. Poco después, Sara adivinó lo que le ocurría y le sugirió que fuese con él, cosa que ella hizo de inmediato. El muchacho había entrado en una estancia oscura y dejado la puerta entreabierta, de modo que se acercó despacio para no hacer ruido y observó por la ranura. Se había sentado en una mesa iluminada por un candelabro y hojeaba un libro. Percibió un intenso olor a cuero. Dejó que los ojos se le acostumbrasen a la oscuridad y entonces se sintió como si estuviese profanando un lugar sagrado, como cuando alguna vez de pequeña había entrado en la iglesia de Santa Maria del Mar con Blanca y Martí cuando aún la estaban construyendo. Contuvo la respiración. «Una biblioteca.» Solo había oído hablar de ellas, nunca había visto ninguna. Las paredes de la sala estaban llenas de libros de todos los tamaños y grosores, algunos bien colocados, otros desordenados, como si los hubiesen guardado con prisas. Ni se imaginaba que pudiese haber tantos juntos. El judío sonreía divertido; hacía tiempo que había advertido la presencia de la joven, pero se lo estaba pasando demasiado bien para descubrirla. Al cabo del rato le soltó:

—¿Piensas quedarte todo el día ahí plantada o vas a entrar de una vez?

Francesca abrió la puerta del todo con las mejillas ruborizadas.

—¿Qué estás leyendo? —preguntó ella.

—Un libro.

—Muy gracioso, eso ya lo veo. ¿Qué libro?

—Da igual, uno de medicina. Quiero ser médico, ¿recuerdas?

—Pues qué casualidad, ya somos dos —contestó desafiante.

El judío alzó las cejas sorprendido.

—¿Médico tú? —dijo, incrédulo, señalándola con el dedo—. Lo tienes difícil. Para empezar, no sabes leer, y, segundo, jamás podrás estudiar Medicina en el Estudio General porque eres una mujer.

—¿Ah, sí? No me había dado cuenta —dijo con sorna—. ¿Nunca te han dicho que tienes la lengua demasiado larga?

Francesca se aproximó a él despacio y le arrebató el libro de las manos. Olía intensamente a una mezcla entre animal y aromas vegetales, probablemente de la tinta.

—«Si las heces son duras, el dolor será tan fuerte que parecerá que se le agujerean los intestinos. Si tiene ventosidades, el dolor cambiará de sitio con ruido y retortijones.» —Leía despacio, trastabillando con alguna palabra, pero lo hizo bastante bien.

Astruc se rascó la cabeza. Parecía agradablemente admirado.

—¿Sorprendido?

—Pues sí, estaba convencido de que las cristianas no sabíais leer. Es lo que siempre he oído. Quizá debería salir más de casa y ver mundo, pero mi padre no ha querido que me distraiga de los estudios y he estado más en compañía de libros que de personas.

—No deberías creerte todo lo que te dicen —dijo ella lacónicamente.

Él le miraba con insistencia la toca de tela que le cubría la cabeza.

—Seguramente, seguramente... —dijo distraído—. ¿Me permites ver otra vez tu pelo?

Francesca dejó escapar una carcajada.

—¡No! ¡No te dejo volver a verlo, desvergonzado! —Se puso la mano en la cintura—. ¿Pero tú cuántas veces has salido de la judería?

—Eh... Algunas... No sé... Casi nunca —dijo, encogiéndose de hombros y rascándose el pelo rizado—. Confieso que durante un tiempo pensé que todas las cristianas eran rubias como tú —dijo riendo—, pero seguro que tú tampoco lo sabes todo sobre nosotros —la desafió.

Francesca se sentó en la mesa.

—Sí que sé cosas. —Pensó deprisa—. Sé que no coméis cerdo...

—Correcto.

—No sabes lo que os perdéis. También sé que coméis pescado...

—Eso no es del todo cierto. Comemos todos los peces salvo los que no tienen aletas o escamas, como los calamares o el pulpo.

—Así pues, supongo que estamos empatados en ignorancia.

Francesca volvió a poner la vista en el libro.

—*Lilium medicinae* del maestro Bernardo de Gordonio.

—En estas páginas está resumida la sabiduría de los antiguos griegos. Deberías tenerlo en tu biblioteca si quieres aprender a curar a la gente.

A Francesca le ardían las manos, se lo habría llevado a casa, oculto bajo la falda, si robar no hubiese estado tan mal visto.

—No tengo ninguna biblioteca ni dinero para comprar libros —dijo, un poco avergonzada.

Astruc se quedó pensativo. Parecía querer descifrar cómo era posible que una muchacha que sabía leer no tuviese biblioteca. Al cabo de un instante se levantó de un brinco.

—Ven, que te enseño más.

Entre los manuscritos de una de las estanterías los había escritos en hebreo, en árabe y en latín, pero también muchos en catalán.

—Arnau de Vilanova, maestro en el Estudio General de Montpellier —dijo Astruc, alzando un volumen bastante grueso hecho de pergamino y papel— y uno de los mejores médicos de la Corona de Aragón. Dejó escrito: «El médico debe ejercer su profesión como si se tratase de un sacerdocio, en honor a Dios, y cualquier finalidad de lucro mancha su pureza» —recitó de memoria.

—Me gusta lo que dice. ¿Conoces al tal Arnau?

—Está muerto —dijo él, divertido ante las ganas de aprender de aquella cristiana—. Me haces gracia con tantas preguntas. Nunca había conocido a una chica como tú.

—Yo tampoco había conocido nunca a nadie tan descarado —respondió ella con rapidez—. Enséñame más cosas. ¿Cómo se llama el libro de Arnau de Vilanova?

—*Regiment de sanitat.* Lo escribió para el rey Jaume II, pero como la reina, Blanca de Anjou, no sabía latín, se lo tradujo al catalán. En él da sabios consejos para preservar la salud, como por ejemplo... —dijo, soltando los pasadores en forma de rosas que lo cerraban y buscando entre las páginas—: «Para las piedras de riñón no hay nada mejor que el agua en que se han cocido los garbanzos o los guisantes». —Y, mirándola desafiante—: ¿Lo sabías?

—Claro, eso lo sabe todo el mundo. Búscame uno que no conozca —lo retó.

Astruc hojeó el libro hasta detenerse en una página.

—Aquí: «Para activar la memoria hay que comer frutos ásperos a la lengua, como avellanas o nueces tostadas». —La miró levantando una ceja—. ¿Sabías algo de eso? No vale mentir.

Ella frunció los labios.

—No, pero tampoco me parece que eso vaya a curar nada —dijo para defenderse.

Astruc soltó una carcajada.

—¡No te gusta perder!

Entonces eligió otro manuscrito bastante pesado de cuero rojo que le costó un poco sacar de lo encajado que estaba.

—*Al-Tasrif*, escrito por un cirujano del califato de Córdoba hace más de trescientos años. Se llamaba Abulcasis, uno de los hombres más sabios que jamás hayan existido. Decía que la base de un buen médico es saber anatomía. —Hojeó algunas páginas hasta que encontró la que andaba buscando—. A ver... aquí. «Las piedras en el riñón se pueden trocear entrando por la uretra con un instrumento.»

—Eso es imposible, no hay instrumentos tan estrechos que puedan entrar por ahí —dijo ella mientras le quitaba el libro de las manos sin pensárselo. En la página había algunas ilustraciones con instrumentos inventados por Abulcasis con sus correspondientes nombres en latín—. Mi abuela y yo sacamos las piedras del riñón con infusiones de díctamo, pero solo las que son pequeñas...

Astruc nunca había conocido a nadie con la capacidad de sorpresa de aquella muchacha. Intentaba encontrar la manera de volver a desconcertarla cuando se le ocurrió exactamente qué tenía que mostrarle.

—Escucha, esta te va a gustar: «La infertilidad no viene dada solo por la mujer, sino también por el hombre».

—¿De verdad? —exclamó incrédula—. ¿Quién es ese que habla con semejante atrevimiento?

—No es ese, es esa. Una mujer: Trótula de Salerno. En esa ciudad italiana también hay una escuela de medicina muy importante.

—No puede ser, una mujer...

—Este es su libro, *Trotula maior*, el más grande compendio de saber sobre ginecología. Seguramente conoces a uno de sus predecesores, el griego Sorano de Éfeso, el gran maestro de la Antigüedad sobre las enfermedades de las mujeres...

Francesca negó con la cabeza, ruborizada, y con la mirada lo invitó a continuar.

—Pues él, por ejemplo, explicó cómo cambiar la posición del feto dentro de la barriga o cómo hacer nacer a los niños que vienen de culo. Pero fue Trótula quien los superó a todos.

Francesca no podía creer que todo lo que había soñado estuviese resumido en aquellas páginas de pergamino. Mientras las hojeaba pensó en lo mucho que le habría gustado a su madre poder leer aquellos consejos para comadronas.

—Lástima, también está escrito en latín —dijo Francesca impotente.

Astruc se la quedó mirando un instante con una sonrisa enigmática.

—¿Qué? —dijo, devolviéndole la sonrisa—. ¿Otra vez me vas a preguntar si creo en Jehová?

—No, te iba a preguntar si querrías leer y estudiar estos libros —dijo con seriedad.

La muchacha se tensó. No le gustaba que le tomasen el pelo, y menos aún desconocidos como él.

—¡Sí, por supuesto que me gustaría, pero nunca tendré dinero suficiente para comprarlos! —dejó el libro sobre la mesa irritada—. Si necesitas sentirte importante, búscate a otra tonta que te ría las gracias. —Se volvió y se encaminó a la puerta—. Puede que sea una ignorante, que apenas sepa leer y que jamás haya oído ni uno solo de los nombres que has mencionado ni entienda un pimiento de latín, pero no hace falta que me lo restriegues.

—Eh, frena, frena..., que no me estoy riendo de ti. Lo digo en serio —dijo el joven, andando a grandes zancadas hacia ella y cerrando la puerta con la mano—. Puedes venir a casa a estudiarlos, y si quieres yo te ayudaré a mejorar la lectura y a aprender latín.

A pesar de que la propuesta era emocionante, Francesca dudaba.

—No, no estaría bien. Yo soy una mujer casada... y tú eres judío.

Astruc se rascó la barbilla.

—Nunca estaríamos solos, si eso es lo que te preocupa. En esta casa siempre hay alguien.

—No sé... No lo veo claro —dijo ella nerviosa—. Además, ¿qué ganas tú con eso? —preguntó desconfiada. ¿Qué sacarás?

Astruc dejó escapar una risita.

—Por supuesto, como buen judío, siempre tengo que sacar provecho de todo, ¿verdad? —dijo con sorna—. Está bien, está bien... Quiero que me enseñes a hacer pociones. Mi madre dice que sabes más que tu abuela, y yo ando un poco flojo en la materia. —Y, esperanzado, añadió—: Vamos, mujer, que seguro que a mis padres y a Bonanada les parecerá bien.

Francesca levantó una ceja. Era todo tan tentador...

—¿Puedo fiarme de ti?

—Cumpliré mi parte del pacto. Palabra de judío.

—No sé si eso tiene mucho valor —dijo ella sonriendo—, pero acepto.

Cuando regresaron a la cocina, Reginó y Coloma, que ya habían llegado, recibieron a Francesca con un fuerte abrazo. Llevaban el pelo mojado porque venían de su baño ritual, el *mikve*. «Entonces es cierto que se bañan», se dijo la joven. Coloma empezó a contarles que la habían liberado después de acusarla de matar al hijo de un espartero durante el parto de su mujer. El alcalde la había hecho detener por ejercer sin licencia porque iba, decía, contra los estatutos de la ciudad. Pero ¿cómo iba a tener licencia si a las mujeres les estaba prohibido acudir al Estudio General?, se preguntaba. Por fortuna, el rey Pere había enviado una carta perdonándola.

—Suerte del señor rey, porque si fuese por el espartero ya me habrían colgado en la horca de la plaza del Blat —dijo aliviada, con esos gestos pausados y elegantes que Francesca recordaba tan bien.

—Somos judías, Coloma, ¿qué esperabas? Si algo sale mal, la culpa siempre será nuestra. El otro día un chiquillo en la calle me escupió en los pies, ¿os lo podéis creer? —contó Reginó, que pese a sus palabras de abatimiento no había perdido la alegría de siempre.

—El rey Pere no permitirá que os pase nada; ¡si hasta le pagáis las calzas que lleva, por el amor de Dios! —exclamó Bonanada con una sonrisa amarga.

Francesca llevaba un rato mirando un instrumento de hierro alargado muy extraño que había encima de la mesa de la cocina, y no pudo evitar preguntar.

—¿Qué es esto? —Lo cogió llena de curiosidad.

—¿Lo veis? Ya os he dicho que os lo preguntaría —dijo la abuela, contenta de haber roto aquel momento deprimente—. ¡El día que deje de preguntar, las gallinas pondrán lechones! —Se rio—. ¿Tú qué dirías que es? Porque yo, ¡por todos los santos y las furias del infierno que no lo he sabido!

Las judías observaban a Francesca expectantes. La muchacha lo inspeccionó con detenimiento: tenía dos brazos largos y un tornillo gigante en un extremo.

—Yo diría... Diría que es un cefalotribo.

Todos enmudecieron.

—Ni por todo el dinero del mundo habría dicho que lo sabrías —dijo Coloma con ilusión por el acierto.

—Bonanada, tu nieta ya te ha aventajado —añadió Reginó mientras soltaba una sonora carcajada—. Sirve para lo mismo que los ganchos que utilizó tu abuela en el parto de Tomasa Salzet, pero funciona mucho mejor.

—¿Y tú cómo diantres sabes que es un ceti... esa herramienta del demonio? —preguntó, incrédula, la abuela.

—Pues porque el médico Abulcasis la dibujó en un libro —respondió simplemente.

Astruc, tan asombrado como el resto, recordó que Francesca acababa de ojear fugazmente una página del libro de Abulcasis en la que había una ilustración de ese aparato con la palabra en latín debajo. Servía para aplastar el cráneo de un feto muerto, tal como indicaba su nombre, y así poder extraerlo del cuerpo de la madre para salvarla. Si su instinto no lo engañaba, aquella cristiana era un diamante en bruto.

La piel herida

Hacía ya un año de aquella boda ignominiosa, y el hecho de que Berenguer estuviese lejos lo convertía todo en más irreal. La vida sin él era de una falsa seguridad. Ni Francesca ni Guillemona lo mencionaban. Jugaban a imaginarse que en cualquier momento entraría alguien en casa para traerles la noticia de su muerte en alta mar, por culpa de una tormenta terrible o de un ataque de los piratas genoveses. Y, sin decírselo, una notaba pequeños cambios en la otra: un canturreo en el poyete a primera hora de la mañana, una risa que se alargaba más de lo esperado, un cepillarse el pelo con una sonrisa en los labios... Con cada visita al hospital de Colom, Francesca notaba que Guillemona quería un poco más a aquella familia que cada vez era más suya; puede que fuese la primera vez desde sus días de la infancia a orillas del mar Negro en que se sentía parte de algún lugar. Pero acostumbrarse a aquella paz sería peligroso.

Aquella mañana, Francesca estaba infusionando unas hierbas para hacer jarabes cuando de repente oyó ruido en la puerta de entrada. Asomó la cabeza por la escalera y abajo vio una silueta recortada que identificó al instante: Martí. Lo primero que le pidieron las piernas fue correr a colgarse de su cuello, pero se limitó a invitarlo a subir con un gesto de cabeza.

—Buenos días nos dé Dios —dijo él.

Tenía bolsas bajo los ojos.

—¿Qué haces aquí? Eres un hombre casado, ¿recuerdas?

La rabia le impedía percatarse de que el muchacho estaba tanto o más inquieto que ella.

—Sí, tienes razón, perdona. Ha sido un error venir a molestarte —murmuró él, dándose la vuelta.

«¿Por qué te rindes tan pronto?», pensó Francesca. Con un movimiento irreflexivo, lo agarró del brazo para detenerlo, y por el mero contacto con su piel sintió un anhelo tan grande de tocarlo que apartó la mano como si se hubiese quemado con fuego.

—Ahora ya estás aquí. Di lo que tengas que decir y vete —dijo en un hilo de voz. Se esforzaba para que nada revelase su agitación.

Martí se rascaba insistentemente la palma de la mano, sin decidirse a abrir la boca. Suspiró profundamente y al final dijo:

—Cuando nos encontramos en la plaza de Sant Jaume... —titubeó—, me pareció que no estabas bien —dijo con la mirada interrogante—. ¿Te ha hecho algo? Tu marido, quiero decir.

Francesca dio un paso atrás maquinalmente. La asustaba lo transparente que resultaba ante sus ojos.

—Todo va muy bien —mintió vacilante—. Si eso era todo, puedes estar muy tranquilo. Soy muy feliz. —Se fue a remover el contenido de la olla que estaba al fuego. El temblor en la voz la había traicionado, estaba segura de ello.

Martí permanecía inmóvil, rígido como una roca.

—Mientes —la acusó—. ¿Qué te ha hecho?

—¿Y a ti qué te importa lo que me haya o no me haya hecho? —replicó ella, subiendo el tono.

—¡Me importa y ya está! Si te ha hecho daño, juro que... —Golpeó el puño con la palma de la mano.

—¿Qué juras? ¿Qué? —estalló ella, tirando la cuchara al suelo en un ataque de cólera—. ¿Que me salvarás? ¿Que lo matarás? Pues mátalo, ¿me oyes? ¡Mátalo, porque es un monstruo! ¡Un monstruo repugnante que me viola cuando quiere!

Se tapó la boca con la mano trémula. Ya lo había dicho. El muchacho se acercó a ella a grandes zancadas y la abrazó con la fuerza de un titán. De la herida mal cosida y mal curada que Francesca tenía en el pecho comenzó a brotar un torrente imparable de tristeza y rencor que se convirtió en llanto. Nunca había vertido tantas lágrimas, ni siquiera cuando murió su madre.

Ambos se miraron al mismo tiempo y se besaron con la ternura que una vez, hacía mucho tiempo, habían degustado y que jamás habían vuelto a encontrar. El sabor a sal les llenó la boca. Se acariciaban con delicadeza el pelo, las mejillas, el pecho, el cuello... Les faltaban manos para grabar en la memoria las formas de uno y de otro.

—La caracola —dijo él, descubriendo el colgante escondido en su pecho—, aún la llevas.

Los pies los condujeron al dormitorio, donde se despojaron de la ropa con impaciencia. Martí se excitó como nunca, anticipando lo que iba a pasar. Sus relaciones carnales con Blanca eran pobres y espaciadas, un trámite que era necesario pasar. No había nada en ella que lo atrajese, a pesar de que la muchacha había intentado seducirlo de todas las maneras imaginables. Ahora, en cambio, sentía puro placer con la simple visión de su pelo rubio tapándole los pezones o de la saliva con la que se había humedecido los labios... Pero cuando se colocó encima de ella y sus cuerpos se tocaron, notó que Francesca se le escurría entre los dedos y se iba lejos, ni siquiera lo miraba.

—¿Qué te pasa? ¿He hecho algo malo? —preguntó desconcertado.

—No puedo... —respondió con la voz quebrada—. Es que él... Él siempre...

Martí le puso el dedo en los labios y se recreó recorriéndolos tranquilamente.

—No voy a hacerte daño —prometió, besándole el rostro—. No podría hacerte ningún daño porque te quiero. Te quiero demasiado.

Cuando los besos bajaron a los pechos, la muchacha empezó a respirar profundamente y el cuerpo se le aflojó.

—Mírame, Francesca. No dejes de mirarme.

Comenzó a acariciarla, primero dibujándole un río imaginario que bajaba por el vientre, se recreaba en el ombligo y seguía bajando muy lentamente hasta llegar al pubis. Francesca sofocó un gemido. Notaba un hormigueo incipiente entre las piernas. Con cada beso, él le curaba una herida; alguna superficial, otras profundas como pozos de aguas turbias. Quería decirle sin palabras que la cuidaría bien, que aquel cerdo no volvería a hacerle daño porque él estaba allí para impedirlo, y se esforzaba para que el deseo fuese penetrando lentamente en su interior. La muchacha dejó escapar un suspiro larguísimo. Estaba tan acostumbrada a que su cuerpo fuese una fortaleza cerrada donde solo se podía acceder a la fuerza que había olvidado que si bajaba las defensas podía ser agradecido, acogedor y cálido. Comenzó a notar el consuelo de encontrarse un cuerpo que no le hacía daño. Poco a poco, ambos empezaron a acompasar las respiraciones y el deseo fue creciendo hasta que solo anhelaban devorarse el uno al otro. Se unieron en unos movimientos dulces y rítmicos, cada vez más y más frenéticos, casi desesperados, hasta que Francesca abrió mucho los ojos y lo entendió todo. Cómo el amor podía ser más grande que el sol y la luna, cómo podía hacer olvidar el mapa de pequeñas heridas que llevaba grabado en la piel. Nunca habría imaginado que aquel acto del que había estado abominando pudiese convertirse en uno de los momentos más felices de su vida.

—Siempre me había imaginado que sería así —dijo él, jugando con uno de sus rizos.

—No sé qué estará pensando Guillemona... —dijo risueña—. Hace horas que no salimos del dormitorio.

Él la besó de nuevo mientras le acariciaba el vientre.

—Pues pensará que nos estamos acariciando. —Le iba dando besos en la cara—. Y que nos besamos... Y muchos, muchos pecados...

Francesca se rio y le revolvió el pelo. De pronto, mudó el semblante.

—No puedo volver a perderte. No lo soportaría.

Martí dejó de besarla.

—No me perderás, Caracola. Estaré aquí, contigo, siempre...

Ella deslizó el dedo por sus labios como si quisiera borrar aquellas palabras.

—No. No nos hagamos promesas. Solo abrázame fuerte.

Y así lo hizo. Sin palabras susurradas, solo la piel y el deseo. Cuando el gallo los despertó al amanecer, se despidieron con miles de besos, ninguno de los cuales era el último, con la convicción de que ahora ya no podrían pasar mucho tiempo sin volver a estar juntos. Pero la fortuna aquel día no iba a acompañarlos, porque cuando Martí salía por el portal se topó con la mirada atónita de una vecina que hilaba sentada en el poyete. Era Dolça Marquès, la prima de Blanca.

Lectionis

—¿Se puede saber qué te pasa? —preguntó Astruc—. Desde hace días estás en la luna.

Francesca se aclaró la garganta al despertar del sueño en que Martí le acariciaba el cuerpo desnudo.

—Perdona, ¿qué decías?

—Te preguntaba por qué libro te gustaría empezar hoy —dijo él con paciencia.

—El de la mujer, Trótula de Salerno —respondió decidida.

—Sabía que elegirías ese —dijo el muchacho, levantándose de la silla y dirigiéndose a la estantería.

—Tú siempre lo sabes todo... Te crees muy listo, pero no eres más que un aprendiz de profesor —bromeó—. A partir de ahora voy a llamarte así. ¿Cómo se dice *aprendiz* en latín? —preguntó Francesca con un largo y sonoro bostezo.

—*Inceptor*. ¿Es que no has dormido?

—No es asunto tuyo, maestro *inceptor*. —Notó que se ruborizaba.

Abrieron el libro y Astruc, con mucha paciencia, le

fue traduciendo al catalán las enseñanzas de aquella italiana avanzada a su tiempo, como la importancia de la higiene de manos de las comadronas o cómo mitigar el dolor de las parturientas con opiáceos, una práctica que en muchos lugares estaba perseguida por la ley.

Astruc estaba admirado de que en pocas semanas de estudio intenso Francesca pudiese recordar la mayor parte de las palabras latinas que leía, y prácticamente ya no lo necesitaba para entender los capítulos por donde iban avanzando.

—O sea, eso tampoco lo hacíamos bien... —se quejó ella—. Aquí dice que después del parto deben suturarse las laceraciones del perineo. Y deprisa —reflexionó nada más terminar el capítulo donde se trataba el tema.

—Y no dejar las heridas abiertas, como hacéis ahora —apuntó él.

—Necesito estirar las piernas, son tantas cosas nuevas... Me siento una inútil. Lo he estado haciendo mal todo todo todo.

Resopló y se quitó la toca, soltando su espléndida melena sobre los hombros. Astruc se la quedó mirando, sin palabras y sin poder apartar los ojos de ella.

—Perdona, es que me molesta... —dudó ella—. ¿Quieres que me la vuelva a poner?

El muchacho negó con la cabeza y a toda prisa volvió a clavar los ojos en el libro.

—Resumiendo: ¿qué dice Trótula sobre cómo saber qué enfermedad sufre un enfermo? —preguntó él.

—Se debe observar si el pulso va rápido o lento, si el abdomen está duro o blando y ver si la orina está turbia o limpia, y olvidarse de supersticiones y de diagnosticar según la astrología.

Astruc asintió con una sonrisa de orgullo. No podía evitarlo, se envanecía cada vez que su alumna respondía correctamente una pregunta.

Después de toda una mañana estudiando, hicieron una pequeña pausa para almorzar. Sara había cocinado un *haní* de cordero que ambos devoraron; Francesca ya había aprendido que ese era el nombre de aquel estofado tan delicioso. Como cada día, había llegado el momento en que a Francesca le tocaba cumplir su parte del pacto, así que extendió sobre la mesa de la cocina unos cuantos frascos que había llevado, una prensa y un decantador. Comenzó por enseñarle un ungüento fácil: Astruc debía prensar semillas de calabaza y almendras dulces para extraer su aceite, que vertió en el decantador. Luego añadió dos cucharadas de albayalde, hecho a base de plomo, unas gotas de aceite de palma y heces de gallina. Finalmente, lo coció en la olla junto con la cera blanca, y el resultado fue una pasta espesa de color blanco.

—¿Y dices que esto se lo ponen las mujeres que amamantan para aliviar el dolor en los pechos? Preferiría que me los arrancasen a mordiscos antes que untarme excrementos de gallina...

Francesca sonrió.

—Eso lo dices porque nunca sabrás lo mucho que duelen los pechos cuando se da de mamar, maestro *inceptor* —dijo, resaltando las últimas palabras.

—¿Lo estoy haciendo bien? —preguntó con timidez Astruc sin apartar los ojos de la olla para que no se le pegase. Era muy perfeccionista y no se permitía ningún fallo.

—Hombre... Podría estar mejor —lo pinchó ella.

—Se me da mejor que a ti el latín —bromeó Astruc.

Francesca le tiró un trapo a la cabeza.

—¡Basta! —respondió él sin dejar de remover.

Le tiró un segundo trapo.

—¡Estoy aprendiendo mucho latín! *Proba discipula sum!** —dijo alborozada.

—Si tú lo dices...

Entonces Francesca agarró un frasquito con hierbas y se lo echó encima de la cabeza mientras se echaba a reír.

—Pero ¿se puede saber qué haces? —exclamó él desconcertado.

—¿Acaso no sabes divertirte? ¡El profesor siempre tiene que estudiar! ¡El gran *magister* no descansa nunca! ¿Eh? ¿Eh?

Lo desafiaba mientras le iba echando más y más harina. Astruc, finalmente, dejó la cocción, metió la mano en un tarro de harina y se la echó en la cara con bastante torpeza.

—¡A la guerra! —gritó ella.

Se desató una batalla campal de harina hasta que llegó Sara y les soltó una buena regañina mientras se reía para sus adentros.

Francesca combinaba las visitas de Martí con el estudio en casa de Astruc. Con el primero descubrió que su cuerpo cobraba vida, que cada vez que su amante lo tocaba se volvía más y más ambicioso, necesitaba nuevas sensaciones y placeres con urgencia, con codicia. Con el segundo, las horas de estudio transcurrían tan deprisa que cuando llegaba Bonjuhà y tenía que mar-

* «¡Soy una buena alumna!».

charse le parecía que el tiempo la engañaba. Cuantas más cosas aprendía de aquellos sabios y sabias que hasta entonces se habían mantenido ocultos dentro de aquellas páginas, más ganas tenía de saber más y más. Para entonces leía con fluidez y entendía bastante bien los textos latinos, y Astruc había aprendido a preparar una gran cantidad de jarabes, pastillas, ungüentos y pociones que había ido anotando en un antidotario personal.

Aquel soleado día de septiembre, su compañero de estudio la sorprendió con el manuscrito de otra médica, la monja Hildegarda de Bingen, que había vivido hacía doscientos años en Renania y era una caja de sorpresas. Además de ser científica y de haber escrito curas sobre más de doscientas enfermedades, también era escritora, filósofa, mística y compositora de música, y se había inventado una lengua universal con la idea de que todas las personas del mundo pudiesen entenderse.

Francesca, que estaba leyendo en latín en voz alta, se detuvo. Se había ruborizado. Astruc la animó a proseguir y, ante su insistencia, objetó:

—Es que... —dijo con timidez— habla de sexo.

—Ya sabes lo que dicen: un médico tiene que saber de todo —respondió Astruc fingiendo naturalidad.

Francesca se aclaró la garganta y continuó.

—«El orgasmo femenino se define así: cuando una mujer se une carnalmente a un hombre, su calor hace que el hombre eyacule su semilla dentro de ella...»

Una fina pátina de sudor le cubría el rostro.

—«Cuando la semilla ha caído en su sitio, el deseo atrae a la semilla y la retiene dentro. Inmediatamente, la riñonada de la mujer se contrae...»

—«... la riñonada de la mujer se contrae y se cierran todos los músculos —a Francesca le costaba seguir recitando el texto—, como cuando un hombre fuerte atrapa algo dentro del puño.»

Y con la última palabra gritó y se rindió al placer absoluto que le proporcionaba su amante. Martí sonreía mientras recuperaba el aliento.

—Qué gran sabia, esa monja llamada Hildegarda. Ha sabido describir tu orgasmo palabra por palabra.

Con los libros no era suficiente, ambos eran conscientes de ello. Aquella certeza los llevó a pedir a Bonjuhà que les permitiera asistir a sus curas, y él les puso dos condiciones: silencio y que no se moviesen de su rincón. El médico judío era una gran eminencia, no solo en el Call, sino fuera de sus muros, y el tipo de enfermedades que atendía era variadísimo: cólicos, gota, dolor de barriga, de riñones, tumores... Para cada caso ofrecía un remedio u operaba allí mismo.

Bonjuhà, un buen día, decidió darles una sorpresa: los visitaría su buen amigo el médico Mossé Falcó. Su mirada era tan prominente como su nariz, torcida y abultada como una patata germinada, y Francesca tuvo que esforzarse para apartar la mirada. Falcó iba a realizar una operación extraña y poco habitual que había aprendido de un *magister* sarraceno durante su último viaje a Argel, y que todavía nadie había practicado en Barcelona: extraer unas cataratas.

Situó a un viejecito ciego con un velo blanco en los ojos que temblaba como una hoja encima del banco y lo adormeció con una poción. Le introdujo lentamente en el ojo una jeringa, un instrumento que tanto Astruc como Francesca solo habían visto en los libros. El silencio era absoluto, un gesto brusco y aquel hombre podía ir despidiéndose de volver a ver. El maestro absorbió despacio el cristalino dañado y retiró con mucho cuidado la punta.

—Puedo ver, es un milagro... —decía el anciano mientras lloraba de alegría.

Los dos jóvenes dejaron escapar un suspiro de alivio, convencidos ambos de haber sido testigos de una lección magistral.

Llevaban semanas trabajando en uno de los libros más complejos de los estudiados hasta el momento, *Chirurgia magna*, escrito en 1363 por el cirujano occitano Guigonis de Caulhiaco. Avanzaban muy lentamente a través de sus páginas porque la variedad de enfermedades y tratamientos era enorme, y tan complicados que se hacían necesarias varias lecturas para entender correctamente los procedimientos. Lo componían siete tratados, en los cuales se hablaba de anatomía, tumores, bubones, peste negra, heridas, úlceras, fracturas y dislocaciones.

Iban por el capítulo de la landre, una enfermedad que Guigonis había contraído y cuyo propio tratamiento había dejado escrito: en primer lugar, beber muchos líquidos porque purificaban la sangre. Después, comer higos, uvas, cebollas y levaduras, porque se había observado que los apestados que dejaban de comer morían antes. Para terminar, diseccionar sus propios bubones, los tumores negros característicos de la enfermedad, para examinar el contenido y para encontrar sustancias que los hiciesen disminuir.

Cuando estaba acabando de leerlo en voz alta, Astruc alzó la vista y se dio cuenta de que Francesca estaba distraída con otra cosa: observaba una ilustración en la que un médico hacía una disección anatómica de un muerto.

—¿Dónde tienes ahora la cabeza? Seguro que conmigo y Guigonis no...

—¡Dibujos y más dibujos! —se lamentó la muchacha. ¡Estoy harta de los dibujitos!

Le hacía gracia que su compañera perdiese la paciencia y hablase con semejante apasionamiento.

—¿Qué es lo que te ocurre?

—Aquí, por ejemplo —dijo ella con vehemencia, poniendo el dedo en una página que Astruc tenía abierta—, el maestro nos dice cómo debemos extirpar un tumor de un pecho, pero ¿cómo espera que lo hagamos si no sé qué forma tiene? —preguntó, mirando al cielo—. El tumor, claro, no el pecho.

El judío sonrió.

—Podemos ir al hospital de Marcús a verlos. Los tumores, no los pechos...

Ahora fueron los labios de ella los que dibujaron una sonrisa. Conocía muy bien aquel lugar: su abuela le había contado que Bernat Marcús, un mercader muy rico, lo había fundado en la confluencia de las calles Montcada y Carders para redimirse de sus pecados.

—Es que no es solo verlos: ¡tenemos que tocarlos con las manos, cortar, oler! —Los ojos le brillaban encendidos de pasión—. Guigonis me enseña el camino para curar el cáncer, pero el camino se acaba en seco.

—No podemos operar a enfermos si no sabemos hacerlo, Francesca —esgrimió él.

—Pues tendremos que abrir cadáveres —dijo ella simplemente—. Haremos disecciones.

A Astruc jamás se le habría ocurrido aquella posibilidad. Dado que hacer disecciones estaba prohibido, era una opción que sencillamente no contemplaba, pero a aquellas alturas debería haber previsto que para Francesca las barreras que ponían las leyes eran mucho más difusas. Reflexionó unos instantes y se convenció de que quizá no iba tan desencaminada; de hecho, le constaba que algunas universidades, como la de Montpellier o Salerno, las practicaban.

—De acuerdo, encontraré el modo de que podamos abrir un cadáver —prometió un poco a la ligera, sin tener ni idea de cómo iba a conseguirlo.

No podía evitar esa necesidad de hacerla crecer como médica a toda costa. Llevaba semanas observando de cerca su instinto natural para la medicina y cómo asimilaba las lecciones de manera mucho más ágil que él.

—Sí, pero ¿cuándo? —preguntó irritada—. ¿Cuándo?

—No sé decirte, cuando pueda. Iré al cementerio y...

—No podemos perder el tiempo, ¿me entiendes? —lo cortó—. ¡No puedo esperar! —gritó perdiendo los nervios.

Astruc no entendía aquel cambio de humor y aquella urgencia repentina.

—¿Se puede saber qué te pasa? Te he dicho que lo haré, y yo nunca rompo mi palabra —dijo desconcertado.

Francesca se levantó de la silla y comenzó a caminar de un lado al otro de la biblioteca. Finalmente se detuvo ante la mirada desconcertada de su amigo. Había llegado el momento de contar la parte de su vida que hasta entonces le había ocultado.

—Lo siento... Es que... Mi marido ya hace muchos meses que está fuera, y las noticias que llegan de otras galeras dicen que la suya ya no puede tardar mucho. Y cuando llegue ya no podré venir. No quiere que me dedique a curar.

Esas palabras permanecieron flotando en la estancia y se hizo un silencio incómodo.

—Pero no puede hacerte eso... —se quejó el muchacho—. No puedes dejar los estudios, ¡y menos ahora, con lo que estás avanzando!

—No puedo hacer nada. Es mi marido y tengo que obedecer.

Volvió a ocultarse el pelo bajo la toca, y aquel simple gesto tan cotidiano e inocente hizo que Astruc se pusiera de peor humor. Habló con cierta rabia contenida en la voz, se le habían encendido las mejillas.

—Pero ¿qué daño podría hacerle a él que fueras médica?

—No quiere y ya está. No sirve de nada darle más vueltas.

El muchacho se levantó de la silla.

—Sí, sí que sirve. Lo quiero entender. Está celoso, ¿es eso? Tiene miedo de que tú y yo...

—No, no, no, no —lo cortó—. No es eso.

—Pues ya le puedes decir que entre nosotros nunca habrá nada. Yo soy judío y tú cristiana, y las relaciones entre judíos y cristianos están prohibidas y penadas con la muerte, así de simple.

Y después de decirlo se estremeció.

—Debo irme, en serio. Adiós, Astruc —dijo Francesca cabizbaja. Era imposible explicarle todo lo que significaba vivir con un hombre cuyo defecto más pequeño era que no la dejase curar a la gente.

Cuando ya estaba en la parte alta de la calle Carnisseria, oyó unos pasos corriendo tras ella.

—Tienes demasiado talento para desaprovecharlo. —Astruc, con la respiración entrecortada y totalmente desmelenado, le entregaba la *Chirurgia magna*—. Si no puedes venir a la judería cuando él vuelva, estudia en tu casa a escondidas. ¿Lo harás? —preguntó expectante.

Francesca tomó el libro, conmovida por su gesto, y se lo guardó bajo la capa. Sabía que prestar un libro como aquel no era algo que se hiciese así como así. Le regaló una sonrisa y se marchó.

Al llegar a la casa de la calle de la Pescateria, Martí la estaba esperando. Se abalanzó sobre ella y la abrazó con fuerza.

—Necesitaba estar contigo —murmuró con los ojos llenos de deseo—. No podía continuar ni un momento más en la tienda de mi suegro. Parece que sepa que me quiero escapar y venir aquí, que no pienso en ninguna otra cosa en todo el santo día.

—No hables y bésame —dijo ella, quitándole la ropa con urgencia.

Se arrastraron hasta la cama y se llenaron el uno del otro hasta caer extenuados. No los despertó ni el sol que entraba por la ventana de buena mañana, que ya había hecho partir a los primeros mozos hacia la playa. Iban a recibir la galera que estaba llegando de Cerdeña. La galera en la que viajaba Berenguer.

Una vida corta

Guillemona entró como una exhalación en el dormitorio en el que ambos jóvenes dormían abrazados en una calma absoluta y gritó sin contemplaciones:

—¡Está aquí! ¡Daos prisa, por el amor de Dios!

Los amantes se despertaron de un brinco. Francesca comprendió en el acto lo que ocurría y apremió a Martí para que se vistiera a toda prisa.

—¡Ya entra, ya entra! —exclamó exacerbada Guillemona, asomando la cabeza por la puerta. Berenguer estaba subiendo por la escalera—. Me he encontrado con una de las esposas de los marineros y me lo ha dicho, y he vuelto tan rápido como he podido. ¡Lo entretendré!

La esclava salió precipitadamente.

—La ventana —señaló Francesca—. Es la única salida.

Martí se acercó corriendo, la abrió y entró un aire gélido. Puso un pie fuera, pero entonces se detuvo. Bajó la cabeza de manera que los primeros rayos de sol le iluminaron el vello de la barba tiñéndolo con tonalidades rojizas.

—No.

—¿No? ¿Cómo que no? —dijo Francesca desesperada, mirando la puerta de reojo con miedo de que de un momento a otro entrase su marido.

—Le voy a hacer una cara nueva. Es un hijo de puta —dijo subrayando cada palabra y apretando los puños. Bajó del antepecho y se dirigió a la puerta.

Francesca intentó, en vano, detenerlo y empujarlo de nuevo hacia la ventana. Las voces de Berenguer y Guillemona se aproximaban.

—No. Si te descubre aquí me puede acusar de adulterio, y ya sabes cuál es el castigo —imploró aterrorizada—. Ya buscaremos el modo, pero ahora tienes que marcharte; y no deben vernos juntos.

La muchacha le acarició los labios con la mano, hinchados de tanto besarse.

—Por favor...

Martí luchaba contra sus instintos, pero sabía que Francesca tenía razón. Para una mujer, las penas de adulterio eran terribles. Además, ambos eran conscientes de que, de un tiempo a esta parte, corrían rumores por el barrio sobre su relación, y no había que echar más leña al fuego. Finalmente, él cedió. Le dio un último beso en la boca, le acarició la mejilla y saltó al tejado del vecino. A toda prisa, la muchacha corrió a abrir la caja donde guardaba la bola de lana. Con las manos temblorosas, la impregnó con resina, se la introdujo y, de repente, la puerta se abrió.

—¡Ya estoy aquí, sano y salvo! —gritó su marido con los brazos abiertos, exultante—. Eres tan guapa como recordaba, ¡la mejor hembra de la ciudad! —Sonreía, dejando al descubierto una dentadura a la que cada vez le faltaban más dientes—. Nunca me habría imaginado que tendría tantas ganas de verte, mujer —dijo con deseo. Tenía el rostro más pardo de lo habitual por la exposición al sol, pero también por no haberse lavado durante días en alta mar. En el poco tiempo que llevaba allí, el dormitorio ya se había impregnado de su hedor ácido—. Hace meses que no pienso en otra cosa que en yacer contigo —le confesó mientras se desabrochaba el cinturón.

—¿Cómo ha ido el viaje? —preguntó ella para ganar tiempo mientras cerraba la ventana y miraba de soslayo que Martí estuviese fuera de peligro.

—Demasiado largo esta vez. El desgraciado del patrón nos ha llevado hasta Constantinopla y más allá, a la ciudad de Caffa. ¡Como los negocios le van bien, nunca tiene suficiente! Aquello no te gustaría, está lleno de hijos de perra genoveses. ¡Y de mujeres hermosas! ¡De eso no falta! —Soltó una carcajada—. Pero el invierno no es buena época para navegar, cagüendiós; en cualquier caso, he ganado un buen sueldo: no nos faltará de nada —dijo complacido—. Te compraré todo lo que quieras..., un vestido nuevo, si quieres, pero ven y dame lo que tanto deseo...

Los tres iris. Los tenía clavados en los pechos. Fue entonces cuando supo que sería incapaz de resistirlo otra vez, que se mataría antes de dejarse tocar por él. De un brinco corrió hacia la puerta para escapar, pero él le puso la zancadilla con un gesto hábil y la hizo caer al suelo.

—¿Así recibes a tu marido, mala bestia?

Francesca levantó la mirada con terror. Él la arrastró de malos modos a la cama y le dio un bofetón descomunal. Francesca cerró los ojos y dejó que el odio por aquel ser despreciable invadiera todos los recovecos de su cuerpo.

La mala conciencia de Berenguer por lo ocurrido la noche anterior lo hizo marcharse a la tahurería sin preguntarle qué iba a hacer el resto del día. Por eso, cuando la sirvienta de los Fivaller, Margarida, llamó tan temprano a la puerta de la calle de la Pescateria, él ya no estaba. La mujer traía el rostro desencajado.

—La niña ha sido deshonrada —dijo—. Debéis salvarnos de la vergüenza.

Enseguida intuyó de qué se trataba y llenó el zurrón con todo lo que pensó que podría necesitar. Las calles estaban mojadas por la lluvia helada que caía insistentemente, y al pasar por la calle del Born les llegó un aroma riquísimo a pan de rosca y a hogazas que una mujer estaba vendiendo bajo un toldo improvisado. A Francesca le pareció ver a la prima de Blanca, Dolça Marquès, caminando a escasa distancia de ellas, y le sorprendió que la mujer saliese con aquel tiempo tan desapacible. Entraron en el patio de la mansión de los Fivaller, donde había bastante movimiento de mozos de cuerda, empapados, cargando sacos llenos de mercancías. Una vez dentro, Guillemona y Francesca llegaron al dormitorio guiadas por la criada. Marta estaba llorando desconsoladamente, sentada en el tocador.

—¡Por fin estáis aquí! —exclamó Beatriu, tomándola de las manos. Dos profundas arrugas le cruzaban la frente—. Ha ocurrido una desgracia, Francesca, y sé que sois comadrona... —dijo alzando una ceja.

Francesca asintió con prudencia.

—Mi hija es una pecadora —la acusó en tono grave.

Marta se echó a llorar de nuevo—. Ha yacido con un sirviente que trabaja en los establos de esta casa, ¡un cualquiera! —exclamó exaltada—. Y ya hace más de un mes que no suelta sangre.

—¡Me engañó, madre! ¡Ya os lo he dicho cien veces!

—¡Calla! —gritó, con tanta furia que todo el mundo aguantó la respiración—. ¡Calla, si no quieres que te dé una paliza aquí mismo! ¡La culpa es tuya y de nadie más por vender tan barata tu virginidad!

Marta hundió la cabeza entre la ropa de Margarida, que la estaba acariciando.

—La próxima semana mi marido la prometerá con Ramon de Guaiters, uno de los notarios más importantes de la ciudad. Si se descubre que lleva el hijo de otro en el vientre, romperá el contrato de matrimonio y mi marido la matará. Y puede que a mí también, por haber permitido que se dejase perder de esta manera.

Francesca las tranquilizó asegurándoles que podía ayudarlas. Sabía cómo hacer bajar las flores de las primeras fases de un embarazo —Bonanada había hecho abortar a medio barrio de la Ribera—. En primer lugar, comprobó que estuviese preñada y, efectivamente, tenía el cuello del útero inflamado y azulado. Entonces sacó del fardo un tarro de óvulos de color marrón hechos con una fórmula del antidotario de su madre que en pocas ocasiones había fallado: cornezuelo de centeno, ajenjo, corona de rey, perejil, nuez moscada, angélica y manzanilla. Marta debía tomarse uno ahora y otro al día siguiente. Al tercer día le bajarían las flores y el problema habría desaparecido. La muchacha y la madre respiraron aliviadas.

—Y para que vuestro futuro marido no sepa que no

os ha desflorado —añadió Francesca, alargándole otro frasco—, os bañaréis con esta infusión de pie de león antes de yacer con él. Os encogerá por dentro.

—Pero ¿y la sangre? ¿Cómo...?

—En este frasquito hay un tinte rojo —dijo, dándole una última poción—. Deberéis meteroslo dentro para simular que sois virgen.

Marta la abrazó con tanta fuerza que por poco la hace caer. Al cabo de cuatro días, Margarida volvía a llamar a la puerta de la calle de la Pescateria para decirles que las flores de la niña habían bajado, tal como ella les pronosticó. Llevaba treinta libras y un mensaje de Beatriu Fivaller: jamás olvidaría lo que había hecho por ellas. Y con aquel golpe de suerte ya tenía dinero suficiente para cumplir la promesa de sacar a sus hermanos del hospital.

El minúsculo féretro con el cuerpo de Pere reposaba sobre una de las camas del hospital. Ni siquiera le habían podido decir adiós, la disentería se lo había llevado en dos días. Joan y Anna estaban sentados a su lado, bien peinados y con las manos sobre el ataúd, como si le diesen la mano. Durante los casi tres años que habían pasado en el hospital se habían hecho mayores en todos los sentidos. La abuela le pagó los gastos a fray Esteve, que le repetía que Dios ponía a prueba a los pecadores constantemente y que la redención llegaría si se tenía suficiente fe. Entretanto, Francesca había tomado a sus hermanos de la mano y se dirigían hacia la puerta. Había llegado tarde y nunca se lo perdonaría. Debería haber robado, matado, de haber sido necesario, para sacarlos de allí. Ahora Pere yacía frío y sin vida entre cuatro trozos de madera. Jamás volvería a escucharlo canturrear, ni a tocar sus rosados y vivarachos mofletes. Pasó junto a una nodriza que estaba alimentando a un bebé raquítico. La mujer murmuró unas palabras de pésame que ni siquiera entendió. El tufo a orines fermentados de las palanganas era insoportable. Se estaba mareando y tenía ganas de vomitar. Cuando ya estaba a punto de salir, miró hacia una cama junto a la cual había un grupito de personas. Sobre unas sábanas amarillentas y llenas de lamparones se hallaba postrada una niña moribunda que apenas respiraba. La estaba examinando el médico Bernat Oriol, un hombre que había conocido tiempo atrás, cuando curó a Berenguer. El hombre palpaba la masa deforme y grande del cuello de la criatura, llamada mal del rey porque mucha gente decía que se curaba si el monarca tocaba al enfermo. Otros la llamaban escrófula.*

—Esperad —musitó Francesca—. Esperad un momento.

—¿Qué? ¡Quiero irme de este lugar asqueroso! —exclamó su hermano, visiblemente enfadado, lanzando una mirada de odio a fray Esteve, que bajó la vista.

En lugar de responder, Francesca dejó a los niños con la abuela y se dirigió hacia la cama de la niña con escrófula, empujada por un impulso que ni ella comprendía. Joan corrió a ovillarse en un rincón con la cabeza entre las piernas.

—No se puede hacer nada —sentenció el médico Bernat Oriol al notar su presencia—. Morirá en pocas

* Inflamación de los ganglios linfáticos cervicales asociada a la tuberculosis.

semanas, puede que días. El mal del rey no se puede operar.

El presbítero Esteve March se acercó a ellos.

—Francesca, deberíais dejar trabajar al señor Bernat Oriol...

—Dejadla, fray Esteve, la pequeña quizá la conozca. ¿Es pariente suya? —preguntó el anciano afable.

Francesca no abrió la boca. Se limitó a examinar el pulso de la enferma, que estaba agitado. La orina de la palangana era oscura. Tenía poco tiempo para actuar. Recordó uno de los textos de la monja Hildegarda, en el que hablaba de aquella enfermedad.

—Yo la curaré —soltó lacónicamente.

—¿Vos? —dijo el médico con una risita maliciosa.

Estaba tan ofuscada por el dolor que no veía nada. Solo a la niña. Se dirigió a la cocina con el presbítero pisándole los talones e increpándola por estar curando a un enfermo sin tener la formación adecuada. Francesca cogió una lechuga y la trituró y la mezcló con miel. Cuando regresó a la cama, durmió a la criatura con unas gotas de la poción adormecedora. Bonanada y Anna se habían acercado a ver qué estaba haciendo. Le aplicó la lechuga en el bulto, que se fue ablandando cada vez más. Luego lo cortó con una lanceta para que saliese el pus, que cayó al suelo, teniendo que apartarse para no pisarlo. Bernat Oriol, que observaba aquello con desconfianza, negaba con la cabeza. Una vez que el bulto estuvo vacío de pus, llegaba la parte más complicada: extraer las glándulas desde la base procurando no sajar más tejido del necesario. Estaba atenta a la respiración de la niña, que cada vez era más agitada. A Francesca le resbalaban las gotas de sudor por la frente y se las secaba con la manga. Bonanada corrió a secárselas con un paño. Fray Esteve, más gordo que nunca, rezaba con sus ridículas manos en el pecho. Algunas nodrizas y sirvientas se habían ido aproximando. Francesca estaba tan concentrada que no se daba cuenta de nada. Continuaba siguiendo el hilo de las instrucciones que había dejado la monja Hildegarda siglos antes para no perderse. Lo último fue coserle la herida y aplicarle una cataplasma de cintoria para ayudar a cicatrizar.

—Ya está —dijo finalmente, empapada en sudor de arriba abajo. Alzó la vista y se encontró con decenas de ojos observándola con incredulidad. Fray Esteve estaba atónito.

—Pues resulta que sí se podía operar el mal del rey —dijo un niño con la nariz llena de mocos.

Bernat Oriol se había quedado mirando fijamente a Francesca con un semblante que desprendía de todo menos comprensión. En el fondo de sus pupilas se podía adivinar un veneno más espeso que la brea.

Entonces, Bonanada, ágil como el rayo, metió en el fardo el instrumental que Francesca había utilizado.

—¡¿A quién se le ocurre ejercer de cirujana cuando no lo eres?! —la recriminó—. ¡Cuando lleguemos a casa me vas a oír! ¡Ya verás si me vas a oír, descarada!

La abuela tiró de la manga de Francesca y la arrastró hacia fuera junto con sus dos hermanos. Mientras estaban dentro habían empezado a caer copos de nieve, y los dos niños se pusieron a jugar. La muchacha se zafó de la mano de la abuela con los ojos encendidos de rabia.

—Pero ¿se puede saber qué estás haciendo? —preguntó enfadada.

—¿Que qué estoy haciendo? ¡Salvarte, eso estoy haciendo, jovencita del demonio! —Bonanada estaba fuera de sí—. ¡Lo que has hecho es peligroso, Virgen santísima! Has dejado en evidencia a un hombre, y eso, escúchame bien, a las mujeres nos está prohibido.

Una vez en la barraquita, Ramon intercambió unas palabras con ella y sus hijos, a los que hacía tiempo que no veía, y se marchó a la tahurería con tanta tristeza que se le encorvaba la espalda. A pesar de que casi todas las personas que conocían habían perdido un hijo o más, no por eso resultaba más fácil. Nunca lo había visto tan vacío de vida como aquel día. Quizá por ello no le recriminó la mentira que le había dicho a Joan tiempo atrás, predisponiéndolo en su contra para siempre.

Para que no acabara jugándoselo todo a los dados, entregó la mayor parte del dinero que le habían dado las Fivaller a Bonanada para que lo guardase. Con el que se quedó ella, haría realidad uno de sus sueños: comprar un estuche con instrumentos de cirujana y una jeringa hecha de cuero y con el cañón de plata, como la que había visto utilizar a Mossé Falcó en casa de los Benevist. Sus hermanos subieron al altillo con la alegría desbordada después de tanto tiempo fuera y, tras saltar, correr y gritar durante un buen rato, cayeron vencidos por el sueño.

—Llevo años arrastrándome por este maldito mundo, y... lo que has hecho hoy en el hospital... y con solo dieciocho años... Nunca había visto... Quería decirte que...

Bonanada buscaba las palabras, pero todas se le atravesaban en la garganta. Finalmente carraspeó y soltó:

—Maldito sea este dichoso tiempo, ya vuelve a fastidiarme la pierna.

Aquella tarde entró en la iglesia de Sant Cugat del Rec, salpicada de nieve. Solo había un par de feligreses y encendió una vela por el alma de su hermano pequeño. En adelante, madre e hijo descansaban al fin juntos.

El entierro de Pere fue como su propia vida, corto. Muchos vecinos los habían acompañado hasta el cementerio. Volvían a casa y, al pasar por la plaza del Oli, unas vecinas reprendían a un pollero por haber dejado restos de una gallina en el suelo. «Un cuerpo tan pequeño e indefenso», se repetía con los ojos secos, porque ya no le quedaban lágrimas. Los gritos de las mujeres la incomodaban y aceleró el paso. «Murió rápido», le habían dicho. «En un suspiro.» El pollero les arrojó la cabeza de la gallina y las mujeres chillaron. Pere ocupaba todo su pensamiento, pero de vez en cuando la asaltaba la cara de aquella niña enferma de escrófula. Ni siquiera sabía su nombre. Aún no entendía cómo lo había hecho, recordaba vagamente cómo sus dedos le abrían el bulto y lo vaciaban, pero no era capaz de ver las imágenes con claridad. Si al menos hubiese podido compartirlo con Astruc...

La justa

Aquel día cálido de abril, las campanas de Santa Maria del Mar repicaban alegres y el estado de ánimo de la gente del barrio era de una euforia desbordante. La tribuna de la calle del Born estaba a rebosar, bellamente engalanada con enseñas doradas y banderolas de raso que, junto con los gritos de la multitud, convertían el conjunto en un espectáculo que en pocas ocasiones se veía en la ciudad. Hacía solo unos instantes que habían herido gravemente a un caballero con una lanza que le había abierto una grieta en la armadura, y unos pajes y escuderos se lo habían llevado corriendo en volandas. El instinto de Francesca la había impulsado a levantarse para acudir a socorrerlo, pero Berenguer la obligó a volver a sentarse a su lado, junto con Marta Fivaller. El hombre comenzaba a ver con buenos ojos que su mujer fuese a vender pociones a gente rica si con ello los invitaban a uno de los espectáculos que más le gustaban a él y a la mayoría de los ciudadanos: las justas.

El torneo entre caballeros tenía lugar en presencia del rey Pere, la reina Sibil·la de Fortià, toda la familia real y regidores urbanos. Los consejeros consideraban que en un momento de crisis tan grave, con el hambre azotando al pueblo por culpa de las malas cosechas y la peste campando por pueblos y ciudades, se necesitaban ocasiones así para que los ciudadanos olvidasen las penurias y, gracias a la algarabía, se disipasen las ganas de rebelarse contra el Gobierno.

El hermano de Marta, Romeu, estaba a punto de batirse.

—Por fin parece que ha encontrado su camino —dijo Marta realmente contenta—. Ha dejado el juego y las salidas nocturnas y solo piensa en ganar justas. ¡Le han otorgado el grado de caballero!

Se oyó revuelo entre la gente.

—¡Mirad! ¡Ya sale! —gritó Marta, poniéndose en pie y mostrando su maravilloso vestido de damasco amarillo bordado con perlas y con brocado de oro, que habían encargado a uno de los mejores batihojas de Barcelona. Francesca se sentía más fuera de lugar que nunca con su vestido de paño viejo y el manto oscuro. Observó a Berenguer, descuidado y sucio como siempre, y se hizo más pequeña si cabe.

Un pregonero acababa de anunciar quiénes serían los próximos participantes. Retumbaban los tambores y sonaban las trompetas. El ambiente era tan festivo que incluso ella notó que le cambiaba el estado de ánimo, aunque no le veía mucho sentido al hecho de que aquellos hombres pusiesen su vida en peligro. Romeu Fivaller, enfundado en una armadura, montaba muy ufano un caballo protegido por una testera en la cabeza y recubrimiento de malla. A la señal de su jinete, el animal echó a correr contra el caballero contrincante. Los dos hombres alzaron las lanzas. Los gritos del público se mezclaban con el ruido de las armaduras y las pezuñas de los caballos al galopar. Los jinetes se aproximaban peligrosamente blandiendo las armas. Apuntaban al pecho del otro. Marta le apretaba la mano a Francesca.

—¡Vamos, maldito caballo! ¡Dale fuerte! —vociferaba Berenguer.

Todo el público se había puesto en pie. Ambos jinetes estaban a punto de tocarse. Se encontraban a unos palmos de soltar la estocada. Romeu asestó un golpe preciso en el hombro del otro caballero. El jinete cayó de su montura. Un grito ahogado entre la concurrencia. El hombre rodó por el suelo antes de detenerse. El perdedor se levantó como pudo. Estaba vivo. La tribuna estalló en gritos de alegría. La victoria era para Romeu, que se despojó del casco y saludó a todo el mundo con una gran sonrisa de satisfacción. Marta abrazó a Francesca mientras Berenguer, muy excitado, murmuraba que quería ir a ver y tocar los caballos, y bajó por la tribuna. Mientras tanto, ellas y los padres de Marta, Beatriu y Hug, recibían a un numeroso grupo de hombres, todos ellos prohombres, vestidos con gramallas lujosas de colores vivos y grandes sombreros, que se había acercado para felicitarlos.

«Oh, no, Bernat Oriol», se dijo Francesca. Era el médico del hospital de Colom, el hombrecillo esmirriado que había sido testigo de su operación de escrófula. Estaba debajo de la tribuna hablando con Berenguer, y, por cómo gesticulaban y la expresión de sus caras, parecía que se conocieran de toda la vida.

—¿Qué estás mirando, Francesca? Da la impresión de que has visto al demonio —dijo Marta risueña—. Aquí tienes al gran ganador de hoy, mi hermano Romeu.

Francesca se volvió a saludarlo.

—Has hecho una gran carrera, Romeu, aunque yo no entiendo mucho de esto...

—Sí. La verdad es que no lo he hecho del todo mal... —dijo él sin prestar demasiada atención a la muchacha.

Unos cuantos amigos suyos lo levantaron en volandas y se lo llevaron coreando cánticos de victoria. Continuaba mirándolos cuando oyó una voz que reconoció de inmediato.

—Hug, sois un hombre afortunado, podéis estar orgulloso de vuestro hijo.

Bernat Oriol había subido a lo alto de la tribuna a una velocidad prodigiosa. Francesca trató de escabullirse entre la gente, pero la voz ronca del anciano la frenó.

—Vos no sois de la familia, pero vuestro rostro no me es ajeno. ¿Nos conocemos?

La muchacha recordó de pronto las palabras de Bonanada: había dejado en evidencia a aquel médico, y puede que no fuese buena idea recordárselo.

—Pues no lo sé...

—Sí, sí, sí..., ahora lo recuerdo —la interrumpió, frotándose las huesudas manos. Por cómo hablaba, era evidente que la había reconocido desde el primer momento—. Vos sois la jovencita que operó a la niña en el hospital —dijo arrugando la nariz, como si el recuerdo le produjese urticaria—. La pobrecita murió días después —añadió como si nada—. Vuestro torpe intento, después de todo, sirvió de bien poco, a pesar de que os reconozco el mérito de haberlo intentado.

A su lado, un hombre de piel oscura, ojos almendrados y pómulos marcados estaba escuchando la conversación.

—¿Oís, Ponç? Esta es la muchacha de la que os hablé, que se cree que es médica. —Dejó escapar una risita que pretendía ser amable.

El tal Ponç sonrió mientras dejaba al descubierto una dentadura blanquísima; era obvio que se la lavaba y cuidaba. Si hubiese sido un animal, habría sido un gato, uno de esos que se lamen las patas dócilmente después de haber arañado a su presa.

—No me esperaba una médica tan guapa, la verdad. Tal vez si me hubieseis hablado de su belleza yo también me habría dejado operar —dijo con una sonrisa llena de lascivia.

—El caballero Ponç d'Alcalà es alguacil del gobernador de Cataluña —aclaró Bernat Oriol—. Es el encargado de hacer cumplir la ley en nombre del rey Pere. —Entonces cambió el tono de voz, que se tornó sorprendentemente enérgico y autoritario, muy poco acorde con aquella figura que parecía de vidrio—. Y la ley dice que nadie sin licencia puede intervenir en operaciones.

Francesca tragó saliva e, instintivamente, dio un paso atrás. Ponç d'Alcalà se aproximó a ella como un lobo lo hace con su presa. Olía a romero y espliego y llevaba la barba bien recortada: llamaba la atención por su pulcritud y elegancia. Aun así, algo en sus ojos felinos le provocó un escalofrío en la columna.

—Doy la razón al médico principal. —Tomó un rizo rubio que se le había escapado de la toca mientras la devoraba con la mirada. Ella se apartó—. Si me lo permitís, os haré una recomendación: si no queréis problemas, no pongáis en peligro la salud de la gente.

Bernat Oriol volvió a reírse con aquella risita de ratón que, ahora ya lo sabía, escondía un dragón dormido.

—Dedicaos a hacer de comadrona, que es para lo que servís las mujeres —añadió con el tono afable de siempre.

Y, dicho esto, él y Ponç d'Alcalà se dieron la vuelta y se dirigieron hacia los caballeros que charlaban animadamente entre sí.

Francesca notó que la indignación le crecía en la barriga y le subía por la garganta. Habría clamado a los cuatro vientos que aquel hombre siniestro se podía meter las amenazas en aquel sombrero extravagante que lucía, pero respiró fuerte y reparó en que alguien la agarraba por el brazo.

—Nos vamos a casa, mujer. ¡Se ha terminado lo de hacer de médica o lo que cojones te creas que eres! ¡Si estos santos patricios quieren curarse, que avisen a un médico!

Y con esa amenaza, Berenguer se la llevó de allí de un tirón.

La disección

Ataviados con las capas negras, apenas podían distinguirse en mitad de aquella noche tan oscura. Francesca tuvo que agarrarle la mano para no perderse y Astruc la guiaba por las calles de alrededor de la seo, donde a aquellas horas de la noche no vagaba ni un alma. Ya hacía un rato que había sonado el toque de queda.

—¿Se puede saber a dónde me llevas? —preguntó ella inquieta.

A pesar de que Berenguer llevaba un tiempo siendo menos violento, después de aquel día en la justa la había reprendido y amenazado con que no la dejaría volver a salir para ir a hacer curas; ella estaba convencida de que aquel médico, Bernat Oriol, le tenía sorbido el seso. No entendía por qué se había obsesionado tanto con ella. ¿La veía como una amenaza? ¿A la hija de un pescador? Aquel pensamiento, por increíble que le resultase, era el único con cierto sentido. Y Berenguer, que parecía tan bravucón y en realidad era tan poca cosa..., se había convertido en una marioneta en manos de aquel hombre astuto.

Acudía a estudiar con Astruc siempre que su marido se iba a la taberna, pero aquella mañana su amigo judío le había dicho que esa noche saldrían para asistir a una lección que nunca olvidaría, y Francesca no dudó ni un momento en echarle a Berenguer poción adormecedora en el vino para que roncase toda la noche y parte del día siguiente. Era algo que solía hacer para no sufrir sus abusos, y en general le funcionaba. No pudo evitar el sentir cierto placer por estar desobedeciendo también a Bernat Oriol.

—¡Chist! Calla, que los centinelas nos pueden detener —la exhortó intranquilo. No estaba acostumbrado a infringir ninguna norma, y aquella situación lo hacía estar en tensión.

De repente, se detuvo en seco y le indicó con el brazo que hiciese lo mismo. No muy lejos de ellos cruzó una figura por la calle, y Francesca creyó reconocerla: la prima de Blanca, Dolça Marquès. Le sorprendió verla allí, pero era tal la excitación que la embargaba que no le dio mayor importancia. Permanecieron en silencio y quietos como estatuas hasta que la mujer hubo desaparecido y luego prosiguieron.

Caminaron por una calle que serpenteaba hasta una reja medio abierta detrás de la cual estaba el cementerio de la seo, que limitaba con el palacio del obispo y con la muralla antigua. Lo llamaban cementerio de los Condenados porque allí enterraban a los reos que habían sido ajusticiados y también a algunos verdugos, a cuyo lado nadie deseaba descansar eternamente.

—No, no, no... ¿Es que te has vuelto loco? ¿A santo de qué deberíamos entrar aquí a estas horas?

Astruc se detuvo y se volvió hacia ella levantando una ceja.

—No me digas que tienes miedo... —la desafió—. Te prometí una disección, ¿recuerdas? Lo único que estoy haciendo es cumplir mi promesa. ¿Guardarás silencio y obedecerás por una vez en tu vida?

El rostro de Francesca se iluminó de alegría y siguió en silencio a su compañero entre tumbas hasta llegar a la caseta del enterrador. El hombre, un tal Capuchón, a quien llamaban así porque siempre llevaba una capucha que le iba demasiado grande, los estaba esperando con una antorcha.

—Llegáis tarde —se limitó a decir. Les hizo un gesto para que lo siguiesen a la capilla del Santo Cristo de la Agonía, que estaba justo al lado.

Astruc le pagó unas monedas, que Capuchón se guardó rápidamente bajo la ropa. Dentro de la capilla había una mesa dispuesta con el cadáver de un hombre de unos treinta años, al que, según les contó, habían ajusticiado aquella misma tarde en la horca por ladrón. El cuerpo estaba desnudo, rodeado de candelabros de hierro con velas. El ambiente olía a cera.

Capuchón balbuceó unas pocas instrucciones y antes de marcharse les advirtió que, si los descubrían, él negaría haberlos dejado entrar.

—Lo has conseguido —murmuró Francesca, que no podía creer lo que estaba viendo—. Pero ¿cómo vamos a hacerlo? No he traído los instrumentos, ni el libro de anatomía... No sabría por dónde empezar.

—Los instrumentos los llevo yo —dijo Astruc, sacando un estuche de cuero con dos navajas, tijeras, lancetas, tenazas y algunos utensilios más de hierro para operar—. Y el libro —añadió, tocando la frente de la muchacha— lo llevas tú aquí dentro.

Francesca ya le había devuelto *Chirurgia magna* de

Guigonis de Caulhiaco, pero lo tenía grabado a fuego en la cabeza y Astruc confiaba en ella incluso más que la propia muchacha. Cubrió el sexo del muerto y le tocó el tórax, que estaba frío como el hielo. Cerró los ojos y visualizó los capítulos de anatomía del manuscrito página por página.

—Comenzaremos por la parte inferior, porque son los órganos que se pudren antes —dijo, abriendo los ojos—. Dicen que el hedor puede ser insoportable. Deberíamos haber traído incienso o perfumes...

—Parece que no me conozcas —dijo Astruc, sacando del estuche una botellita que abrió y perfumó de rosas la estancia—. Soy un hombre previsor.

Francesca echó mano de la lanceta, pero cuando ya estaba a punto de cortar el abdomen oyó un tintineo que venía de fuera. Espadas. Salieron de la capilla de inmediato y esperaron escondidos tras unas lápidas por si veían algún movimiento. Al cabo de unos instantes, dos hombres con uniforme de centinelas nocturnos se aproximaron a la capilla con dos teas.

—¡En nombre del sayón, salid ahora mismo! ¡Sabemos que habéis robado un cadáver!

No quisieron esperar a ver qué hacían a continuación y echaron a correr hacia la salida, pero todo estaba tan oscuro que tropezaron varias veces con tumbas y matojos. Los hombres los oyeron y se lanzaron a perseguirlos. Tomaron una de las calles que salía del cementerio, que conducía directamente a la seo. Había una hilera de mesas cargadas con gárgolas a medio esculpir. Los escultores estaban terminando las figuras que debían embellecer las fachadas de la nueva catedral. Aunque solo pudo echarles un vistazo, Francesca supo reconocer un caballero, un unicornio y un elefante con trompa. Llegaron a la puerta de la basílica, que estaba abierta.

—¡Por aquí! —ordenó Francesca.

Entraron. No se veía nada. Cuando la vista se les acostumbró a la oscuridad, se dirigieron al altar mayor. A ambos lados podían distinguir las grandes capillas que los gremios dedicaban a sus santos patrones: la de los fabricantes de agujas a san Sebastián; la de los plateros a san Eloy; la de los juristas y abogados a san Ivo... Las paredes también estaban llenas de ventanas, capillitas y dinteles con cepillos, pinceles, mazas, perros y serpientes esculpidas, en función del oficio de la cofradía que las pagaba. El ruido de pisadas apresuradas se aproximaba. Avanzaban a tientas. Astruc tropezó y tumbó un banco. El estrépito retumbó por las altísimas paredes del edificio. Esperaron un instante muy quietos. De pronto, la puerta de la catedral se abrió y los hombres entraron. Con las antorchas, todo el recinto se iluminó. Había por todas partes andamios de madera, herramientas y escaleras a causa de las obras de ampliación que llevaban años acometiendo.

—¡Por la cabeza de Dios! —exclamó Francesca.

Aceleraron el paso e intentaron salir por el portal de Santa Eulàlia, en uno de los laterales, pero estaba cerrado. Luego se metieron en la capilla de Sant Esteve, el patrón de los freneros, cotamalleros y guarnicioneros, que tenía una puerta que también se comunicaba con el exterior.

—Tampoco —dijo él, tras intentar abrir el cerrojo.

—¡Allí al fondo! ¡Intentan salir! —gritó uno de los centinelas.

—Aquí hay unas escaleras —avisó Astruc.

Sin pensárselo, ambos descendieron, tanteando la

pared de piedra con las manos para no caer hasta llegar abajo.

—Creo que estamos en la cripta —dijo la muchacha al recordar que su madre los había llevado a visitar la tumba de Santa Eulàlia, la patrona de la ciudad, a quien le debía el nombre, cuando eran pequeños.

Siguieron adelante pegados a la pared. Había un saliente. Era un pequeño ábside. Luego vino otro. E incluso un tercero.

—Es inútil, esto es un callejón sin salida —susurró él perdiendo los nervios.

—¡Están en la cripta!

La claridad que anunciaba la presencia de los hombres era cada vez más potente. Entretanto, ellos dos seguían palpando la pared. Entraron en un cuarto ábside. Astruc notó una cerradura de hierro. Descorrió el cerrojo. Se abrió una portezuela. Una corriente de aire fresco los hizo estremecer. La atravesaron en medio de una oscuridad absoluta y la cerraron. Los hombres ya habían llegado al final de la escalera. Se trataba de un pasillo recto y estrecho. Cogidos de la mano, corrían a ciegas. Francesca se topó con lo que parecía un escalón. Los hombres habían encontrado la puerta y ya avanzaban a toda prisa por el pasillo.

—¡Deteneos, en nombre del sayón!

La luz de sus antorchas les indicó el camino. Tenían una escalera delante. Subieron los peldaños de tres en tres. Una portezuela. La abrieron y se toparon con una tela gruesa y rígida. Un tapiz.

—¡Por aquí! —la conminó Astruc, tirando de ella hacia uno de los extremos del tejido. Salieron a una sala gigante cubierta de un entramado de vigas con seis grandes arcos. Estaba iluminada por decenas de candelabros. «La sala de los paramentos.»* Se les cortó la respiración. Todo el mundo había oído hablar de aquel lugar. Allí era donde el rey celebraba las grandes recepciones y fiestas. A cada lado se alzaban unas impresionantes estatuas de alabastro de los condes de Barcelona, que parecían acusarlos de haber interrumpido su reposo. Los pasos de sus perseguidores los devolvieron a la realidad.

—¡Corre! ¡Allí! —exclamó Francesca, señalando la única puerta que daba a la calle.

—Espera. —Parecía que a Astruc se le hubiese ocurrido algo.

Se dirigió a la puerta principal y la abrió, pero inmediatamente volvió atrás y empujó a Francesca hacia un tapiz muy estrecho tras el que ambos se ocultaron. No tenían espacio y tuvieron que situarse uno frente al otro. Oyeron a los guardianes entrar en la sala.

—¡Los muy desgraciados han vuelto a salir a la calle! —exclamó uno de ellos.

Salieron hacia fuera como una exhalación cuando su voz aún resonaba por la gran sala. Los pasos se alejaban. Ellos continuaban inmóviles, como las estatuas de los condes. Tenían las narices prácticamente pegadas. Las bocas casi juntas, con las respiraciones agitadas. Por un momento se clavaron las miradas. Los ojos de Astruc parecían reclamarle algo. A ella le subió una quemazón a las mejillas. Se sentía turbada, pero cada vez más atraída por aquella piel tan dorada. Se acercó aún un poco más cuando...

—Parece que ya no están —susurró Astruc rompiendo el hechizo.

* Salón del Tinell.

Se separó de repente, como si un rayo les hubiese caído justo delante. Asomaron la cabeza con cautela. Ni rastro de sus perseguidores. Echaron un último vistazo a aquella sala única y se marcharon.

Caminaban en silencio. Se sentían frustrados. Enfadados. Impotentes. Habían perdido una oportunidad irrepetible de examinar un cuerpo por dentro.

—¿Crees que Capuchón podría conseguir otro cuerpo? —sugirió Francesca.

Astruc mudó el semblante y ella se detuvo de inmediato.

—No fastidies, Francesca. ¡Si nos ha faltado poco para acabar en el tribunal del veguer! Está claro que robar un cadáver no puede ser tan fácil, si no el sayón no lo habría descubierto. No, no lo repetiremos. Además...

El muchacho guardó silencio.

—¿Qué? —preguntó ella mientras se recolocaba el pelo dentro de la toca.

Habían llegado a la plaza del Blat y allí se separaban sus caminos.

—Me envían a Montpellier a estudiar Medicina. —Al ver que ella no reaccionaba, prosiguió—: El rabino Hasday Cresques me ha puesto en contacto con Abraham Avigdor, un gran físico judío que imparte clases allí, y gracias a él tengo un permiso especial para ir.

—No vayas —lo interrumpió.

Astruc abrió la boca, atónito.

—¿Cómo que no vaya? Sabes que en el Estudio General de Lleida no aceptan judíos, ¿verdad? Montpellier es mi última oportunidad.

—Te marginarán. A los judíos ya no os quieren en ninguna parte —le soltó.

Y de inmediato se maldijo por haberlo dicho. «¿Cómo puedo ser tan miserable?» Si el sueño de su amigo era estudiar fuera, ¿por qué en lugar de alegría sentía aquella opresión en el pecho?

Y entonces él le hizo una pregunta que la pilló completamente desprevenida.

—¿Qué quieres de mí, Francesca? —Sus ojos, del color de la noche, la miraban con tanta intensidad que parecía que quisieran atravesarla—. Soy un hombre sencillo y me relaciono poco con la gente. Tampoco soy muy listo con los juegos, no los entiendo. —Hizo una pausa breve—. Si tienes algo que decirme, hazlo ahora. —Utilizaba el tono más grave que jamás le había oído, no lo reconocía.

Se hizo el silencio. Él levantó la mano y, con gran delicadeza, tomó uno de los mechones de su pelo entre los dedos. Se recreó sin apartar los ojos de los suyos. Ella dudó. Le miró sus gruesos labios, que tenía entreabiertos. Los dientes blancos. Los rizos escapándose en todas direcciones. Tenía muchas palabras en la garganta pugnando por salir, pero estaban atascadas. Y al final, las únicas que se abrieron paso fueron:

—No sé qué estás insinuando. Eres judío.

Astruc le soltó el mechón. Se recolocó el bonete sobre los rizos y suspiró.

—Adiós, Francesca.

Se dirigió a la judería y dejó a Francesca plantada en medio de la plaza.

Al cabo de unas semanas, Joan tuvo unas fiebres muy fuertes por una herida purulenta junto al ojo. El niño solo quería estar en brazos de Bonanada, no quería saber nada de Francesca. Pese a mostrarse distante también con su padre, a quien más culpaba por el tiempo que había pasado encerrado en el hospital era a ella.

—Iré a buscarte un remedio y te pondrás bien enseguida —le dijo con ternura.

El niño, por toda respuesta, hundió más aún el rostro en el pecho de su abuela. Necesitaba una poción de trementina, de modo que se dirigió al apotecario de la plaza de la Llana para conseguirla. Como cada sábado, era día de mercado. Ya era tarde, pero aún había muchas hilanderas, cardadoras, peinadoras y urdidoras vendiendo sus productos. Francesca había logrado llegar a la puerta de la tienda cuando una hilandera que estaba sentada en el poyete le dijo:

—Está cerrado. Han ido todos a la plaza del Blat a ver cómo cuelgan a su esclavo sarraceno. El muy desgraciado ha intentado huir.

Estaba oscureciendo y no le quedaba mucho tiempo antes de que cerrase el apotecario más próximo, Francesc de Camp, donde Martí ejercía de aprendiz de su suegro desde que se había casado. Dudó si ir, pero se convenció de que por más rumores que corrieran por el barrio sobre ella y Martí, era más importante la salud de su hermano. Al entrar en la tienda se topó con Sança, una tejedora conocida en la Ribera por tener la lengua muy larga y un culo enorme de pasarse el día sentada en un poyete cotilleando. Al ver entrar a Francesca, a Martí se le cayó un ramillete de hierbas que tenía en la mano.

—Dios os guarde —dijo ella impasible.

—A la paz de Dios —respondió Sança con la mirada de la zorra cuando huele a conejo.

—Mi hermano tiene una pupa —explicó con los ojos fijos en el mostrador—. Voy a necesitar trementina de abeto y que me la mezcles con hollín de chimenea pasada por el cedazo con aceite rosado. —El muchacho no se movía de su sitio. Tragó saliva—. Tengo prisa —insistió Francesca.

—Sí, sí, enseguida. —Y, dirigiéndose a Sança—: El agua de rosas que me habíais pedido, y aquí tenéis un poco de ajenjo. Cinco dineros.

La mujer pagó, pero no les quitaba los ojos de encima. Era evidente que estaba al corriente del chismorreo sobre ellos dos, y ni el mismísimo ejército real la habría hecho salir de aquella tienda, por si captaba algún indicio de adulterio que luego pudiese ir contando.

—Adiós, Sança —dijo con malos modos Martí, abriéndole la puerta para que saliera—. Marchaos a casa, no sea que os pille en la calle el toque de queda.

Ofendida, la mujer salió dando un buen portazo.

—¿Cómo estás? Te he echado mucho de menos —dijo el muchacho con la mirada iluminada.

—¿De verdad te importa cómo estoy? Ha pasado mucho tiempo y no has venido a verme ni una sola vez. —No entendía por qué se lo reprochaba, sabía de sobra por qué no iba a verla. ¿Estaba enfadada por algo más profundo, quizá porque habría querido sentir más lo que decía?

Martí levantó las cejas desconcertado.

—¡No he ido para no ponerte en peligro, Francesca! Para mí tampoco ha sido fácil quedarme aquí encerrado sin saber nada de ti. He estado a punto de ir a buscarte cientos de veces, pero luego me decía que era más prudente no levantar sospechas. Es lo que me pediste, ¿te acuerdas?

—No debería haber venido —dijo, apartándolo con la mano. Él le agarró la muñeca. Con el tacto de su piel, Francesca notó como todos sus músculos cedían y se echó en sus brazos.

—Yo también te he añorado mucho —murmuró.

Martí le puso la nariz en el cuello.

—Este olor...

De repente, la puerta se abrió y Sança asomó la cabeza. Ambos se separaron de un brinco.

—Ay, ¡qué memoria! Se me ha olvidado preguntaros si tenéis manzanilla.

—Se me ha terminado —dijo él con malos modos. Le cerró la puerta en las narices y cerró con el pestillo.

Los jóvenes se miraron un instante, se besaron con fuerza y se deslizaron hacia la rebotica con urgencia. Pero, cegados por aquel anhelo casi doloroso, no repararon en que, desde un ventanuco que daba a la calle, unos ojos abiertos de par en par los observaban en la oscuridad.

Sonó el toque de queda y se levantaron del suelo. Francesca no podía evitar sentirse miserable. Lo que había ocurrido le había dejado un mal sabor de boca, y podía leer la culpa escrita en la cara de Martí. Cuando estaba terminando de recolocarse la toca, dijo nerviosa:

—Ha sido un error venir. Si alguien nos ha visto...

—No te preocupes por eso, he cerrado bien la puerta —aseguró el muchacho mientras se ponía las calzas.

Después Martí preparó la mezcla que ella le había pedido y la vertió en una botellita. Francesca pagó lo que debía y ambos se dirigieron a la puerta.

—No quiero que te vayas —dijo él. Tenía las mandíbulas tan tensas como si fuesen de hierro.

—Lo que tú y yo queremos ya no tiene mucha importancia.

La muchacha abrió el cerrojo.

—Adiós, Martí.

Por un momento dio la impresión de que Martí saldría corriendo tras ella, pero se quedó observando cómo Francesca se desvanecía en la gélida noche.

Venía de casa de los Gasull porque Miquel se había fracturado una pierna y había tenido que inmovilizársela con vendas endurecidas con claras de huevo. Había girado hacia la calle de la Pescateria cuando le pareció ver una figura pequeña y de andares ágiles que salía precisamente del portal de su casa. Llevaba una capucha que le tapaba el rostro y no logró saber de quién se trataba, pero tuvo un mal presentimiento. Entró en el patio y aguzó el oído. Todo parecía normal. Al subir las escaleras le llegó el aroma de la ginestada, a base de harina de arroz, almendra y azafrán, que Guillemona estaba preparando, y aquello la reconfortó. Pero cuando estaba entrando en la cocina, un golpe seco y contundente en la cabeza la hizo tambalearse. Se tuvo que agarrar a la pared y por un instante perdió la visión. Cuando creyó estar recuperándose, un objeto duro la golpeó de nuevo, esta vez en el estómago, y la hizo doblarse de dolor.

—¡Mala puta! ¡Lo sé todo! ¡Me has engañado! —Era la voz ronca por el alcohol de Berenguer, que estaba fuera de sí—. ¡Adúltera asquerosa! ¡No sabes de lo que soy capaz! ¡No tienes ni puta idea!

Le dio un puñetazo en la mejilla que la hizo rodar por el suelo. Notaba el sabor de la sangre caliente entre los dientes.

—¡Basta, señor! ¡Por Dios! —Guillemona le tiraba de la ropa—. ¡Parad o la mataréis!

—¡Ojalá la matara!

Se acercó al cuerpo magullado de Francesca, que se protegía la cabeza con las manos.

—Berenguer, no, por favor... —murmuró.

—¡A mí no me engaña nadie, y menos tú, hechicera! ¡Te llevaré ante la justicia! ¡Eres mía y seguirás siendo mía y de nadie más! ¡Y menos de aquel malnacido de Rotlan!

Como si estuviese nombrando al diablo, Berenguer entró en un estado febril que lo llevó a descargar sobre ella una nueva oleada de golpes y patadas por todo el cuerpo, hasta que la muchacha perdió el sentido.

Los días posteriores, Francesca se hundió en un estado de inconsciencia intermitente. Con las dosis justas de poción adormecedora, se despertaba para poder comer y beber un poco y volvía a sumergirse en un sueño agitado, perturbado por el dolor de las heridas que le cubrían todo el cuerpo. Bonjuhà Benevist, avisado de la gravedad de la paliza, fue de los primeros en socorrer a la muchacha, a quien cosió el corte profundo que tenía en la cabeza y las diversas laceraciones que sufría. La habían trasladado a la barraquita del Pou de l'Estany, donde Bonanada la cuidaba con ayuda de Guillemona.

En medio del estado de embriaguez provocado

por las infusiones, a Francesca se le aparecía Martí en sueños, pero nunca lograba asirlo. Se le escapaba entre los dedos. Estas visiones recurrentes la agitaban, y al mover su dolorido cuerpo se quejaba. Cuando la joven estuvo un poco mejor, Bonjuhà delegó en Astruc la tarea de curarla. El muchacho le aplicaba un ungüento —que él mismo había preparado con una planta llamada vara de oro— en las heridas, que se iban cerrando, y poco a poco se iba acostumbrando a su nueva vida fuera de las puertas del Call. Nunca las había cruzado tantas veces como en aquellas semanas, siempre en compañía de su libro de oraciones, el *sidur*.

—Adonai, Dios nuestro, escuchad la voz de nuestras plegarias y recordadnos nuestra promesa. Amén.

—Martí... —susurró con voz ronca—. ¿Eres tú?

Se había incorporado en la cama al oír ruidos en la oscuridad de la alcoba.

—No, soy Astruc —respondió con cierto pesar en la voz. Cerró el *sidur*—. ¿Cómo te encuentras? —preguntó con ternura.

Le tocó la frente para comprobar que no le hubiese subido la temperatura y le buscó el pulso.

—Me duele todo. —Bostezó abiertamente y preguntó—: ¿Verdad que eres tú el médico que no me he podido quitar de encima todos estos días? Mira que eres pesado —bromeó.

Astruc bajó la cabeza para esconder una sonrisa y todos los rizos negros le cayeron por la frente.

—Aún no soy médico... —dijo tímidamente.

—Gracias por curarme —dijo ella agarrándole la

mano, pero la retiró rápidamente al percibir que él se la apretaba con demasiada fuerza—. ¿Hay algo para comer? Me muero de hambre.

Y a Astruc se le iluminaron los ojos.

Recuperaba las fuerzas tan deprisa que nadie podía creerlo; al cabo de pocos días insistía en que tenía que levantarse, que ya no podía pasar más tiempo sin hacer nada. La verdad era que estar postrada la angustiaba. Después de la agresión, algo en la joven había cambiado y la hacía estar permanentemente intranquila. El asco que antes sentía por su marido se había convertido en terror; la rabia, en odio.

Guillemona no fue capaz de revelar quién había sido la persona que había visto salir de casa cubierta con una capucha. El hombre se había guardado bien de mostrar el rostro, pero Francesca tenía una idea bastante clara de su identidad e intuía que tenía alguna relación con la paliza que le había propinado su marido; la esclava recordaba perfectamente que, después de hablar con él, el amo se había vuelto loco de rabia y había comenzado a tirar al suelo todo lo que tenía a mano.

A través de una vecina se enteraron de que, después de pegarle, Berenguer había estado bebiendo en la tahurería hasta perder el conocimiento. Durante los siguientes días, cuando ya no se aguantaba en pie de la borrachera, lloraba desconsolado y gritaba el nombre de Francesca por los callejones del barrio de los pescadores como un alma en pena. Según decían, había intentado ir a buscarla a la barraquita, pero un grupo de hombres capitaneados por su padre, Ramon, lo había impedido por miedo a que cometiese un error del que pudiera arrepentirse.

Llegó el día en que Astruc debía marcharse a Montpellier. Francesca estaba en la barraquita ayudando a su abuela, y tan nerviosa que ya se le habían roto dos frascos de hierbas.

—¿Se puede saber qué te pasa? —preguntó Bonanada.

—Nada, que tengo muchas cosas en la cabeza —mintió.

—Para quitarse de encima las preocupaciones no hay nada como trabajar. Iremos al hospital de Marcús, donde faltan manos. Ayer vi a un niño con mal del rey y hoy tú lo vas a operar. ¡Y si Berenguer dice algo, se las verá conmigo!

Francesca recordó su anterior operación de escrófula.

—No, no... No quiero causarle la muerte a nadie más —dijo con amargura. Y ante la mirada inquisitiva de su abuela añadió—: La niña que operé en el hospital de Colom murió.

—Pero ¿qué demonios dices? Aquella criatura de Dios está más viva que tú y que yo. El otro día la vi correr por el patio del hospital, ¡así que no me vengas con tonterías! Basta de pereza, ¡vamos!

La muchacha se alegró inmensamente, porque era la primera vez que le salvaba la vida a una persona. Si Bernat Oriol había osado mentir sobre eso, ¿de qué no sería capaz? Aquel médico tenía el alma tan arrugada como la piel. Acompañó a su abuela al hospital de Marcús y, con tanto trabajo, solo pensó en los enfermos. Durante la mayor parte del tiempo.

Aquella fría mañana salió a comprar muy temprano a la plaza de las Cols. Quería agradecer con una buena comida a su abuela y a Guillemona todo lo que habían hecho por ella en aquel tiempo; les prepararía un buen potaje de verduras, pero cuando volvió a casa no estaban solas. El lugarteniente y el portero del tribunal real la estaban esperando con caras largas. Traían consigo una citación judicial y se la llevaron detenida. Berenguer la había denunciado.

El juicio

Le inquietaba la mirada gélida que le lanzaba su hermano Joan desde el lugar donde permitían que el público estuviese de pie. Estaba vacía como una cáscara. Le sonrió y el niño volvió la cabeza. Bonanada tenía a Anna en brazos, entretenida con una muñeca de trapo, y a su lado Reginó le daba conversación. Su padre lo observaba todo con aquella mirada vacía que tantas veces había visto en él, como si las rachas de viento y las tormentas le hubiesen arrebatado las ganas de vivir. La sala estaba a oscuras a pesar de las velas, y tan fría que de las bocas de la gente salía vaho. Berenguer, en una esquina, se consumía en su propio rencor.

—¿Y así decís que el día 15 de octubre sí que fuisteis a la tienda del apotecario Francesc de Camp? —preguntó el juez Domingo Escrivà, un hombre con el pelo blanqueado por la edad y de movimientos nerviosos. Hablaba con precipitación, tenía prisa por todo.

—Sí, mi hermano Joan tenía un grano con pus y necesitaba una poción para deshacerlo —respondió Francesca con serenidad.

—¿Y es cierto que mantuvisteis relaciones carnales en la misma tienda con el señor Martí Rotlan? Recordad que como acusada no estáis obligada a declarar bajo juramento para no perjudicaros, pero os conviene decir la verdad. ¿Cometisteis adulterio? —insistió.

—No —declaró ella con seguridad.

—Ha quedado claro. A continuación que venga la señora Sança Cardona, tejedora —ordenó Domingo Escrivà.

Antes de que terminara de pronunciar su nombre, la mujer ya avanzaba pesadamente hacia el tribunal.

—Recordad que vos sí estáis bajo juramento, señora Cardona.

—Sí, sí, ya lo sé, y aunque no lo estuviera también diría la verdad. Yo no miento nunca —lo interrumpió ella mientras se recolocaba la generosa pechera con las manos.

Era evidente, por su semblante radiante, que no podía estar más satisfecha con aquella situación. Estaba delante de un estanque lleno de peces y disponía de una caña larga para pescarlos. A Francesca le entró un mareo y se agarró con fuerza a la caja inestable en la que la habían obligado a sentarse. No dejaba de repetirse que aquella mujer no podía haber visto nada, pero por dentro la reconcomía la angustia.

—¿El día mencionado visteis alguna señal de adulterio entre Martí Rotlan y la acusada? —preguntó el magistrado.

La mujer lanzó una mirada de complicidad al procurador fiscal, el representante de Berenguer, que vestía toga negra y larga y se movía a grandes zancadas. Era evidente que ondear la tela le hacía sentirse importante. Seguramente lo habían pactado todo antes y él la había animado a aportar tantos detalles como pudiese durante el juicio.

—Así es, vi como se besaban. Tan bien como que mis hilaturas son las que están mejor hechas del barrio y las que se venden a mejor precio.

«¡Calla, alcahueta asquerosa!», se escuchó. «¡Las vendes baratas porque no valen nada!», gritó otro.

—¡Silencio! —ordenó el juez—. Proseguid, por favor.

—Cuando esa mujerzuela entró en la tienda, a Rotlan se le cayó un ramillete de hierbas al suelo, os puedo jurar que todo su ser temblaba como una hoja. Es una vergüenza que un hombre hecho y derecho pierda así la compostura —dijo mirando al público—. Pero lo peor fue cómo lo miró aquella adúltera. Así —dijo, exagerando una caída de ojos grotesca. Y, alzando el dedo en dirección a Francesca—: ¡Era la viva imagen de la lujuria!

Se oyeron gritos y algún insulto. El procurador no podía estar más complacido, y para añadir dramatismo a la escena, forzó una vuelta completa para que la toga volase muy arriba y todo el mundo pudiese admirarla.

—Señor Escrivà, ¿me permitís que le haga una pregunta a la testigo?

El magistrado asintió.

—¿No tenéis ninguna duda de que se besaron? ¿Lo visteis con vuestros propios ojos?

—Lo vi con estos ojos que tengo en la cara, sí, señor —dijo la mujer, complacida por su ocurrencia—. Se dieron un beso en la boca cuando yo ya había salido de la tienda del apotecario De Camp. ¡Los muy sinvergüenzas tienen relaciones en casa de su suegro!

—Perdonad, vuestra nobleza, pero yo también quisiera hacer una pregunta a la testigo —la interrumpió el abogado de los pobres, que defendía a Francesca.

Era un muchacho muy joven y desmañado. Se levantó con demasiado ímpetu, tropezó y por poco se da de bruces. Ruborizado, tomó la palabra.

—Señora Cardona, si habíais salido de la tienda, ¿cómo visteis que se besaban? —preguntó.

La mujer sonrió confiada, no iba a dejarse atrapar.

—Porque volví a entrar —dijo triunfante—. ¡Precisamente porque aquello era Sodoma y Gomorra! ¡Por todo el barrio corría el rumor de que era una pelandusca! —gritó a Francesca—. Tenía el pelo revuelto y se apartó de su amante en cuanto me vio.

—Pero entonces, ¿cuándo se besaron, según vos —insistió el abogado—: antes o después de que salieseis de la tienda?

—¡Qué más da cuándo, me enredáis con vuestras preguntas! —exclamó Sança, perdiendo el hilo—. La cuestión es que lo vi. —La mujer alzó la voz para parecer más convincente.

—Señora, sois la única persona que conozco que ve a través de las puertas —dijo el juez con sorna.

—Además, me quedé esperando en la calle, ¡y ella tardó una eternidad en salir! —añadió con contundencia.

—¿Una eternidad? —preguntó el abogado de los pobres—. Según vos, ¿cuánto es una eternidad?

La mujer se puso colorada, parecía a punto de explotar.

—¿No sabéis hacer preguntas normales? ¡Y yo qué sé lo que es una eternidad! ¡Solo sé que sonó el toque de queda y yo aún estaba allí de pie!

—Pues muy mal hecho, señora. Ya sabéis que cuando suena el toque de queda todo el mundo debe estar en su casa so pena de multa —apuntó Domingo Escrivà con sorna.

El público se echó a reír.

—Ya podéis volver a vuestro sitio —ordenó el magistrado mientras negaba con la cabeza—. Haremos una pausa.

El procurador fiscal se aproximó para hablar con él y con el escribano que transcribía todo lo que se estaba diciendo durante el juicio. El encargado del orden, el sayón, vigilaba que nadie saliera del tribunal del veguer y que la detenida no se moviese de su sitio. A pesar de los malos augurios que la habían acechado las últimas horas, ahora Francesca volvía a tener esperanzas de salir bien parada. El juez no había creído a Sança y el procurador no había podido probar que hubiese visto nada, todo eran suposiciones. El abogado de los pobres que la estaba defendiendo era hábil, y le quedaba el testigo principal, Martí, que debía sacarla de aquel pozo.

—El siguiente testigo será el señor Martí Rotlan —anunció el juez al poco tiempo.

Francesca tragó saliva. El muchacho se dirigió a Domingo Escrivà.

—¿Tuvisteis relaciones carnales con la acusada el 15 de octubre pasado en la tienda de vuestro suegro? Recordad que os halláis bajo juramento.

—No —aseguró de manera rotunda.

—¡Y un cuerno! —se oyó gritar a Sança.

—¡Silencio! —conminó el sayón, golpeando el suelo con el bastón.

—Entonces, según vos, ¿la señora Francesca Satorra acudió a comprar y luego se marchó?

—Exacto. Le preparé una poción de trementina para curar la pupa de su hermano, pagó y se marchó —dijo convencido.

—¿Estáis completamente seguro?

—Sí, lo estoy.

El juez lo mandó a su lugar entre el público y se puso a hablar con el escribano de nuevo. Mientras charlaban, Francesca se entretuvo mirando al público, y allí reconoció a Blanca, que estaba muy pálida y había adelgazado mucho. Por un momento olvidó todo lo que las había separado durante los últimos tres años y solo vio a su amiga de la infancia. De pronto, la añoranza la embargó. «La Reina de los Mozos», recordó con una mueca triste. Entonces miró a su lado; toda la familia De Camp estaba reunida, también Martí, y la realidad volvió a imponerse como una pesada losa: aunque ambos se habían entregado al amor sin atender a las consecuencias, era ella quien estaba sentada en el banco de los acusados y no él, que no corría ningún riesgo por el mero hecho de ser un hombre. Había oído casos en los que el hombre había llegado a matar a su esposa por adúltera y, aun así, lo había amnistiado el propio rey Pere, que siempre se mostraba benevolente con esta clase de delitos.

—Llamo a la última testigo, la hilandera Dolça Marquès —ordenó el magistrado.

Francesca se quedó petrificada. No esperaba que nadie más saliese a declarar, y aquello la alarmó.

La mujer, visiblemente nerviosa, se abrió paso entre la gente. Avanzaba lanzando miradas hacia una dirección muy concreta de la sala. Francesca buscó lo que miraba con tanta insistencia y su corazón se detuvo por un instante. Bien oculto entre la multitud estaba Bernat

Oriol, con la misma mirada bondadosa de siempre. El viejo, estaba convencida de ello, acababa de asentir ligeramente con la cabeza, en un claro mensaje de calma hacia Dolça Marquès. De pronto recordó todas las ocasiones en que había visto a la prima de Blanca: se la encontraba siempre, a cualquier hora del día, en el poyete que había junto a su casa; otro día bajo la lluvia en el Born, en plena noche... «Trabaja para él.»

Dolça se acercó al tribunal, y cuando cruzó la mirada con la de Francesca, la desvió de inmediato. Se aclaró la garganta.

—Señora Marquès, estáis bajo juramento —advirtió Domingo Escrivà.

La mujer asintió.

—Decid qué hicisteis la tarde del 15 de octubre.

—Había pasado mala noche por culpa de un dolor de muelas que no me dejaba vivir. El sacamuelas no me la supo arrancar, y eso que le había pagado dos sueldos para que lo hiciese, y justo cuando se ponía el sol me dije: «Dolça, ¿y si vas a casa del apotecario a que te dé un poco de saúco?». Y así lo hice.

—Intentad ser más concisa, por Dios —dijo el juez impaciente—. Y, una vez allí, ¿qué visteis?

—Pues vi como Martí Rotlan, ese muchacho tan apuesto que está ahí sentado y que es el marido de mi prima Blanca, tenía relaciones carnales con Francesca Satorra —soltó.

El público ahogó un grito de sorpresa general. Berenguer, que hasta entonces se había mantenido discreto en una esquina, se abalanzó hacia delante lleno de ira.

—¡Es una adúltera del demonio! ¡Una puta asquerosa! ¡Me ha traicionado! ¡Se merece la muerte en la horca y que luego la descuarticen! —exclamó. Y, señalando a Martí—: ¡Y él también!

Entre el público se escucharon muchas voces de asentimiento. El abogado defensor trató de hacerlo callar, pero nadie le hacía caso.

—¡Quiero justicia! —gritaba Berenguer—. ¡Que la maten!

El sayón golpeó varias veces el suelo con su largo bastón para imponer orden.

Francesca se había agarrado con fuerza el vestido y miraba a Martí, que tenía ojos de sorpresa y la boca entreabierta.

—Explicaos, señora Marquès —insistió Domingo Escrivà, que ahora se mostraba muy interesado en lo que decía la mujer—. ¿Cómo lo visteis?

—Pues como la tienda estaba cerrada, pero había luz en el interior..., di la vuelta al edificio hasta la puerta de la rebotica, que está justo en el callejón de atrás. Llamé, pero como nadie vino a abrirme, me subí encima de unas cajas, que la Virgen María me proteja. Por el ventanuco los vi en el suelo como dos bestias en celo —se santiguó—, en pleno pecado mortal. Entonces sonó el toque de queda.

El murmullo de la gente fue subiendo en intensidad. El abogado de los pobres, a quien no le gustaba hacia dónde se encaminaban las respuestas de la testigo, golpeó la mesa con exasperación. Blanca tenía entrelazadas las manos con las de su madre y se secaba las lágrimas.

—¡Silencio! —gritó el juez, que se rascaba la mejilla sin parar—. Si eso es cierto, el señor Rotlan ha mentido, y si ha mentido bajo juramento deberé imponerle un castigo ejemplar. ¿Tenéis algo que decir? —preguntó a Martí, que estaba pálido como la cera.

Su padre, Dalmau, le propinó un codazo para que reaccionase y el muchacho se aproximó, vacilante, al juez. Se retorcía las manos y no levantaba la vista del suelo.

—¿Y bien? —preguntó el magistrado.

—Pues... lo que dice esta mujer es imposible... Es imposible —aseguró sin mucha convicción— porque cuando sonaba el toque de queda yo..., cuando estaba sonando el toque de queda yo ya no estaba en la tienda.

Francesca se enjugó el sudor de la frente. Se había metido en un buen lío y seguía hundiéndose cada vez más en él.

—¿Y dónde estabais, si se puede saber? —preguntó Domingo Escrivà, molesto por tantas vaguedades—. ¡Contestad de una vez, señor Rotlan! ¡Estáis acabando con mi paciencia!

Martí lanzó una mirada de súplica a su padre. Le sudaban las manos y se las secaba en la ropa una y otra vez. Finalmente, añadió:

—Había ido a la alhóndiga de Santa Maria, a buscar una caja de azafrán.

—A la alhóndiga... —murmuró el juez sin ninguna convicción—. ¿Tenéis algún testigo que pueda dar fe de que fuisteis a buscar una caja de azafrán?

Y por fin:

—Sí. El encargado de la alhóndiga, Lleonís Fuster. Estuve un buen rato hablando con él. —Y soltó un prolongado y ruidoso suspiro.

Como a todas las mujeres que pasaban por la corte, durante todo aquel tiempo no la habían llevado a la prisión, un antro solo reservado a los hombres, sino a casa del carcelero, que estaba justo encima. El hombre, a quien todo el mundo llamaba Rejas, la agarró del brazo sin ningún miramiento y la hizo subir las escaleras con premura pese a su cojera.

—No llorabas tanto cuando fornicabas con aquel hombre casado... —escupió.

—¡Dejadme en paz! ¡Vos y todo el mundo! —gritó ella, tapándose las orejas.

—Mujer de carácter...

La encerró en una habitación oscura con una mesa a modo de catre, una palangana para hacer las necesidades y una ventanita que apenas dejaba pasar un rayo de luz. Habían aplazado el juicio hasta el día siguiente para poder interrogar al encargado de la alhóndiga de Santa Maria. Francesca estaba agotada, pero era incapaz de pegar ojo. No se imaginaba cómo Martí iba a poder salir airoso del lío en que se había metido durante el juicio. Después de horas dándole vueltas, se durmió.

—A ver, Lleonís, es muy sencillo. Lo único que tienes que decir es que Martí estaba aquí contigo. ¿Seguro que no te acuerdas de que vino?

Dalmau Rotlan hablaba con calma y seguridad, acompañando las palabras con un movimiento rítmico de las manos. Su hijo estaba sentado a su lado sin atreverse a abrir la boca. A aquella hora en la alhóndiga reinaba el silencio, porque todos los comerciantes extranjeros que pernoctaban allí ya estaban durmiendo.

—Pero, señor, ¡vuestro hijo no vino a esa hora! ¡Que santa Lucía me deje ciego si lo vi! —Lleonís, un hombre sencillo y de pocas luces, lloriqueaba visiblemente nervioso. Nunca le habían pedido que fuera testigo en un juicio, y aún menos que mintiera.

Rotlan suspiró, estaba perdiendo la poca paciencia que tenía.

—Fue justo cuando sonaba el toque de queda, haz memoria...

—¡Virgen santa, si yo cuando suena el toque de queda ya estoy en la piltra y en el séptimo sueño! —aseguró.

Dalmau abrió la bolsa que llevaba y dejó caer su contenido encima de la mesa procurando que hiciese mucho ruido. Por lo menos había treinta sueldos. A Lleonís se le iluminaron los ojos. Todos sabían que con lo que le pagaban los comerciantes por vigilar la alhóndiga apenas le llegaba para malvivir. Martí agachó la cabeza.

—Puede que así te acuerdes, Lleonís, que todo el mundo sabe que empinas mucho el codo. ¿Te acuerdas ahora de que hablaste con Martí aquella noche, justo a la hora del toque de queda?

El hombre se apresuró a recoger todas las monedas.

—Que me gusta el vino no es ningún secreto —murmuró—, y a veces se me va la cabeza... —añadió mientras se guardaba el dinero a toda prisa.

—Así me gusta, Lleonís, así me gusta... —Dalmau se reclinó en la silla con una sonrisa de satisfacción en los labios—. La memoria, en ocasiones, solo necesita que la ayuden con un empujoncito.

El juicio se retomó a primera hora de la mañana. Los ánimos estaban muy caldeados, se notaba en el ambiente. Berenguer tenía mala cara y no dejaba de renegar entre dientes mientras lanzaba miradas cargadas de bilis a Francesca. Ella se retorcía la falda y rezaba para que aquel suplicio terminase pronto.

—¡Lleonís Fuster, acercaos! —gritó el magistrado.

El hombre avanzó titubeante hacia Domingo Escrivà. Se le veía receloso y no dejaba de mirar a lado y lado, como si temiese que de un momento a otro alguien fuese a soltarle un pescozón.

—Señor Fuster, recordad que estáis bajo juramento y que mentir a un juez es muy grave —le advirtió—. ¿Es cierto que el 15 de octubre Martí Rotlan acudió a vos por una caja de azafrán?

El hombre enmudeció. En la sala reinaba un silencio que se podía cortar con un cuchillo.

—Sí, vuestra nobleza..., recuerdo..., vino ese muchacho. El hijo de Rotlan.

Dalmau soltó un suspiro de alivio que se oyó en toda la sala.

—Por favor, explicaos... —insistió el juez.

Lleonís se secó el sudor de la frente con la manga de la camisa, que, a juzgar por su color, llevaba años sin lavar. Mientras hablaba, miraba a Dalmau de reojo.

—Pues acababa de alojar a un vendedor de especias siciliano, no recuerdo su nombre, ya me perdonará, y ya me iba a dormir, que yo me acuesto pronto porque en cuanto amanece ya llegan los primeros mozos de la playa. ¡A fe de Dios que los hay que llegan cuando aún es noche cerrada!

El hombre soltó una carcajada que parecía el bramido de un asno esperando alguna reacción del juez. Él lo miraba impasible. Lleonís carraspeó y prosiguió:

—Y llaman a la puerta, y yo que abro. Y resulta que es el hijo de Rotlan, que viene a buscar una caja de sándalo. Y nos ponemos a charlar, que si patatín que si patatán, ¡que a mí cuando me tiran de la lengua no hay quien me pare!

—¿Y podéis asegurar sin duda alguna que eso sucedió cuando sonaba el toque de queda?

Lleonís abrió mucho los ojos. Por un momento dio la impresión de no haber entendido la pregunta. Dalmau lo observaba entrecerrando los ojos.

—Sí, sí, venerable, lo recuerdo como si lo tuviese delante ahora mismo —respondió por fin—. Nunca me acuesto antes de que suene el toque de queda, nunca. Por eso me acuerdo tan bien. Yo abrí la puerta y él estaba allí, y venga a charlar...

—Sí, sí, de acuerdo —lo cortó Domingo Escrivà con cara de querer estrangularlo allí mismo.

De repente, el procurador fiscal se puso en pie con la intención de no dejar escapar aquella oportunidad.

—Si me lo permitís, vuestra nobleza, tengo algunas cuestiones que me gustaría plantear al testigo.

El magistrado asintió mientras se masajeaba las sienes.

—Señor Fuster, ¿sabéis cuál es el castigo por mentir al juez? —Con cuatro zancadas se plantó justo enfrente de la cara del hombre, que estaba aterrorizado—. ¿Lo sabéis?

—No... —susurró él.

—Pues una multa que no podréis pagar en vuestra vida. O la cárcel —dijo, subrayando cada palabra.

El hombrecillo se echó a temblar.

—En primer lugar, habéis dicho que Martí Rotlan acudió a buscar una caja de sándalo, pero él asegura que era de azafrán. ¿En qué quedamos, señor Fuster, era de sándalo o era de azafrán?

El testigo comenzó de nuevo a sudar. Titubeaba, pero de pronto reaccionó.

—De azafrán, honorable. Perdonadme, pero la memoria ya me falla. —Esbozó una sonrisa nerviosa—. Ya se sabe, la edad no perdona...

El procurador dio un par de pasos en silencio. Nadie se atrevía ni a respirar.

—Ya, la memoria os falla... Quizá también se os ha olvidado a qué hora os vais a dormir cada día, señor Fuster. Habéis dicho que es muy temprano porque los mozos llegan al amanecer, ¿no es cierto?

El testigo se había encogido y se rascaba la nuca compulsivamente. Daba pena verlo.

—Pssí, señor..., será eso lo que he dicho... Si vos lo decís, seguro que es así, eminencia...

—Pero, en cambio, también habéis asegurado que cuando hablabais con Martí Rotlan estabais despierto y que escuchasteis el toque de queda. ¿En qué quedamos entonces, estabais durmiendo o charlando?

El hombre se puso a sollozar y a balbucear palabras inconexas. Desde el público, la mirada de Dalmau habría podido atravesarlo. Martí estaba blanco como la cera y parecía tan mareado que podía desmayarse de un momento a otro.

—Señor Fuster —dijo Domingo Escrivà con voz alta y clara—, ¿acaso me habéis mentido antes? ¡Eso es muy grave! ¡Mucho! ¡Confesad la verdad o haré que os encarcelen! —lo amenazó, fuera de sí.

Y, con un hilo de voz, confesó:

—Ahora lo he recordado todo, vuestra nobleza... Aquella noche no vino Martí Rotlan. Me he confundido, pero bien confundido...

El público reaccionó con un griterío generalizado.

—¡Silencio! ¡Silencio todo el mundo! —vociferaba el sayón, tratando inútilmente de imponer silencio.

—Ya os devolveré el dinero, señor Rotlan... —dijo Lleonís Fuster mientras escondía el rostro entre las manos y se echaba a llorar—. Perdonadme, honorable señor juez... Perdonad a este pobre pecador...

Y con una sonrisa triunfal, el procurador fiscal se dio la vuelta y regresó a su sitio.

—Por última vez: ¿cometisteis adulterio sí o no, señor Rotlan? Recordad que la pena por mentirme es muy elevada —exigió el juez alzando la voz—. Ya me habéis hecho perder demasiado tiempo, a mí y a todos los que estamos aquí, por no decir que vuestro padre ha cometido un grave delito al haber querido comprar a un testigo, y ello puede acarrearos muchos más problemas de los que ya tenéis.

Dalmau Rotlan había solicitado que su hijo volviese a declarar para ahorrarse un castigo mayor por haber mentido. El muchacho estaba de pie ante el juez con un aspecto absolutamente demacrado.

—Su marido le pega y la viola —argumentó, frotándose la cara y los ojos.

—Eso no viene al caso, señor Rotlan —le recordó el magistrado—. Contestad la pregunta.

—¡Sí que viene al caso! —exclamó—. ¡Ese hombre es una bestia! ¡Y está sola con él, encerrada en aquella casa! ¡Nadie hace nada por salvarla! —gritó, fuera de sí, acusando a Berenguer con el dedo y escupiendo saliva—. No os importa nada, ¿verdad?

No se oía ni una mosca.

—Señor Rotlan —dijo el juez, impaciente—, este es

un juicio por adulterio, y como jurista os vuelvo a decir que lo que el señor Satorra haga o deje de hacer con su mujer no viene al caso.

El grito de impotencia de Martí retumbó en las paredes.

—¡Malditos seáis todos!

—¡Contestad o no saldréis de prisión en años, y os impondré una multa que, os lo aseguro, arruinará vuestros negocios! —exigió Domingo Escrivà, que se había levantado de la silla muy irritado.

El muchacho se encogió de hombros y soltó todo el aire que tenía en los pulmones con un gemido mortecino. «No lo digas, por el amor de Dios», rogó Francesca con el corazón en un puño.

Y finalmente...

—Sí.

A pesar de ser un «sí» tan débil, llegó a todos los oídos. En la sala hubo una exhalación general y también algunos gritos de euforia. Francesca notó como si le hubiesen clavado una espada en medio del pecho y se encorvó. Le faltaba el aire. Nadie lo veía, pero se ahogaba.

—Caracola... —murmuraba Martí. Sabía que la acababa de sentenciar.

Bonanada fue la única que bajó a socorrerla. Le masajeó el pecho ante la mirada impertérrita del sayón y de los miembros del tribunal. De reojo le pareció ver cómo la capa de Bernat Oriol se escabullía hacia la calle.

Ahora, por lo que le había explicado su abogado, el procurador fiscal presentaría el sumario al juez, el resumen de las pruebas y los testigos contra la inculpada, y a continuación su abogado debería presentar los capítulos de defensa. Luego vendrían los discursos finales de la defensa y la acusación, pero a aquellas alturas estaba convencida de que estos serían totalmente irrelevantes.

—Ya tienen la sentencia —anunció el Rejas de buena mañana—, pero no necesito escucharla para saber lo que te espera.

Atravesaron la bajada de la Prisión en medio de un frío que cortaba la piel hasta la plaza de las Corretgeries, por donde se entraba en el tribunal. La sala estaba llena hasta la bandera. Francesca buscó los ojos de Martí para demostrarle que mantenía la dignidad intacta. Él apenas pudo sostenerle la mirada. El sayón la hizo sentarse en la caja. Debían esperar a que apareciese el veguer, que leería la sentencia del juez. La cara de Bonanada revelaba que había dormido poco, igual que Guillemona, de las pocas personas amigas que había logrado encontrar en aquel mar de hostilidad. Al cabo de un momento de espera que se hizo eterno, la puerta principal se abrió y entró el veguer Bernat de Thous, el encargado de impartir justicia en nombre del rey. Llevaba un papel en la mano, que enseguida desdobló para leerlo solemnemente ante la sala, que guardaba un silencio sepulcral.

—En nombre del señor rey Pere, el 14 de noviembre del año del Señor 1386, sentencio que la tal Francesca es culpable de adulterio. —Francesca apretó los puños—. Como castigo recibirá cien azotes en la plaza de Sant Jaume mañana mismo a cargo del verdugo. Luego... —El veguer se aclaró la garganta. Alzó la vista hacia Francesca y volvió a carraspear dos veces más antes de continuar. El papel con la sentencia le temblaba entre los dedos—. Luego el tal Berenguer podrá emparedarla en su propia casa, recluida en un espacio de doce palmos de largo y seis de alto. —Se oyeron expresiones de sorpresa e incredulidad—. Deberá darle un saco de paja para dormir, una manta para poder taparse, hacer un hoyo donde pueda ir de vientre y que por ese conducto pueda salir la peste, tener una abertura por donde poder pasar el alimento y que el tal Berenguer, el marido, le dé cada día ocho onzas de pan cocido y tanta agua como quiera la tal Francesca, y no le dará ni le hará dar nada que pueda hacer que la tal Francesca muera, y sobre esto Berenguer deberá dar garantía y seguridad antes de que le sea entregada la tal Francesca, y para que haya testimonios de que esto sea así, la abuela y los hermanos de la tal Francesca se irán a vivir con ellos.

El mundo se detiene. Martí hunde la cara entre las manos. Deja escapar un lamento estremecedor. «¡Se ha hecho justicia!», gritan algunos. «¡Piedad cristiana!», claman otros. El apotecario Francesc de Camp está cabizbajo. Su mujer sonríe. Blanca está rígida como una estatua. El abogado de los pobres acusa al tribunal de haber dictado una sentencia demasiado severa. Ramon coge a sus hijos y se los lleva fuera rezongando entre dientes. Bonanada se arroja a los pies del veguer: «¡Perdonadla!». Francesca mira en todas direcciones sin comprender qué está pasando. Todo le da vueltas. Tiene los ojos muy abiertos y los labios blancos. Le duele el cuello, como si se lo estuviesen apretando con un nudo. Poco a poco, las palabras de la sentencia caen en su interior como sacos llenos de piedras. Mira a Berenguer, que sonríe mostrando la dentadura negra. Los tres odiosos iris. El sayón la aferra por el brazo para llevársela. Siente un vértigo tan inmenso como el mar que la ha visto crecer. Chilla. Su grito atraviesa las paredes del tribunal y llega a la plaza del Blat. Allí, hombres, mujeres y niños levantan la cabeza. Y unas gaviotas que se están comiendo los restos de un conejo en descomposición alzan el vuelo.

Detrás de la pared

«¿Por qué una sentencia tan dura?», se preguntaba sin cesar mientras rascaba la pared de la estancia con la uña. Jamás en su vida había oído que hubiesen condenado a una mujer a ser emparedada. Hacía horas que el Rejas había vuelto a encerrarla, y su única compañía era el zureo de una paloma que se había instalado en la pequeña ventana que daba a la bajada de la Prisión. De pronto, una mujer con un niño pequeño en brazos abrió la puerta. Llevaba el pelo recogido debajo de un trapo y un vestido hecho jirones y lleno de manchas.

—Soy Caterina, la mujer del Rejas. Ven conmigo —ordenó con voz áspera.

Francesca la siguió hasta una sala más amplia con una mesa sencilla, un banco y una rueca.

—Ya llevas demasiados días aquí sin hacer nada a cambio. Si quieres ganarte el pan, tendrás que trabajar, muchacha.

La hizo sentarse ante la rueca de palo. Aunque, al igual que el resto de las mujeres, ya había hilado antes, de inmediato se hizo evidente que no se le daba bien hilar la lana.

—¡Vamos, que es para hoy! —gritó impaciente Caterina—. ¿O es que te crees que el pan que te damos nos lo regalan? Si no me puedes pagar con dinero, me pagas con trabajo —explicó mientras con los dedos le sacaba a su hijo un moco de la nariz.

—Hago lo que puedo —se defendió ella.

La mujer resopló.

—¡Bendito sea el Señor! —exclamó, poniendo los ojos en blanco—. Pero ¿qué te ha enseñado tu madre, criatura? —Dio unos pasos a su alrededor, despacio, dándose golpecitos con el dedo en la barbilla—. ¿Qué voy a hacer contigo? ¡Tengo cinco hijos que alimentar y una madre enferma! —se lamentó—. ¡Esto no es una fonda!

—Soy médica, puedo curar. —Le salió de un modo natural. Era la primera vez que se reconocía en aquel oficio, y el hecho de decirlo en voz alta la hizo sentirse bien. Más que bien, exultante.

Caterina se la quedó mirando, incrédula.

—¿Médica? —Sopesó unos instantes si le decía la verdad—. Eso ya lo veremos.

Dejó al niño en una cuna de mimbre y arrastró a Francesca por la manga hasta una pequeña estancia donde había una vieja tumbada en la cama. Tenía los ojos con la pupila totalmente blanca.

—Es ciega desde hace años. Los médicos curan, ¿verdad? —le hizo un gesto con la cabeza invitándola a acercarse—. Pues cúrala, hermosa —añadió con sorna.

Francesca se aproximó a la anciana arrugando la nariz por el hedor y le abrió cada ojo con delicadeza.

Después de observar con detenimiento la opacidad que le impedía la visión, recordó que el maestro Mossé Falcó había operado con éxito aquella misma afección en casa de los Benevist. Había pasado una eternidad desde entonces, pero tenía un vívido recuerdo de todo lo que le había visto hacer.

—Cataratas —sentenció—. Sí que las puedo quitar, pero necesitaré mis instrumentos. Haced que alguien vaya a mi casa y la esclava Guillemona os los dará.

Aquella misma tarde ya tenía todo el instrumental. Lo primero que hizo fue sumergirlo todo en vino. Luego hizo beber a la anciana el resto de la botella hasta que apenas se aguantaba en pie por la borrachera. Ataron los brazos de la mujer a la cama con unos trapos para que no se pudiese mover y su hija, situándose tras ella, le inmovilizó la cabeza con fuerza. Con mucho cuidado, Francesca introdujo la jeringa de cuero con el cañón de plata en el punto preciso del ojo donde se lo había visto hacer al médico judío. Caterina volvió la cabeza para no verlo. La muchacha succionó el cristalino muy lentamente para no lesionar el ojo y extrajo la jeringa con cuidado. Una gota de sudor le resbalaba por la espalda. La vieja, casi inconsciente, se quejaba débilmente. Luego repitió la operación en el otro ojo y, una vez que hubo terminado, extendió por la zona mantequilla derretida. La mujer se echó a reír como una descosida porque después de muchos años volvía a ver a su hija con nitidez.

Tumbada sobre el tablón de madera, escuchó a Caterina contar con entusiasmo la operación al Rejas y describirla como «una gran médica». Pese a que su futuro era más negro que nunca, una pequeña luz se encendió en su interior y la reconfortó.

De madrugada, el carcelero fue a despertarla con una vela en la mano.

—¿Ya es la hora? —Se levantó de un brinco, atemorizada.

Caterina asomó la nariz detrás de él e hizo un ademán con la cabeza a su marido, animándolo a hablar.

—No te preocupes, el verdugo no te va a azotar —explicó él.

Francesca no entendía nada.

—Dirá que ya lo ha hecho aquí, en la prisión, delante del Rejas. Y él dirá que ha visto cómo te azotaban —prosiguió Caterina—. Lo dirás, ¿verdad?

—Que sííí —respondió con paciencia el Rejas.

—Pero... —dijo, incrédula, Francesca.

—Nos has ayudado y nosotros te ayudamos a ti. Dentro de poco estarás en tu casa —dijo Caterina, resuelta y feliz.

En casa la esperaba un infierno mucho más terrorífico de lo que podían significar cien azotes, pero en aquel momento sintió tanta alegría que se acercó y los abrazó a los dos.

El alivio duró poco, porque al cabo de una hora Berenguer la estaba esperando abajo. El verdugo era un hombre siniestro con el rostro marcado por haber sufrido algún tipo de plaga cuando era pequeño. Tal como habían acordado, le aseguró que habían azotado a Francesca dentro de la prisión de madrugada, porque el cielo amenazaba tormenta y no se habría podido ejecutar públicamente. El Rejas lo confirmó, y su marido, ansioso por cumplir la sentencia del juez, ni siquiera se detuvo a comprobarlo. Arrastró a Francesca por las calles de la ciudad, aferrándola del brazo con tanta fuerza que le dejó los dedos marcados. Por más que se devanaba los sesos buscando un modo de convencerlo para que la perdonase, nada le parecía convincente. En casa estaba todo preparado. En la pared del fondo de la bodega había levantado una tapia y había dejado una pequeña entrada. Su cárcel. Cuando vio el minúsculo agujero por donde debía meterse intentó zafarse, pero él la agarró por el pelo arrancándole un grito y la llevó a rastras de nuevo a la bodega. Francesca se resistía como una jabata, con arañazos, golpes y mordiscos. Berenguer soltó un grito. Le había arrancado un trozo de carne del brazo con los dientes. Para vengarse le dio un puñetazo en la cara que la dejó inconsciente. Entonces Guillemona, que había estado observando la escena horrorizada desde fuera del patio, se abalanzó sobre su espalda en un gesto desesperado por salvarla. El hombre la aplastó contra la pared con todas sus fuerzas y la esclava se desplomó sin poder respirar. Cogió en brazos a Francesca y la metió por la estrecha abertura de la tapia sin miramientos. A continuación, comenzó a poner los ladrillos, que unía con cal. Cuando ya faltaba poco para estar completamente tapiada, Francesca se despertó. Trató de arrancar desesperadamente las piedras con las uñas. La sangre le corría por las manos y los brazos. El pánico la dominaba. No sentía dolor.

—¡Por el amor de Dios, Berenguer! —gritó histérica—. ¡Si me quieres, no me hagas esto! ¡Por el amor de Dios! —Los chillidos llegaban a la calle.

El último rayo de sol desapareció y se quedó absolutamente a oscuras. Respiraba tan deprisa que se mareó y todo comenzó a darle vueltas.

Día 1

«Respira. Respira, Francesca.» Permaneció sin moverse durante un buen rato tratando de serenarse. Por el agujero por donde debían pasarle la comida entraba un ínfimo rayo de luz. Los ojos se le acostumbraron a la oscuridad y pudo comprobar dónde se encontraba. La impresión le provocó un temblor incontrolable. Era un sitio estrecho y húmedo, no cabía tumbada. Tal como ordenaba la sentencia, en una esquina había un hoyo para hacer sus necesidades. Perdió totalmente la cordura y se puso a rascar el suelo y las paredes con desesperación. Vomitó. Las lágrimas y los mocos se mezclaban. No le llegaba el aire. Se ahogaba. Exhausta y sin uñas, se rindió. Berenguer había construido aquella prisión a conciencia y nunca podría escapar.

Decidió morirse, pero aquel malnacido no le había dejado ni esa opción. Ni un palo, ni una piedra para abrirse las venas... Lo único que podía hacer era dejarse morir de hambre.

Día 2

—Francesca..., ¿cómo estás? —dijo una vocecita de niña desde el otro lado de la pared.

—¡Anna! —gritó Francesca con alegría, y pegó la oreja al muro—. Anna, ¿eres tú?

—Sí, soy yo. Ya no vivimos en la barraquita, ahora vivimos aquí porque el señor juez lo ordenó. La abuela dice que debemos cuidar de ti —añadió la criatura—. Toma, te traigo un recuerdo de nuestra madre.

La niña le pasó por la rendija la cruz de madera que una vez había pertenecido a Eulàlia.

—Qué bien, qué bien que estéis aquí... —dijo Francesca, llorando sin consuelo contra la pared. Apretaba fuerte la cruz con la mano—. ¿Y Joan?

—Dice que no quiere verte, pero yo sí. Te traeré la comida y el agua cada día —dijo contenta.

—Gracias, gracias... —repetía con voz inaudible.

Oyó pasos aproximándose.

—No he podido venir antes, ese malnacido no me quita los ojos de encima... —Era la voz de Bonanada—. ¿Cómo estás?

De repente, sintió felicidad. Tenía a su familia cerca; nunca habría imaginado que la necesitaría tanto.

—No puedo... No voy a poder... —gimoteaba.

—¡Por supuesto que podrás, condenada mocosa! ¡Si te rindes, vendré y te daré una paliza que no olvidarán los ángeles del cielo!

Y con aquella respuesta logró arrancarle una débil sonrisa.

A través de la rendija le pasó una escudilla con pan cocido con queso y pasas. De pronto, se oyeron pasos y el vozarrón de Berenguer maldiciendo a los cuatro vientos. La escudilla desapareció de la rendija y cuando volvió a aparecer solo contenía pan. Tanto las pasas como el queso habían desaparecido.

—¡Os echaré de mi casa!, ¿me oís? ¡El juez dijo pan y agua! —las amenazó.

—También dijo que teníamos que vivir aquí, así que ni sueñes con echarnos a la calle —respondió la abuela con rabia contenida.

—¡Si le volvéis a dar comida os haré apalear a las dos!

Y ya no escuchó nada más porque salieron de la bodega y cerraron la puerta con llave.

Día 3

Pasó la noche comiendo el pan a mordisquitos para alargarlo. Concentraba todos sus esfuerzos en recordar por qué valía la pena continuar viva: Anna y Joan se habían quedado sin madre y ella debía protegerlos, ya que no había logrado hacerlo con Pere. El recuerdo de sus ojos grises se le hacía más doloroso que nunca. Intentó dormir, pero el saco de paja y la manta eran tan finos que se moría de frío. Estuvo tiritando hasta que, ya de madrugada, la atrapó el sueño.

Día 4

La despertaron unos gritos procedentes de la calle. Diversos pasos se acercaban a la tapia.

—¡Vete de aquí si no quieres que te mate! —gritaba Berenguer alterado.

—¡Quiero verla! ¡Quiero saber si está viva!

La voz de Martí la conmocionó. Lo detestaba con toda su alma. Él la había metido en aquel agujero.

—¡Francesca! —gritaba desde el otro lado—. ¡Contéstame!

De repente se oyeron golpes, sonido de cuerpos forcejeando. Bufidos. Blasfemias. No sabía quién estaba dando una paliza a quién. Al cabo de unos instantes, las sacudidas cesaron. Solo se oían los jadeos de Berenguer y la tos de Martí, que parecía que escupiese sangre.

—La próxima vez que vengas te mato, hijo de puta... —dijo su marido.

Un golpe fuerte. Un último gemido de Martí. Luego le pareció que Berenguer arrastraba su cuerpo hasta la calle.

Día 5

Alguien abrió la puerta de la bodega y apareció la escudilla con el pan y un poco de agua por la rendija.

—¿Berenguer? Sácame de aquí, ten piedad...

Los pasos se alejaron y la puerta se cerró de nuevo de golpe.

Día 6

El día se le hizo largo. No sabía cómo ponerse porque en cualquier postura estaba incómoda. Intentó repasar mentalmente el libro de Trótula, el de Guigonis, el de Abulcasis..., pero las imágenes se diluían. No lograba retener nada dentro. El dolor ocupaba todo el espacio. Notaba los ojos hinchados de tanto llorar. Luego rezó a san Cugat con la cruz de madera contra el pecho.

Día 7

¿Era su padre? Sí, parecía su voz. Él y Berenguer estaban hablando. No, discutían. Pegó la oreja al muro para tratar de entender lo que decían.

—Ya castigaré yo a mi hija. Tú déjamela a mí, que

cuando la haya pasado por la cuerda será el cordero más pacífico de la tierra.

Berenguer soltó una risotada forzada.

—Me gusta que pienses así, sí, porque al fin y al cabo es culpa tuya que tenga ese carácter del demonio. Pero el juez ha dictado sentencia y debo cumplirla, Ramon.

Francesca no podía creer lo que estaba oyendo. «A no ser que mi padre lo haya dicho solo para salvarme», se dijo con un atisbo de esperanza.

—Arriba tengo una jarra de vino griego. ¡Sube, cagüendiós, y beberemos por todos estos años de amistad!

Mientras las voces se alejaban arañó el muro con tanta fuerza que se volvió a abrir las heridas de los dedos.

Día 8

—Francesca —susurró la abuela—. Toma.

Por la rendija le pasó una vela, un eslabón y un pedernal para poder encenderla. Al menos ya no estaría inmersa en la absoluta oscuridad.

—Gracias.

—No me puedo quedar, el desgraciado me vigila a todas horas. Tu padre ha estado toda la noche bebiendo con él para convencerlo de que te soltase, pero no hay quien doblegue a esa mula. Mal rayo lo parta...

Así que era cierto. Su padre había intentado salvarla. Encendió la vela y pudo ver con sus propios ojos el agujero donde la había encerrado su marido, y lo odió todavía más de lo que lo odiaba, si es que eso era posible.

Día 9

—Joan, ¿eres tú?

Oía pasos en la bodega, pero nadie se había aproximado a la rendija.

—¿Joan?

—¿Por qué lo hiciste? —preguntó el chiquillo—. Berenguer es un buen hombre, me da dinero.

Tragó saliva, no quería desaprovechar aquella ocasión. Hacía tanto tiempo que Joan no se acercaba a ella...

—A veces las cosas no son tan sencillas... —dijo, apoyando las manos en el muro—. Mi marido no es tan bueno como tú crees.

La muchacha soltó el aire.

—Eres una adúltera —le soltó Joan con menosprecio—. Por tu culpa todos mis amigos me insultan y se ríen de mí.

—Lo siento. —Se le cayó una lágrima—. Joan, eres mi hermano y te quiero. ¿Me oyes? Te quiero mucho.

Los pasos se alejaron y la puerta se cerró. La herida que tenía dentro su hermano era tan profunda que ya empezaba a creer que nunca podría sanarla.

Día 15

A través de la angosta rendija, aquel día Guillemona le llevó la mejor compañía que se podía imaginar: un libro.

—Te lo envía Astruc desde ese lugar donde está estudiando —dijo la muchacha contenta—. Su madre, Sara, nos lo ha traído esta mañana.

El libro iba acompañado de una breve carta que decía así:

Querida amiga:

Te escribo entre las cuatro paredes de mi celda con el corazón compungido por las tristes noticias que me llegan de Barcelona. El castigo que te están infligiendo es indigno e inhumano, por eso el rabino y consejero del rey Hasday Cresques me ha ayudado a recopilar argumentos jurídicos en contra de la sentencia y se los he enviado al veguer. Aun así, no quiero hacerme ilusiones. Me han llegado voces de que un importante prohombre intercedió ante el juez para que la sentencia fuese ejemplar, y la voz de un pobre judío como yo no tiene ninguna fuerza frente a los que manejan los hilos del poder. No soy muy habilidoso con las palabras, por eso te envío las de un sabio persa, las de su libro *Canon*. Estoy convencido de que te procurará grandes satisfacciones a pesar de tu triste situación.

Desea que seas liberada muy pronto tu maestro y alumno,

ASTRUC BENEVIST

«Un importante prohombre.» ¡Qué clase de persona podría exigir un castigo tan cruel! De lo único que tenía ganas era de abrazar el libro. Estaba escrito en papel y pergamino, con las cubiertas de madera forradas de cuero negro y cantos de latón. Cerró los ojos y se imaginó a Astruc mirándola con sus ojos negros y despiertos. Su Astruc.

Día 16

Con el *Canon* de Avicena las horas pasaban más deprisa. Tal como había sospechado, aquel médico apuntaba a que había muchas enfermedades que se transmitían por el agua si estaba estancada, por eso en las zonas del barrio donde se acumulaban las deposiciones y los charcos putrefactos siempre había más enfermos. También señalaba teorías como que la música y la higiene podían ayudar a curar y prevenir enfermedades. «Increíble.» Francesca se olisqueó las axilas y sintió asco de sí misma por la peste. Las teorías insólitas de aquel médico persa la mantenían con la mente despierta. Ojalá hubiera podido debatirlas con su amigo.

Día 17

—Berenguer, no te vayas —le rogó cuando él le dejó el pan y el agua.

El hombre no se movía, pero lo oía respirar.

—Hasta ahora... Hasta ahora no lo he hecho bien. —Tragó saliva, las palabras le ardían en la garganta—. Me esforzaré en ser una buena esposa. Lo haré bien, te lo juro.

—¿Por qué me has hecho esto, Francesca? —dijo en un susurro—. ¿Por qué demonios me lo has hecho?

¿Estaba llorando? Un gimoteo le dio a entender que sí.

—Yo te quería... Te quería mucho...

—Berenguer, yo... también.

Ni siquiera pudo decirlo con convicción. Se había tragado el orgullo, pero no tenía fuerzas para disimular el odio que despertaba en ella.

—¡Calla! —exclamó él—. ¡Calla, puta mentirosa! ¡Tú me has obligado!

Oyó que se levantaba del suelo.

—Para mí estás muerta y enterrada —sentenció.

Día 20

—Dios mío, ¡esto es inhumano!

Francesca se despertó.

—No digas nada, te lo ruego, y escucha lo que he venido a decirte.

Reconocía aquella voz de mujer, pero aún estaba aturdida para identificarla.

—Ese marido tuyo solo me ha dejado hablar contigo porque cree que te odio. Y no te odio, Francesca. Ya no.

—¿Blanca? ¿Eres tú?

—Gracias al Señor, al final he conseguido perdonarte. Martí y yo ahora estamos bien, también lo he perdonado a él. —Hizo una pausa breve—. Pero por muy grandes que hayan sido tus pecados, nadie merece esto... —Se le quebró la voz y le pareció que lloraba.

—Me gusta que estés aquí..., que hayas venido a verme.

Francesca notó que la garganta se le cerraba. Puso la mano en el muro que las separaba.

—¿Te acuerdas de cuando éramos pequeñas y yo siempre os libraba de los castigos a los dos? No sé por qué siempre pensaba que os tenía que proteger. A mí los adultos siempre me creían, por más gorda que fuese la mentira. —Blanca se detuvo de nuevo. Parecía tener dificultades para encontrar las palabras—. Ahora, si pudiese, también te salvaría, Francesca.

Se echó a llorar, y lo último que oyó fueron unos pasos precipitados que se alejaban hacia la calle.

Día 27

Ya no podía leer, lo veía todo borroso y a duras penas reunía fuerzas para pensar. Se pasaba el día en duermevela, e igualmente la noche. Había perdido mucho peso, tenía los brazos y los muslos delgados como cañas. Le dolían los dientes. Comenzó a toser. El pelo se le caía a mechones y tenía urticaria. «Por fin me muero.» Pero una vocecita muy tenue se empeñaba en repetirle que ahora no podía rendirse, que tenía dos hermanos que la necesitaban al otro lado de aquel muro húmedo.

Día 30

«Sant Cugat, tú que fuiste degollado por tus enemigos y los perdonaste, en tu infinita misericordia, ayúdame, por favor. Solo te pido un milagro. Un milagro, por caridad.»

Día 40

—¡Francesca! —gritó Bonanada—. ¡Francesca! ¡Come, por todos los santos del firmamento y la madre que los parió!

—...

Francesca Satorra, con solo diecinueve años, estaba a punto de abandonar el mundo de los vivos.

El motín

A media mañana se congregó frente a la casa un grupo numeroso de gente; habían acudido desde todos los rincones del barrio gracias al llamamiento que Bonanada y Guillemona habían propagado a los cuatro vientos. Había familias enteras, como los Gasull o los Salzet; estaban su padre, Ramon; Reginó, Coloma y toda la familia Benevist; también Martí Rotlan, pero sobre todo muchos vecinos de la Ribera, gente humilde a la que Francesca o su abuela habían curado o asistido en un parto. Las voces habían ido subiendo de volumen y algunos ya se atrevían a gritar a pleno pulmón que la dejasen libre. Los ánimos se iban caldeando cuando, de pronto, alguien lanzó una piedra contra la ventana. Berenguer abrió la puerta y les plantó cara con un bastón en la mano.

—¡Largaos si no queréis que llame al alguacil! —amenazó mientras se pasaba la mano por la frente. No las tenía todas consigo ante aquella multitud cada vez más iracunda. La calva se le cubrió de una pátina de sudor.

«¡Queremos ver a Francesca!», gritaban muchas voces entre el gentío. «¡Queremos saber si está viva!»

Ramon se situó en primera fila.

—¡Por la amistad que nos une, suéltala! —gritó, plantándole cara.

—¡El juez dijo que debía estar encerrada! ¡Yo solo cumplo lo que ordenó!

Martí hizo el gesto de abalanzarse sobre él, pero unos cuantos hombres lo sujetaron.

—¡Lo que estás haciendo no es de buen cristiano! —volvió a gritar el padre—. Escúchame bien, Berenguer, no respondo de lo que pueda hacer toda esta gente, o incluso yo mismo.

—¡No podéis contra todos nosotros! ¡Liberad a la muchacha! —dijo Bonjuhà Benevist, que se había abierto paso entre la multitud.

—¡Yo no obedezco órdenes de judíos!

Berenguer se había fijado en que llevaba en la vestidura un emblema mitad amarillo, mitad rojo que desde hacía poco tiempo las autoridades obligaban a llevar a todos los judíos para identificarlos. De repente aparecieron dos damas a caballo con un esclavo escoltándolas, ya que no estaba bien visto que las mujeres casadas de cierta posición social anduviesen solas por la calle. Desmontaron con agilidad y se dirigieron directamente a la entrada de la casa. La concurrencia se apartaba a su paso.

—¿Vos sois Berenguer Satorra? —preguntó la más joven con una autoridad heredada de su madre.

El hombre asintió desafiante.

—Soy Marta Fivaller, y mi familia está en deuda con vuestra esposa, que, por lo que he oído, tenéis emparedada —hablaba con firmeza—. Si eso es cierto, os juro por Dios que removeremos cielo y tierra ante los consejeros y mercaderes de esta ciudad para que nadie vuelva nunca a daros trabajo y terminéis vuestros días en la más absoluta miseria. Decidid vos mismo.

Berenguer, incapaz de responder, abría y cerraba la boca, aturdido.

—Mi marido —prosiguió Beatriu— es amigo del gobernador Ramon Alemany de Cervelló y también de su alguacil, Ponç d'Alcalà. No creo que os convenga empecinaros en este despropósito cruel y convertiros en un asesino.

Berenguer balbuceaba. Alguien le escupió en la nuca y el hombre se volvió con la rabia reflejada en los ojos. Sopesó las opciones que tenía.

—Cagüendiós, haré lo que pedís —dijo, finalmente, dibujando una mueca.

—Pues mientras sacan a Francesca del agujero donde la habéis encerrado como un animal, me acompañaréis al notario —ordenó Beatriu, que sabía de la importancia de la palabra escrita por los negocios de su marido— y pondréis por escrito que la liberáis del castigo.

Con el orgullo herido, Berenguer era una bestia acorralada. Y como toda bestia acorralada, era peligroso.

—Solo si este malnacido desaparece —dijo señalando a Martí, al cual se dirigieron todas las miradas.

«¡Adúltero!», gritó alguien.

—No me iré de aquí hasta que vea a Francesca con mis propios ojos —respondió el muchacho, desafiante.

Entonces todo sucedió muy deprisa. Berenguer echó mano a la navaja del cinturón y, con un gesto veloz y preciso, se la clavó a Martí en un lado del abdomen. El muchacho lo miró incrédulo. Se tambaleó y cayó al suelo. Un grito ahogado de la multitud. El cuchillo ensangrentado en la mano. Los ojos con los tres iris, desorbitados. Berenguer daba vueltas sobre sí mismo, rodeado por una muchedumbre que quería abalanzarse sobre él. Desesperado, comenzó a blandir la navaja en todas direcciones. Al final, se abrió paso con un fuerte empellón y echó a correr calle abajo hacia la playa.

Mientras Reginó y Coloma auxiliaban a Martí, un grupo de personas capitaneadas por Bonjuhà y Ramon se dirigió a la bodega. Con una maza echaron abajo parte de la tapia, y la impresión por lo que encontraron dentro fue tan fuerte que al padre de Francesca se le llenaron los ojos de lágrimas y hubo de reclinarse unos instantes en la pared para no desfallecer. Había un cuerpo cadavérico que apenas respiraba; el pelo rubio se había vuelto oscuro, y la piel de la muchacha estaba tan llena de erupciones y tan blanca que se le transparentaban las venas. Cuando Ramon la alzó en brazos constató que era ligera como una hoja y que tenía graves dificultades para respirar. La llevaron a toda prisa al piso de arriba y la acostaron en la cama. Bonjuhà le buscó el pulso con la urgencia de quien sabe que lucha contra el tiempo.

—Va muy deprisa —sentenció—. ¡Traedme vino!

Guillemona le llevó una taza de vino y el judío le añadió azúcar que tenía en un frasco. Con una cucharita, intentó que Francesca bebiese, pero la muchacha no abría la boca y la mayor parte del líquido le resbalaba por las mejillas. Bonanada la iba secando con un trapo, y con mucha paciencia consiguió que se bebiese la mitad de la taza. Anna lloraba con la cara hundida en el regazo de Guillemona, que la consolaba, y Marta Fivaller, impresionada por la escena, agarraba con fuerza la mano de su madre. Ramon, mudo y rígido como una vara, estaba pálido como la cera. Al cabo de un rato, las mejillas blancas y hundidas de Francesca se tiñeron muy tenuemente de un velo rosado.

—¿Se va a curar? —preguntó Anna a su abuela, que se había sentado a los pies de la cama.

—Esta condenada mocosa es demasiado fuerte para rendirse —respondió, pero era consciente de que la vida de su nieta ahora estaba en manos de sus amigos judíos.

Habían pasado tres días sin que Bonjuhà fuese capaz de sacarla de la inconsciencia, y decidió pedir ayuda al médico judío Mossé Falcó. Este, después de examinarla, se encerró en el estudio de la judería hasta que, al cabo de un día, encontró el remedio que andaba buscando en las páginas de un viejo manuscrito del sabio médico persa Rasís, del siglo X. Falcó reunió todos los ingredientes que necesitaba y salió apresuradamente hacia la calle de la Pescateria. Bonjuhà y él mezclaron en una olla vino caliente con hierro pulverizado, beleño, espliego y una planta llamada diente de león, que estimulaba el hambre. Las prisas y el silencio con los que los médicos actuaban hacían temer lo peor. Hicieron beber la poción a Francesca a gotas y tapándole la nariz.

—Es muy importante darle una taza cada hora; ahora su vida depende de ello.

Falcó extrajo de su estuche un reloj de arena pequeño y se lo entregó a su colega, que asintió. Al cuarto día, Francesca abrió los ojos.

Joan había vendido casi todas las corvinas y dentones que había pescado con su padre, Ramon, y regresaba a casa arrastrando el carro con los restos de cabezas y espinas para hacer caldo. En el poyete de la calle de la Pescateria, Guillemona estaba cosiendo unos retales y canturreaba una canción en una lengua extraña de su país que ni ella entendía.

—¿Cómo ha ido hoy la venta, Joan?

El chiquillo rezongó que bastante bien.

—¿Aún están ahí esos puercos? —Las palabras transmitían un odio palpable.

—Se llaman Bonjuhà, Sara, Reginó y Coloma, y han salvado a tu hermana.

En pocas semanas, el color había regresado al rostro de Francesca, y poco a poco había ido recuperando peso. El hecho de que permitiese entrar a los judíos en casa había ensanchado el rencor que Joan le guardaba. El muchacho se había encerrado en un caparazón aún más profundo de lo que era habitual en él, hasta que un día se plantó delante de ella y le soltó:

—Quiero irme de esta casa.

A Francesca se le hizo un nudo en la garganta. Se incorporó en la cama, en donde continuaba postrada.

—He oído que te relacionas con aquel mal bicho de Bertran Serrador y su pandilla de ladrones. —Recordaba haber curado a aquel mozo de una herida tiempo atrás, cuando lo ocultó junto a su amigo Llorenç Ros en la bodega—. ¿Es que no ves que eso solo te va a traer problemas?

Quería sostenerle la mano, abrazarlo.

—¡No es eso lo que me va a traer problemas, sino convivir con los judíos! ¡No puedo seguir aquí con ellos! —espetó con rencor—. ¡Te están engañando! ¡Nosotros pasamos hambre y ellos nos roban! ¿Cómo puedes abrirles las puertas de casa?

—Ellos no roban a nadie. Son diferentes, eso es todo, y lo que es diferente nos da miedo y lo rechazamos. ¡Si alguien roba es esa gente con la que vas!

—Aquí te estorbo, siempre te he estorbado; por eso... —titubeó—, por eso no te importó huir al convento y que padre nos tuviese que llevar al hospital.

—¡Pero si él ya quería llevaros antes de que yo me marchase! —soltó ella.

Joan se quedó pensativo, con una sombra de duda en la mirada.

—Eso es mentira. Padre no nos podía alimentar porque tú no estabas. Por eso nos encerró. —Había tanta determinación en sus ojos que habría sido imposible convencerlo de ninguna otra cosa—. ¿Tú sabes qué infierno tuve que vivir allí dentro mientras tú fornicabas con Rotlan? —En lugar de decirlas, escupía las palabras—. Te llamaba a ti, a madre, pero nunca venía nadie a salvarme cuando fray Esteve me llevaba a su cama. Nadie.

El cuerpo entero le temblaba de rabia, y tenía los ojos desencajados. Francesca se tapó la boca con la mano.

—Dios mío... No lo sabía... —Intentó acariciarlo, pero él dio un paso atrás.

—No, no estabas allí para saberlo... —dijo resollando—. Me largo. Adiós, hermana.

Lo vio marcharse con la espalda encogida, como si toda la ira que llevaba dentro le hubiese encorvado el cuerpo.

—Él ha escogido su vida y tú tienes que seguir adelante con la tuya —la consoló Guillemona.

—Es fácil decirlo, tú no has perdido un hermano.

En cuanto lo dijo se mordió la lengua. No recordaba que a la esclava la habían separado de su hermano cuando solo eran unos niños.

—Lo siento... —se excusó—. Al menos tengo a Anna a mi lado, quizá no lo he hecho del todo mal con ella.

La esclava le estaba acabando de aplicar un ungüento en las heridas, prácticamente cicatrizadas.

—Por cierto, Martí está bien de la puñalada, pensé que querrías saberlo —le comentó—. He oído a su suegra, Llúcia, contárselo a unas vecinas de la plaza de la Llana.

Francesca volvió la cabeza en la almohada y se acarició el colgante con la caracola. Después de todo, puede que fuese cierto lo que le había dicho tantos años atrás y la concha la había protegido.

—No le deseo ningún mal, pero ahora ya me da igual lo que le ocurra —dijo secamente.

La esclava asintió, y a continuación tomó aire.

—Se va a Palermo. Dice Llúcia que para ampliar el negocio de especias de Dalmau, pero todo el mundo sabe que ha pactado con el juez un tiempo de exilio. Ya sabes, por haber mentido en el juicio. En cualquier caso, van a levantar un imperio... Imagínatelo. ¡El hombre más rico de la ciudad!

Ya no escuchó las últimas palabras, solo había entendido que Martí se iba lejos y que quizá nunca volvería a verlo. Por fin haría realidad su sueño de zarpar en una galera y navegar hacia tierras lejanas. Fue fácil dejar hablar a Guillemona hasta averiguar qué día partiría.

En cuanto el cuerpo se lo permitió, Francesca retomó la labor de médica. A raíz del juicio su fama se había extendido por el barrio y recibía muchas más visitas que antes de gente que le consultaba sus males, ya fuese para conocer a la joven que había sobrevivido a un emparedamiento, ya fuese porque se estaba forjando una imagen de buena cirujana.

Aquella madrugada, un ruido en la puerta del dormitorio la despertó, y cuando se levantó para cerrarla, para su tremenda sorpresa, se encontró a Berenguer de pie en la penumbra. Se le paró el corazón.

—No ha habido ni una sola vez, ni una, en que no me hayas mirado con esa cara de miedo —le recriminó con voz áspera—. Una esposa nunca debería mirar así a su marido.

—Ni un marido debería forzar nunca a su mujer.

Se protegió con el brazo por puro instinto, temía un puñetazo en la cara o en la barriga o que la violase una vez más, pero Berenguer se quedó inmóvil.

—Me he estado escondiendo en la playa y no me ha visto ni un alma. —Se acarició la calva—. ¿Está vivo o muerto?

Sabía perfectamente a quién se refería, y, después de reflexionar un instante, no dudó en decir:

—Está muerto.

—Me alegro, el hijo de perra ha tenido lo que se merecía. —Retorcía el sombrero entre las manos mientras hablaba—. Mañana me colaré en una de las galeras que viajan a Constantinopla, no van a meterme entre rejas por haber matado a ese cerdo. Estos días parten muchas, van a robar el trigo de los genoveses por el hambre de los cojones —explicó.

El hombre cambió el peso de pie unas cuantas veces, se rascó la barba y al final se decidió.

—Lo de encerrarte en el agujero... Quería pedirte... —Al final chascó la lengua—. Puede que sea un ignorante y que tenga el carácter del demonio, pero a mi manera te quiero, Francesca. —Se volvió hacia la puerta y, antes de salir, añadió—: Algún día volveré.

Y con aquella frase con regusto a amenaza, se marchó tan sigilosamente como había entrado.

Casi sin darse cuenta, llegó el día en que Martí zarpaba. Era una mañana gélida de invierno y Francesca se presentó en la playa cuando aún no se había disipado la niebla espesa. El frío era crudo, punzante, del que hiere los pulmones al respirar. Francesca tenía la nariz colorada y apenas notaba las yemas de los dedos. Un grupo de personas con abrigo caminaba exhalando pequeñas nubes de vaho hacia una de las barcas que debían llevarlas a la nave anclada cerca de la isla de Maians. Entre ellas estaba Martí. Lo acompañaban Blanca y algunos mercaderes. Francesca lo observaba todo desde la distancia, pero podía ver perfectamente el perfil del muchacho, que se mostraba serio y distante. En mitad de la bruma, su figura era casi etérea. Se disponía a embarcar cuando, de pronto, se detuvo y paseó la mirada por la arena hasta topar con la suya. Ambos se observaron sin respirar. Él sopesó si meter un pie en la barca o si correr aquella corta distancia entre él y la mujer que amaba. Ella se permitió por un instante desear que se quedase y que lo abandonase todo por ella.

El momento se desvaneció igual que los restos de la neblina. El muchacho subió a la embarcación con la vista puesta en el infinito y Francesca sintió que aquella pequeña nave que se mecía en las olas se llevaba para siempre una parte de su corazón.

Aquella misma mañana amaneció con las campanas de toda la ciudad tocando a muertos. Era el 5 de enero de 1387 y el rey Pere había exhalado su último aliento con sesenta y siete años, toda una proeza para los tiempos que corrían. Francesca abrió la ventana. Mientras observaba las bandadas de pájaros que alzaban el vuelo, tuvo un presagio. Un camino, largo y tortuoso, había acabado. Y lo que se abría ante ella era tan imprevisible como esperanzador.

SEGUNDA PARTE

La aguja

Cuatro años más tarde

—Os doy veinte maravedíes —ofreció Francesca—, ni uno más, ni uno menos.

El fabricante de agujas, un hombre viejo y tan jorobado que apenas podía levantar la cabeza para mirarla a la cara, movía los labios como si mantuviese una conversación silenciosa consigo mismo.

—Veinticinco —repitió, tozudo, por tercera vez—. Las horas que he dedicado a esta aguja no me las podríais pagar ni en cien años.

A la muchacha no le quedó otro remedio que bajarse del burro. Le había encargado aquella pieza de metal para suturar heridas profundas en la zona abdominal y sabía que no era una aguja nada fácil de hacer.

—Sois muy buen negociante, Nicolau —dijo ella, dejándole las monedas sobre la mesa—, pero sois mejor fabricante de agujas.

Y con una sonrisa de oreja a oreja cogió la aguja y se marchó a su casa.

Era el mes de febrero de 1391 y Francesca había podido sacar adelante el obrador: las cosas le iban bastante bien y ejercía como cirujana.

Después de ahorrar el dinero suficiente, se había comprado una casa grande en la calle del Mar, que salía de la plaza del Blat, pasaba por delante de Santa Maria del Mar y desembocaba directamente en la playa. Últimamente se habían instalado allí muchos plateros que trabajaban todo tipo de utensilios fabricados con ese metal y también joyas. A pesar de ser un poco ruidosos, le gustaba aquel lugar tan lleno de vida. El obrador donde recibía a los enfermos estaba a pie de calle, al lado de una bodega y de una pequeña almazara donde obtenía aceite de las aceitunas y por donde se accedía a un huerto lleno de plantas medicinales que le servían para preparar los remedios. En el piso principal estaban el comedor, la cocina y las tres habitaciones, y en el nivel superior, un altillo donde tenía gallinas y conejos. Cuando llegó, Guillemona estaba sacudiendo unas mantas en la calle con ayuda de una sirvienta.

—¿Dónde están las chicas? —le preguntó Francesca.

—Unas están en el huerto, recogiendo verbena para hacer un jarabe para Maria Gasull. Dice que a su hermana se le está pudriendo la úlcera de la pierna. Las otras están en clase de lectura.

Francesca asintió satisfecha. De un tiempo a esta parte había comenzado a acoger como aprendizas a algunas muchachas, que solían ser huérfanas sin recursos que venían del hospital de Marcús o de Colom y que estaban condenadas a la prostitución. A Guillemona hacía mucho que había decidido liberarla, nunca le había gustado tener esclavos. Ahora le pagaba un sueldo para que la ayudase a llevar la casa.

—Ha vuelto a pasar el sayón, hoy estaba de muy mal humor —prosiguió Guillemona.

—¿Otra vez? ¡Es la tercera este mes! ¿Es que no piensa dejarnos en paz?

—Ha dejado caer que el médico municipal pasará un día de estos para comprobar que aquí solo se atienden partos y no se hace ningún tipo de cirugía.

—Otra vez él —susurró con aspereza.

Con Bernat Oriol mantenía una guerra sorda pero constante en la que el equilibrio de fuerzas era frágil. Él no había dejado de acosarla, pero al haber perdido a Berenguer, su principal aliado, le era más complicado controlarla. Lo único que había ido consiguiendo es que le pusiesen multas más o menos elevadas por ejercer la medicina sin licencia.

Cuando entró en el obrador oyó una voz que le hizo olvidar a aquel hombre torturado que le amargaba la existencia.

—¡Madre!

Ya habían cenado y toda la familia estaba alrededor de la chimenea; ella tenía a su hijo en el regazo. Mientras le acariciaba la cabeza no podía dejar de pensar que aquel niño era un regalo del cielo. Que hubiese sobrevivido dentro de su barriga durante su cautiverio tras el muro lo convertía en un milagro del que no dejaba de admirarse.

—Entonces, ¿qué habéis hecho hoy?

—Anna me ha llevado al portal de Mar y he visto cómo ahorcaban a dos hombres —explicó su hijo—. Y a uno le han cortado las manos por ladrón. Yo no quiero que me cuelguen, madre.

—Pues claro que no te van a colgar, Arnau —dijo Anna—. A no ser que te hagas pirata, entonces te atarán a un palo en el portal de Mar y te arrancarán los ojos. —Se puso a reír de buena gana. Continuaba siendo rubia y de piel blanca, como su hermana; en cambio, Arnau tenía el pelo más oscuro y la cara morena. Sentía pasión por los animales, y si encontraba alguno herido se apresuraba a curarlo. En una ocasión pasó una semana cazando gusanos e insectos para alimentar a un gorrión que se había caído de un nido, ante la incomprensión y las burlas del resto de chiquillos del barrio. Anna ya se había empezado a interesar por el viejo antidotario y se encerraba durante horas para intentar elaborar bebidas medicinales, arropes, colirios y píldoras.

—Anna —la regañó Francesca—. No deberías llevarlo a ver esas cosas; tú ya eres mayor, pero Arnau solo tiene cuatro años.

—Madre, una señora me ha dicho que a ti también tendrían que colgarte por adu... aduletra.

A Francesca se le borró la sonrisa del rostro.

—¿Qué quiere decir adu... eso? —preguntó el pequeño con curiosidad.

Anna sonrió con tristeza a su hermana y se llevó a Arnau a dormir, y ella se quedó pensando hasta cuándo la perseguiría aquel pasado que tanto había luchado por dejar atrás.

La aprendiza cogió la esponja que tenían colgada de un gancho y que previamente habían remojado en jugo de mandrágora para adormecer. A continuación, la colocó bajo la nariz de Elionor, que tenía cara de espanto.

—Dentro de nada te despertarás, Elionor. Todo irá bien —la tranquilizó Francesca.

Era una carnicera a la que conocían de toda la vida y que trabajaba en el matadero mayor, el mercado de la carne, que estaba al lado de la plaza del Blat. Se había notado un bulto en el pecho y Francesca le había aconsejado que se lo quitase antes de que creciera. Se durmió profundamente de inmediato. La rodeaban todas las aprendizas, Anna y también Bonanada, que tenía que estar sentada de lo mucho que le dolían los huesos. Últimamente ya no parecía la misma, a menudo le fallaba la cabeza y se olvidaba de todo. Astruc llegó en aquel momento, se despojó con prisas del manto y se acercó a la mesa de operaciones.

—Perdonad el retraso —se excusó.

Había pasado cuatro años estudiando en Montpellier y, gracias a haber superado con facilidad la prueba para obtener la licencia, ya ejercía de físico con su padre. Tenía tanto trabajo que apenas disponía de tiempo libre. Francesca intentaba asistir a sus operaciones de cirugía siempre que podía, y allí memorizaba con gran facilidad todas las técnicas que Astruc empleaba. Cuando él le supervisaba alguna operación, como en aquel caso, rara era la ocasión en que tuviese que corregirla; al contrario, la joven con frecuencia innovaba de manera espontánea con unos resultados que lo dejaban impresionado. A aquellas alturas ya no le quedaba prácticamente nada por enseñarle.

Francesca tomó con habilidad un cuchillo que había encargado a un daguero para que fuese específicamente como ella quería y cortó bajo el pezón de la mujer por donde estaba el tumor. Lo extirpó con cuatro movimientos diestros y luego roció con vino todo el interior para evitar que se crease pus. A continuación, cogió un cuchillo más ancho que había dejado al fuego y quemó las zonas internas para cauterizarlas. Finalmente, agarró su nueva aguja y con un hilo de seda que había ido a comprar a una sedera judía que lo hacía muy suave pero resistente, suturó la herida con unos cuantos puntos.

Para despertar a Elionor, la aprendiza le hizo respirar otra esponja empapada en apio, anís, comino y vino, y enseguida abrió los ojos. Después del tiempo que necesitó para recuperarse, se fue a casa acompañada de su marido. El hombre pagó muy generosamente a Francesca y le regaló un par de patas de cordero que llevaba en una caja.

Cuando se hubieron marchado, la abuela le preguntó:

—¿Sabes que tu madre quería ser cirujana como Joana Sarrovira? Aquel pedazo de mujer fue de las pocas que consiguieron la licencia del rey. No sé cómo lo hizo... —dijo con admiración.

Francesca, que se estaba lavando las manos en un balde, se quedó quieta.

—Sabía que quería ser médica, sí, me lo insinuó en su lecho de muerte... —recordó con tristeza.

—«Nunca podrás ser médica», «está prohibido», le decíamos todos... Y tu madre, que ya es mala suerte, se lo creyó —se quejó—. ¡No como tú, condenada mocosa! No como tú...

Bonanada se fue a descansar y ella se quedó a solas con Astruc, que había escuchado la conversación entre las dos.

—Tiene razón, ya eres toda una cirujana. Y espero que un día me pagues todo lo que te he enseñado y me regales esa aguja tuya... —dijo Astruc, contento. Parecía satisfecho, seguramente porque se sentía responsable de su éxito.

—Y yo que pensaba que lo hacías por pura amistad... —bromeó ella—. Lo siento, pero la aguja me la quedo. Aquí tienes los ungüentos que me pediste —dijo, entregándole algunas botellitas. Le preparaba gratuitamente todo lo que el muchacho necesitaba para sus pacientes con las hierbas medicinales que cultivaba en el patio.

Astruc se la quedó mirando un poco más de tiempo de lo que habría sido normal.

—Francesca, antes de irme... Hace tiempo que quiero decirte una cosa —comentó titubeante.

Ella desvió la mirada hacia fuera y luego se levantó.

—¡Ah, espera! Te voy a dar un poco de eneldo, que te irá bien para las digestiones... —lo cortó, nerviosa. Salió y poco después entró con las hierbas—. ¿Qué me decías? —preguntó, distraída, mientras se las entregaba.

—No..., nada. No tiene importancia —respondió Astruc con la mirada clavada en el suelo—. Me voy, que oscurece, y si encuentran a un judío por la calle lo pueden apedrear.

Por desgracia era cierto, y cada vez ocurría más frecuentemente.

—Adiós, Francesca.

El hospital de Sant Llàtzer se encontraba en el eje transversal de Barcelona, que conectaba el portal de Sant Antoni, al oeste de la muralla, con el portal Nou, al este. Se había levantado sobre una zona todavía sin urbanizar del Raval, rodeada de campos y viñas. También era conocido como Casa de los Leprosos por acoger a los afectados de una de las enfermedades más temidas del mundo: la lepra. Se situaba lejos del núcleo urbano para que los viajeros, mercaderes y peregrinos sospechosos de padecerla pasasen allí la cuarentena. Francesca tenía una cita con una de las beguinas que llevaban el centro, Agnès Martínez, para certificar si un peregrino que se había presentado tenía lepra. Agnès, como el resto de las beguinas, llevaba una vida religiosa al margen de la Iglesia, consagrada a cuidar de los más pobres o los enfermos, o a descolgar de las horcas a los ajusticiados y darles sepultura. Pese a haber un clérigo en el hospital, las beguinas eran independientes de la autoridad masculina y se regían por normas propias.

—Que Dios os bendiga, Francesca. Pasad, por favor —la invitó Agnès, que iba cubierta con una larga túnica oscura con capucha. La condujo hasta la sala donde estaban los leprosos sentados en el suelo o, en los casos más graves, tumbados en camas—. Aquí lo tenéis.

En un rincón había un hombre de unos treinta años muy sucio y andrajoso. Miraba obstinadamente al suelo. Francesca se arrodilló a su lado y tomó su brazo para observar las úlceras que tenía. Luego le abrió los ojos con los dedos, le pasó las manos por el pelo y finalmente cogió la aguja y la clavó en una de las heridas. El hombre soltó un grito.

—¡Hija de cien mil perros! —renegó.

—Esa boca, señor... —lo reprendió la beguina.

—No es leproso —sentenció Francesca—. Tiene sensibilidad en la piel.

El supuesto enfermo alzó la vista y comenzó a blasfemar y lanzar toda clase de maldiciones e improperios para salir luego con prisas del hospital.

—¡Esperad, os puedo curar las heridas! —exclamó Francesca demasiado tarde.

—Esta semana ya es el quinto. Vienen porque al menos aquí tienen un plato caliente al día y pueden dormir a cubierto. Hay tanta hambre que asusta.

—Esperemos que llegue trigo pronto... —dijo Francesca—. ¿Cómo está Donada?

En una de las camas había una mujer con la cara completamente desfigurada, con la carne llena de bultos y surcos. Agnès se acercó a ella y le habló al oído.

—Francesca ha venido a veros, Donada.

La mujer esbozó una sonrisa y trató de decir algo, pero tenía la voz muy ronca, otro de los síntomas de la enfermedad.

—Flor... Flor... —repetía.

—Es su hija —explicó la beguina ante el rostro interrogante de Francesca—. Tuvo que dejarla con su marido cuando le diagnosticaron la lepra, y desde hace años tiene prohibido verlos a ambos.

Aquella enfermedad no tenía cura, lo único que se podía hacer era frenar su avance, aunque Donada ya se encontraba muy cerca del final. Le aplicó un ungüento a base de verbena y luego se despidió de ella.

Cuando ya salía se cruzó con dos hombres bien vestidos. A uno de ellos lo reconoció de inmediato. Bernat Oriol. Parecía seguirla allá donde fuese.

—De nuevo nos encontramos —dijo el médico con aquella sonrisa de viejo entrañable que tan bien recordaba—, y en un lugar en el que no deberíais estar. No creo que el consejero Joan Ballart —prosiguió, señalando al hombre que lo acompañaba—, que vela por que la ciudad esté bien provista de médicos, esté muy contento con vuestra presencia aquí.

—Y ¿cómo sabéis qué he venido a hacer? —preguntó ella desafiante. Apenas podía disimular la animadversión que le provocaba.

—¿Qué podría haber motivado, si no, el venir al hospital de la ciudad donde nadie desea poner un pie? —preguntó él, ágil como un rayo—. No me haréis creer que no sabéis que la lepra es contagiosa... Este es el último lugar en el que debería estar una mujer de bien.

—Pues quizá no soy la mujer de bien que a vos os gustaría que fuese... —le espetó ella.

—¡Callad! —exclamó el consejero que acompañaba al médico—. ¿Cómo osáis replicar con tanta desvergüenza al médico municipal?

El brillo en los ojos de Bernat Oriol delataba su satisfacción. La había humillado sin necesidad de abrir la boca. Si hubiese podido, la habría hecho quemar en una hoguera, de eso estaba completamente convencida.

La mentira

De regreso a casa, al pasar por debajo de la puerta de la ciudad, que conducía a la plaza del Blat, se encontró a una multitud enfervorecida blandiendo horcas y palos y gritando encolerizada. La muchedumbre la arrastró en dirección contraria, hacia el tribunal del veguer. Se dirigían allí para exigir al representante del rey que llevase pan a la ciudad y acabase de una vez por todas con la hambruna. Unas mujeres vestidas con harapos gritaban insultos con los puños levantados; las había visto alguna vez en la playa, seguramente por ser esposas o hijas de marineros. De pronto, el gentío volvió a moverse en masa, ella perdió el equilibrio y cayó al suelo, pero una mano fuerte la agarró y la llevó hasta el callejón de las Trompetes, que estaba mucho más tranquilo.

—¿Es que te has vuelto loca? ¿Cómo se te ocurre meterte en medio de semejante turba? —la regañó una voz irritada—. ¿Acaso no ves que es peligroso?

Francesca se quedó paralizada.

—Martí... Has vuelto.

Al ver que continuaba agarrándola con fuerza por el brazo se libró de él.

—Pero ¿quién te crees que eres para hablarme así?

Lo apartó de un empujón, pero él se puso delante. Respiraba apresuradamente y, por cómo la miraba, tenía cien preguntas que hacerle.

—Perdona, pero es que, cuando he visto que te caías, me he asustado.

Ella se arregló la toca, se sacudió el vestido y, cuando se disponía a marcharse...

—Espera un momento —rogó él—. Cuánto tiempo...

Se había hecho mayor, ya era todo un hombre, mucho más robusto de lo que recordaba. Iba vestido con buenas ropas, señal de que la vida le iba bien.

—Cuatro años, ni más ni menos. ¿Qué haces aquí?

—No hace mucho que hemos vuelto de Sicilia.

—¿Y Blanca? —dijo ella desafiante. No podía evitar el rencor hacia la que había sido su mejor amiga.

Martí, en lugar de contestar, se la quedó mirando como si lo hubiesen hechizado.

—Es injusto.

—¿Qué es injusto?

Intentó tocarle la cara, pero ella se apartó.

—Que sigas siendo tan rematadamente bonita —susurró.

Durante aquel tiempo había logrado desterrarlo de sus pensamientos, había levantado a su alrededor una muralla muy alta que lo mantenía aislado, pero en aquel momento constató que el muro acababa de venirse abajo como cuando alguien sopla un montoncito de ceniza. Lo tenía tan solo a un palmo, y podía ver que algo profundo había cambiado en su interior, una transformación sutil que le había arrebatado el brillo de aquellos ojos que una vez habían irradiado alegría de vivir.

—Te he enviado muchas cartas, pero nunca he recibido respuesta...

Francesca alzó la mano para que no continuase.

—Déjalo, Martí. Ya me condenaron una vez por adulterio. No volveré a pasar por aquello.

Martí se revolvió el pelo, buscaba desesperadamente el modo de retenerla.

—Espera, espera, espera... No te vayas todavía. Te lo suplico.

—Tú tienes tu vida y yo la mía, no lo compliquemos más. Todo lo que teníamos se terminó en el momento en que dijiste aquel «sí» en el tribunal del veguer.

Martí esbozó una amarga sonrisa.

—Sí, tienes todo el derecho a odiarme. Yo también me he odiado durante mucho tiempo. Mi vida va pasando y todos los recuerdos se han ido desdibujando menos ese. Ese sigue ahí, brillando con fuerza entre todos los demás.

Ella volvió a amagar con marcharse.

—¡Un momento! —La detuvo, esta vez agarrándola por la muñeca—. Un momento, te lo ruego. Antes de que te vayas necesito saber una cosa. —Sabía perfectamente lo que le iba a preguntar, llevaba mucho tiempo temiendo aquel momento—. Tu hijo... —Sus ojos la atravesaban. Le iba a ser muy difícil decirle lo que se había propuesto—. ¿Soy yo el padre? Hace demasiado tiempo que me lo pregunto.

Francesca tragó saliva. Si quería seguir adelante con su vida, solo había una respuesta posible.

—No, es de Berenguer —mintió.

Reunió fuerzas con la poca voluntad que le quedaba, se zafó de su mano y se fue a casa.

Había cobrado diez libras por sacarle una hernia del testículo al viejo comerciante de esclavos Jaume Pou, y decidió que se merecía comprarse algo que le hiciese realmente ilusión. Así que se llevó a Guillemona a la calle de los Sombrereros, justo al lado de Santa Maria del Mar. Quería olvidar el encuentro con Martí, que la había removido más de lo que habría imaginado. El secreto que guardaba desde hacía tantos años había vuelto a asomar, y tenía la sensación de que podía desbordarla en cualquier momento. No le había gustado mentir a su abuela y a Guillemona durante todo aquel tiempo, pero se había llegado a convencer de que lo mejor era mantenerlo bajo llave en el fondo de su corazón, aunque siempre había sospechado que su abuela sabía la verdad.

Pere Rovira era uno de los sombrereros de más renombre de la ciudad, su obrador lo visitaban mujeres y hombres de toda Barcelona. Exponía afuera, en la calle, sobre unas mesas plegables y en perchas colgadas de las paredes, toda clase de sombreros: camellines hechos con pelo de camello, de hilo fino y de hilo grueso; los llamados almogávares, que eran de hilo negro; sombreros moriscos de pres, de color ceniza... Guillemona quedó prendada de uno rojo que le sentaba muy bien a su cabello anaranjado, pero Francesca no se decidía y el sombrerero salió a ayudarla.

—Sois muy bella, si me lo permitís, y con esos ojos tan grandes y esa piel tan blanca sé perfectamente qué os puede favorecer más. —Entró en el obrador y salió llevando consigo algo detrás de la espalda—. ¡Aquí lo tenéis! —Mostró el tocado que había escondido—. Un sombrero de sol de Sicilia adornado con cinta verde y engalanado con florecitas e hilos de oro, el más bonito que hay ahora mismo en la tienda.

—¡Lo han hecho expresamente para ti! —exclamó Guillemona emocionada.

Se lo probó y el sombrerero le dejó un espejo para que pudiese verse reflejada y, aunque era de los más caros, se lo llevó puesto. De camino a casa tuvo la sensación de que alguien las seguía, unos pasos que no se despegaban de su espalda por mucho que cambiasen de calle, pero por fin desaparecieron y concluyó que todo era fruto de su imaginación.

En casa las estaban esperando Bonjuhà, Mossé Falcó y Astruc. El muchacho los había llevado allí para mostrarles la aguja que Francesca había encargado que le hicieran. Cuando su amigo la vio con el sombrero nuevo, tragó saliva y desvió la mirada.

—Estoy impaciente por ver la famosa aguja de la que todo el mundo habla —dijo Mossé Falcó, frotándose las manos.

Bonanada fue a buscarla de inmediato y la depositó en el centro de la mesa con algunos instrumentos más: unas cuantas férulas para inmovilizar piernas y brazos, unos fórceps para ayudar en los partos, un cauterio pequeño de oro y cuchillos quirúrgicos. Todos los había encargado Francesca basándose en los dibujos de los libros de Abulcasis, y había hecho que los modificasen cien veces, para desesperación del daguero, hasta que tuviesen la forma y la medida exactas que ella quería. Los judíos se quedaron impresionados por los instrumentos y los examinaron con gran detenimiento durante un buen rato hasta que Francesca invitó a Astruc a salir al huerto a recoger juntos unas cuantas hierbas medicinales.

Estaba arrancando unas hojas de cilantro para hacer un remedio contra las lombrices de la barriga cuando Astruc la cogió de la mano. La mirada de súplica que le lanzó fue tan enternecedora que consiguió que la muchacha se ruborizara.

—Escúchame, Francesca. Necesito decirte una cosa que llevo dentro desde hace mucho tiempo...

—He visto a Martí. —Lo cortó ella bruscamente. Las palabras le salían de la boca como un torrente, no podía frenarlas—. Y le he dicho que Arnau no es hijo suyo.

Astruc le soltó la mano muy despacio.

—No lo entiendo...

El judío tardó unos instantes en aceptar la verdad. Le mudó el semblante.

—¿Me estás diciendo...?

Ella abría la boca, pero no le salía nada.

—Francesca... No es hijo suyo..., ¿verdad?

—Sí, sí lo es —confesó al fin mientras, frenéticamente, hacía añicos las hojas de cilantro con las uñas.

—Yo creía que nunca se lo contaría a nadie... No sé qué me ha pasado. —Ante el silencio del muchacho, añadió—: Te lo ruego por Dios..., no me mires así. Ya sé que es una mentira monstruosa, pero ¿qué otra cosa podía hacer? Tenía que proteger a mi hijo y a mí misma.

Astruc se había quedado con la mirada perdida, no parecía él. Y cuando estaba a punto de preguntarle qué le ocurría...

—Has tenido que volver a verlo... —murmuró—. Otra vez. —Inesperadamente, arrancó unas flores de espliego de un manotazo—. ¿Pero se puede saber cuándo aprenderás la lección? ¡Con lo lista que eres y en esto pareces haber perdido el juicio!

—Pero ¿a qué viene esto? —preguntó sorprendida.

—Eres una mujer casada y él también, ¿tan difícil es aceptarlo? ¡Crece de una vez!

—No ha habido nada más entre nosotros, solo una conversación...

Pero él no la escuchaba, tenía los ojos ensombrecidos por la rabia y se movía de un lado para el otro.

—Te juzgaron por adulterio, ¿lo recuerdas? ¡Y te emparedaron, por Dios! ¿Tanto te cuesta refrenar los instintos? —escupía mientras hablaba.

—¡No, tú no me escuches, tú solo júzgame y regáñame, que eso sí sabes hacerlo! —dijo ella fuera de sí.

—¡Deja tranquilo a aquel hombre y a su familia y céntrate en la tuya, por el Altísimo Señor de todas las cosas! ¡El placer de la carne te conducirá a la perdición!

Francesca alzó las manos al cielo con impotencia y apretó los labios para no gritar. Finalmente, dijo:

—¿Sabes qué creo que te molesta en realidad? ¡No que nos hayamos visto y hablado, sino que el padre sea él y no Berenguer!

Astruc se dio la vuelta y dejó a la muchacha resoplando de rabia.

La mujer del cocinero

—Vengo buscando a Francesca de Barcelona —dijo una chiquilla canija y larguirucha a la sirvienta. No era la primera vez que alguien se presentaba en el obrador y preguntaba por su señora con aquel nombre, algo que le hacía gracia porque en Barcelona había muchas Francescas. La hizo pasar al interior mientras Francesca terminaba de curar a una muchacha del barrio. Le arrancaba las últimas pestañas, que se habían incrustado en la carne y la podían dejar ciega por una enfermedad llamada *tracoma*.

—¿Y bien? Yo soy Francesca de Barcelona —se presentó con los brazos en jarras ante la niña, que al oírlo sonrió contenta—. ¿Qué se te ofrece?

—Gracias a Dios que os encuentro. Debéis acompañarme muy deprisa, si no el cocinero se enfadará. Y cuando se enfada me castiga sin comer nada y me muero de hambre.

Cuanto más hablaba, más curiosidad le despertaba su relato.

—¿Qué le pasa al cocinero que corra tanta prisa? ¿No se encuentra bien?

La niña se sorprendió por la pregunta, como si todo el mundo hubiese de estar al corriente de lo que sucedía en el sitio del que venía.

—¡No, señora, claro que no! ¡Él tiene una salud de hierro! —respondió seria—. Es su mujer, Sereneta, que está preñada y tiene muchas fiebres. Dice que puede ver a la Virgen y tocarle el manto. Tiene que ponerse buena muy muy deprisa, porque desde que ha caído tan enferma al cocinero todo se le quema o se le queda crudo. Yo misma le he puesto un ramito de espliego bajo la cama para que se ponga buena de lo que tiene. El médico dice que son unas fiebres... Las fiebres de...

—¿De los matorrales?

—Eso, las fiebres de los matorrales.* Pero el cocinero dice que no lo ve claro, que quiere que la examine una comadrona. Vamos, vamos... Debéis venir y curarla para que se vaya el demonio que ronda la casa.

Francesca pidió a Guillemona que la acompañase, se puso el manto y, por si acaso, cogió un utensilio que habría preferido no tener que usar nunca: el cefalotribo. Tenía una leve sospecha de qué le ocurría a la esposa del cocinero, y no tenía nada que ver con el tabardillo. Había hecho construir aquel aparato tal como aparecía dibujado en el libro de Abulcasis, con dos brazos largos de hierro que se aproximaban entre sí gracias a un tornillo, y tenía una utilidad clara: aplastar la cabeza del feto para poder extraerlo del útero de la madre sin tener que practicar una cesárea.

Por el camino, la niña, que se llamaba Salvadoreta, les explicó todas las virtudes de la familia para la que trabajaba; su amo, Pere Santcliment, y su esposa, Mag-

* Tifus.

dalena, eran de una gran familia noble muy muy rica y muy muy importante, marqueses y vete a saber cuántos títulos más tenían, y estaban emparentados con el señor gobernador, y ella sospechaba que con el mismísimo señor rey. Llegaron a la zona situada entre el gran convento de Framenors y las Drassanes, donde se estaban instalando cada vez más familias acomodadas. La casa de los Santcliment, una de las más señoriales que Francesca hubiese visto nunca, estaba ubicada en la calle Ample, que se llamaba así porque los mozos que bajaban las piedras desde Montjuïc hasta el puerto necesitaban una franja *ancha* entre los edificios para poder pasar. Salvadoreta las condujo enseguida hacia la cocina, de techos altísimos con nervaduras que bajaban hasta unos pilares robustos, muy parecidos a los del convento de las Magdalenas. En una gran mesa larga llena de ollas, una sirvienta estaba desplumando dos faisanes mientras a su lado una mujer granujienta preparaba un relleno de tocino grasiento con perejil, mejorana, cebolla, ajos cocidos y pasas. A lo largo de la superficie reposaban veinte o treinta empanadas rellenas de carne, de pescado, de fruta y también de cabello de ángel, que una niña completamente cubierta de harina se afanaba por ir metiendo en el horno que tenía a su espalda. En el suelo, un poco más allá, aguardaban unos cuantos corderos con la lana manchada de sangre que desprendían un hedor intenso, y un par de chiquillos acarreaban troncos de un lado para otro que luego echaban al fuego. Se oían gritos, cánticos, algún insulto, pero nadie dejaba ni por un momento de trabajar, como un ejército caótico y, sin embargo, perfectamente coordinado.

Encima de una sillita, colocada junto al fuego y debajo de una enorme chimenea, un hombre bajito y rechoncho, de piel rosada y fina como la de un bebé, estaba sacando un cochinillo escaldado de dentro de un caldero con ayuda de un sirviente. Ambos sudaban profusamente por el esfuerzo y el calor.

—Señor Ermengol —dijo Salvadoreta al cocinero—, aquí tenéis a Francesca de Barcelona, tal como me habéis pedido.

Francesca saludó ligeramente con la cabeza. El cocinero se aproximó a las mujeres aturdido.

—Gracias, mil y una gracias por venir. Es mi esposa, Serena..., está preñada de seis meses y muy muy enferma... —Al hombre se le humedecieron los ojos—. El médico de la familia, el señor Arnau Germà, dice que es fiebre de los matorrales y viene cada día a ponerle sanguijuelas, pero no mejora. He oído decir que vos sois una buena comadrona —insinuó.

Le sonaba el nombre de aquel médico; tenía bastante prestigio y le parecía que incluso atendía al rey Joan.

—Gracias. También soy médica.

—Pues sanadla, os lo ruego. Hoy debo preparar comida para veinte comensales, pero tengo la cabeza en los pies y los pies en la cabeza. Si a mi Sereneta le ocurriese algo... —dijo, enjugándose una lágrima con el delantal.

Siguieron al cocinero hasta unas dependencias junto a la cocina. En una pequeña estancia encontraron a la mujer llamada Serena tumbada en una cama bastante sencilla. Estaba inconsciente, tenía la respiración agitada y la fiebre altísima. El cocinero se sentó a su lado y le tomó la mano con dulzura.

—Ayudadla, Francesca —suplicó el hombre—. Haced lo que sea, pero salvadla.

La fiebre de los matorrales o pulgón era una enfermedad que, efectivamente, provocaba una fiebre muy alta, delirios, erupciones en la piel y diarreas, y Serena tenía algunos de aquellos síntomas, pero algo le decía que no era eso lo que se los provocaba. Le tomó el pulso, le miró la orina, le palpó la barriga un largo rato y le examinó la vagina con un espéculo de latón dorado. Ya tenía el diagnóstico. Y justo cuando lo iba decir, se abrió la puerta y entró Magdalena Santcliment acompañada del conocido médico municipal Arnau Germà. Ambos mostraban un semblante serio.

—¿Os ofrezco al mejor médico de Barcelona y vos vais en busca de una cualquiera? He hecho llamar urgentemente al señor Germà para que no cometáis un gran error, Ermengol —dijo ella.

—¿Cómo osáis poner en duda mi criterio, por san Cosme y san Damián? —exclamó el médico con el rostro encendido. Era un hombre muy alto y huesudo que desprendía una enorme confianza en sí mismo y muy pocas ganas de escuchar otra voz que no fuese la propia.

Ermengol, confundido por la irrupción del físico y de su señora, se aproximó a él con las manos en el aire y, en tono conciliador, dijo:

—Señor, por favor, disculpadme, no quería ofender a su señoría, nada más lejos de mi intención, pero Sereneta ya tiene un pie en el otro mundo y no sabía qué hacer...

Francesca respiró hondo y, en voz alta, dijo:

—Lamento deciros que la criatura que lleva dentro está muerta, por eso tiene tantas fiebres. —Y, mirando directamente a Arnau Germà—: No por el pulgón, señor. De ser así, su pulso sería mucho más lento, y a Serena le va rapidísimo, comprobadlo vos mismo. Si no hacemos algo, corre un grave peligro —advirtió.

El hombre titubeó unos instantes, pero enseguida contestó:

—Esto es un ultraje, sí..., un ultraje y de los graves. Disparates y más disparates. Nunca una mujer me había hablado así, Dios os perdone, cuánta insolencia... ¿Cómo os atrevéis a contradecirme? —decía el hombre congestionado—. A Serena le conviene reposo, paños fríos y sanguijuelas. Y sobre todo que recéis mucho por su alma.

—Vos decidís, Ermengol, al fin y al cabo, se trata de la vida de vuestra esposa —dijo Magdalena Santcliment—. ¿Haréis caso al médico del rey o a esta don nadie?

—Me llamo Francesca, señora. Francesca de Barcelona —dijo ella con la cabeza alta.

—Aaah, ¿así que vos sois la famosa Francesca? —dijo el médico achinando los ojos. Y, dirigiéndose a Magdalena Santcliment—: Sé quién es esta comadrona. Me han hablado de ella otros médicos de la ciudad. Dicen que siempre quiere destacar, y para hacerlo utiliza todos los métodos de una hechicera.

Francesca se quedó perpleja. ¿Su nombre corría entre los médicos más importantes de Barcelona? Si se trataba de calumniarla, solo le venía un nombre a la cabeza.

El cocinero dudaba, se frotaba la frente, estaba al borde de las lágrimas. Al fin, armándose de valor, dijo:

—Que la cure Francesca, señora.

La muchacha no esperó ni un instante para ponerse a trabajar. Se lavó las manos con la infusión de lino y fenogreco e introdujo el cefalotribo en la vagina de Serena suavemente. El marido se había arrodillado y rezaba a los pies de la cama. Una vez que lo hubo introducido completamente, abrió los brazos de hierro haciendo girar el tornillo del extremo que había quedado fuera del cuerpo. Serena se quejó del dolor y Salvadoreta corrió a apretarle la mano. Francesca palpaba con una mano la barriga de la enferma mientras con la otra manejaba el cefalotribo para encajar dentro de sus brazos mecánicos el cráneo del feto. Magdalena Santcliment estrujaba un pequeño pañuelo. El médico Arnau Germà parecía una lechuza, inmutable y atenta, esperando cualquier error para lanzarse contra ella. Una vez que encajó la cabeza en el instrumento, comenzó a hacer girar el tornillo, primero fácilmente, pero cada vez con mayor dificultad. Se oyó el crujir de huesos. Salvadoreta se puso blanca como la leche y hubo de salir corriendo a vomitar. Enroscaba el tornillo una vuelta más, dos, tres, cuatro, pese a la resistencia. Cuando estuvo segura de que la cabeza estaba totalmente aplastada, estiró hacia fuera del artilugio con cuidado. El cefalotribo extrajo un feto deformado y tan podrido que era de color negro. Un olor fétido inundó de inmediato la habitación. Guillemona se apresuró a abrir la pequeña ventana para que corriese el aire y el ambiente se hiciese más respirable. Magdalena se tapaba la nariz con el pañuelo y se apoyó en la pared para no perder el equilibrio. La sirvienta envolvió el cuerpo de la criatura y se lo llevó fuera mientras Francesca terminaba de limpiar y vaciar el útero de la placenta y los restos que quedaban dentro. Al poco tiempo, la fiebre de Serena había bajado y balbuceaba algunas palabras a su marido, que le acariciaba el rostro con ternura.

El médico, que no había dicho una sola palabra, estaba tan fuera de sí que apenas le salían las palabras.

—Dios mío, esto ha sido... un sacrilegio... Sí..., absolutamente..., obra del demonio. —Y, señalándola con un dedo tembloroso, añadió—: Os denunciaré ahora mismo... Llegará a oídos de la autoridad y no podréis volver a ejercer ni de comadrona en toda vuestra vida. ¡Con ayuda de Dios viviréis de la caridad!

Él y Magdalena Santcliment salieron de la estancia como dos espectros. A Francesca no le cupo ninguna duda de quién era la autoridad a la que se refería aquel médico obstinado. Bernat Oriol. ¿Es que no iban a dejarla nunca en paz? Podía sentir cómo una tempestad negra y lejana se cernía sobre ella y no tardaría mucho en estallarle encima, pero, en un arranque de optimismo, se aferró a una certeza: Serena estaba viva y aquel médico había errado en el diagnóstico. Ante los ojos de todos los presentes, incluso los de Magdalena Santcliment, no había duda de que Francesca de Barcelona ese día le había salvado la vida a la mujer del cocinero.

El hospital estaba en silencio, solo se oía la respiración profunda de los enfermos. Fray Esteve atravesó la sala como cada noche para ir a la bodega. Allí, a escondidas, se mortificaba con un cilicio que se clavaba en el muslo para expiar sus pecados, que eran muchos. Acababa de ingresar un nuevo huérfano y se juró y perjuró que no caería en la tentación, que dejaría en paz a aquella criatura de Dios, pero, como en tantas otras ocasiones, sabía que no podría mantener aquella promesa mucho tiempo. Aquellos chiquillos eran muy espabilados, y siempre estaban dispuestos a hacerlo pecar. Se ciñó un poco más la cadena de hierro y sus cerdas penetraron en la carne. Ahogó un grito. Creyó oír unos pasos entrando. Se volvió, pero no había nadie. Con ayuda de la vela comprobó que unos hilillos de sangre le resbalaban por el enorme y deformado muslo. Lo apretó aún un poco más.

El tajo fue limpio y rápido. Le atravesó la garganta de lado a lado. No pudo emitir ni un solo sonido. La gran bola de grasa rodó por el suelo. Murió desangrado en unos instantes, rodeado por un enorme charco rojo. Su asesino salió tan sigilosamente como había entrado. Solo cometió un error: con las prisas, se dejó olvidado el cuchillo que había usado para matarlo. El mismo que usaba para cortar el pescado.

La fiesta del Corpus

La noticia del asesinato de fray Esteve cayó como una losa en el barrio; en los portales, poyetes, plazas y tiendas no se hablaba de otra cosa. Se decía que había sido cosa de los judíos, y el día de la fiesta del Corpus Christi, la más importante de la ciudad, llegó con los ánimos de los cristianos a flor de piel. Arnau, totalmente ajeno a los malos augurios que pesaban sobre la celebración, correteaba emocionado en el obrador porque la procesión estaba a punto de comenzar y no quería perdérsela.

En una época en que circulaban tantas herejías, una de ellas amenazaba los pilares de la cristiandad por encima de las demás: muchos ponían en duda que el pan y el vino que se daban en la eucaristía fuesen realmente el cuerpo y la sangre de Cristo. Con objeto de combatir aquella aberración, el papa Urbano IV había encontrado un instrumento que le sería útil para ese propósito y que había existido desde el principio de la humanidad: la fiesta. Y sería la fiesta más alegre que habría de celebrarse en el mundo cristiano. Así, en 1262, hacía unos ciento treinta años, el Corpus Christi se había declarado fiesta universal para celebrar la presencia de Cristo durante la comunión, y las voces discordantes se fueron apagando entre la música de las flautas y el sonido de los petardos.

Francesca se había puesto su mejor vestido, que le favorecía muchísimo. Era de color verde con las mangas atadas con cintas de paño de Malinas, una ciudad flamenca donde se hacían los tejidos más célebres del momento. Dado que la ocasión lo merecía, también se calzó chapines de seda fina y suela gruesa de corcho. Quería sentirse guapa, contenta de sí misma, y no pensar en aquel médico odioso que se le aparecía en sueños y la amenazaba con llevarla a juicio. Guillemona y Anna también se habían puesto ropas alegres, ambas iban con vestidos rojos con brocados en los remates. Ya hacía tiempo que las autoridades habían prohibido vestir de negro si no era por la muerte de un familiar directo, porque, con tanta mortalidad, al final parecía que toda la ciudad se dirigiese a un entierro, y aquella era una buena ocasión para exhibir las mejores galas.

Como cada año por el Corpus, se habían quemado hogueras y antorchas durante toda la noche en los lugares más elevados de la ciudad, como los campanarios, las almenas de la muralla y la montaña de Montjuïc. De buena mañana ya estaban preparadas las enramadas de las calles, alfombras hechas con flores que vestían la ciudad de colores y olores. Y mientras las puertas de las casas se abrían, las del Call se cerraban a cal y canto para evitar incidentes.

Las muchachas y Arnau se dirigieron a la seo, de donde partía la procesión, que atravesaría plazas y calles. La algarabía era formidable, los chillidos de los niños se mezclaban con las órdenes de unos y otros para comenzar y con el repique de las campanas. Al frente del desfile había un grupo de juglares tocando música. Los seguían los clérigos, que cargaban con las banderas y los pendones, primero el de santa Eulàlia, después el de la catedral, y a continuación los de las parroquias y las iglesias de la ciudad. Detrás de estos, los integrantes de gremios y cofradías portaban decenas de cirios y antorchas encendidos que desprendían un intenso olor a cera. Entre ellos había muchas caras conocidas del barrio: el hijo mayor del curtidor Humbert Salzet; el sombrerero Pere Rovira, que le había vendido los tocados; su propio padre, Ramon, y su hermano, Joan, de la cofradía de pescadores; el blanqueador, de cuyos seis hijos había sido la comadrona; el botero al que había curado de una úlcera en el ojo, y así un largo etcétera entre cordeleros, manteros, plateros, mozos, espaderos... A continuación, venían los ciegos, los lisiados y mutilados, y algunos más cargando cruces gigantes. La parte del centro de la procesión era la más animada, una mezcla de animales fantásticos, actores, ángeles y demonios cantarines que representaban distintas escenas bíblicas; doce ángeles cantaban «Te adoro, sagrada hostia». También desfilaba Lucifer con cuatro diablos dentro del infierno, así como el rey Melchor montado a caballo, el rey David con el gigante Goliat... El espectáculo era tan magnífico que Arnau estaba boquiabierto. El séquito lo cerraban cuatro representantes de la ciudad vestidos de evangelistas aguantando un gran palio. Debajo, el obispo sostenía la custodia, una pieza de orfebrería trabajada en plata y en forma de sol donde se depositaba la hostia, es decir, el cuerpo de Cristo. Cerraban el desfile los ángeles y los demonios con bombos y tambores.

La procesión se dirigió a la plaza del Blat, pasó por el hospital de Marcús, por la calle Montcada, por el Born, por Santa Maria del Mar, por la calle de los Canvis, por la calle Ample, por la de Regomir, por la plaza de Sant Jaume, frente al palacio episcopal y, finalmente, llegó al portal mayor de la seo. Durante el trayecto a Francesca le asaltó una extraña sensación, como si alguien la estuviese siguiendo, y recordó que ya había tenido ese mismo presentimiento tiempo atrás. Miró unas cuantas veces por encima del hombro y, como no fue capaz de identificar a nadie, se convenció de que todo era fruto de su imaginación.

Una vez frente a la catedral, comenzaron los llamados *entremeses*, que consistían en bailes con las figuras de dragones y águilas hechas de cartón y tela. Los juglares tocaban cornetas, trompetas, flautas y una trompa para que todo el mundo bailase. Arnau no pudo evitar chillar cuando vio llegar a san Jordi y a la gran víbora, un ser mitológico con cuerpo de serpiente, plumas y cara de gallina que se acercaba a los más pequeños y del que Francesca sospechó, por su forma de cojear, que se trataba del Rejas, el carcelero de la ciudad.

Cuando comenzaron a tirar petardos y fuegos artificiales, Arnau corrió a esconderse detrás de Francesca entre el olor a pólvora y el humo. Llegó el turno de los mozos de cuerda, que subieron a una tarima de madera para representar la llamada *Degolla*, una historia muy popular entre los ciudadanos, que la esperaban con impaciencia cada año, y que representaba la matanza de inocentes por parte de Herodes. Los estibadores, convertidos en actores, ejercían de sicarios del rey y degollaban niños sin piedad. Uno de ellos, metiéndose demasiado en el papel, mataba por error al hijo del tirano mientras la nodriza paseaba con él, y la gente ahogaba un grito. La obra terminaba con las palabras de la nodriza gritando: «Por qué causa, rey traidor, matáis a tantos inocentes llenando el mundo de horror», y a continuación todo el mundo aplaudía con entusiasmo.

Francesca se apartó un poco del gentío porque estaba acalorada, y de pronto se topó con una muchacha que llevaba a un niño en brazos.

—¡Blanca! —exclamó. Nunca habría imaginado que se pondría tan contenta al volver a verla.

—Ah, buenos días tengas, Francesca —respondió con una voz fría como el hielo.

—¿Cómo estás? —clavó la mirada en el niño, que no debía de tener ni dos años—. Qué ricura... ¿Es tu hijo?

—Sí, Esteve... Mira, ahora tengo prisa... —dijo con intención de continuar su camino.

—Espera, te lo ruego —dijo Francesca, agarrándola del brazo—. Me alegró mucho que vinieses a verme cuando estaba encerrada, no mucha gente lo hizo. Quizá... Quizá podríamos vernos algún día y...

—No —la cortó.

—¿No?

—No hace falta fingir, Francesca. Tener caridad cristiana no significa que pueda olvidar todo lo que hiciste. Nunca podré estar tranquila si estás cerca de él. Si todavía te queda algo de dignidad te alejarás de mi familia para siempre y nos dejarás en paz.

Y dicho esto desapareció entre la gente y dejó a Francesca con un nudo en el estómago.

Cuando regresó junto a Arnau, atisbó cerca de allí a Martí. Disfrutaba del espectáculo con un par de niños de la mano. Intentó concentrarse en las escenas del Nuevo Testamento, pero estaba demasiado inquieta, y con la excusa de que ya era tarde se marcharon. El gran día de fiesta había terminado.

En casa los recibió un olor dulce que les abrió el apetito. La sirvienta, Saurina, estaba preparando coca de cerezas y un *panoli*, un dulce que se cocinaba el día del Corpus y que se elaboraba con aceite, *oli* —de ahí le venía el nombre—, harina, huevo, miel y anís. Bonanada le hacía compañía sentada junto al hogar.

—En la *Degolla* estaba Martí —dijo Guillemona cuando los niños ya estaban durmiendo—. No te ha quitado la vista de encima en ningún momento.

—Ya lo he visto —respondió inexpresiva. Y continuó comiendo—. Qué buenos están estos *panolis*.

—Hace un rato ha enviado a un sirviente con esto para ti —dijo Guillemona alargándole un papel—. No sabía si dártelo...

Francesca cogió el papel y, después de pensarlo un instante, lo arrojó al fuego.

—Esta nieta mía —refunfuñó la abuela desde su rincón, de donde prácticamente ya no se movía— cada día es más lista.

Y soltó un ruido parecido a una risita.

Al cabo de pocos días le llegó la carta en la que se le notificaba la multa: «Francesca Satorra, el señor rey os condena a pagar una multa de diez florines y os prohíbe que volváis a ejercer la práctica médica». El conflicto entre ella y Bernat Oriol había adquirido una nueva dimensión porque se había vuelto público, tal como había revelado Arnau Germà en casa de los Santcliment. Debía presumir que todos los médicos municipales estaban al corriente, y seguramente también el propio rey. Aquel hombre no dejaría de apretar cada vez más la cuerda que le había echado al cuello hasta estrangularla, pero estaba decidida a no ponérselo fácil. Pagó la multa inmediatamente, y aquella misma tarde ya estaba sacando unas varices al tejedor de paños Cristòfor Vall. Durante la operación no podía apartar de su mente la imagen de Bernat Oriol. Se lo imaginaba escuchando la noticia de la multa de boca de Arnau Germà con satisfacción contenida. No tenía ninguna duda de que él estaba detrás de todo, pero, como siempre, no había querido ensuciarse las manos. Tal como la había advertido una vez Bonanada, había herido el orgullo de un hombre que ejercía su poder desde las sombras, con unos tentáculos que se adentraban en las entrañas de la ciudad. Y aquella herida tenía una consecuencia: lo había convertido en un arma letal e imprevisible.

—Si no os estáis quieto, no puedo ver nada —se quejó Francesca.

—A los desgraciados de la mano menor nos ahogan a impuestos, sí, señor. ¡Aaah, con nosotros sí se atreven...! Pero no tocan ni a curas, ni a ciudadanos honrados ni a toda la mano media, que no son pocos... ¡Ellos tienen todos los días un plato caliente en la mesa! —se lamentaba el tejedor.

—¡Chist! Si no os calláis os prometo que no os opero —lo amenazó ella sin éxito.

—A mis aprendices les doy doce dineros barceloneses por cada docena de telas medianeras y dieciocho más por cada pieza de velos de espuma. ¿Y sabéis cómo voy a pagar todo eso? ¿Eh? —preguntó alzando la cabeza—. Pues pidiendo dinero a los judíos de los cojones. ¡Esos herejes de mierda me tienen cogido por la huevera! Se enriquecen a costa de pobres como yo. ¿Sabíais que los desgraciados hacen rituales donde matan a niños cristianos?

Francesca le estampó la esponja bajo la nariz y el hombre se quedó dormido enseguida. Le hizo unas cuantas incisiones a lo largo de la pierna y luego fue sacando las venas por el agujero con un gancho, y las cortó y cauterizó con un cuchillo que tenía al fuego. En poco tiempo había terminado.

Cuando salió a la calle se había hecho de noche y lloviznaba. Se detuvo un instante a persignarse ante la capillita de Sant Mauri de la calle de los Candelers, que estaba cargada de flores. Un intenso olor a cera lo invadía todo. De repente percibió una presencia a cierta distancia. Apretó el paso. «Así que era cierto —se dijo con una punzada de inquietud pensando en el día del Corpus—. Me siguen.» Los pasos se mantenían algo alejados, pero intentó cambiar unas cuantas veces de calle y no dejó de oírlos. Se volvió en un par de ocasiones, pero solo vio una sombra oscura, no podía distinguir de quién se trataba. De pronto, el sonido de los pasos desapareció. La presencia también. Respiró aliviada. Cuando ya estaba a punto de girar hacia la calle del Mar, una mano salió de una esquina y tiró de ella hacia un callejón por donde no pasaba nadie. Intentó gritar, pero le taparon la boca con tanta fuerza que casi no podía respirar.

—¡Haced el favor de callar!

Aquella voz... La había escuchado antes, pero no podía recordar dónde.

—No os quiero hacer ningún daño, Francesca, solo quiero hablar con vos.

El hombre se quitó la capucha. Habría reconocido

aquellos ojos de gato en cualquier lugar: el alguacil Ponç d'Alcalà. La había intimidado hacía mucho tiempo, durante la justa a la que la había invitado Marta Fivaller.

—He venido a buscaros porque... os necesito. Pero nadie debe verme en vuestra casa.

Y aquella afirmación la dejó tan intrigada como pocas veces lo había estado.

Entraron por el patio sin hacer ruido y Francesca lo condujo en silencio hasta el obrador, procurando cerrar bien la puerta para que nadie los importunase. El hombre se sentó en el banco de madera donde solía examinar y operar a los enfermos.

—Quizá podríais haber encontrado una manera más... normal de poneros en contacto conmigo, señor D'Alcalà. Un poco más y me matáis del susto.

Se fijó en los ojos almendrados de Ponç, que le daban una apariencia oriental. Estaban inquietos, saltaban de un lado para otro. Desprendía buen olor, como el día que lo conoció; recordó que ya en aquel momento le sorprendió que en las uñas no tenía ni una pizca de roña.

—Sí... Bueno... Tengo un problema, pero no quiero que nadie sepa nada.

—¿Qué clase de problema?

El hombre se despojó de los guantes de cabrito, con prisas, dedo a dedo.

—Un problema... con las relaciones carnales.

«Quién lo iba a decir, un fanfarrón como él», pensó Francesca. Debería haberlo imaginado. Cuando se trataba de su sexo, los hombres hacían cosas muy extrañas. Seguramente había recurrido a ella porque consideraba un deshonor que cualquier médico de renombre conociese su dolencia.

—Y ¿qué os ocurre en las partes íntimas —dijo, señalándole entre los muslos—, exactamente?

Él le lanzó una mirada que habría podido atravesarla como una lanza. Con aquel hombre no podía preguntar de modo tan directo, debía ser más prudente y dejar que fuese él quien, poco a poco, revelase su secreto.

—Si alguna vez osáis contar lo que tengo, nadie os creerá —le soltó él, despechado—. Lo que os voy a decir debe quedar entre nosotros o ya podéis decir adiós a este obrador. Puedo disuadiros de ser cirujana mucho más deprisa de lo que lo haría con una simple multa del juez —advirtió acariciando la espada que llevaba a la cintura.

Francesca tragó saliva y esperó a que prosiguiese. Ponç dejó la espada y una sombra de preocupación regresó a su rostro, como si hubiese recordado por qué estaba allí.

—El hecho es que... soy un hombre muy fogoso. Necesito yacer con otras mujeres aparte de la mía... —Aquello no escandalizó en absoluto a Francesca; la mayoría de los llamados ciudadanos honrados y caballeros que conocía tenían relaciones fuera del matrimonio. Ponç hizo una breve pausa para carraspear—. Cuando copulo con una hembra puedo excitarme, pero por mucho que intento hincar mi semilla, de la verga no sale nada. Y me escuece mucho.

—¿Queréis decir que no sale materia seminal? ¿Nada de nada? —Y ante su mirada de nuevo amenazante—: Perdonad, pero os lo debo preguntar si queréis que encuentre un remedio.

El hombre se resistía a contestar, pero finalmente se tragó el orgullo.

—Ni una gota.

Francesca reflexionó unos instantes.

—No debéis preocuparos demasiado, no es tan grave —dijo ella mientras se levantaba e iba a buscar unas hierbas entre las decenas de tarros que descansaban dentro de un armarito—. Os puede ser muy útil una poción de la monja Hildegarda, no sé si habéis oído hablar de ella.

—¡Una monja! ¡Dios del cielo! —exclamó, levantándose del banco—. Y ¿qué iba a saber una monja del coito?

Francesca había empezado a mezclar un poco de ruda y de ajenjo.

—Calmaos, señor. Era una mujer muy inteligente, más incluso que algunos hombres. —Lo miró de reojo con una media sonrisa.

—No me expliquéis nada más. —El hombre se pasó la mano por el pelo—. Dadme lo que me tengáis que dar y no me habléis más de esa pecadora.

Introdujo la mezcla de hierbas en un frasco y se lo entregó.

—Antes de yacer con una mujer, deberéis mezclar ruda, ajenjo, extraer el jugo y añadirle azúcar, miel y vino en la misma cantidad. Lo calentáis en una olla de hierro y después de haber comido algo os lo bebéis caliente. ¿Recordaréis lo que os he dicho?

En cuanto hubo dicho esas últimas palabras, se arrepintió de ellas.

—Sois demasiado impertinente. ¡Por supuesto que lo recordaré! Tenéis la suerte de ser hermosa, si no alguien ya os habría marcado la cara —dijo a menos de un palmo de ella—. Quizá algún día os la marquen.

Había en sus ojos una mezcla de deseo y rabia que Francesca trató de ignorar. Ponç le arrebató el tarro y se embozó de arriba abajo con el manto para no ser reconocido. Antes de irse, se volvió una última vez.

—Soy un hombre de honor —sentenció—, así que si esta poción funciona y alguna vez necesitáis algo..., ya sabéis dónde encontrarme.

Se aproximó lentamente y le plantó un indecoroso beso en la boca. Luego, se marchó a toda prisa. Ella se secó los labios con la manga, pero estaba contenta. Gracias a aquella poción, ahora él le debía un favor, y de los grandes. Y que el alguacil le debiese un favor no era poca cosa.

Una invitación sospechosa

Leía una y otra vez, absolutamente desconcertada, la carta que había recibido.

> Querida Francesca:
>
> Vos, como yo, estáis abocada al arte de la medicina, e intuyo que el camino que habéis seguido no ha debido de ser fácil. Por eso os abro las puertas de mi biblioteca solo para vos, para que aprendáis los secretos que en ella se esconden. Pocas personas en esta ciudad sabrán apreciar como vos los tesoros que guarda.
>
> Firmado: JOANA SARROVIRA

¡La firmaba una de las mujeres que más admiraba! Estaba tan emocionada que iba deambulando por el obrador con el papel en la mano. Según su abuela, el rey le había dado la licencia para ejercer la medicina y la cirugía años atrás. Su sueño. Que alguien como ella supiese de su existencia ya era todo un honor, y si además le ofrecía entrar en un espacio repleto de libros, la invitación era imposible de rechazar.

Cuando estaba a punto de salir, oyó un ruido en la bodega. Entró, y allí, plantado ante unas botas de vino con la ropa hecha jirones y la cara sucia, estaba su hermano.

—Joan... —soltó con un suspiro.

La muchacha se acercó para abrazarlo, pero él se echó hacia atrás.

—Necesito dinero. Me están persiguiendo y tengo que huir —dijo con la voz áspera.

Francesca dedicó un momento a observarlo bien. Llevaba mucho tiempo sin verlo, y, de todos los cambios, el que más la impresionó fue el miedo que llevaba escrito en los ojos.

—¿Por qué? —preguntó, decidida a hacerlo hablar—. ¿Por qué te están persiguiendo?

Sabía desde hacía tiempo que su hermano andaba metido en pequeños robos con la camarilla de Bertran Serrador y Llorenç Ros, pero para lo que no estaba preparada era para escuchar lo que Joan le tenía que confesar.

—Lo he matado, Francesca. Por fin he acabado con él.

La muchacha supo de inmediato a quién se refería.

—¿Hablas de... fray Esteve?

—Sí, el devotísimo fray Esteve —dijo con ironía—. Le he cortado el cuello a ese hijo de puta y lo volvería a hacer una y mil veces. Se merecía morir y nadie de todos los que estábamos allí tuvo los santos cojones de quitarle la vida. —Francesca se tapó la boca con los dedos—. Aún no sé por qué, pero sospechan de mí. Seguramente algún hijo de perra de la cuadrilla de Bertran me ha delatado. Y no me mires con esa cara. Tú también lo habrías matado si lo hubieses sufrido como yo, Francesca. Es muy fácil juzgar a los demás cuando no sabes qué es que...

—¿Que te violen? —lo interrumpió desafiante.

Joan se mordió el labio.

—¡Pues sí! ¡Sí que lo sé! ¡Y te recuerdo que mi marido no solo me violaba, sino que me hizo encerrar en un agujero donde estuve a punto de morir!

Las lágrimas brotaron de sus ojos y se maldijo. No quería llorar delante de él, no ante su hermano pequeño, a quien debía proteger de los males del mundo, aunque él ya los hubiese sufrido más que nadie. Hizo un esfuerzo por sobreponerse y se secó la cara con un paño. Para sorpresa de ella, Joan se le acercó, cauteloso, y la agarró por los hombros, en el gesto más tierno que le había visto desde hacía años. Se dirigió a ella emocionado y con la voz rota.

—Siento lo que te pasó... Estaba demasiado enfadado para escucharte. Ahora sé que tú no tuviste la culpa de que fuésemos al hospital. Hace muy poco, padre me dijo la verdad, que él pensaba llevarnos igualmente.

Francesca notó una sensación de dicha muy reconfortante en el pecho y se fundieron en un abrazo largo y cálido. Con su contacto recordó todo aquello que una vez los había unido, como los momentos en que lo había tenido entre los brazos para que se le pasase el miedo por la noche. Se miraron un instante y sonrieron.

—Espera un momento, ahora vengo —dijo ella con los ojos humedecidos.

Abrió la cajita en la que guardaba el dinero debajo de la cama y le dio el suficiente como para que pudiese desaparecer una buena temporada. Joan volvió a abrazarla con fuerza.

—Gracias, Francesca. No olvidaré lo que has hecho por mí.

Estaba frente a la casa que le indicaba la misteriosa carta de Joana Sarrovira, en la calle de los Marquet, donde vivía la familia de navegantes que le había dado nombre. No estaba segura de si debía entrar. Puso la mano en el pomo. Por su lado pasaron unos frailes franciscanos que se dirigían a Framenors, el convento de san Francisco, que estaba en primera línea de mar. La leyenda que le habían contado cuando era pequeña decía que Francisco de Asís se había alojado en un hostal situado en aquel lugar en su ruta por el Camino de Santiago de Compostela. Fuese cierto o no, el rey Jaume I hizo construir allí el convento para conmemorarlo, en la calle del Dormitori de Sant Francesc, y entre sus paredes se habían hecho enterrar desde entonces muchos nobles y miembros de la familia real.

El frufrú de los hábitos grises y los cinturones de cuerda de los monjes la sacó de su ensimismamiento y decidió girar el pomo de la minúscula puerta, que se abrió con un crujido. Subió despacio por una escalera empinada. Una vez arriba, se encontró con una segunda puerta, esta más grande, que también estaba abierta. Detrás había colgadas unas ballestas, una espada y una alabarda —una lanza corta—. No le sorprendió. Era bastante habitual en las casas de la ciudad porque las peleas en la calle eran frecuentes y convenía tener armas a mano. Ni rastro de Joana Sarrovira. De pronto lo vio claro: aquello era una trampa. Otra vez la habían llevado a un callejón sin salida para denigrarla, para que acabase tirando la toalla. Cuando, a toda prisa, ya se daba la vuelta hacia la puerta para escapar, oyó una voz a su espalda.

—Ya pensaba que no vendrías.

Una mujer de pelo blanco y mirada inteligente sostenía un candelabro con unas cuantas velas encendidas.

—¿Joana? ¿Joana Sarrovira? —preguntó con una sonrisa radiante.

—La misma. Pero entra, por favor, no te quedes ahí.

La guio por un pequeño pasillo hasta una sala circular bastante reducida y muy abarrotada. El olor a piel era muy intenso. Por un momento pensó que los ojos la engañaban. Libros. Ni uno, ni dos ni diez. Había decenas. Entonces era cierto, la médica la había invitado a su biblioteca personal. La mujer iluminó las estanterías, que estaban cargadas de tesoros.

—Por lo que he oído de ti, te gustan los libros.

El *Canon*. El *Regiment de sanitat*. La *Chirurgia magna*... Le faltaban ojos.

—¿Qué? —dijo como si despertase de un sueño—. ¡Por Dios, la Virgen y san Pedro! ¡Nunca había visto nada igual!

Joana se echó a reír.

—Llevo años dedicada a ampliar la biblioteca, pero si te soy franca, no tiene mucho mérito. Provengo de una familia de mercaderes ricos, mi padre se hizo de oro con el comercio de esclavos y de tejidos, y desde muy pequeña he estado rodeada de libros. Me imagino que tú lo has tenido más difícil. ¿Cómo aprendiste a leer?

En un pequeño lienzo de pared había una imagen

de los santos médicos Cosme y Damián, patrones de los cirujanos y los apotecarios. De inmediato se fijó en que entre los manuscritos no había ninguno de moral ni de oración, como era habitual en todas las bibliotecas privadas del momento. Se trataba de una biblioteca especializada en medicina con libros escritos en catalán y en latín.

—Me enseñó mi madre, aunque poco y mal. Luego mejoré gracias a un amigo judío que también tiene muchos libros en casa.

—¿El hijo de los Benevist?

Francesca la miró estupefacta. ¿Cómo podía saber tantas cosas de ella? Joana esbozó una sonrisa sincera.

—Hace tiempo que oigo hablar de ti, y en este mundo nuestro, poco o mucho, todos nos conocemos. Conozco a Bonjuhà desde hace un montón de años.

Joana dejó el candelabro encima de una mesita, se sentó en un banco e invitó a Francesca a hacer lo mismo con un gesto de la mano.

—Siempre has despertado mi curiosidad, Francesca. Una muchacha de la Ribera, hija de pescadores, sin acceso a los libros... y con Bernat Oriol sin dejarte ni a sol ni a sombra. ¿Has pensado en cómo quitártelo de encima?

La muchacha se puso rígida. Entonces, ¿sus sospechas eran ciertas? ¿Se trataba de una trampa del médico para descubrir si tenía algún plan contra él? No sabía qué hacer, si marcharse o dejar que la mujer le diese algo más de información.

—Él os ha ordenado que me hicieseis venir, ¿verdad? ¿Qué queréis de mí? ¿Se trata de alguno de sus trucos? —preguntó desconfiada.

La mujer suspiró con semblante grave.

—Lo que pensaba: te está haciendo la vida imposible. Como hizo conmigo.

O sea, que aquella cirujana la había hecho llamar para prevenirla acerca de Bernat Oriol porque ella había tenido que sufrirlo y no quería que corriese la misma suerte.

—Es como un escorpión —prosiguió—, te picará cuando menos te lo esperes, y si puede te aniquilará. He visto cómo se lo hacía a muchas mujeres como nosotras, muchas con licencia real para ejercer como cirujanas. Solo quiero ahorrarte el sufrimiento. Por eso, si puedes, aléjate de él.

Joana se había forjado un nombre dentro del mundo de la medicina y conocía personalmente al rey, hecho que la había protegido de los ataques constantes del físico. Pero, aun así, estaba tan cansada de aquella lucha desigual que había decidido irse a Valencia y llevarse consigo su preciada biblioteca, según le contó.

La mujer le entregó un manuscrito muy antiguo.

—El *Llibre d'enginy de sanitat*, del gran médico griego Claudio Galeno, padre de la medicina. Vivió en Pérgamo hace mil cien años, y el saber de los físicos de hoy se basa en toda su obra, que recogía la tradición del gran Hipócrates y el pensamiento de Platón y Aristóteles. Entre muchísimas otras cosas, fue el primero en demostrar que la voz surge de la laringe.

Francesca cogió el libro y lo acarició. Estaba escrito en papiro, con corondeles, o sea, con espacios en blanco separando las columnas de texto, con las tapas de madera cubiertas de cuero negro y cuatro corchetes.

—La *Chirurgia magna* de Bruno de Longobucco, de Padua. Defendía que se dejaran las heridas abiertas y que se lavaran con lienzos empapados en vino cocido. Gracias a él hemos evitado muchas amputaciones.

La muchacha dejó el que sostenía y tomó el siguiente.

—La *Chirurgia magna* de Lanfranco de Milán, alumno del anterior. Fue el inventor de un punto de sutura que se utiliza en todas partes y que permite cicatrizar las partes de la carne y que no se puedan abrir.

Aquellas puntadas que había aprendido a hacer en casa de los Benevist y que utilizaba casi cada día las había inventado alguien, y ahora, después de tanto tiempo, sabía por fin quién era.

—Lanfranco de Milán... —susurró para sí misma.

—El *Kitab al-Mansur* de Rasís, el gran médico persa. Describió a la perfección los síntomas de la viruela y supo distinguirla del sarampión.

Francesca recordó que fue en aquel libro donde el *magister* Mossé Falcó encontró el remedio para curarla después de que la rescatasen del agujero donde la había encerrado Berenguer.

—La *Pràctica* de Roger Baron, conocido como la *Rogerina*. Todos los que presumen de ser cirujanos en Barcelona, y muchos que no lo son también, tienen una copia en casa. Y creo que con estos, de momento, ya tienes suficiente. Lee, Francesca, lee. Y si tienes alguna duda, yo estaré aquí para responderte.

Consciente de que su tiempo era limitado, comenzó a leer con avidez. Saltaba de uno a otro, preguntaba, volvía atrás y releía párrafos que no le habían quedado lo bastante claros. El tiempo se detuvo. Ambas mujeres se sumergieron en un estado casi febril en que maestra y alumna se habían vuelto una sola persona y disfrutaban por igual. Cuando oyó que las campanas del convento de Framenors anunciaban la hora nona, Francesca reparó en que las velas casi se habían consumido.

—Se ha hecho tarde y debo irme —dijo con pena—. Gracias por dejarme entrar en vuestra biblioteca. Nunca lo olvidaré...

—Adiós, Francesca. Y recuerda: aléjate de los hombres que quieren hacerte daño. Ellos son más fuertes y siempre, siempre ganan.

Cuando se estaba acercando a la calle del Mar supo que algo no iba bien. Un resplandor extraño iluminaba las casas de media calle. Apresuró el paso. Después corrió. La casa. Era pasto de las llamas. Su corazón comenzó a latir enloquecido. «Arnau.» Llegó sin aliento hasta donde se había reunido un grupo de personas.

—¡Arnau! ¡Arnau! —gritaba desesperada.

Detrás de la falda de Bonanada apareció su hijo, que se echó a sus brazos temblando de arriba abajo.

—Había mucho fuego, madre —sollozaba el niño.

Guillemona le contó atropelladamente que unos hombres con capuchas habían entrado por la fuerza, las habían echado y a continuación habían incendiado con teas el obrador. Las llamas se habían extendido con celeridad y ahora solo les quedaba esperar que el fuego acabase de consumirlo todo hasta extinguirse. Mientras abrazaba a Arnau con fuerza, una rabia indómita le nacía de los intestinos y le llegaba a la garganta. Quería gritar, aplastar aquel nombre odioso contra las paredes de la casa que seguían en pie. Bernat Oriol. Aquel acto abominable pretendía intimidarla, doblegar su voluntad. Todo lo que había conseguido con tanto esfuerzo se estaba convirtiendo en ceniza ante sus ojos por culpa de él. Pero esta vez había ido demasiado lejos. Esta vez lo iba a pagar caro.

Habían pasado unos días repartidos en diferentes casas de los vecinos del barrio mientras se recuperaban del susto, pero lo que debía hacer ya no podía esperar más. Y para llevar a buen término su propósito necesitaba dinero, mucho dinero. Como no sabía a quién más recurrir, acudió a casa de los Benevist dispuesta a recibir el desdén de Astruc. Se encontró a Sara, en la cocina, completamente blanca de harina. Después de darle el pésame por el incendio, Sara le contó que estaba hasta arriba de trabajo porque ese día celebraban la Pascua judía, una de las fiestas más importantes de los judíos, y aún le faltaba media cena por hacer. Era la noche del Séder, en que se conmemoraba la huida de Egipto por parte de su pueblo y la liberación de la esclavitud, e insistió en que se quedase, que quizá aquello le haría olvidar los malos momentos vividos los últimos días.

—Es que... necesitaría hablar con Bonjuhà... —dijo dubitativa.

—No tardará, ha ido a curar a un vecino con fiebre. ¿Te puedo ayudar yo...? —Sara había vuelto a amasar la harina.

—No, no quiero molestarte, que estás muy atareada y solo te faltaba yo... ¿Qué puedo hacer mientras tanto?

—Pues mira, echa un vistazo a los pequeños, que están afuera y vete a saber las calamidades que deben de estar haciendo...

Francesca salió al patio, donde se encontró a Samuel y Asteró jugando con unas peonzas. Mientras los observaba pensó que había notado cambios en las calles de la judería desde la última vez que había estado allí. Las puertas las vigilaban dos soldados armados hasta los dientes y con cara de pocos amigos. Los judíos también vestían de forma diferente: los hombres llevaban capas negras con capucha y las mujeres, turbantes gualdos, además del círculo amarillo y rojo en el pecho. Sintió una frustración que nunca había experimentado, porque sus amigos se resignaban a cambiar de vestimenta solo para que todo el mundo los señalase. La conversación de los niños la distrajo de aquellos pensamientos.

—María, la madre de Jesús, en realidad era una campesina que trabajaba de peluquera, lo he oído decir a los mayores —contaba Samuel—. Y ¿sabes por qué la abandonó su marido, José?

—¿Porque era fea? —preguntó Asteró.

Francesca se tapó la boca con la mano. Por mucho menos que aquellas palabras había visto cortarle la lengua a más de uno. Samuel negó con la cabeza.

—Porque María tenía otro marido, un hombre que se llamaba Pandera.

A la niña se le escapaba la risa.

—¡Pandera es el padre de Jesús! ¡Pandera es el padre de Jesús! —se pusieron a cantar los dos niños mientras hacían muecas.

Sara apareció por la puerta con la cuchara en una mano. Estaba blanca como la leche.

—¡Samuel! ¡Asteró! ¡Os he dicho mil veces que esas historias no se cuentan! ¡Marchaos! —gritó la mujer.

Francesca había oído hablar de aquellas fábulas, los contraevangelios, pero no pensaba que fuesen reales hasta aquel momento.

—Perdónalos si te han ofendido, Francesca —dijo

Sara con voz trémula—. Estos días recibimos tantos ataques que muchos judíos se burlan de Jesús y los niños deben de haberlo oído... Por favor, no digas nada a nadie.

Francesca la tranquilizó asegurándole que no iba a contarlo justo cuando Bonjuhà y Astruc entraban por la puerta del patio. Se alegró tanto de ver a su amigo que lo habría abrazado allí mismo.

—*Shalom*, Francesca —exclamó sorprendido el muchacho.

—Lamento mucho lo del incendio. Menos mal que nadie ha resultado herido —dijo Bonjuhà—. Supongo que te quedarás a celebrar el Séder con nosotros, ¿no?

—De hecho os he venido a ver por un asunto muy urgente. No sabía a quién más recurrir. —De pronto había recordado la gravedad de la situación y tomó aire para tranquilizarse.

—Di, ¿qué pasa? —preguntó Astruc con inquietud.

—Pues que... necesito un préstamo.

Pensó en el obrador calcinado, en la casa humeante, en sus aprendizas, que se verían obligadas a prostituirse o a pedir limosna, en su hijo, en su abuela, en Anna... y hubo de reprimir las lágrimas para poder continuar.

—Sé que los judíos los hacéis. Os lo devolveré, os lo prometo, aunque me tenga que matar a trabajar.

Bonjuhà se rascó la larga barba.

—No será necesario que te mates, mujer... —la calmó—. Mi primo podrá hacerte uno. Mañana a primera hora Astruc te acompañará. Y conseguirá un buen trato para ti, te doy mi palabra.

Mientras toda la familia acababa de prepararse para la fiesta, Astruc y Francesca se sentaron en la escalera del patio.

—Pensaba que ya no volveríamos a vernos —dejó caer ella—. Después de lo que nos dijimos en el patio de mi casa...

El muchacho se rascó la cabeza.

—Sí, yo también lo creía. —Suspiró—. ¿Cómo fue tu primera vez con el cefalotribo?

—¿Qué? ¿Cómo lo has sabido...?

—Guillemona —confesó con una sonrisa—. Desde que no hablamos, ella me cuenta cómo te van las cosas.

A Francesca se le llenó el corazón de dicha. No la había olvidado; al contrario, había observado su vida desde la distancia. Discreto, tal como era él.

—Fue bien. Más que bien. Así pues, si te interesa un poco lo que me pasa, ¿significa que ya no estás tan enfadado? —se atrevió a preguntar.

—Siempre vas a hacer que me enfade, Francesca —dijo, ampliando la sonrisa—. Lo único que necesito es acostumbrarme. Además, es muy difícil estar mucho tiempo disgustado contigo, no sé si lo sabías... Siempre te encuentro en mi casa.

Estaba tranquilo, relajado, había perdido la tensión del rostro y volvía a ser él, su Astruc.

Ella también sonrió.

—Eso es porque me gusta mucho tu familia.

Sara salió a avisar de que la cena ya estaba lista y entraron. Bonjuhà era el encargado de dirigir la ceremonia. Explicó que el pueblo de Israel tuvo que marcharse de manera precipitada de Egipto, y para conservar mejor el pan se lo llevaron cocido sin esperar a que fermentase, de ahí venía la costumbre de que aquella noche ningún producto podía contener levadura. De inmediato todos se sumergieron en los relatos sobre el éxodo que, mientras se servían el carnero acompañado del pan ácimo y de hierbas amargas, leía en el libro de la *Hagadá*. Cuando les contaba que los judíos hubieron de atravesar el mar Rojo, comieron una salsa elaborada con apio y agua salada que lo simbolizaba, y luego recitaron y cantaron salmos. Vertieron una copa de vino por cada plaga que Dios había enviado a los egipcios, y de postre Sara ofreció una pasta hecha de fruta, frutos secos y miel, el *jaroset*, que todos devoraron. Astruc no había dejado de mirarla a lo largo de la cena, parecía feliz de poder compartir aquella fiesta con ella. Esa noche, Francesca entendió más a sus amigos judíos y comenzó a sentir un respeto profundo por sus costumbres, consciente de que ese sentimiento era una excepción dentro de su mundo cristiano.

—Lo más habitual es el *mutuum*, pero ahora cada vez más concedemos el préstamo en custodia, es decir, yo os dejo una cantidad de dinero...

—Trescientos sueldos —lo interrumpió Francesca. Estaba hablando con Saltell Cabrit en mitad de la calle, donde el judío tenía una mesa de cambio. Hacía poco tiempo que habían llegado unas galeras a puerto y los mercaderes se habían acercado al Call para intercambiar monedas de todas clases y pactar transacciones comerciales con los cambistas o corredores de oreja judíos.

—¿Trescientos? ¡Eso es mucho! —exclamó Astruc—. Una casa no te costará tanto...

Francesca prefirió guardarse los motivos por los

cuales solicitaba semejante cantidad de dinero. Aún estaba dando forma a su plan y quería mantenerlo en secreto.

—Necesito reemplazar muchos instrumentos para operar que perdí en el incendio. Y muebles, ropa...

—No se hable más, pues. Os dejo trescientos sueldos. Esta cantidad permanecerá bajo vuestra custodia hasta que yo os la reclame, ¿pongamos dentro de medio año?

—Pero entonces, ¿vos qué ganáis? —preguntó con curiosidad.

—Por prestártelos cobra un interés —aclaró Astruc—, normalmente es el veinte por ciento, pero seguro que mi tío te conseguirá un buen trato —sugirió con una gran sonrisa que dejaba al descubierto aquella dentadura tan blanca.

La ley prohibía la usura a los cristianos, pero no a los judíos, que por sus préstamos pedían intereses de entre el diez y el treinta por ciento, aunque en estos últimos casos la ley los perseguía. Por eso eran los grandes prestamistas de la ciudad.

—Dado que quiero mucho a mi primo Bonjuhà Benevist y me ha dicho que os tengo que tratar bien, os fijaré un interés del doce por ciento. No se hable más —propuso como si hubiese hecho una gran concesión.

Francesca se lo pensó unos instantes.

—Acepto el doce... —El judío sonrió satisfecho—... pero a diez meses.

—Podrías hacerte cambista —bromeó Astruc—. ¡Negocias tan bien como un judío!

—Trato hecho —dijo Saltell Cabrit—. Mañana iremos a firmar ante el señor notario.

El gato envenenado

Gracias al dinero del préstamo se compró una casa en la misma calle, pero más cerca de Santa Maria del Mar. Era más espaciosa, con un gran patio donde podría cultivar las hierbas medicinales y un obrador grande porque cada vez tenía más pacientes. Llevaban viviendo allí pocos días y aquella tarde había tenido que ir a asistir un parto al lado de la catedral. Entró en la cocina justo cuando sonaba el toque de queda con ganas de tomar un poco de caldo e irse a la cama, pero lo que encontró allí la aplastó como si todo el peso de una montaña le hubiese caído encima. Berenguer estaba sentado junto al hogar con Arnau en el regazo bebiendo una taza de vino griego.

—Arnau, ve a la habitación —ordenó su madre con voz gélida.

—Dice que es mi padre. ¿Es verdad que tengo un padre?

—Saurina, llévatelo, por favor —mandó a la sirvienta, que, amedrentada, obedeció al instante.

A Berenguer se le había caído el escaso pelo que le

quedaba y le habían aparecido más surcos en la cara, como si por cada año que había pasado le hubiesen arañado la piel con unas garras. Estaba más delgado de lo que recordaba, pero si algo no había cambiado era aquella mirada forjada a fuerza de rencor y que, ella bien lo sabía, se podía tornar feroz. Y aquellos tres iris que la hacían estremecer.

—¡Tan guapa como cuando me marché, la madre que me parió! —exclamó, escrutándola de arriba abajo. Luego se rascó la barba grisácea y le espetó—: Qué calladito te lo tenías..., lo de haber tenido un hijo con el bellaco de Rotlan.

El corazón se le paró. Como si el destino se dedicase a jugar con ella, le devolvía a aquel hombre a quien casi había olvidado para castigarla y volverla a atrapar en aquel remolino de dolor y agonía.

—Me ha dicho un pajarito que no maté a ese malnacido, que solo lo dejé malherido. Eres tan mala perra que también en eso me engañaste. Y yo, idiota de mí, te creí. A la persona que me ha avisado le ha llevado años hacerme saber que la justicia no me perseguía porque nunca me he quedado demasiado tiempo en el mismo sitio; yo no soy de los que se dejan cazar. —Sonrió orgulloso—. Pero al final ha dado conmigo y por eso estoy aquí. Es una suerte contar con buenos amigos, siempre lo he dicho...

Él siempre estaría allí para hacerle la vida imposible. Siempre. Ante aquella evidencia, cayó de rodillas.

—¿Sabes que puedo volver a denunciarte por haber tenido un bastardo?

—Por favor, Berenguer —suplicó—. Es hijo tuyo. No lo puedes dejar sin madre.

El hombre soltó una gran carcajada. Volvió a beber de la taza y la vació.

—Ese bastardo no es hijo mío, no me tomes por idiota —soltó con furia—. Tiene los ojos de su padre, el hijo de mala madre de Rotlan.

Francesca siempre lo había pensado, pero nunca se había atrevido a decirlo, y ahora su marido, que no tenía cerebro solo para ir a jugar a los dados a la tahurería, lo había puesto sobre la mesa.

—Veo que las cosas te van bien —dijo, observando la estancia—. Tienes dinero suficiente como para haberte comprado esta casa, tienes sirvientas... Yo también me merezco vivir así y no como un animal, durmiendo al raso y trabajando para un patrón ladrón y miserable.

—No, no, no... No puedes vivir aquí —aseguró asustada—. Tú y yo ya no somos un matrimonio. Hace años que no lo somos...

—¡Cállate de una puta vez! —Se puso en pie de repente y volcó la taza, que cayó al suelo—. ¡Somos marido y mujer ante Dios, y hasta que uno de los dos muera será así! Hoy dormiré en casa. Acabaré de recoger mis cosas y mañana vendré a dormir aquí. Y tú —dijo remarcando las palabras— me obedecerás y me cuidarás como esposa mía que eres.

Tenía esa mirada que tan bien conocía y que todavía la hacía temblar como una hoja. El hombre se acercó y se inclinó sobre ella. Parecía que pudiese oler su miedo. Le pasó el dedo por la mejilla y Francesca, sin respirar, cerró fuerte los ojos. Al fin, él chasqueó la lengua y se marchó. La muchacha comenzó a sollozar en silencio para no despertar a nadie, pero oculta entre las sombras una presencia había visto y oído todo lo que había pasado, alguien que no pensaba quedarse de brazos cruzados viendo cómo Berenguer llegaba a aquella casa con la fuerza de un vendaval para llevárselo todo por delante.

Algo la despertó cuando aún no había salido el sol. Puede que fuese el canto de una golondrina; tal vez el griterío lejano de unos borrachos. El hecho es que un escalofrío le recorrió todo el cuerpo y tuvo que levantarse de la cama. Encendió las velas de un candelabro de latón. Había dormido poco y mal. «Bernat Oriol ha hecho que vuelva.» Abrió la ventana. La calma era absoluta. El hombre que más temía en el mundo regresaría con ella. A su casa. Se puso un vestido un poco grueso y los zapatos de cuero e hizo la cama, colocando bien el jergón sobre el colchón de lana que había comprado hacía poco y la almohada encima.

Se calentó al fuego una sopa de fideos con nabos y se quedó absorta mirando las llamas a medida que la removía. Debía encontrar una salida a la amenaza de Berenguer, pero tenía los sentidos alterados y no se sentía capaz de pensar con claridad.

La casa se había ido despertando poco a poco y los primeros enfermos ya se concentraban en el poyete de fuera. «Huye con Arnau», se dijo. Intentaba sacar una muela a un anciano, pero no lo lograba. «No, es demasiado pequeño.» El hombre chillaba como un gorrino hasta que por fin se la pudo arrancar. Luego entró una mujer con un dedo totalmente negro por el llamado *fuego de san Antonio*, una enfermedad provocada por el trigo contaminado que hacía que los miembros del cuerpo se deshiciesen por la gangrena. «¿Qué harían Guillemona y la abuela sin mí?» Se disponía a cortarle el dedo sin haberle dado la hierba adormecedora cuando dos aprendizas, Clara y Eufrasina, se percataron y la detuvieron a tiempo. Las muchachas atendieron a la mujer mientras Francesca se sentaba en un banco con la mirada clavada en la puerta, pendiente de la llegada de Berenguer.

A media mañana ya no podía más y tuvo que salir a la calle. La brisa que ascendía desde la playa y el sol la reconfortaron y permaneció un momento con los ojos cerrados, reclinada en el portal. Cuando los abrió vio la cabeza naranja de Guillemona avanzando entre la gente. Iba deprisa. Corría. Corría mucho. Cuando estuvo a escasa distancia, le pudo ver la cara, totalmente desencajada, y tuvo un mal presentimiento.

—¡Berenguer! —gritó la joven jadeando. Apenas podía hablar—. ¡Ha muerto! Francesca, ¡tu marido ha muerto!

Corrió a buscar el manto con capucha y, junto con Guillemona y Saurina, corrieron hacia la calle de la Pescateria. Vecinos y conocidos se habían congregado en la puerta, y cuando la vieron bajaron la mirada. Algunos le dieron el pésame, otros cuchichearon descaradamente a su espalda. Al poner un pie en el patio acudieron a su memoria oscuros recuerdos del pasado, las palizas y el cautiverio tras el muro. Estuvo tentada de huir, pero enseguida recordó por qué estaba allí y subió al primer piso. Berenguer yacía en el suelo de la cocina. De pie a su lado estaban sus antiguos vecinos, Humbert Salzet y su esposa Tomasa.

—¡Dios mío! —exclamó Francesca, llevándose las manos a la boca.

—Hemos avisado a las autoridades —dijo Humbert—. Lo han matado.

Analizó la escena diligentemente: en el suelo había trozos de una escudilla con restos de acelgas, y un poco más lejos una cuchara de madera. Claramente se le habían caído de la mano mientras comía. El cuerpo estaba retorcido y rígido por el *rigor mortis*. Se arrodilló a su lado para observarlo de cerca. Tenía los ojos enrojecidos e hinchados y la piel del rostro llena de erupciones y golpes.

—Y mira allí —apuntó Tomasa—. El gato también está muerto.

Efectivamente, había un gato tieso en el suelo con el pelo ensangrentado.

—Parece que ha comido algo que lo ha matado..., igual que el gato. Pero eso no significa que lo hayan asesinado —concluyó ella.

Algo le decía que de momento era mejor no aceptar la teoría de un asesinato y ganar un poco de tiempo, a pesar de que era obvio que se trataba de una muerte violenta. Incluso habría podido jurar cuál era la causa: una dosis altísima de semillas de belladona.

—La abuela —murmuró sin que la oyesen.

Todas las piezas encajaron en su cabeza. Bonanada tenía acceso a la hierba, sabía cómo prepararla y, lo más importante, tenía un motivo: salvarla de su marido.

—¡Ya llega el subveguer! —gritaron las voces desde la calle.

De pronto se abrió la puerta y apareció Ferrer de Marimon acompañado por dos centinelas. Las malas lenguas decían que su hermano, uno de los consejeros más importantes de la ciudad, le había dado el cargo de subveguer sin tener muchas dotes para ejercerlo.

Tras él entró el médico Bernat Oriol. Estaba abrumado, buscaba algo con la mirada sin esconder su intranquilidad.

—¡Que se aparte todo el mundo! El señor físico debe hacer el peritaje de la muerte y necesita espacio —ordenó Ferrer de Marimon, envuelto en una gramalla de tela ostentosa que le iba grande. La gente obedeció y los centinelas formaron una barrera en la puerta de la cocina.

El médico entró precipitadamente y se dirigió al cadáver. Al ver la cara de Berenguer, se tapó la boca con el puño y a Francesca le pareció ver una sombra de estupor en su semblante. «Tu títere está muerto», pensó. Inmediatamente, el hombre se recompuso y adoptó su aspecto tranquilo de siempre.

En aquel momento llegaba Ramon Estrany, su padre, resollando por haber acudido apresuradamente.

—¡Francesca! —gritó—. He venido en cuanto me he enterado.

—¡Silencio! —ordenó el subveguer.

Bernat Oriol deambulaba por la cocina con sus andares pesados. Su cuerpo encorvado parecía a punto de desfallecer en cualquier momento, pero ella sabía muy bien que gozaba del vigor de un adolescente. Nadie mejor que aquel hombre sabía fingir fragilidad y bonhomía. Inspeccionó el espacio de arriba abajo, el cadáver de Berenguer y también el del gato envenenado. Luego se dirigió solemnemente a la concurrencia, consciente del poder que ejercía sobre la gente.

—Berenguer Satorra ha sido occiso —aseguró—, juraría que con bayas de belladona.

Tenía la esperanza de que el médico no conociese tan bien las ponzoñas, pero tuvo que admitir que era mejor de lo que pensaba. Desde su rincón, Guillemona y Saurina se agarraron con fuerza de las manos.

—Con ocho o diez, el efecto es letal. Tiene las pupilas dilatadas y erupciones en la piel, signos propios de quien ingiere esta planta. Y también tiene contusiones por todo el cuerpo; es probable que haya sufrido visiones espantosas y tratado de huir, golpeándose por todas partes.

Francesca adivinó inmediatamente qué pensamiento iba tomando forma en la mente de aquel médico astuto.

—Además está el gato, la prueba definitiva. Tiene acelgas en la boca, las mismas que hay en la escudilla rota en el suelo. La bestia también comió, y murió de la misma forma que Berenguer Satorra.

Su rostro cadavérico reprimía torpemente la euforia que sentía. Como un regalo caído del cielo, le habían servido aquello que tanto tiempo llevaba buscando: la cabeza de Francesca.

—Señor Ferrer de Marimon. —Carraspeó y se dirigió al subveguer—. La esposa de Berenguer Satorra —dijo, señalándola— ya ha sido juzgada anteriormente por adúltera. Engañaba y con toda seguridad aún engaña a su marido, un marinero del barrio de la Ribera que nunca había causado daño a nadie. Se hace pasar por médica y tiene acceso a toda clase de venenos y hierbas ponzoñosas, así que me atrevo a sugerir que todo apunta a ella como causante del asesinato.

El subveguer permaneció boquiabierto unos instantes, pero ante la tos seca que el médico se provocó intencionadamente, reaccionó.

—¿Es cierto lo que dice el señor Bernat Oriol? —preguntó con un rictus severo—. ¿Fuisteis juzgada por adulterio?

—Vuestra reverencia, no entiendo qué relación puede tener...

—Contestad al subveguer —ordenó con voz falsamente amable el médico.

—Sí, fui juzgada, pero...

—Ah, entonces habéis sido vos quien lo ha occido —exclamó Ferrer de Marimon como si hubiese desvelado un gran secreto. Buscaba la mirada de complicidad del físico y enseguida la encontró—. ¿No es verdad?

—¡No! —gritó Francesca. Comenzaba a pensar que Berenguer había urdido un plan para arrastrarla con él hasta la tumba como último castigo por no amarlo. Guillemona y Saurina apenas respiraban.

—¿Tenéis belladona en vuestra casa? —preguntó Bernat Oriol.

—Eso, eso. ¿Tenéis esa hierba en casa? —repitió Ferrer—. ¡Responded ahora mismo!

Sabía que era inútil mentir; irían directamente a su casa y lo primero que haría el médico sería revisar todos los tarros hasta encontrar el que contenía la belladona. No sabía qué decir. Si se inculpaba salvaría a su abuela, pero condenaría a Arnau al hospital, y ya había sufrido las consecuencias de haber dejado a Joan allí. Se retorcía las manos sudorosas.

—Vuestro silencio os delata, Francesca —soltó Bernat Oriol, acariciándose la amplia calva. Saboreaba cada palabra, se le notaba en aquellos ojos hundidos entre arrugas de piel.

—Es médica —dijo Ramon en un gesto que enterneció a su hija—, ¡cómo no va a tener hierbas de todas clases, por Dios!

—Vos guardad silencio, que nadie más que ella puede hablar. A ver, Francesca, contestad al señor físico —volvió a ordenar el subveguer. Los centinelas dieron un paso al frente.

—¡Sí, sí que tengo! ¡Sano personas, es normal tener belladona! Todos los apotecarios, barberos y cirujanos tenemos. Sirve para la tos y para los dolores de cabeza y para muchas cosas más —exclamó desesperada.

—Prendedla —ordenó a los centinelas Ferrer de Marimon con un ademán de dedos— y llevadla a la cárcel. Seréis juzgada por la muerte de Berenguer Satorra. Gracias, señor Oriol, por vuestra asistencia...

—¡No! —gritó Ramon jadeante—. No...

Francesca observó a su padre. Aquella mirada... Llevaba años sin verla, desde que era muy pequeña y la subía a hombros y fingía que era un caballo al trote. Y, de pronto, sintió un escalofrío. «Ha sido él.»

—¡He sido yo! —confesó, golpeándose el pecho con las manos. La muchacha notó que las piernas le flaqueaban.

—¿Vos? Y ¿por qué habríais vos de querer matarlo? ¿Acaso no erais amigos de tahurería vos y el occiso? —preguntó Bernat Oriol.

—Porque esta mala bestia —y al decirlo escupió en el suelo— ha molido a palos, violado y matado de hambre a mi hija. ¡Y yo, desgraciado de mí, no he movido un dedo para impedirlo! —El hombre temblaba de la cabeza a los pies y la voz se le quebraba por momentos—. Abandoné a mis hijos y Pere..., mi hijo pequeño, murió... ¡Pero nunca más, me oís! ¡Nunca más! —Sollozaba con el rostro empapado en sudor—. ¡Demasiado dulce ha sido su muerte! ¡Demasiado dulce! ¡Ese perro sarnoso merecía morir descuartizado! ¡Juro por el Altísimo que lo volvería a hacer!

Los presentes ahogaron un grito.

—¡Blasfemia! —gritó el subveguer con la boca trémula—. ¡Blasfemia!

—Cuando me enteré de que estaba aquí me prometí que no volvería a tocar a Francesca. Entré en el obrador de mi hija y me llevé eso. Llevo muchos años viendo a las mujeres de la casa utilizar esa y otras hierbas; sé cómo usarlas.

Y mientras lo decía sacó del bolsillo restos de las bayas de belladona. Reconoció que la noche anterior las había mezclado con las acelgas cuando fue a verlo con la excusa del reencuentro después de haber pasado tantos años fuera.

—¡Llevaos a este hombre ahora mismo! ¡A la prisión del veguer! ¡Ahora mismo! ¡Deprisa!

—¡No! —gritó Francesca.

Bernat Oriol, desconcertado, aún no comprendía cómo los acontecimientos habían dado ese giro tan repentino. Observaba, impotente, cómo un centinela se llevaba a Ramon escaleras abajo con el subveguer mientras el otro sujetaba a Francesca, que intentaba retenerlos. El médico, con el orgullo más herido que nunca, dejó escapar un grito de rabia y, de un manotazo, tiró todo lo que había encima de la mesa de la cocina con un gran estruendo. Una vez más, la bestia indomable que llevaba dentro había asomado la cabeza y se retorcía con furia; una vez más, Francesca se le escapaba entre los dedos.

El portal de la Boqueria estaba atestado de gente que esperaba poder ver las tres ejecuciones del día: un hombre que había confesado haber matado a otro en una pelea causada por el juego y que tenía los pies quemados después del tormento al que lo habían sometido, un sarraceno acusado de sodomía y de yacer carnalmente con mujeres públicas cristianas y, finalmente, Ramon.

Su padre caminaba hacia el cadalso arrastrando los pies. Lo llevaban por los brazos dos hombres pertenecientes a la cofradía del Santo Sepulcro de Santa Maria del Pi, que solían acompañar a los condenados a muerte en el tramo final hasta la horca para ofrecerles consuelo. Lo aguardaba, balanceándose, la cuerda. Francesca mantenía la mirada fría y la mente clara, apretando con fuerza la cruz de madera que había heredado de su madre con la esperanza de que le insuflara fuerzas para lo que tenía que hacer. No quería que Ramon sufriese, pero a ratos flaqueaba en su propósito. Aquel sería el último regalo que le haría en vida. La acompañaban muchos amigos, vecinos, sobre todo pescadores y gente de mar. A su lado, Guillemona no acababa de entender por qué Francesca se mostraba tan fría en un momento como aquel.

Cuando por fin llegó a la escalera de madera, Ramon se detuvo un instante delante de su hija, que le agarró la mano en señal de despedida. Fue un momento fugaz, suficiente para darle la botellita. No necesitaban de palabras. El hombre sabía perfectamente qué había dentro. Los centinelas lo empujaron hacia delante y aprovechó para beber el líquido que contenía. Dejó caer el frasco de vidrio, pero antes de que se rompiese en mil pedazos el corazón de su padre había dejado de latir y su cuerpo sin vida se desplomaba. Puede que Ramon no la hubiese tratado bien y que nunca le hubiera dicho que la quería, pero en el último momento le había demostrado un amor sin fisuras. Lo recordó saliendo cada día con la barca desvencijada para capturar algunos peces en el mar y pensó que él tampoco lo había tenido nada fácil. Después de matar a Berenguer le debía la mismísima vida, así que lo mínimo que podía hacer era quitarle la suya de manera expeditiva y sin dolor, con una dosis de arsénico capaz de acabar con un ejército entero. Se secó una lágrima y se centró de nuevo en el plan que iba tomando forma en su cabeza y que tenía un único objetivo: destruir para siempre a Bernat Oriol.

Galeazzo di Santa Sofia

Guillemona llevaba días sin dormir bien. La inquietud por Francesca la carcomía por dentro. Su señora se mostraba reservada desde hacía un tiempo, y tan alterada que saltaba ante cualquier ruido. La conocía lo bastante bien como para saber que se traía algo entre manos, pero cuando había intentado preguntarle qué le ocurría, ella siempre cambiaba de tema. Apenas pisaba el obrador, y entraba y salía de casa discretamente para evitar preguntas incómodas. ¿Quizá es que no ganaban lo suficiente y no sabía cómo decirle que debía cerrar la consulta? Incluso había llegado a pensar que tenía una enfermedad grave y lo estaba ocultando. Sabía que cualquier intento de descubrir qué le pasaba sería inútil, de modo que decidió que rezaría más que nunca para que la Virgen María protegiese a todos los que vivían en la casa.

El chiquillo la escuchó con desconfianza. Mira que le habían hecho encargos raros en la vida, pero nunca ninguno como aquel. Llevaba varios días alimentándose de porquería y de alguna fruta que robaba en el mercado de la plaza Nova, y el hambre era un motivo muy poderoso para no hacer preguntas, así que aceptó los quince dineros que le pagaba aquella muchacha rubia tan enigmática y se los guardó inmediatamente. Se dirigió a la calle del Rec, se aupó como pudo hasta la capillita de San Dimas, el patrón de los ladrones buenos, y ató allí un trapo blanco. Tal como ella le había ordenado.

Lunes, 10 de mayo de 1391

Estimada Francesca:

He podido tener conocimiento merced a nuestro honorable alcalde, el señor Ausiàs Gravalosa, de que el día de la celebración de San Gervasio, el 19 de junio, será ajusticiado un reo de nombre Guifré Roca, acusado de muchas vilezas y que mucho lo merece. Rezaré por su alma y la vuestra, pues no sé qué os mueve a solicitar semejantes cosas funestas.

BEATRIU FIVALLER

Jueves, 30 de mayo de 1391

A la señora Francesca Satorra:

Os hago saber que he recibido vuestra letra, en la que me prevenís de un hecho que sucederá el día 19 de junio y que va contra las ordinaciones del Consejo. Tanto por mi condición de alguacil como por el compromiso que me ata a vos por las atenciones médicas que me dispensasteis en el pasado, no os quepa duda de que actuaré de acuerdo con mi cargo.

PONÇ D'ALCALÀ, ALGUACIL DEL SEÑOR
GOBERNADOR DE CATALUÑA

Martes, 13 de mayo del año de
la natividad de Nuestro Señor 1391

Al excelentísimo profesor de la Universidad de Padua el señor Galeazzo di Santa Sofia:

Estimado señor, permitidme primeramente que os dé las gracias por vuestra última letra. Os confieso que pocas veces he sentido una impresión tan profunda. Cuando vi el sello lacrado de la ciudad de Padua me permití imaginar que vos erais el autor, pero lo que jamás habría podido sospechar era el alto propósito que os movía a escribirme. Confieso que habéis superado mis expectativas. Así pues, respondiendo a la pregunta que me hacéis, os confirmo que este humilde aprendiz asistirá a vuestra clase magistral junto con los demás físicos que mencionáis y a la cual habéis tenido la bondad de invitarme el día 19 de junio en la capilla del Santo Cristo de la Agonía de Barcelona. La noticia de este tan loable acontecimiento en pro de la cirugía no será desvelada por un servidor, tal como tan prudentemente me rogáis.

De nuevo os agradece tan elevadísimo honor,

BERNAT ORIOL, FÍSICO MUNICIPAL
DE LA CIUDAD DE BARCELONA

Se acababa de poner el sol cuando el médico, con un afán desconocido desde hacía años, abría con un rechinar metálico la reja del cementerio de los Condenados. Lo acompañaban Guillem Colteller y Arnau Germà. Se conocían desde hacía años y su relación era cordial, aunque distante; siempre estaba presente ese anhelo mal disimulado de destacar por encima de los demás. Los tres físicos no habían cruzado ni una palabra entre ellos. Todo había sido organizado tan en secreto que nadie quería correr el riesgo de cometer un error ahora que tenían tan cerca el gran hito de conocer a uno de los grandes maestros anatomistas del mundo. A pesar de la emoción, un escalofrío le recorrió el espinazo. Nunca le habían gustado los cementerios ni estar cerca de los muertos. Los muros antiguos que lo rodeaban, tapizados de hierbas mustias, y las cruces caóticas aún lo hacían más tétrico.

Bernat Oriol había mantenido una asidua correspondencia con Galeazzo di Santa Sofia durante las últimas semanas. Tenía referencias de él por otros médicos italianos y también por sus trabajos de anatomía en la universidad, gracias a los cuales gozaba de gran prestigio en toda Europa. Asistir a aquella clase era la oportunidad que llevaba tanto tiempo esperando: dar un paso adelante, aventajar al resto, convertirse en el físico de referencia del que ni el propio rey podría prescindir. Lo único que le molestaba de aquel encuentro eran aquellos dos pasmarotes que le disputaban el prestigio, pero eran un mal menor para una ganancia tan elevada.

Llegaron a la capilla del Santo Cristo de la Agonía, donde los estaba esperando una figura esbelta que se movía con gran desparpajo. Parecía un personaje surgido de un cuento, envuelto enteramente en un aura de misterio. Llevaba un sombrero extravagante lleno de plumas y una capa larga de gran vuelo que eclipsaría a cualquier ser que estuviese cerca. Ante aquella imagen imponente, todos enmudecieron. Cuando el hombre los vio, se aproximó a grandes zancadas.

—*Cari amici!* Supongo que son los señores Oriol, Colteller y Germà... *Mi* presento, Galeazzo di Santa

Sofia, a su servicio —dijo, estrechando la mano a cada uno—. *Sono contento di vederli!* ¡Vuestra fama como físicos ha llegado a la misma puerta de nuestra Università di Padova!

Los tres hombres quedaron asombrados por las capacidades lingüísticas de su colega, aunque no era tan extraño que los extranjeros conociesen el catalán, ya que era una lengua con gran presencia en el Mediterráneo.

—*Signore* Galeazzo di Santa Sofia, el honor es nuestro, ¡todo nuestro! En mi nombre y en el de mis estimados colegas, os agradecemos que nos obsequiéis con una clase magistral como esta.

—Supongo que no habéis revelado la naturaleza *di questo* acto a nadie, ¿verdad, *signori*? *Gli dissenzione* no siempre son bien comprendidas por las autoridades civiles. *Ma* la ciencia avanza, *vero*? No podemos resignarnos a lo que ya conocemos.

—No, no, no —se apresuraron a contestar los tres.

—Nuestra discreción ha sido absoluta —añadió Guillem Colteller, un hombre de mediana edad con la boca amable y de carácter débil.

—Ni una palabra a nadie —añadió Arnau Germà.

—Pues primero deberíamos arreglar las cuestiones más terrenales, *capisci*? Ha habido muchos gastos que se deben cubrir. El viaje, los *strumenti*...

—Sí, sí, por supuesto —respondió de inmediato Bernat Oriol. Ya se imaginaba que el maestro no había acudido a Barcelona a darles una clase sin esperar obtener nada a cambio—. Aquí tenéis, suponemos que con esto será suficiente.

Le entregó una bolsa con el dinero que previamente los tres médicos habían aportado. Galeazzo la abrió y pareció satisfecho con la cantidad.

—*Cari amici, mi da fastidio* hablar de dinero, pero qué le vamos a hacer... —Suspiró y guardó la bolsa rápidamente—. Procedamos, *prego*, que no tenemos todo el día.

Los invitó a entrar en la capilla, donde había un cadáver encima de una mesa. Capuchón, el enterrador, lo había dejado allí en lugar de enterrarlo, tal como le había ordenado Galeazzo después de ofrecerle una bolsa cargada de dinero. El italiano se despojó de la capa y desplegó todas las herramientas para la disección. Fueron sus pequeños gestos, ligeramente torpes, los que encendieron la alarma en el hábil cerebro de Bernat Oriol, pero era tal el deseo de participar en aquella disección que no quiso prestar atención. Ni a eso ni a aquella cicatriz que atravesaba el rostro de su idolatrado profesor italiano. El cuerpo estaba desnudo y un lienzo le tapaba las partes. Nadie lo había rapado, hecho que extrañó a los tres médicos catalanes, porque según los tratados de anatomía siempre se afeitaba a los cadáveres para que fuese más fácil cortar el cuello cabelludo.

Galeazzo comenzó a dar órdenes sobre cómo había que disponer el cadáver y encendió las antorchas para ver mejor sin dejar de hablar en ningún momento. A medida que iban procediendo, Bernat Oriol se fue fijando en otros detalles que le llamaban la atención, como que el cadáver estaba sucio, y también que nadie lo había secado al sol o lo había hervido para que los líquidos y la sangre no entorpeciesen el proceso.

—*Avanti, amico*, comenzad vos a abrirle el abdomen —dijo el maestro, y le entregó un cuchillo de punta redonda—. Recordad, *cominciamo* por aquí porque son las partes donde *gli organi* se pudren primero y es necesario sacarlos deprisa. Luego sacaremos *gli intestini*, *lo stomaco*, el hígado e *il cuore*.

El físico, con cierto nerviosismo, situó el cuchillo sobre la piel, y cuando iba a cortarla, algo lo hizo detenerse.

—*Magister*, tal vez el honor debería ser vuestro... —insinuó—. ¿No querríais empezar vos? —continuó mientras le alargaba el cuchillo al italiano.

Y a través de la ranura de una puertecita lateral desde donde lo estaba observando todo, Francesca pensó que el corazón se le paraba. Tenía la respiración muy agitada; en aquel momento todo apuntaba a que si Galeazzo, o, mejor dicho, Lorenzo Rosso, no lograba que abriese el cadáver, su plan para atrapar a Bernat Oriol estaba herido de muerte.

—Oh, pero ¡qué gracia tendría que lo hiciese yo, *signore*! ¡He venido aquí para enseñaros cómo proceder! Cortad, cortad, de arriba abajo y *molto piano*. Será grande la *fetore*... fetidez. *Avanti, dai, dai*... —A Lorenzo las gotas de sudor le resbalaban por el rostro—. Coged los trapos y estad preparados para *asciugare* la *sangue*.

Francesca contenía la respiración a la espera de algún gesto de Bernat Oriol, que seguía blandiendo el cuchillo. Era obvio que albergaba dudas, que veía que en aquella puesta en escena fallaba algo que no sabía identificar. Sus ojos tristones y pequeños escrutaban cada fracción de la cara de Lorenzo en busca de algún indicio que confirmase sus sospechas. Al fin, asintió con la cabeza y volvió a poner la punta sobre el ombligo del muerto. Ahora solo tenía que presentarse el alguacil Ponç d'Alcalà, pero debía hacerlo después de que el médico abriese el cadáver, y así atraparlos en pleno acto ilegal, no antes. Tenía los nervios a flor de piel.

Guillem Colteller y Arnau Germà aguardaban expectantes a que su colega procediera. El italiano tenía la camisa empapada por el sudor y comenzaba a perder la concentración. Ya se le habían acabado los recursos que Francesca le había enseñado, y si el médico no procedía rápido, no sabría disimular mucho más tiempo que no era un experto en anatomía.

—¿Sabéis cómo hacerlo, señor Oriol? —preguntó amablemente Arnau Germà, que se moría por ponerse en su lugar—. Si no os veis capaz, puedo echaros una mano... Entendedme, no es que lo haya hecho nunca con un cadáver, pero he abierto muchos animales —se apresuró a decir.

Ante la posibilidad de no ser él el primero en abrir el cuerpo, el físico se decidió y, con la mano firme, clavó el cuchillo en el ombligo y fue sajando. Nadie decía nada. «Has caído en la trampa.» Francesca soltó un suspiro de alivio.

—Perdonad, maestro Galeazzo, pero no veo ningún cesto donde podamos tirar las partes examinadas...

Le pareció que el italiano sonreía satisfecho, poco o nada pendiente de lo que le estaba diciendo. Francesca lanzaba miradas a la puerta de la capilla rezando para que el alguacil entrase de una vez.

—Veo que estáis muy bien informado de cómo se procede en una disección anatómica —respondió Lorenzo—. ¿Es que ya habéis hecho alguna antes?

Los dos médicos lo miraron desconcertados, pero fue Bernat Oriol quien entendió lo que ocurría antes que el resto. Galeazzo, por primera vez, no había utilizado ni una sola palabra en italiano, y Francesca supo en aquel momento que el físico los había descubierto.

«Por favor, por favor, aparece de una vez.» Movía los labios en silencio sin apartar los ojos de la entrada.

Como si sus ruegos hubiesen sido escuchados, la puerta se abrió para sorpresa de todos. La cara desconcertada de Ponç d'Alcalà se topó con la mirada de los médicos. A su lado, un centinela blandía una espada. Bernat Oriol tiró al suelo el cuchillo con un ágil movimiento y salió corriendo hacia una ventana lateral, por donde saltó fuera.

—¡Todo el mundo quieto! —gritó el alguacil. Al ver que el físico había huido y ya no podía atraparlo, ordenó al centinela que acorralase a Guillem Colteller y a Arnau Germà amenazándolos con la espada. Lorenzo permaneció un poco apartado del grupo mientras reculaba despacio hacia la puerta.

—Quedáis detenidos en nombre del rey por hacer disecciones de cadáveres en contra de la ley que dicta el Consejo de Ciento.

Francesca salió de su escondite. Su mirada saltaba de Ponç a la ventana y de la ventana a Lorenzo, que, aprovechando el descontrol general, escapó como un rayo y se desvaneció en la oscuridad de la noche.

—¡No! ¡Soltadlos, ellos no han hecho nada! ¡Debéis ir tras Bernat Oriol! ¡Ha sido él quien ha abierto el cuerpo, todos hemos sido testigos! —gritó, desesperada, señalando el exterior. Contemplaba impotente cómo el plan que tanto le había costado urdir estaba a punto de irse a pique.

—¡Sí, sí! —corroboraron los otros dos médicos—. Nosotros lo hemos visto. Ha sido él.

El centinela y Ponç hicieron un sutil gesto de asentimiento y, aunque ninguno de los dos estaba acostumbrado a seguir las órdenes de una mujer, se lanzaron a perseguir al fugitivo.

En el exterior la quietud era absoluta, solo se oía el canto de los grillos y alguna lechuza. Con ayuda de una tea, el centinela avanzaba entre las tumbas, pero Francesca ya no albergaba ninguna esperanza de encontrar al médico. Hacía demasiado tiempo que lo habían dejado escapar.

—¡Señor D'Alcalà! ¡Aquí! —gritó de pronto el guardián.

Todos se acercaron corriendo y Guillem Corteller y Arnau Germà aprovecharon para escabullirse del cementerio disimuladamente. En el suelo, con un fuerte golpe en la cabeza y medio inconsciente, yacía el médico Bernat Oriol. «Gracias, Lorenzo», pensó Francesca alzando los ojos al cielo. Lamentó haber dudado de él, finalmente sí que había cumplido su parte del pacto. Lo levantaron y lo sentaron en una lápida grande. Cuando el centinela le anunció que estaba detenido, el pequeño cuerpo del médico pareció encogerse más. Estaba indefenso, con la mirada vacía y desvalida, ni rastro de aquel animal salvaje capaz de arrancar los miembros a mordiscos. Por primera vez desde que lo conocía lo veía vencido, y sin poder ocultar el enorme resentimiento que sentía por que lo hubiese hecho una mujer. Pero era un hombre listo y, a su manera, de honor. Así que, para sorpresa de ella, enderezó la espalda y dijo:

—Tenéis toda mi admiración, Francesca Satorra. —El labio inferior le temblaba levemente—. Habéis vencido a Bernat Oriol, y eso es algo que no muchas bocas pueden decir.

No sintió ninguna lástima por él cuando el guardián

lo agarró con malos modos para llevárselo, estaba tan absorta saboreando aquel momento que no reparó en que el alguacil se había acercado a ella y la escrutaba con aquellos ojos de felino.

—Habéis cazado una buena pieza y me aseguraré de que pague por lo que ha hecho. No sé qué os ha llevado a saber que hoy se haría una disección, pero creedme si os digo que tampoco lo quiero saber. Sois una mujer sorprendente, Francesca, sorprendente... —La iba a besar, pero la muchacha apartó levemente la cara. El alguacil sonrió—. Sois todo un misterio, y eso, no os lo negaré, me está haciendo enloquecer. Me atraéis como pocas mujeres antes lo habían hecho. Pero ahora... —añadió alzándole el mentón con un dedo—, ahora ya no os debo nada.

La confesión

—¿Creía que estarías contento y me sales con estas? —dijo Francesca—. ¿Sabes lo que es no tener a Bernat Oriol pisándome los talones nunca más?

—Es que lo que has hecho es un disparate —dijo Astruc, llevándose las manos a la cabeza.

Iban andando por la calle Regomir. Astruc había ido a buscar unos libros que había encargado hacía unos días y había pensado que a ella le haría ilusión conocer la librería de Meïr Xelomó, uno de los encuadernadores más famosos de la ciudad.

—¿Sabes qué podría haberte pasado si no llega a salirte bien? —insistió él.

—Pero ha salido bien —dijo ella contenta—; alégrate por una vez, Astruc, y no me regañes. —Dio un par de giros teatrales con los brazos en alto—. Aquel viejecito odioso hará compañía a las ratas una buena temporada...

—No quiero ni saber cómo te las has ingeniado para hacer que todos esos médicos fuesen al cementerio...

—Lo único que hacía falta era azuzar un poco su vanidad. Le pedí a Marta Fivaller, que tiene muy buena caligrafía, que me escribiese unas cartas y las lacré con el sello de la ciudad de Padua para que creyesen que procedían de la universidad.

—¿Un sello? ¿Y de dónde lo sacaste? —preguntó incrédulo.

—Se lo compré por bastante más dinero de lo que valía a un mercader genovés. Luego, un joven italiano que me debía un favor y que es muy buen actor interpretó el papel de Galeazzo di Santa Sofia.

—El famoso anatomista italiano...

—Exacto.

Astruc la miró de reojo; pese al susto y la rabieta inicial no podía evitar sentir una gran admiración por la audacia de su amiga.

—Y ¿cómo sabías que dispondrías de un cadáver para poder diseccionarlo?

—Beatriu Fivaller, la madre de Marta, tiene buenos contactos y me dijo el día que estaba prevista la ejecución de un preso. Y antes de que me preguntes por el alguacil te diré que me debía un favor, por eso acudió a la cita y procuró que nadie nos estorbase.

Caminaron un momento en silencio.

—De acuerdo, era un buen plan, pero deberías habérmelo dicho —le reprochó él—. Por lo que me has contado, los médicos podrían haberse sentido acorralados y atacarte o herirte... No quiero ni imaginármelo.

—No podía contárselo a nadie, y menos a ti. Mira cómo has reaccionado. Si te hubiese dicho que me había puesto en contacto con Llorenç Ros para que me ayudase seguro que...

—¿Llorenç Ros? —exclamó fuera de sí—. ¡Dios

mío! Te has aliado con un delincuente, un asesino que mató a una mujer..., la esposa de un vidriero, si la memoria no me falla... —Alzó los brazos en señal de exasperación.

—¿Lo ves? ¡Ya estás otra vez! Para tu información, no mató a nadie. Él mismo me lo contó y nunca se acercó a aquella vidriería, pero alguno de los que rondaban con él en aquella época le endosó el muerto. Siempre me riñes. Siempre.

Astruc respiró profundamente.

—Es que siempre te metes en líos. Siempre. —Se revolvió el pelo con las manos—. Pero tienes razón, lo siento. Debo dejar de protegerte.

—Exacto, ya me sé proteger yo sola.

—No siempre me lo parece.

—Basta... —respondió Francesca, alzando las cejas.

Y Astruc se echó a reír.

Llegaron a la librería y entraron. Era un local bastante oscuro y angosto, con un fuerte olor a cuero y pergamino viejo. Francesca contuvo el aliento; nunca había visto un lugar así. Los estantes estaban combados de aguantar el peso de códices de todas clases: misales, libros jurídicos, litúrgicos, decretales, salmos, evangelios... Encima de una mesa había todo lo necesario para escribir, como papel, pergamino, plumas, tintas y libros en blanco, y se sintió tentada de comprar algo, pero enseguida recordó su estado económico y abandonó la idea.

—*Shalom*, Astruc —saludó un anciano encogido que caminaba con un bastón.

—*Shalom*, Meïr.

—Debes de venir por el encargo de Bonjuhà, ¿verdad? Me ha costado mucho encontrar estos libros de medicina, mucho... Se los he comprado a la viuda de un notario que no quería desprenderse de ellos de ninguna manera. Decía que eran un recuerdo de su difunto marido, ya ves... Pagué por ellos un buen pico. Espera, ahora te los traigo.

El muchacho sonrió, y cuando el anciano entró en la rebotica a buscar el encargo, susurró:

—Eso lo dice porque me los quiere hacer pagar a precio de oro.

—¿Qué quiere decir con que se los ha comprado a una viuda?

—Es que, además de librero y encuadernador, también actúa como corredor de libros. Tú le encargas un libro y él te lo busca entre toda la gente que conoce. Y es muy bueno haciendo su trabajo, siempre acaba encontrando lo que le pides, por muy difícil que sea.

El hombre regresó con dos grandes manuscritos en las manos.

—Aquí los tienes. En perfecto estado, casi nuevos. Puedes estar seguro de que ese notario no llegó a leerlos nunca. El *Egidius ormis* y el *Ars ypocratis*. Serán once florines de oro.

Estuvieron discutiendo el precio hasta que se los dejó por nueve y se despidieron.

—Tienes suerte de poder comprar tus propios libros... —dijo Francesca una vez que estuvieron fuera del establecimiento—. Con todo lo que debo por el préstamo tendré que esperar una eternidad antes de poder comprar alguno.

Astruc la miró de soslayo; si hubiese dependido de él le habría regalado los dos libros allí mismo, solo por el placer de verla sonreír un poco.

—¿Sabes que he empezado a estudiar los libros de los griegos con Mossé Falcó? —dijo, cambiando de tema—. Hasta ahora el *herem* me lo prohibía.

—¿El *herem*?

—A veces se me olvida que no eres judía. La ley que dictaron los sabios de la judería, como Salomón ben Adret, supongo que no has oído hablar de él...

Francesca dijo que no.

—Ahora ya soy mayor y me los dejan leer. Hemos empezado con Aristóteles y Platón.

Escuchó con avidez las historias que le contó Astruc sobre los grandes maestros del pasado, de quienes nunca había oído hablar.

Soplaba la brisa marina y el olor a salitre que les llegaba era intenso. A Francesca se le revolvió el pelo que llevaba bajo el velo y Astruc se forzó a apartar los ojos de ella. Sin darse cuenta, se hallaban ante el portal de la casa de la joven y se sentaron en el poyete.

—Tengo que entrar —dijo ella al fin, aunque no tenía ganas de irse—. Ya es tarde y no he visto a Arnau en todo el día.

—Ya, es que tiene una madre demasiado ocupada. Anda todo el día con asesinos y gente de mal vivir... Menos mal que tu hijo es listo y no hará esas cosas.

Francesca sonrió.

—¿Cómo es que tú no te has casado ni has tenido hijos? —soltó de repente. Al instante supo que no quería saber la respuesta.

Astruc tragó saliva; siempre había temido que le hiciese esa pregunta, porque le costaba mucho mentir, y a ella todavía más.

—Yo... —comenzó—. Primero debía terminar los estudios, y ahora... Ahora iré a dar clases a la escuela de medicina judía de Játiva, así que mi boda tendrá que esperar un poco más.

De pronto la invadió una tristeza muy pesada.

—Te vas otra vez... —murmuró—. Siempre te vas, Astruc, no lo entiendo. Me vuelves a dejar sola...

—No estás sola. Tienes al niño, a Anna, a Bonanada... Yo ya no puedo enseñarte más, la verdad es que ya sabes tanta medicina como si hubieses estudiado en Montpellier.

—No es verdad, aún me puedes enseñar muchas cosas. —Se levantó con gran esfuerzo. Súbitamente sintió un cansancio inmenso.

—¡Espera! —exclamó él de pronto agarrándole la mano—. Espera. Siéntate.

Aquel tono tan exigente no era habitual en él. Bajo la apariencia de hombre culto y serio siempre era capaz de asomar la cabeza el Astruc socarrón que podía resolver el conflicto más complicado con cuatro palabras bien dichas y una sonrisa con el poder de doblar el hierro. Pero ahora tenía enfrente a un joven atenazado por alguna aflicción profunda que no era capaz de descifrar.

—Ya sabes que no soy hombre de muchos recursos, prefiero la certeza de los libros y sus palabras inequívocas. Pero siempre he procurado ser honesto contigo y hace mucho tiempo que no lo soy. —Hablaba despacio, como si intentase recordar un discurso que hubiera ensayado—. Esto no lo ha decidido mi voluntad ni es fruto de un arrebato, es un sentimiento que tengo arraigado tan adentro como puedan estarlo el corazón, el hígado o los pulmones, y no puedo arrancarlo de mí, a pesar de que lo he intentado con todas mis fuerzas, Dios es testigo. —Se frotó los ojos.

«No sigas, no quiero saberlo, calla», se repetía Francesca una y otra vez con las rodillas muy juntas y la mirada baja. Le costaba mantener todo el torrente de sentimientos que se le estaban arremolinando dentro del pecho.

—Te quiero, Francesca —confesó al fin, dejando caer la cabeza.

«No.»

Más que nada parecía vencido, como si después de una larga batalla se hubiese visto obligado a capitular y perder un ejército entero.

—Es así de sencillo. Tan cierto como que Dios creó todas las cosas y que Abraham fue el fundador de mi pueblo. —La miró de reojo—. Me voy de Barcelona, tengo que alejarme de ti, por eso me voy a Játiva, y no sé cuándo volveré.

—¡No! —se quejó ella. Y en aquel momento vio su vida como si fuese un libro, y en alguna esquina de cada página estaba siempre la presencia de aquel judío. La pérdida de Martí, las lecciones de medicina, las violaciones de Berenguer, el miedo detrás de la pared, la admiración por los sabios... Se dio cuenta de que en todo momento él había estado allí, con su presencia discreta, para recordarle que era capaz de conseguir aquello que se propusiese. La hacía sentir invencible. Su amigo. Su guía. Y, pese a tener esa convicción, sus dos mundos eran como el aceite y el agua, y ni siquiera estaba permitido imaginar que un judío y una cristiana pudiesen estar juntos, porque era un pecado.

—No puedes irte —susurró—. ¿Qué voy a hacer sin ti?

Astruc esbozó una sonrisa triste.

—Sobrevivirás, como siempre has hecho. Tú no me

necesitas tanto como yo a ti. Además, ahora ya eres toda una cirujana, eres libre e independiente, y no necesitas a nadie.

Astruc se levantó y le ofreció la mano para ayudarla a ponerse en pie. Su tacto suave y cálido le hizo evocar el recuerdo de las pequeñas cosas conocidas, de las canciones junto al fuego, de los olores que transportan a la infancia. Se percató de que no podría vivir alejada de sus ojos negros, de la devoción con la que se comía los *hanís* de Sara, de su manía de morderse los labios cuando leía un manuscrito, de la pasión con la que discutía una cirugía, de su satisfacción cuando lograba curar a alguien. Y entonces, empujada por una fuerza irrefrenable, se acercó a sus labios.

—Pero... ¡¿es que te has vuelto loca?! —La empujó con tanta fuerza que casi la hizo caer—. ¡¿Quieres que nos maten a los dos?! Si alguien nos ve... —advirtió, mirando a un lado y otro.

Francesca estaba tan avergonzada que salió corriendo. Dio vueltas por el barrio y llegó hasta los molinos que había en la zona de los huertos de Favà, cerca de Sant Pere de les Puel·les, que aprovechaban el agua de la acequia condal para moler el grano y fabricar harina. Se sentó bajo uno de los más antiguos y se quedó un buen rato ensimismada, observando cómo la noria giraba sin parar. «Me quiere. Astruc me quiere.» Aunque no lo esperaba, no estaba sorprendida. Ella también lo quería, pero no de la misma manera. «¿O sí? Solo por pensarlo iré al infierno.»

El parto de la reina

Francesca observaba a Anna y a su hijo, que estaban caminando entre las plantas del patio. Ella le enseñaba a reconocerlas y también sus propiedades: el encldo para digerir bien, el ajenjo para la gota, la manzanilla para los intestinos, la achicoria para curar la diarrea... Ver la curiosidad que Arnau sentía por todo y cómo su hermana ya era una mujercita la ayudaba a distraerse y no volver a pensar en las palabras de Astruc.

Saurina salió corriendo al huerto con una carta en la mano.

—La ha traído un cartero real a caballo —dijo la sirvienta emocionada.

La abrió allí mismo, impaciente. Se trataba de una orden real.

—¿Y? —preguntaron Saurina y Anna muertas de curiosidad.

—Debo ir inmediatamente al Palacio Real —contestó Francesca con la mano temblorosa—. La reina Violante de Bar está de parto y el rey Joan quiere que yo la asista.

Las hicieron entrar por la puerta de los huertos del Palacio Real Menor, una edificación que había hecho construir la reina Elionor de Sicilia, la tercera esposa del rey Pere y madre del actual rey, sobre un antiguo convento de los templarios. Un portero real condujo a Francesca y Guillemona a través del llamado Jardín de la Reina, un espacio verde y frondoso donde había instaladas diversas jaulas de madera con fieras salvajes —monos, guepardos, tigres, osos, avestruces y un león— que Elionor había hecho traer de África y que sufragaba la judería de la ciudad.

En la entrada de la galería cubierta las estaba esperando Carrossa de Vilaragut, una de las mujeres más influyentes de la corte del rey Joan. Era alta, delgada y vestía de forma austera pero elegante. En la cabeza llevaba un velo blanco de seda finísima sujeto por dos cuernos, fruto de la moda del momento.

—Vos debéis de ser Francesca de Barcelona. Me han llegado voces de que sois médica y comadrona, aunque no tengáis licencia para ejercer la medicina. —Era directa como una flecha. Mientras hablaba estudiaba cómo afectaban sus palabras a la muchacha—. No tengo nada claro que seáis capaces de encargaros del parto de la señora reina, el niño viene de nalgas y no será fácil.

—Señora, estoy segura de que antes de hacerme llamar no habréis dejado casa o palacio donde preguntar sobre mis aptitudes, tanto a mercaderes como a nobles, y si me habéis hecho venir puede ser por dos motivos: o estáis completamente convencida de que os puedo ayudar, o sois muy incauta, cosa que dudo mucho si habéis llegado a formar parte del círculo más íntimo de la reina.

Francesca pensó por un instante que aquella mujer le iba a dar un bofetón por su insolencia, pero en lugar de eso alzó levemente las comisuras de los labios.

—Seguidme.

Entró en el edificio. Se sabía que la reina Violante y el rey Joan eran de gustos refinados, les gustaba más la vida de lujo a imitación de la corte francesa, de donde provenía ella, que los asuntos de Estado. Les faltaban ojos para admirar las salas tan bellamente decoradas con tapices majestuosos por donde iban pasando. De fondo se oía música, probablemente unos trovadores, de cuya presencia solían rodearse siempre los reyes.

Carrossa las hizo subir por una escalera de caracol bastante estrecha. Llegaron a una antesala en la que había algunos clérigos, nobles y cirujanos. De pronto, Francesca se quedó atónita. Bernat Oriol la estaba saludando con un gesto educadísimo y una sonrisa benévola en los labios.

—Pero... —dijo—. ¿Qué estáis haciendo aquí?

Guillemona la agarró del brazo y la hizo avanzar con celeridad.

—No hagas esperar a la reina, Francesca —le susurró al oído.

—Pero debería estar en la cárcel... No entiendo cómo... —seguía balbuceando.

—¿Acaso no sabes que los prohombres no van nunca a prisión? —aseguró la sirvienta.

En ocasiones los juicios de Guillemona la sorprendían por su abrumadora simplicidad. Aceleraron el paso y entraron en una gran sala detrás de Carrossa. Francesca tuvo que darle un codazo suave a la sirvienta para que cerrase la boca ante tanto lujo. En el centro había una cama con dosel donde la reina yacía rodeada de cojines de seda carmesí. En aquel momento estaba chillando por una contracción, y varias damas le mojaban la cara con paños de agua fresca. En un tono más suave, Carrossa les advirtió:

—La reina ha echado a dos comadronas en las últimas horas porque no han sabido girarle al bebé y no está de muy buen humor. En el último parto el niño nació muerto porque venía de nalgas como este. Haced que nazca, y, por vuestro bien, que esté vivo.

Francesca se acercó a la soberana, que, a juzgar por lo empapada que tenía la camisa, llevaba horas con dolores de parto. Era una mujer pequeña pero enérgica con el pelo blondo, la cara pálida y una gran determinación en la mirada.

—¡Sácamelo! —gritó la reina con acento extranjero—. ¡Sácamelo de una vez!

De inmediato se puso en marcha. Primero se lavó las manos con el ungüento de fenogreco y luego la examinó con los dedos; tenía el cuello del útero totalmente borrado, pero, efectivamente, el niño venía de nalgas y su propio cuerpo podía aplastar el cordón umbilical y provocarle la muerte. Debía de ser eso lo que había ocurrido en su anterior parto.

—¿Quieres la silla? —preguntó Guillemona, ofreciéndole la silla de partos.

—No, antes intentaré una cosa.

Se dirigió a la reina y, con voz segura, le dijo:

—Señora, giraré a la criatura. Puede que os duela un poco, pero sé que lo podréis soportar.

Violante asintió con la mirada audaz. Entonces Francesca apretó muy fuerte los dedos en la enorme barriga de la parturienta, justo por encima del pubis, y localizó el coxis del bebé. Con un movimiento suave pero intenso, los hundió y subió. La reina chilló. Aferraba las sábanas con fuerza. A continuación, localizó el cráneo, y con la otra mano inició un movimiento de rotación hacia la izquierda. Bonanada la había enseñado a hacer la maniobra hacía muchos años, pero nunca habría imaginado que le serviría ni más ni menos que para traer un príncipe o una princesa al mundo. Poco a poco notaba cómo el culo del bebé iba subiendo y la cabeza, a su vez, bajaba. La reina no paraba de gritar, pero Francesca no aflojó. La última parte era la peor; con las yemas de los dedos apretó al máximo para forzar el último giro. Y eso fue todo. En el tiempo que se tardaba en rezar tres padrenuestros, la criatura estaba encajada para salir del vientre de su madre.

Por lo demás, fue un parto fácil y sin complicaciones.

El rey, un hombre de aspecto enfermizo con la barba bien cuidada y vestido con elegancia, entró en la sala y se hizo el silencio. Todo el mundo hizo una reverencia, incluidas Francesca y Guillemona, que se miraban emocionadas. Besó a su esposa en la frente y también a su nueva hija, Antònia, una niña en apariencia sana que enseguida se enganchó al pecho de su nodriza. Francesca estaba acabando de recogerlo todo cuando Carrossa se aproximó a ella y puso en su mano una bolsita con cien sueldos. Con aquella cantidad podría saldar la deuda que tenía con Saltell Cabrit en mucho menos tiempo del que había calculado, pensó satisfecha.

—La reina está muy agradecida por cómo ha ido el parto. Su majestad quiere hablar con vos.

Sin darle tiempo a reaccionar, el rey Joan se acercó

a Francesca, que se había quedado petrificada. El carraspeo de Carrossa la hizo volver a la realidad, y se inclinó en señal de respeto.

—Francesca de Barcelona —dijo el monarca con voz aflautada—, os agradezco que hayáis hecho nacer a mi hija.

La muchacha sonrió, no sabía exactamente cómo debía dirigirse al monarca.

—Señor...

—Seguro que Francesca está muy agradecida de haber podido asistir a la señora reina —la ayudó Carrossa—, ¿no es así?

—Sí, sí, muy agradecida.

Guillemona observaba la escena con una sonrisa bobalicona.

—¿Hay algo que pueda hacer por vos?

—Este dinero es más que suficiente, majestad.

Carrossa puso los ojos en blanco.

—¿Podríamos suponer que dado que no tenéis licencia para ejercer como médica, quizá os complacería que el señor rey os la concediese?

El corazón de Francesca se puso a latir con fuerza. No le salían las palabras.

—Que así sea —dijo el monarca.

—Gracias, señor —dijo abrumada—, os estoy muy agradecida... y también a la reina.

—Hay una cosa...

Carrossa y Francesca se volvieron sorprendidas hacia Guillemona.

—Sí, hablad —dijo el rey, divertido, invitándola a proseguir—. ¿Vos también queréis una licencia? —dijo con una sonrisa irónica.

—No, no, Dios me libre. Pero Francesca... Ella siempre ha querido...

—Pero ¿qué haces, Guillemona? ¡Haz el favor de callarte! —la reprendió. Y, dirigiéndose al rey—: No le hagáis caso, señor...

—No, no, que hable —insistió—. ¿Qué es eso que Francesca siempre ha querido?

Guillemona se armó de valor y dijo:

—Ir a clase al Estudio General. Siempre dice que un buen cirujano debe saber anatomía.

El rey apretó los labios un instante. Francesca notaba el sudor resbalándole por la espalda...

—No le falta razón, y si solo es eso... —Al fin anunció—: Les enviaré una ordinación especial para que se pueda hacer una disección a la que vos podáis asistir.

Al cabo de unos días recibía dos cartas reales: un permiso para asistir a una clase de anatomía en el Estudio General de Lleida y una licencia del rey Joan que decía así:

> Informado por testigos fidedignos de que vos, Francesca, viuda de Berenguer Satorra, marinero de Barcelona, hace mucho tiempo que ejercéis el oficio de obstetricia y que habéis pasado vuestra vida administrando diversos medicamentos a mujeres preñadas, parturientas y otras, y a bebés y niños y también a otras personas que han recurrido a vos en sus dolores y enfermedades y les habéis dado remedios muy útiles y discretos a cada uno, por la presente carta os concedemos, a vos, Francesca, licencia para que de manera lícita e impune, aunque no hayáis sido examinada sobre el arte de la medicina y la cirugía, podáis sanar a cualquier embarazada, parturien-

ta y otras, niños y cualquier persona que acuda a vos en busca de remedio y salud para sus dolores y enfermedades y que administréis los medicamentos según vuestra costumbre.

Viaje a Lleida

De vez en cuando echaba mano al zurrón y tocaba el permiso real para asistir a la disección, porque tenía miedo de que todo aquello no fuese más que un sueño. Cada vez que pensaba en la cara que habría puesto Bernat Oriol ante la noticia de su licencia se le dibujaba una sonrisa burlona. Era su pequeña venganza, ya que su plan para encarcelarlo no había tenido éxito. No podía ser más feliz. Aquella mañana, muy temprano, se había despedido de Arnau y le había prometido que no estaría lejos mucho tiempo, unas semanas como mucho. Nunca había pasado tantos días separada de él, y le costó decirle adiós sin verter ninguna lágrima.

Reginó le había pedido acompañarla para ir a ver a su familia de Lleida, los Gallipapa, una estirpe de médicos y comadronas como ella, porque ya se sentía mayor para viajar sola. Había llegado el momento de hacer algo por aquella judía risueña que tantas veces la había ayudado, y no dudó en decirle que sí.

Solo había un inconveniente en aquel proyecto improvisado, y era que Bonjuhà había insistido en que

Astruc las acompañase porque, pese a estar protegidos por el rey, a menudo los bandoleros aparecían en los caminos y no era conveniente que dos mujeres solas viajasen sin protección. Después del empujón para evitar el beso, la relación entre ambos era más tensa que nunca, y la perspectiva de compartir tantos días de ruta la angustiaba, pero se animaba pensando en que pronto se iría a Játiva y aquel suplicio terminaría.

Los numerosos caminos que se entretejían alrededor de Barcelona se habían ido difuminando y ahora solo quedaba uno, por el que caminaban con la mula que habían alquilado, que cargaba con Reginó. Por suerte, la judía era habladora por naturaleza y llenaba todos los silencios, que eran muchos.

Cruzaron el puente antiguo de Martorell, que salvaba el Llobregat, después de haber pagado el impuesto correspondiente al guarda real, y allí se unieron a un grupo de viajeros entre los cuales había un mercader, un mensajero que se dirigía a Tàrrega y dos clérigos. Continuaron la ruta por la divisoria que separaba la cuenca del Llobregat de la del Anoia hasta llegar a la Pobla de Masquefa, con su encumbrado castillo.

Astruc era un libro abierto, nunca había sido muy habilidoso fingiendo; se mostraba taciturno y estaba más pendiente del paisaje, que se quedaba mirando absorto, o de leer su *sidur* que de conversar con Francesca. Era evidente que para él aquel viaje era peor que un dolor de muelas.

Pasaron por delante del castillo de Piera y entraron en la que, según les contó el mercader, que la conocía, sería la parte más complicada del trayecto. Se trataba de una zona agreste, de vegetación densa y tierra blanda en la que el riesgo de desprendimientos obligó a

Reginó a desmontar de la mula y continuar a pie. Ello ralentizó la marcha del grupo. Los clérigos se mostraban distantes y fríos con los dos judíos y aprovechaban cualquier circunstancia para hacer patente su rechazo, como cuando Reginó estuvo a punto de resbalar a su lado y ni siquiera hicieron ademán de ayudarla. En una de las divisorias se podían ver restos del equipaje de algún viajero que se había despeñado. Estuvieron caminando hasta tarde para aprovechar las horas de sol, y ya era noche cerrada cuando entraban en el pueblo de Capellades. Allí pernoctarían en la llamada Font de la Reina, donde se encontraba uno de los hostales más conocidos del camino real. Una vez en la habitación, Francesca y Reginó se dieron unas buenas friegas en los pies con aceite de milenrama y se quedaron dormidas al instante. Aquella noche Astruc dormiría solo en el establo junto a la mula.

Con los primeros rayos de luz retomaron el camino; atravesaron el río Anoia a pie por el llamado Vado Azul, que tenía ese nombre por el color que adquirían las losas dentro del agua, y en poco tiempo estuvieron en Igualada. Allí los dejó el mercader y se añadió al grupo una prostituta de unos treinta años, deslenguada y de andares sinuosos que se llamaba Elisenda, y también dos estudiantes que se dirigían al Estudio General de Lleida. Los dos clérigos caminaban muy alejados de la meretriz, y cada vez que ella los miraba se santiguaban como si fuese el mismísimo demonio. En cambio, los estudiantes no se despegaban de ella y le decían toda clase de obscenidades, así que, en una de las paradas, ella se los llevó al bosque y, cuando volvieron, los dos muchachos traían cara de satisfacción y ella, unas cuantas monedas más en el bolsillo.

Prosiguieron hacia el collado de la Panadella, que era un poco cuesta arriba, hasta llegar al hostal en el que pasarían la noche. Después de comer unas sopas de calabaza y queso, Reginó se fue a dormir, y tanto Francesca como Elisenda salieron a sentarse en el poyete a tomar el fresco. El cielo estaba estrellado y no hacía nada de frío para estar en abril.

—¿Me vas a contar qué pasa entre tú y ese muchacho judío tan enfadado? —preguntó la prostituta.

«¿Tan evidente es?»

—Está claro que está loco por ti... —añadió—. ¡Pone unos ojitos cada vez que te mira...! —Elisenda se echó a reír mientras mordisqueaba un mendrugo.

—Es judío —dijo Francesca cortante.

—Eso ya lo he visto, guapa. Lleva un círculo amarillo y rojo más grande que el culo de la dueña de mi antiguo burdel —respondió la prostituta, alzándole la barbilla con el dedo—. ¡A fe de Dios que los enamoras de diez en diez, sean cristianos, sarracenos o judíos! —Suspiró y volvió a dar un mordisco—. No sé por qué pones esa cara de alma en pena, princesa. ¡La fortuna te sonríe! Eres guapa como el sol, llevas hermosos vestidos... ¡Yo solo tengo dos tetas que me ayudan a ganarme el pan de cada día y no voy por el mundo con esa cara de retortijón de tripas!

—A veces las cosas no son tan sencillas como parecen —respondió un poco molesta Francesca—. Yo tampoco lo he tenido fácil —prosiguió.

Elisenda se levantó y comenzó a pasearse de un lado para otro.

—Me recuerdas a mosén Garrigó. Cada vez que lo tenía cabalgando encima de mí con su pequeño pajarito, lloraba y lloraba como una magdalena, hasta que se abandonaba y huía implorando al arcángel Gabriel a pesar de ser el hombre más feliz de la tierra.

A Francesca se le escapó la risa y se quedó mirando las estrellas.

—Tuve un hijo con un hombre casado —soltó de repente—. Y mi padre mató a mi marido porque me maltrataba.

Se cubrió la boca con la mano, pero fue demasiado tarde.

—¡Cagüendiós, en la cruz y en el carpintero que la hizo! —exclamó Elisenda persignándose—. Rayos y centellas, criatura, ya has gastado toda la mala fortuna que te tocaba en vida.

Elisenda volvió a sentarse a su lado y permaneció un rato en silencio con la vista clavada en el firmamento.

—¿Y aún quieres al casado?

—Supongo que siempre lo querré.

—Por eso ese judío tuyo anda tan desesperado, el pobre —dijo mientras le daba otro bocado al pan—. Pero te digo una cosa. —La prostituta se volvió hacia Francesca con una sonrisa en la boca—. Nunca sabrás con quién de los dos quedarte si no los pruebas antes. La cola de uno ya la has visto, pero el badajo del judío... —hizo como si agarrase una verga y la moviese arriba y abajo—, ese deberías probarlo y luego decidir. ¡Las estacas recortadas son mejores que las otras, créeme!

Ambas se echaron a reír, sin percatarse de que, muy cerca, detrás de la puerta abierta de las caballerizas, Astruc intentaba dormir.

El tercer día de viaje, Reginó comenzaba a mostrar signos de cansancio y debían parar más a menudo, pese a que el camino hacia Cervera a través del valle de Ondara era más tranquilo y sinuoso. Al llegar al pueblo, el grupo se disolvió y Elisenda se acercó a Francesca con una sonrisa.

—Puede que engañes a todo el mundo, incluso a ti misma, pero por los cuernos del demonio que de esto entiendo, y tienes a ese judío bien metido aquí dentro, señora —dijo mientras le ponía la punta del dedo en mitad del pecho—, por muy marrano que sea.

Y desapareció entre la gente en dirección al burdel. Francesca apretó los puños y se obligó a olvidarse de aquellas palabras, que la habían sacudido más de lo que podía admitir.

El camino hacia Tàrrega estaba cada vez más concurrido, con campos de espigas verdes de trigo y cebada que el sol aún no había tostado a uno y otro lado. A última hora de la tarde llegaron a su destino. En la plaza del Mercadal, el lugar de confluencia entre el camino real de Barcelona y la vía que unía Tarragona con las montañas, los vendedores estaban aún recogiendo la mercancía que no habían podido vender, pues había sido día de mercado. Solo encontraron una cama en una estancia a compartir con cuatro viajeros más y acordaron que debía ser para Reginó. Aquella noche, Francesca y Astruc dormirían juntos en las caballerizas.

Mientras el muchacho terminaba de rezar, ella se acomodó en el único rincón que quedaba libre entre los muchos animales. El judío alargó las oraciones más de lo normal con la esperanza de que ella se durmiese, pero no tuvo suerte. Se tumbó a su lado en la penumbra, procurando no tocarla a pesar de la proximidad, y se quedó mirando el techo de madera con un brazo bajo la cabeza.

—A mí tampoco me apetecía dormir aquí, pero no había otro remedio —dijo ella, malhumorada.

—Buenas noches, Francesca.

La muchacha se volvió con la intención de dormir, pero después de un tiempo intentándolo se dio la vuelta de nuevo. Él continuaba con los ojos clavados en el techo y se mordía el labio con insistencia.

—Al menos podrías hacer el esfuerzo de disimular. Ya sé que me odias, pero actuar así es muy incómodo para todos.

—Yo no te odio —soltó con sarcasmo—, si alguien se odia aquí, eres tú misma.

La muchacha incorporó medio cuerpo.

—¿Cómo dices?

—Escuché tu conversación con la prostituta... Todavía lo amas. —Se rio con desgana—. A pesar de todo, todavía lo amas.

—¡Qué bonito! Espiando a los demás. Tan educado y culto, pero no dejas de ser una pescadera cuchicheando en el mercado.

Astruc notaba arder sus mejillas.

—La culpa es vuestra por poneros a charlar en cualquier parte. Y al final, qué más da que yo lo oyera o no, lo importante es que sigues enamorada de un hombre que casi te arrastra a la muerte.

Esta vez Astruc no apartó los ojos de ella. Parecía tranquilo, tumbado, con el brazo aún bajo la cabeza, pero el subibaja nervioso del pecho lo delataba.

—¿Es eso lo que de verdad te preocupa? ¿Que me haya traicionado... o que por su culpa no puedas tenerme?

Se mordió la lengua en cuanto lo dijo. Él se incorporó como si una fuerza invisible lo hubiese impulsado y Francesca se protegió con el brazo por miedo a que le pegase.

—¿Piensas que te haría daño? ¿Tan poco me conoces? Yo jamás te pegaría —dijo desconcertado.

—Perdona... —respondió, acariciándole la mejilla—. Perdona, Astruc. Sé que tú no eres así. Es que Berenguer siempre...

El muchacho, lejos de apartarse, cerró los ojos para sentir su mano tocándole la piel. La olisqueó. Fuerte. Francesca observaba su perfil recortado por la luz de la luna que entraba a través de las ventanas de las caballerizas, sus largas pestañas, que se abrían y se cerraban en la penumbra, y sus labios, entreabiertos como si deseasen besarle la mano y no se atreviesen.

—Intentaré estar de mejor humor —susurró al fin—. Para hacer este viaje me he tenido que tragar el orgullo, y no me está resultando nada fácil.

—¿El orgullo? ¿Acompañarme a mí y a Reginó es tragarse el orgullo?

—No, Francesca. Haberte dicho que te quiero y luego fingir que no ha pasado nada. Eso es tragarse el orgullo.

El corazón de la muchacha comenzó a latir más rápido. Retiró la mano de su cara y se tumbó mirándolo. Astruc hizo lo mismo. Ahora estaban a un palmo el uno del otro.

—¿Quién me regañará cuando estés en Játiva?

Se acercó un poco más. El cuerpo de él desprendía el calor del fuego. Astruc, con mucha delicadeza, le apartó el pelo rubio de la cara. Ella hizo lo mismo con sus rizos negros. Sonrieron, embelesados, embriagados por el olor de sus alientos.

—¿Qué estamos haciendo? Me cuesta pensar cuando te tengo tan cerca —murmuró Astruc con la voz profunda, atenazada por el deseo.

—No pienses tanto —respondió ella—. Siempre piensas demasiado...

Ahora sus narices se tocaban y las respiraciones de uno y de otro se mezclaban. Francesca sentía una excitación tan fuerte que pensó que iba a arder allí mismo y quemar el establo. Astruc levantó el dedo y recorrió el borde de su mandíbula. Lo fue bajando, dejando un rastro de piel de gallina a su paso. Llegó al escote, se detuvo un momento. Esperaba alguna reacción. Al fin, el dedo prosiguió su camino por encima de la ropa hasta el pecho y se paró justo encima del pezón, que se endureció. Se entretuvo acariciándolo un buen rato, recreándose en aquel tacto tan excitante.

Francesca acercó sus labios al cuello de Astruc. Él dejó escapar un gemido. Nunca había sentido aquellas ganas de yacer con una mujer, de tocarla. Hizo un esfuerzo sobrehumano para recordar todas las enseñanzas de la Torá, del Talmud, de todos los sabios rabinos que habían dictado las leyes que regían su vida y la de su pueblo, pero no parecía que ninguna de aquellas lecciones fuese lo bastante fuerte para apartarlo de aquella muchacha que le hacía perder la cordura. Le buscó la boca, y cuando ya estaba a un suspiro de besarla notó que un objeto frío le rozaba la mano.

—¿Una caracola...? —Sonrió divertido.

Y entonces escuchó la única palabra que podía romper el encantamiento.

—Me la regaló Martí —susurró a un suspiro de su boca.

Astruc retiró la mano del pecho de Francesca. Se

frotó la cara con vigor, como si quisiese borrar el olor de ella de su rostro.

—¿Qué? ¿Qué pasa? —balbuceó Francesca, que aún no había recobrado el aliento—. ¿Es por la caracola? Me la dio hace mucho tiempo, y no significa...

—¡Qué estúpido soy! —Se levantó, enfadado, y agarró una manta de encima de la mula—. Esto no volverá a pasar. —Echó un último vistazo a la muchacha, que estaba medio incorporada—. Nunca más.

Salió del establo para irse a dormir al raso. Y Francesca no pudo pegar ojo en toda la noche.

El último día de viaje se hizo eterno. Astruc estaba más encerrado en sí mismo que nunca, y Francesca soportaba tal enfado, frustración y resentimiento que sabía que si abría la boca saldrían de ella las palabras más hirientes que pudiese utilizar. No hacía frío, pero notaba algo gélido por dentro que la hacía estremecer a cada instante. Y cuando creyó que ya no podría soportarlo más y estaba a punto de soltarle una letanía de reproches, Reginó gritó:

—¡Mirad, ya hemos llegado!

Al final del camino se vislumbraba la seo de Lleida. Habían alcanzado su destino.

La peste

Los recibieron las dos hermanas de Reginó, que eran iguales que ella, Perla y Bellaire, y su cuñado, Yusef Gallipapa. Además de médicos y médicas, la familia Gallipapa era fabricante de pergaminos, y gracias a eso, uno de los grandes suministradores de libros médicos del Estudio General. Después de comer algo en la cocina, Francesca dejó a las hermanas charlando de sus cosas y se fue a curiosear por la casa, que estaba en el corazón del barrio de la Cuirassa, la judería de la ciudad. En una sala de los bajos había un muchacho de unos veinte años, Enoc, hijo de Bellaire, remojando pieles de oveja, cabra y ternero dentro de unos depósitos con agua para quitarles la sangre y la suciedad. A su lado, su hermano Abraham mezclaba la piel con agua y cal para terminar de arrancar el pelo y la lana. Le pareció que el joven no se encontraba bien, estaba pálido y tenía fiebre, pero insistió en mostrarle cómo hacían los pergaminos. La condujo hasta un habitáculo más pequeño donde se ponían las pieles en una madera curvada y, con ayuda de un cuchillo curvo y poco afilado, se depilaban y se raspaban los últimos restos de carne. Finalmente, la piel se montaba en un bastidor, se tensaba por todos los lados y se debía ir humedeciendo con agua caliente. La subió al terrado, donde los pergaminos se secaban al sol, y desde donde Francesca pudo contemplar toda la ciudad. Abraham le señaló un edificio en medio de las casas que sobresalía entre los demás, que era el que la había llevado a embarcarse en aquella aventura: el del Estudio General.

A primera hora de la mañana, Yusef Gallipapa la acompañó a la clase de anatomía que el propio rey Joan había autorizado. Frente al edificio del Estudio General, el judío le explicó que, gracias a la situación estratégica de Lleida, en el mismo centro de los territorios de la Corona y en un enclave privilegiado entre las dos grandes vías de comunicación, el Segre y el Ebro, la ciudad había sido elegida por el rey Jaume II para emplazar los Altos Estudios en 1302. Se estudiaría allí Derecho Civil y Canónico, Medicina y Filosofía Natural. Se trataba de una construcción robusta, de grandes sillares y con paredes a cuatro vientos muy cerca del portal de la Suda. Yusef, como traductor de obras científicas del hebreo y el árabe al latín, había nutrido la biblioteca de la universidad y era admirado y reconocido entre los que la regentaban, así que seguro que le podría facilitar la entrada. Salió a recibirlos uno de los maestros del centro, Sanç de Ridaura, que leyó el permiso real un par de veces porque nunca había recibido una petición como aquella; las mujeres no tenían cabida en el Estudio General.

—La clase es en latín, vos no entenderíais nada —se excusó.

Y cuando ya se daba la vuelta...

—*Latine loqui possum, magister**—respondió Francesca, conteniendo la respiración.

El hombre volvió a leer la carta por tercera vez y, por fin, cedió. Se despidieron de Yusef y, con cierto recelo, indicó a Francesca que lo siguiese por un pasillo. Al final había una sala grande llena de estudiantes con sus *peciae*, unos pequeños cuadernos que eran copias autorizadas de los libros, pero a un precio más económico. En el centro había una mesa rodeada de velas con el cadáver de una joven que, según le dijo el maestro, había sido condenada por alcahueta. Al conceder el rey el permiso para hacerle una disección, las autoridades la habían ahogado en el río Segre, porque la zona del cuello habría quedado inutilizada por la horca. Francesca notaba todas las miradas clavadas en ella. El maestro la hizo sentarse en un rincón y le advirtió que si se levantaba o hablaba la expulsaría inmediatamente, pero estaba tan emocionada que le importó bien poco su tono áspero.

Las funciones estaban jerarquizadas: Sanç de Ridaura era el *demonstrator*, o sea, quien leía la lección, mientras el *prosector*, en este caso un barbero que no parecía muy acostumbrado a ver cadáveres, era el encargado de cortar el cuerpo con un cuchillo y de ir extrayendo los órganos para mostrarlos a los estudiantes. El cadáver se había secado al sol, limpiado y afeitado completamente, y un paño le cubría las partes pudendas. Encima de una mesa estaban dispuestos todos los instrumentos que se usarían: navajas, sierras, ganchos, agujas, cubos, esponjas, martillos...

* «Puedo hablar en latín, maestro».

—Hasta ahora hemos diseccionado animales, pero hoy tenemos el permiso del señor rey y de los consejeros de la ciudad para poder anatomizar un humano, hecho que ayudará sumamente al aprendizaje de estos alumnos —explicó el médico en latín.

Mientras hablaba sostenía el gran volumen del anatomista italiano Mondino de Luzzi *Anathomia corporis humani*, del que Francesca solo había oído hablar. De Luzzi era físico y profesor de cirugía de la Universidad de Bolonia, y decían que su asistente era una mujer que había tenido que disfrazarse de hombre para poder ejercer a su lado. Sanç de Ridaura ordenó al *prosector* que hiciese una incisión vertical del estómago a los músculos pectorales y un corte horizontal sobre el ombligo. Él mismo se aproximó al cadáver para quemar la piel exterior de la muchacha con una vela y demostrar así que, a diferencia de la piel interior, se formaban ampollas. Al pobre barbero se le resbalaron los intestinos, que fueron a parar al suelo y extendieron un olor fétido por toda la sala. El *demonstrator* continuaba explicando como si nada las funciones de los órganos inferiores: el hígado, el estómago, los riñones... Como allí sentada no lo veía bien, Francesca decidió tentar a la suerte y colarse entre los jóvenes para poder observar más de cerca. El barbero extrajo el corazón, en el cual Sanç de Ridaura identificó tres cavidades: el ventrículo derecho, el izquierdo y el central, y una vena que recogía la sangre del hígado y la llevaba a los órganos superiores del cuerpo. El barbero, con una cara de asco que no pudo disimular, sopló muy fuerte la vena por orden de Ridaura y el hígado se hinchó, así quedaba demostrado que estaban conectados. Con movimientos ágiles, el *prosector* arrancó el cuero cabelludo del cadáver y el *demonstrator* les explicó qué era el pericráneo, la membrana fibrosa que cubría los huesos de la cabeza. Francesca se había olvidado completamente de que debía ser discreta y se situó en primera fila.

A continuación, el barbero serró el cráneo con cierta dificultad y lo retiró para que pudiesen analizar las meninges, la membrana que había debajo del hueso. Luego, introduciendo un cálamo en el cerebro, sopló para inflarlo y así conocer su volumen real. El hombre estaba amarillo por el mareo, pero Sanç de Ridaura ni se fijó y prosiguió con sus explicaciones como si nada.

—La vesícula anterior es el lugar de encuentro de los sentidos; la mediana, de la imaginación, y la posterior, de la memoria...

Entonces ordenó al barbero que hinchase los pulmones con un fuelle para conocer su funcionamiento, y aquí sí que el pobre hombre ya no pudo más: cayó redondo y la clase se dio por finalizada. Pese al desengaño final, Francesca volvió a casa de los Gallipapa tan contenta que se habría puesto a gritar y a cantar si no la hubiera estado esperando Astruc. Él también había aprovechado el día para ir a visitar la escuela de medicina judía de la Cuirassa, de modo que tenía la leve esperanza de que estuviese de mejor humor que el día anterior.

Pero al llegar se encontró una sorpresa: el muchacho la estaba esperando en el portal con el semblante más funesto que nunca.

—No entres, Francesca. Abraham, el hijo de Bellaire... Tiene bubones negros en las axilas.

Francesca lo apartó y entró sin pensarlo.

Las campanas tocaban a muertos y las calles se habían llenado de procesiones improvisadas para pedir perdón por los pecados que habían hecho retornar la pestilencia a Lleida. En pocas horas ya había muertos en todos los barrios y los enterradores no daban abasto. En las calles se oían gritos de gente implorando ayuda, otras personas habían huido con las cuatro cosas que podían acarrear, pero la mayoría se había encerrado en casa a cal y canto. El olor a incienso quemado se filtraba por todos los rincones, así como el de vinagre, con el que muchos limpiaban el suelo y las paredes. Era como si un brazo gigante de color negro estuviese aplastando la ciudad sin piedad y sus habitantes tratasen de escapar como pequeñas hormigas.

Francesca y Astruc se taparon la nariz y la boca con trapos para evitar el contagio y se apresuraron a intentar salvar a Abraham, a pesar del riesgo que corrían. Le ablandaban los bubones con paños empapados en agua de rosas, sándalo y vinagre blanco y luego los abrían uno por uno para extraer todo el pus, que recogían en un tarrito y tiraban. No hablaban, no hacía falta. Ejerciendo de médicos era como mejor se entendían, con los gestos y las miradas sabían perfectamente qué necesitaba uno u otro. Reginó los observaba desde la puerta y pensaba que nunca había visto tanta compenetración entre dos sanadores, era un espectáculo ante el que cualquier médico o médica se habría maravillado. El segundo día, Yusef y Bellaire también enfermaron, y la fiebre les subió tan deprisa que temblaban como si estuviesen poseídos. Intentaban hacerles bajar la temperatura con agua fresca del pozo.

El tercer día a Abraham se le cubrió el cuerpo entero de manchas negras. Las tenía en los brazos, en las piernas, en el cuello, en el tórax... La mancha se iba extendiendo de manera lenta pero implacable, y, ante sus miradas impotentes, el joven exhaló un último aliento y murió. Como sabían que nadie acudiría a buscarlo, Astruc y Enoc tuvieron que enterrarlo en el propio patio de la casa con una breve ceremonia. Reginó y Perla no tuvieron ni tiempo de llorar la muerte de su sobrino: preparaban caldos y *hanís* para que en la casa al menos no faltase nunca comida caliente. Lo que sucedió con Enoc los dejó totalmente desconcertados: sin uno solo de los síntomas de la peste, aquella misma tarde le subió mucho la fiebre, comenzó a escupir esputos sanguinolentos y en cuestión de horas también murió.* Francesca no se permitía pensar en si aquella fuerza mortífera habría llegado a Barcelona. Actuaba por inercia, de forma fría, pero eficiente. Atendía a Bellaire y a Yusef sin descanso en un estado próximo al de los sueños, porque le parecía que todo aquel horror no podía ser real. Los dos judíos sufrían diarreas y una sed que ni el agua lograba saciar, y en las últimas horas habían comenzado a salirles los temidos bubones en las axilas. Al día siguiente por la mañana, Astruc también empezó a encontrarse mal.

Primero fueron mareos y vómitos, que Francesca recogía en una palangana mientras le aguantaba la frente para ayudarlo, y luego escalofríos y fiebre. La muchacha no paraba. El miedo era una fuerza muy poderosa que no necesitaba ni comer ni dormir.

—Vete de Lleida, Francesca. —Astruc le agarró la muñeca con fuerza y levantó la cabeza de la almohada.

* De peste pulmonar, variante de la peste bubónica menos común, pero que puede ser más virulenta.

La mirada afable de siempre había desaparecido. Era severa y no suplicaba, exigía—. Prométeme que te irás. Huye de aquí.

—No pienso moverme de tu lado —dijo ella con los ojos húmedos—. No vuelvas a pedirme algo así, ¿me oyes?

—Hazlo por tu hijo, por Arnau... No se puede quedar sin madre.

La joven tragó saliva. Arnau, su niño. «Sabe cómo desequilibrarme, de eso no hay duda.» Aun así, se mantuvo en su decisión. No pensaba abandonarlo. Se secó una lágrima, pero no se permitió perder el tiempo en lloriqueos. Tenía una tarea por delante, quizá la más difícil que había tenido hasta entonces: salvarle la vida. Y a fe de Dios que pondría todos sus conocimientos y hasta la última gota de energía de su cuerpo para conseguirlo.

Le quitó la ropa y la quemó en la chimenea. Le lavó el cuerpo desnudo con agua y jabón y luego se lo restregó entero con incienso. Los paños que le ponía en la cara se calentaban tan deprisa que agarró el barreño más grande que encontró, lo llenó de agua fresca, lo arrastró como pudo hasta dejarlo junto a la cama y le hizo meter dentro la cabeza para hacer que le bajase la fiebre. Astruc deliraba por momentos, decía palabras inconexas y gritaba su nombre. Entonces tomaba sus manos y le susurraba al oído que estaba allí y que no se separaría de él. Le hacía beber mucha agua, comer trocitos de cebolla que le introducía en la boca uno por uno y también higos, siguiendo las instrucciones de Guigonis de Caulhiaco que le habían servido para salvarse. Reginó le insistió para que descansara un poco, que moriría antes ella de agotamiento que Astruc por la landre, pero la muchacha se mostró inflexible. Cuando el chico comenzó a ahogarse, Francesca se desesperó. Ya no sabía qué más intentar. Fue a la cocina y tiró al suelo de un manotazo todas las ollas y los utensilios que había encima de la mesa, dando un grito desgarrador que retumbó por toda la casa. Se arrodilló y rezó con la crucecita de madera pegada al pecho como nunca lo había hecho, con el corazón tan encogido que le dolía. Aquella noche cayó de agotamiento a los pies de la cama de Astruc. Estaba tan profundamente dormida que ni se percató de que Perla y Reginó la llevaban al banco de la cocina para que descansase mejor.

La despertaron de un susto las campanas tocando a muertos. Primero no sabía muy bien dónde estaba. En un caldero hervían unos restos de caldo. Entonces recordó. Se levantó y notó que todo le daba vueltas, ni sabía cuándo había comido por última vez.

—Astruc... —murmuró.

Fue corriendo a su habitación, pero la cama estaba vacía. La desesperación se apoderó de ella y comenzó a abrir puertas con la fuerza de un vendaval hasta que lo encontró en la cama de la habitación de Bellaire y Yusef. Reginó estaba a su lado.

—¿Astruc? —preguntó con un hilo de voz.

—Está mejor. Le ha bajado la fiebre.

El muchacho abrió los ojos, rodeados por dos manchas oscuras, y dibujó una sonrisa cansada. Francesca corrió a besarle la mano.

—¿Y Bellaire y Yusef? —preguntó finalmente, sin despegar el rostro bañado en lágrimas de la mano del judío.

—Han muerto.

Tisis

Olisqueaba el pelo de Arnau, aquel olor dulce que tanto le gustaba. Había dormido abrazada a su hijo toda la noche para hallar algo de consuelo. La muerte y la devastación que había visto en Lleida no se podían comparar con nada de lo que había vivido hasta entonces. Ninguna de las enfermedades contra las que había luchado habían ganado con tanta facilidad la partida a pesar de todos sus esfuerzos por plantarle cara. Era una batalla desigual y cruel en la que los vencidos no tenían tiempo de despedirse de la vida y se iban de este mundo gritando de dolor y con el cuerpo deformado. No podía quitarse de la cabeza la última imagen de la ciudad: las calles humeantes de incienso, gemidos, llanto, aullidos de desesperación, cadáveres con manchas negras pudriéndose amontonados junto a las murallas a la espera de ser enterrados, criaturas vagando sin rumbo... Ese día lo dedicó a jugar con su hijo, a preparar pociones y ungüentos, y le dio una lección de lectura más larga de lo habitual por el simple placer de estar con él mientras las aprendizas y Anna se ocupaban de los enfermos.

Francesca visitaba a Astruc cada día en la judería porque después de la peste se había quedado muy débil, tanto que hubo de posponer su marcha a Játiva. Aunque Bonjuhà y Sara le proporcionaban todas las atenciones, quería estar segura de que su recuperación progresaba y no podía evitar estar pendiente de él, comprobándole constantemente el pulso y la fiebre, observando la orina y palpándole las axilas y las ingles para descartar un rebrote. El recuerdo de lo que había ocurrido en el establo había quedado borrado por todo lo sucedido después, y estaba satisfecha de que así fuese.

—¿Cómo está hoy el enfermo? —preguntó, contenta de verlo con mejor cara e incorporado en la cama.

Lo notó más cohibido de lo que era habitual en él.

—Mucho mejor, gracias —respondió.

—He pensado que mañana ya podrás levantarte y que tal vez podríamos ir a dar un paseo —lo animó ella.

—No, mañana no es necesario que vengas... —titubeó—. Ya me ayudan mis padres.

Francesca dejó el estuche de cuero encima de un arquibanco de la estancia y se quitó el manto.

—Pero si yo lo hago encantada, ellos ya tienen bastante trabajo... —argumentó.

—Tú tienes muchos enfermos en el obrador... Y tu hijo... De verdad que no hace falta que vengas.

Le ocultaba algo, lo conocía demasiado bien.

—Vendré tantas veces como considere; después de todo, has estado muy enfermo y...

—Me caso —dejó caer—. Mi familia ya ha negociado el *erusín*. —Y al ver la cara interrogante de Francesca—: El compromiso matrimonial.

—Ah —dijo ella, inexpresiva—. Qué guardado te

lo tenías. —Después de pensarlo un momento, añadió—: Pensaba que ya no te casarías...

Astruc la miró con expresión de frustración.

—Pues sí, mira, mis padres han decidido que ahora es un buen momento —replicó.

—Pero no entiendo por qué no puedo venir. Hemos estado mucho tiempo juntos y nunca...

—En el caso de los judíos es diferente; nuestra comunidad no permitiría que un hombre casado... En fin, que más vale que no —afirmó—. El domingo haremos una fiesta y le entregaré el contrato matrimonial a mi futura esposa; la *ketubá*, lo llamamos.

—*Ketubá* —repitió ella.

—Es donde digo que me comprometo a alimentarla, y si alguna vez la repudio y tomo una segunda esposa, me comprometo a devolverle la dote y a mantenerla.

—¿Y puedes repudiarla y tener una segunda esposa? —preguntó Francesca mofándose—. No quisiera estar en el lugar de esa pobre muchacha...

—Que pueda hacerlo no significa que tenga que hacerlo. Pero nuestras leyes nos obligan a proteger a la esposa en caso de ser repudiada, aunque ocurra en contadas ocasiones —dijo, tratando de mantener la calma y no responder a sus provocaciones.

—Y ¿quién es ella?

—Se llama Goig y es la hija de un mercader de coral. Nos casaremos dentro de dos semanas.

—¿Dos semanas? Cuántas prisas... —exclamó con una sonrisa incrédula—. Si venden coral deben de ser ricos. Supongo que la dote será generosa —dijo con suspicacia—. ¿Es guapa, al menos?

La noticia de aquel casorio la empujaba más y más hacia un pozo oscuro y lleno de bilis.

—Lo que importa es que es una buena muchacha y muy devota —dijo él, perdiendo la paciencia.

—Vaya, así que es fea —dijo con sorna—. Podrían haberte buscado a alguien de buen ver; ya que tienes que pasarte la vida con ella, estaría bien que...

—¡Sí! ¡Sí! ¡Es guapa! ¿De acuerdo? —gritó al fin, alzando los brazos—. ¿Estás más contenta así?

Ambos permanecieron en silencio. Les hervía la sangre de rabia por no saber decir lo que realmente tenían dentro del pecho.

—Ya te lo pregunté hace mucho tiempo, pero te lo volveré a preguntar: ¿qué quieres de mí, Francesca? Sea lo que sea, habla ahora.

Francesca se mordió los labios. Le habría pedido que no se casase, y le habría dicho que aquella judía nunca lo haría feliz porque no sabría reconocer la pasión que se escondía bajo aquella aparente formalidad ni podría apreciar el entusiasmo con que se dedicaba a salvar a los demás olvidándose de sí mismo.

—Se me ha hecho tarde —dijo al fin con un nudo en la garganta—. Adiós.

Y bajó por las escaleras de la casa de los Benevist con la sensación de que era la última vez que las pisaba.

En la plaza de Sant Jaume una multitud le impedía avanzar. Hombres y mujeres se arremolinaban alrededor de una figura en lo alto de una tarima, el clérigo Andreu de Contijoc, conocido por sus inflamados discursos contra los judíos. Estaba inmerso en una arenga, y por cómo gesticulaba y se movía parecía talmente como si estuviese luchando con un demonio imaginario. Su manera de moverse era tan hipnótica que la muchacha se acercó a escucharlo; poseía un control magistral de la expresividad, de los gestos y de la tonalidad que empleaba en cada momento.

—Cuando asaron a san Lorenzo en la parrilla, le daban la vuelta..., ñic, ñic, la carne se quemaba y la grasa chorreaba y la piel se rompía... Y ¿quién lo quemó? Decídmelo, si lo sabéis.

—¡Los traidores! —gritó un hombre.

—Los traidores —repitió, dándole la razón. Cambiaba de tono en cada frase, ahora más fuerte, ahora más bajo, para mantener todo el tiempo la atención del público—. Y ¿quiénes traicionaron a Cristo? ¿Quiénes?

—¡Los judíos! ¡Los marranos! ¡Los recortados!

El hombre asentía satisfecho, dando grandes zancadas de un lado para otro de la tarima.

—Jesucristo dijo a sus discípulos: «Predicad mis evangelios a todas las criaturas del mundo». TODAS. «Aquellos que crean serán bautizados. Los que no ¡serán condenados al infierno!»

Se oyeron gritos entre la gente, que cada vez tenía los ánimos más caldeados.

—Fueron los judíos quienes robaron el maná de Dios y lo desobedecieron. Su orden fue no tomar más de lo que necesitaban. ¡Mintieron!

Andreu de Contijoc alzó los brazos al cielo.

—Y si mienten a Dios..., ¿cómo no han de mentir a los reyes y a los príncipes de las tierras donde viven?

—¡Mentirosos! —repitió la masa enfervorecida.

—Además de mentirosos son... ¡vengativos!

El clérigo iba enumerando las palabras una por una con los dedos.

—¡Vengativos!

—¡Y usureros!

—¡Usureros!

Los gritos habían ido subiendo de tono hasta convertirse en un clamor que se podía oír más allá de la plaza del Blat. Cientos de personas convertidas de pronto en una sola. Francesca estaba conmocionada, nunca había visto nada igual.

—Las cinco sinagogas que hay en las juderías de la ciudad deberían ser arrasadas, ¡porque las edificaron contra Dios y contra la ley! Ya lo dice el dominico Vicente Ferrer: ¡los judíos y los moros deben vivir lejos! ¡Debemos encerrarlos y emparedarlos porque no tenemos mayores enemigos que ellos!

Antes de que pudiesen aplaudir, Andreu de Contijoc los hizo callar magistralmente con el simple gesto de llevarse un dedo a los labios. Entonces cambió el tono, como si le estuviese contando una historia a un niño pequeño.

—Nuestros abuelos vivieron la primera gran mortandad de landre. Luego todos hemos visto morir a padres, madres e hijos, ¿a que sí?

Francesca había oído hablar a su abuela de la primera vez que la pestilencia llegó a Barcelona, y de cómo la gente había culpado a los judíos de la enfermedad. Habían saqueado todas las juderías de Cataluña, pero con especial virulencia la de Barcelona.

A medida que el tono iba subiendo, también lo hacía la algarabía de los allí congregados.

—Todos tememos a la pestilencia y todos sabemos quién la trajo echando ponzoña en nuestros pozos. ¿Verdad que lo sabemos?

—¡Los judíos!

—¡Empezaréis con grandes fiebres y vómitos, dolores de cabeza y ahogos hasta la muerte! ¡Se os pudrirá el cuerpo, se os volverá negro y maloliente!

Se podía palpar el pánico. Había incluso quien lloraba. Francesca clavó la mirada en las puertas cerradas del Call. Los dos porteros que la defendían estaban aterrorizados, sabían que no podrían hacer nada contra aquella muchedumbre si se proponía entrar. Entonces sintió un miedo muy real por sus amigos y por Astruc. Por primera vez pensó que sus vidas estaban en peligro.

Ya había escuchado demasiadas barbaridades, y justo cuando se disponía a marcharse llegaron unos cuantos guardias a caballo para dispersar a la gente con amenazas y blandiendo espadas. Las órdenes del rey eran contundentes: aquellos discursos contra los judíos estaban totalmente prohibidos. El tal Andreu de Contijoc bajó de su púlpito improvisado apresuradamente y desapareció entre las calles, iracundo y firmemente convencido de que tarde o temprano llegaría su momento.

No había vuelto a pisar la judería desde aquella conversación con Astruc, persuadida de que era lo mejor que podía hacer. Llevaba varios días con el ánimo irritado y ya no podía más. Necesitaba distanciarse y hacer su vida, había estado demasiado tiempo dependiendo de él, de sus opiniones y consejos. «Ya va siendo hora de hacerse mayor, Francesca.» Su boda los separaría irremediablemente, así que ¿para qué alargarlo más? Pero no solo eso la inquietaba. Le habían llegado voces de que su hermano, junto con unos cuantos muchachos más de la cuadrilla de Bertran Serrador, le había robado la bolsa del dinero a un mercader, y se recriminaba a sí misma el no haber sido capaz de evitar que tomase ese camino en la vida.

Atribulada por todos aquellos pensamientos, no reparó en que un hombre entraba en el obrador y cerraba la puerta tras de sí. Se quedó helada. Martí Rotlan se quedó petrificado como ella, incapaz de mover un músculo. Conservaba el atractivo de siempre, con una barba espesa y bien cuidada, hermosos ropajes y zapatos de cuero. Era la viva imagen del éxito, un flamante comerciante de especias, el prohombre que había podido prosperar en la ciudad de las oportunidades y llegar a ser rico y estar bien considerado como siempre había deseado. Pero, al mismo tiempo, sus ojos estaban enrojecidos y sin vida —por otra parte, como todo en él.

—Martí —murmuró.

Una ráfaga de viento se llevó consigo todos los resentimientos en un instante y ambos se abrazaron con fuerza, tanta fuerza que a Francesca le resultaba difícil respirar.

—Espera, por favor —le pidió ella dulcemente.

Algo la llamaba a separarse de él, no habría podido decir de qué se trataba. Él se apartó y, con un hilo de voz, dijo:

—Tienes que acompañarme a casa, Francesca. Blanca... Blanca se está muriendo.

Dalmau Rotlan abrió la puerta y los dejó entrar. Pasó por su lado sin dirigirle la palabra y Martí la condujo hasta la estancia donde descansaba la enferma. Francesc de Camp, el viejo apotecario que le había enseñado tantas cosas cuando era pequeña, y su esposa, Llúcia, estaban sentados junto a su hija Blanca.

—¡Francesca! —exclamó la mujer. Y, poniéndose en pie, entrelazó sus manos con las de ella—. ¡Tienes que salvarla! ¡Era tu mejor amiga! —Las lágrimas inundaron sus ojos.

Francesca se acercó a Blanca y se estremeció. Estaba blanca como la nieve y muy delgada, era la viva imagen de un cadáver. Le buscó el pulso, que era muy débil, y le escuchó el pecho poniéndole la oreja encima.

—Ha venido el médico, pero no la sabe curar —se lamentó la madre—. Nuestra única esperanza eres tú...

—Supongo que cuando tose expulsa sangre —preguntó a Martí, que continuaba detrás de ella e hizo un gesto de asentimiento—. Y que está muy cansada.

—Sí —respondió él lacónicamente.

—Nos dicen que es una ulceración de los pulmones —se lamentó el apotecario—. Sea lo que sea, se la está llevando.

—Blanca tiene tisis* —sentenció al fin—. Lo siento, pero poca cosa se puede hacer.

La madre se echó a llorar amargamente sobre el pecho de su marido.

—Madre..., padre, dejadnos solos.

Blanca había abierto los ojos, rodeados por dos grandes manchas negras, y hablaba con la voz quebrada.

Sus padres la miraron desconcertados, pero ante la mirada decidida de su hija salieron abrazados del dormitorio.

—Acércate —le pidió su amiga.

Francesca así lo hizo y se sentó a su lado.

—Te he echado de menos —dijo—, lamento muchísimo todo lo que pasó.

* Tuberculosis.

—Chist, no te canses —le pidió Francesca con ojos llorosos—, todo eso no importa ahora. Lo que cuenta es que te pongas buena.

—Las dos sabemos —prosiguió con un silbido en el pecho— que ya no es posible.

Martí se dio la vuelta para ocultar las lágrimas.

—Sabía que os queríais, que vuestro amor era único e indestructible, y yo me entrometí... Y os he hecho desgraciados a ambos.

—Por favor, no sigas —imploró Francesca, apretándole fuerte la mano.

—Me dabas envidia, Francesca. Quería ser como tú. Quería amar como tú y que él me amase como te amaba a ti.

Blanca sufrió un ataque de tos y Martí corrió a llevarle una taza con agua. Después de beber unos cuantos sorbos se fue calmando.

—Blanca, yo... —comenzó Martí, que se había arrodillado ante su cama y le sostenía la mano—. He intentado ser un buen marido, lo juro por Nuestro Señor. Lo he intentado. Para mí, tú y los niños lo sois todo ahora.

Lloraba amargamente sobre las sábanas que cubrían el cuerpo debilitado de Blanca.

—Lo sé, Martí —dijo ella, acariciándole el pelo—, has sido un buen marido y un buen padre.

Tenía tan poca energía que volvió a dejar caer la mano sobre la cama.

—Quería pedirte una cosa, Francesca. —La voz se le iba apagando, y cerró los ojos un momento para reunir fuerza y continuar—. Una última cosa.

—Lo que quieras, Blanca —susurró ella con la garganta seca—. Lo que quieras.

—Cuando yo no esté, seréis libres los dos. Podréis vivir lo que yo os arrebaté...

La tos regresó con más fuerza, y tuvo que incorporarse porque la sangre que le salía de los pulmones la ahogaba. Francesca le secó los labios con un paño y la sostuvo para que pudiese respirar mejor. Martí tenía el rostro enterrado entre las piernas y sollozaba.

—Dame la mano, Martí —pidió a su marido. Él alzó la cara, congestionada por el dolor, y le acercó la mano.

—La tuya... —pidió a Francesca.

Ella también se la dio.

—Os quiero mucho...

Cerró los ojos y dejó escapar un suspiro.

—¡Blanca! —gritó él.

Martí la abrazó desconsolado, pronunciando una y otra vez su nombre, intentando despertarla de un sueño del cual ya no regresaría jamás. Francesca se secó las lágrimas que le cubrían el rostro y posó una mano en su hombro tembloroso.

—Se ha ido, Martí, ya no está —dijo con suavidad.

—¿Qué voy a hacer ahora? ¿Qué voy a hacer?

Una fuerza desconocida se estaba abriendo paso en su interior y la hacía hablar con una seguridad que nunca había sentido.

—Ahora tendrás que ser valiente y fuerte por tus hijos.

Él asintió y la abrazó con fuerza. Sollozaba desolado. Entonces Francesca lo apartó con ternura, se quitó del cuello el colgante con la caracola y se lo dio.

—Yo la he llevado media vida, ahora te toca a ti llevarla la otra mitad. Te protegerá cuando más lo necesites, como ha hecho conmigo. Eso es lo que me dijiste, ¿recuerdas?

Él asintió entre sollozos y se puso el colgante. Ambos sonrieron y se enjugaron las lágrimas el uno al otro. Llúcia y Francesc entraron corriendo en el dormitorio y se abrazaron a Martí. Entonces Francesca miró por última vez el cuerpo inerte de Blanca y, movida por una fuerza irresistible, se dirigió a la puerta. Se topó de frente con Dalmau Rotlan, que lo había presenciado todo.

—Qué oportuno, incluso tienes el permiso de la esposa —le soltó él—. Ahora ya tienes el camino abierto, carroñera.

—Mostrad un poco de respeto —le respondió con frialdad—. Se acaba de morir mi mejor amiga. Y preocupaos de que a vuestro hijo no le falte de nada, ahora necesitará que su padre deje de comportarse como un cerdo de una vez.

Sorprendida por su propia audacia, Francesca se puso el manto y se dirigió a la calle. Al fin lo había entendido todo. Por primera vez era capaz de leer sus propios sentimientos con tanta claridad que la deslumbraban. Había necesitado años para comprender que no había suficientes barreras, ni puertas ni guardianes para separarla de quien realmente amaba. Y mientras lo pensaba, sus pies la llevaban hacia el único lugar en el que quería estar: el Call de los judíos. Con Astruc.

El día de santo Domingo

5 de agosto de 1391

Llevaban días vagando sin control por la ciudad. Eran unas decenas de marineros castellanos que el rey Enrique III de Castilla había enviado para ayudar al infante Martí, el hermano del rey Joan, en su campaña de Sicilia. Pero mientras llegaba la flota en la que debían zarpar, estos mercenarios llenaban tahurerías y tabernas, provocaban altercados, jugaban y bebían sin control. Solo faltaba una chispa para que se encendiese la mecha, y aquella chispa tenía un nombre: Ferrán Martínez.

Este arcediano de la ciudad de Écija, cerca de Sevilla, había escogido su púlpito como base desde donde escupir veneno contra los judíos. En poco tiempo, el odio que había transmitido a sus feligreses traspasó las paredes de su parroquia y se extendió como el fuego por toda la ciudad. Sus inflamados discursos estaban perfectamente estudiados y sabía qué puntos debía tocar para azuzar a la gente: «Los judíos mienten. Los judíos roban. Los judíos maltrataron a los apóstoles. Los judíos mataron a Jesús». Habían comenzado por ideas sencillas, pero a fuerza de repetirlas crecieron hasta que su sombra oscureció toda Sevilla.

En aquel momento ya eran muy pocos los que defendían la paz y la convivencia entre cristianos y judíos. La idea de apartar y aniquilar a aquel pueblo maldito lo había arrasado todo.

La cacería comenzó el 6 de junio. El clérigo dio la orden de atacar la judería aprovechando que el nuevo rey castellano, Enrique, era solo un niño y había una regencia débil e inestable. Las masas se lanzaron enfervorecidas a quemar las sinagogas de la ciudad y a matar a los judíos que se negaban a convertirse al cristianismo. Los ataques se extendieron por toda la Península a gran velocidad. El 16 de junio cayeron las juderías de Córdoba, Jaén y Úbeda. El 18, las de Villarreal, Toledo, Madrid y Cuenca. El 9 de julio, las de Alicante, Orihuela y Valencia.

El 5 de agosto la revuelta llegó a Barcelona.

Los pies no le respondían lo bastante rápido. El corazón le palpitaba con fuerza al pensar en el encuentro con Astruc. Su Astruc. El camino que había recorrido para llegar hasta él había sido largo, tortuoso, casi toda una vida llena de obstáculos y caídas, pero ya estaba recorriendo los últimos pasos, desde la calle de la Bòria hasta la plaza del Blat y luego a la judería. De repente, como salidos de la nada, por todas las calles comenzaron a aparecer grupos formados por hombres y mujeres con antorchas encendidas, ballestas, espadas, lanzas y horcas que iban en su misma dirección. «¡Los grandes destruirán a los pequeños!», gritaban mientras avanzaban por las calles con la fuerza de una ola. Francesca reconoció entre ellos a muchos vecinos del barrio, marineros y pescadores, gente del pueblo llano cansada del hambre y de la miseria. Su rabia y su impotencia se habían transformado en odio contra los judíos.

—¿Qué pasa? —preguntó, agarrando del brazo a Gasulleta, la hija mayor de sus vecinos, que pasaba por su lado con la cara enrojecida por la carrera.

—Los castellanos del puerto, que dicen que ya han quemado la judería de Mallorca. ¡Solo falta la de Barcelona! —gritó con un fervor que jamás le había visto—. ¡A quemar el Call!

Francesca se refugió en un portal, desde donde veía desfilar a la gente con los rostros deformados por los gritos.

«¡Conversión o muerte!»

«¡Que muera todo el mundo y vivan el rey y el pueblo!»

Los gritos eran ensordecedores, y tuvo que taparse las orejas porque las palabras la herían como saetas. De pronto, un pequeño grupo de soldados reales a caballo irrumpió en la calle de la Bòria, a la altura de la de los Mercaders, para impedir el paso a la multitud. El que los capitaneaba parecía asustado: pese a blandir la espada, sabía que sus exiguas fuerzas no podían hacer nada para detener aquel río de gente.

—¡Ciudadanos de Barcelona! ¡El rey Joan os ordena que volváis a casa y dejéis en paz a los judíos! ¡Amenazarlos o herirlos va contra la ley!

Atronó un rugido feroz de la gente, que se acercaba sin miedo a los soldados y los apuntaba con las ballestas.

—¡Deteneos ahora mismo! ¡En nombre del rey! —volvió a gritar el hombre.

Pero su voz se desvaneció en medio del fragor. Los jinetes se miraron entre sí y, a un gesto de su capitán, huyeron a caballo.

Sin pensarlo, Francesca empujó a quienes le impedían el paso y echó a correr con todas sus fuerzas detrás de los guardias. Debía aprovechar la lentitud de la masa para llegar a la judería antes que nadie. Debía avisar a Astruc.

Al pasar por la plaza de Sant Jaume vio que un grupo de hombres se arremolinaban alrededor del Consejo de Ciento. Unos cuantos menestrales y marineros armados hasta los dientes estaban sofocando un intento de las autoridades para detener la revuelta. El veguer y algunos de sus consejeros exhortaban a sus hombres montados a caballo a salir en defensa de la judería, pero el miedo los había paralizado. Al final nadie movería un dedo para defender a los más indefensos de la ciudad.

Las puertas del Call se estaban cerrando, y los últimos judíos que aún estaban fuera se apresuraban a refugiarse. Francesca llegó jadeando, y cuando iba a entrar notó una mano en el hombro. Era el físico Mossé Falcó, a quien nunca había visto tan alterado.

—¿Qué hacéis aquí, Francesca?

—Debo entrar, *magister*, debo ir a casa de los Benevist.

El rostro del judío era de total desaprobación.

—No, Francesca, no entraréis —afirmó, rotundo—. ¡Están a punto de atacarnos! ¡Vienen a centenares!

Francesca se zafó de la mano del judío y, con toda su determinación, dijo:

—Eso ya lo sé, y me da igual. —Se le quebró la voz—. Entraré con vuestra ayuda o sin ella.

Nunca sus palabras le habían sonado tan ciertas, y el judío debió de interpretarlo de la misma forma porque, negando con la cabeza, dijo:

—Pasad, y que Adonai os proteja.

Las enormes puertas de madera se cerraron entonces con un gran estruendo.

—Que Adonai nos proteja a todos. Paz sobre Israel y sobre nosotros y nuestros hijos. Amén —musitó el judío.

Las calles de la judería eran un hormiguero de gente corriendo en todas direcciones entre gritos y alboroto. Una niña lloraba sentada en el suelo. Decenas de hombres apilaban cajas, sacos y muebles en las puertas para contener a los agresores. Un grupo de mujeres se estaba peleando por sacar agua del pozo. El pánico se palpaba en el ambiente. Un judío cargado con maderas la empujó con fuerza y la hizo caer de culo.

—¡Lárgate, cristiana! —le soltó.

Por un momento pensó que le iba a pegar, pero el hombre se limitó a escupir a su lado y continuó su camino hacia la entrada.

Cuando llamó a la puerta de los Benevist fue Sara, atemorizada, quien abrió.

—Ah, eres tú —exclamó, aliviada—. ¿Qué haces aquí, criatura? ¿Es que no sabes lo que está pasando?

—Sí, sí, ya lo sé. Tengo que encontrar a Astruc. ¿Dónde está?

La mujer no contestó enseguida. Vacilaba. Negó con la cabeza.

—Déjalo. No lo sé, Francesca. No quiero que le hagas daño —dijo finalmente.

Quedaba claro que sabía qué sentía Astruc por ella. Y seguro que lo había visto sufrir todo aquel tiempo, por eso lo protegía. Una madre sabe esas cosas de sus hijos.

—Lo quiero..., ahora lo sé, tienes que creerme. Por favor, dime dónde está. Sin ti me será más difícil, pero lo encontraré igualmente —suplicó, tomando su mano.

Sara aún se resistió a responder durante unos instantes que se hicieron eternos.

—En la sinagoga, con los rabinos —desveló por fin—. Están decidiendo cómo se debe proteger el Call. —Y antes de irse—: Ten, ponte esto. —Le entregó un manto con el círculo amarillo y rojo. Ser una cristiana allí dentro ya no era seguro.

Francesca corrió hacia la sinagoga mayor, la más grande de la judería. Las puertas estaban abiertas de par en par y fuera, en la calle, se habían reunido decenas de hombres. Dentro se peleaban a gritos.

—¡Mientras estamos aquí sentados discutiendo sobre majaderías fuera se acerca una multitud con sed de sangre! —gritaba un joven alzando los puños—. ¡Debemos luchar! ¡Tomar las armas y defendernos! ¡Como Judas Macabeo contra los seléucidas!

—El buen rey nos ayudará —aseguraba un hombre más viejo—. ¡El monarca siempre nos ha protegido y también lo hará esta vez! ¡Tened fe!

Muchos de los rabinos asintieron y gritaron expresiones a favor de aquellas últimas palabras. Francesca estiró el cuello y creyó ver a Astruc sentado, junto a

Bonjuhà, al fondo de aquella sala atestada de gente. El muchacho, al verla, perdió el color de la cara. Dijo unas palabras al oído de su padre y se abrió paso entre la multitud.

—¿Qué haces aquí? ¿Por qué vas vestida de judía? —La había aferrado por los brazos y ella notó que las manos le temblaban. La miraba impotente, buscando el modo de sacarla de allí—. ¿Qué has hecho, por Dios? Te has quedado aquí atrapada, con nosotros... —gimoteó.

—Por fin lo he entendido, Astruc. Lo he entendido todo. —Sonreía como una boba—. Quiero estar contigo, me da igual todo lo demás. Ya no tengo miedo.

El judío la miraba con los ojos desorbitados, boquiabierto. No entendía nada.

—Te quiero. Me ha costado un poco más que a ti verlo, pero ahora sé que esa es la verdad.

Al pronunciar aquellas palabras sintió cómo se abrían todas las puertas y ventanas de la ciudad y la música y la brisa del mar penetraban hasta el más oscuro de los rincones llenándolo de luz. Era tanta la alegría que sentía que se le llenaron los ojos de lágrimas. Dio un paso al frente con intención de abrazarlo, pero él reculó. Parecía estar tratando de ordenar toda aquella información en su cabeza. Pasó corriendo junto a ellos un grupo de jóvenes cargados con piedras y sillares en una carreta. Astruc se revolvió el pelo con fuerza.

—Aquí no —dijo él con gesto grave.

La agarró de la mano, tiró de ella hasta el siguiente portal y entraron. La casa estaba vacía, probablemente los dueños habían huido.

El joven la arrinconó. El corazón de ella latía enloquecido, compitiendo con los ruidos y gritos de las calles. Astruc buscaba en su rostro alguna señal que lo ayudase a desenredar aquel embrollo.

—No juegues conmigo, Francesca. Por quien entregó la Ley a Moisés en el Sinaí, no juegues conmigo —rogó con cierta rabia en la voz—. Déjame vivir, deja que me vaya, deja...

Ella se perdía en un montón de argumentos que no lograba poner en orden, así que se acercó despacio para no asustarlo y lo besó con delicadeza. El muchacho dejó escapar un suspiro que aliviaba un peso que llevaba cargando demasiado tiempo. Se separó de ella un momento para comprobar que todo aquello era real, y entonces fue él quien apretó sus labios contra los de ella y se perdió en un lugar dulcísimo, donde todas las sensaciones eran de puro placer y gozo, donde no existía nada ni nadie aparte de ellos dos. Astruc y Francesca. Por momentos los besos se iban tornando más y más intensos, casi desesperados.

El cuerpo del judío se encendió y se encajó con fuerza contra el de la joven, a la que hizo chocar con la pared. Ella lo agarró por las nalgas y lo apretó fuerte, arrancándole un gemido del fondo de la garganta.

—Francesca..., no sé qué soy capaz de hacer ahora mismo.

Entre besos, la despojó de la toca para acariciarle el cabello oculto y olisquearlo. El deseo, tanto tiempo aprisionado, ahora corría libre por su piel con tal brío que se veía incapaz de refrenarse y no hacerla suya allí mismo.

—Detenme, por favor... —le dijo al oído.

De repente se oyó un ruido tan fuerte como un trueno, chillidos y gritos que provenían de la entrada del Call. Con gran esfuerzo, separaron las bocas.

—Ya están dentro —dijo Astruc con la mirada arrebatada—. Los cristianos han entrado.

Una turba descontrolada avanzaba hacia ellos. Echaron a correr en dirección contraria. «¡Conversión o muerte! ¡Morid, marranos!» Podían sentir su aliento en la nuca. Iban armados con cuchillos, palos, hachas y mazas. Francesca se volvió y vio cómo un marinero degollaba a un joven con un bonete rojo y lo dejaba desangrarse en el suelo. Reprimió un chillido de horror.

—¡Por aquí! —la apremió él.

Giraron por un callejón estrechísimo y lo recorrieron hasta el final, donde había una casa estrecha con una puerta muy pequeña. Los atacantes se habían distraído con un grupo de judíos que les habían plantado cara, y se estaban matando a navajazos unos a otros. La muchacha soltó un gemido. Astruc dio un par de golpes en la puerta con el hombro y la abrió. Una vez dentro, cogió un pasador de hierro largo y la cerró.

—Es una carpintería abandonada —explicó mientras arrastraba una mesa enorme de madera y la ponía de pie para atrancar la puerta.

Los chillidos se acercaban. «¡Traidor desgraciado!» Alguien golpeó la puerta. «¡Ven aquí, ladrón!» Un llanto de bebé y los gritos de su madre. «¡Voy a arrancarte la cabeza, marrano hijo de puta!» Francesca retrocedía estremecida hasta que topó con la pared.

Astruc comprobó que la entrada estuviese lo bastante protegida y sacó dos herramientas de hierro de un cajón.

—Ten, por si acaso —dijo, entregándole una.

La instó a subir una escalera y llegaron a la azotea,

donde había una galería desde donde se divisaba toda la judería. En la entrada se elevaba una columna de humo espesa y negra, porque, como no podían derribar las puertas, las habían quemado. Muchas casas también humeaban y el Castillo Nuevo, que tenían tan solo a unos pasos, estaba repleto de familias enteras que habían acudido a refugiarse. Algunos cristianos disparaban ballestas desde los terrados, tanto a la calle como a las ventanas del edificio. «El infierno no puede ser muy diferente», pensó Francesca ante aquella visión. Aguardaron horas escondidos en la galería, y ya por la tarde todo se fue calmando. Los atacantes regresaban a sus casas. Los gritos fueron quedando amortiguados, sustituidos por un silencio inquietante.

Había anochecido y el calor era intenso. En el obrador había una antigua cocinita donde quedaban cuatro legumbres que el judío coció en el fogón. Comieron en silencio, sentados sobre unos jergones.

—Estaba un hijo de los Salzet —dijo ella con voz indiferente—. Y Gasulleta. Nos bañábamos juntas en el Bogatell cuando éramos pequeñas.

Astruc escuchaba con el rostro constreñido.

—También he visto a un pescador amigo de mi padre, Lleonard... y a Miquel... y a Dalmich... —Comenzó a elevar el tono y se apretó las manos entre sí—. A Dalmich le curé un corte en la pierna hace muy poco...

—Basta, tú no eres responsable de lo que han hecho —imploró él.

Lejos de escucharlo, Francesca comenzó a gimotear y a balancear el cuerpo adelante y atrás.

—¡Y ha degollado a un chiquillo! ¡Mi propio vecino! —exclamó sin dejar de temblar—. ¡Y yo no he hecho nada para impedirlo! ¡Nada!

—Por Dios, Francesca. Perdóname...

Entonces Astruc le dio un bofetón tan fuerte que le hizo perder el equilibrio a pesar de estar sentada en el suelo. Ella se puso la mano en la mejilla, incrédula, y de pronto se echó a llorar con tanta violencia que le temblaba todo el cuerpo. Astruc la abrazó al instante musitando palabras de consuelo. Permanecieron así hasta que el llanto se atenuó y se quedaron dormidos, arropados el uno en el otro, totalmente agotados.

Tregua frágil

6 de agosto

Se despertaron al despuntar el sol. La luz era aún suave y la temperatura, agradable. Las golondrinas chillaban sobre sus cabezas, ajenas al horror que se vivía debajo. Los cadáveres y los heridos se amontonaban por todas partes. Muchos estaban carbonizados, retorcidos sobre sí mismos. Una mezcla de olor a sangre, humo y miedo lo invadía todo. Salieron de su escondite y, enfrente mismo de la carpintería abandonada, asistieron a un par de hombres. Uno tenía una herida en el tórax y el otro en el hombro, apenas les quedaba un hilo de vida. Los acompañaron hasta que, al cabo de un momento, fallecieron. Pasaron por la calle de los baños, el *mikve*, que también habían sido profanados. Algunas personas vagaban arrastrando los pies y el alma por el suelo. Buscaban a familiares y conocidos entre los muertos. Dos muchachas lloraban a su madre, que yacía sobre un charco rojo con la ropa empapada de sangre. Francesca apretó fuerte la mano de Astruc. Un hombre con la mirada perdida acariciaba el cuerpo mutilado de una niña. Ni siquiera lloraba, tan solo musitaba algunas palabras una y otra vez.

—Raquel, despierta, preciosa mía..., ya está bien de tanto dormir, que ya es de día...

—La niña está muerta, Nissim. Dios la tendrá en su gloria. Id al Castillo Nuevo.

El hombre no lo miró y continuó susurrando palabras dulces a su hijita. Llegaron a la sinagoga, donde algunos hombres estaban apagando el fuego que aún ardía con sacos y barreños de agua. Un rabino con la ropa quemada y el rostro ennegrecido estaba sacando el *sefer* Torá, el rollo de pergamino unido con dos palos de madera que contenía escrita la Torá, que milagrosamente se había salvado de las llamas.

—Astruc —dijo el hombre en cuanto lo reconoció—. Vuestro padre...

—¿Qué? —preguntó agarrándolo del brazo—. ¿Qué sabéis de él? ¿Lo habéis visto? ¿Le ha pasado algo?

—La última vez que lo vi, Dios todopoderoso lo haya salvado, estaba defendiendo su casa con un hacha. —El hombre se sonó la nariz en la manga—. Eran muchos... Muchos... Lo siento.

Por un momento, Astruc no reaccionó. Tenía los labios blancos. Con delicadeza, Francesca lo agarró.

—Seguro que está bien —dijo ella—, pero tenemos que ir a buscarlos.

El muchacho reaccionó y ambos echaron a correr en dirección a su casa. Al girar por la calle de la Carnisseria se detuvo en seco. El cuerpo de un hombre decapitado con la cabeza entre los pies les cortaba el paso. Parecía que la muerte le hubiese llegado sin esperarla, como si se estuviese preguntando: «¿Qué hacen estos cristianos con puñales?». Pasaron por encima con cuidado para no tocarlo. Francesca aguantó las náuseas. Cuando llegaron al patio de casa se quedaron un instante apoyados en la puerta, con las respiraciones agitadas.

—¿Cómo es posible...? —susurró él. Clavó la mirada en el primer piso. Francesca podía adivinar su miedo por lo que encontraría dentro y le acarició la mano con ternura. El muchacho tragó saliva y se decidió a subir la escalera. Ella iba detrás, rezando por que los Benevist hubiesen podido huir a tiempo. Astruc besó la *mezuzá* y entró. Todo estaba saqueado, habían robado todo lo que les había apetecido y quemado algún mueble que aún humeaba, pero ni rastro de sus padres y hermanos.

—Eso es que han podido salvarse —lo animó ella.

Él le devolvió una sonrisa esperanzada. Se dirigió a toda prisa a la biblioteca y, al abrir la puerta, soltó un suspiro de alivio. Estaba intacta. Cogieron los estuches de cuero donde padre e hijo guardaban el instrumental médico y se marcharon.

A las puertas del Castillo Nuevo los recibieron dos vigilantes armados que los dejaron pasar. Dentro había tantos refugiados que se dividieron, y al cabo de un rato Francesca oyó unos gritos de alegría. Astruc los había encontrado. Bonjuhà, Sara, Asteró y Samuel abrazaban al muchacho llorando; ellos también se habían pasado la noche rezando por que estuviera sano y salvo. Tanto su padre como su madre tenían heridas por todo el cuerpo, alguna profunda, pero ya se las habían vendado.

—Quédate aquí con ellos, yo volveré más tarde —rogó Astruc con pocas esperanzas de que Francesca le hiciese caso.

—Ya sabes que no lo haré. Yo también soy cirujana y quiero ayudar —respondió con determinación.

Después de despedirse de su familia y prometerles que si sucedía el más pequeño altercado acudirían a refugiarse allí con ellos, se dirigieron a la salida. De repente se les acercó una familia compuesta por padre, madre y dos hijas jóvenes. Una de ellas, la más bonita, se arrojó a los brazos de Astruc.

—¡Creí que estabas muerto! —exclamó entre lágrimas.

—Goig... —dijo él, desconcertado, devolviéndole el abrazo.

Francesca ni siquiera recordaba que estaba comprometido y que en un par de semanas debía casarse con aquella muchacha.

—Si vas fuera a ayudar quiero ir contigo.

—No puede ser, Goig, aquí estarás más segura. —Y, dirigiéndose a sus padres—: Es peligroso salir del castillo.

—Hija, no es apropiado —dijo su padre—. Aún no estáis casados, y pasar tantas horas juntos...

A Francesca se le hizo un nudo en la garganta. «Casados.»

—¿De verdad te preocupa qué es y que no es apropiado en estos momentos, padre? Han entrado en nuestra casa para matarnos y hay decenas de heridos ahí fuera: vecinos, amigos, familiares que necesitan ayuda —replicó la muchacha, resuelta.

Después de discutir durante un rato, el padre claudicó y Astruc miró a Francesca rogándole comprensión. Ambos sabían que si la familia de Goig descubría lo que había entre ellos acudiría a contárselo a los rabinos y entonces sería la vida de Francesca la que correría peligro.

Reginó y Coloma habían improvisado un hospital en el patio de una casa abandonada. Algunos jóvenes arrastraban los cuerpos de los heridos y los iban acomodando en el suelo como podían. Otros voluntarios llevaban colchas y mantas para abrigarlos y también comida y agua.

—Por lo menos han muerto cien —dijo Reginó, masajeándose los riñones.

—Allí llegan más. —Coloma señaló un grupo que cargaba con unos cuantos hombres a las espaldas.

De un vistazo clasificaban los casos más graves y los que podían esperar a ser atendidos. Muchos de ellos morían en sus brazos a causa de una saeta o un navajazo. Francesca cosía con destreza las heridas, sabía que detener una hemorragia a tiempo podía significar la diferencia entre la vida y la muerte. Notaba que Goig la observaba; la presencia de una mujer que no había visto nunca en la judería despertaba su curiosidad. La oyó preguntar por ella a Astruc.

—Una médica amiga de la familia —se justificó él.

Tenía poco tiempo que perder, pero de vez en cuando ella también le lanzaba miradas y la estudiaba en la distancia. Era bastante más hermosa de lo que esperaba; tenía unas facciones suaves y unos ojos verdes que contrastaban con el pelo negro que se vislumbraba bajo el turbante amarillo.

Después de unas horas frenéticas, parecía que lo tenían todo más organizado, y entonces una madre se presentó llorando con una niña en brazos. Tenía el cuerpo medio quemado. Reginó maldijo entre dientes. Sin perder un instante, Astruc le cortó la ropa mientras Francesca le echaba vino en las heridas. Luego, con mucho cuidado, los tres le aplicaron miel por todo el cuerpo para que la ayudase a cicatrizar. Goig tampoco estaba de brazos cruzados. Había ido por todas las casas en busca de telas para hacer jirones que sirviesen para vendar heridas o hacer emplastos, y como se iba haciendo tarde, también había llevado candelabros. El bochorno era más intenso a aquella hora que durante el día, y estaban sudando de lo lindo. De pronto, Coloma se puso a llorar, arrodillada ante el cadáver de una anciana con un corte profundo en la cabeza.

—¿Estás bien, Coloma? —preguntó Francesca.

La mujer, con los pómulos más enjutos que nunca, sollozó.

—Es Regina, mi querida prima. Ayer mismo fuimos juntas a hornear el pan...

Francesca la agarraba por el hombro, impotente, sin saber qué contestar. No le salía ninguna palabra de consuelo porque todas le parecían vacías.

—Vamos, te acompañaré a casa —le dijo—, y así descansas un rato. Seguro que hace horas que ni te sientas ni comes nada.

Coloma se dejó llevar. Su esbelta figura parecía haberse encogido.

—Los obligaban a convertirse, Francesca... —contaba la mujer, como si estuviese reviviendo una pesadilla—, y si no lo hacían, los degollaban allí mismo.

—Chist..., no pienses en eso ahora —dijo ella. Le preparó un poco de queso con pan y la metió en la cama. Por fortuna, su casa estaba intacta.

De repente, la puerta se abrió. Ambas mujeres gritaron del susto.

—¿Por qué no has dicho que te ibas? ¡No sabía dónde estabas! —gritó Astruc con la mirada enferma de angustia.

—Salgamos, dejemos descansar a Coloma.

Cerraron la puerta y permanecieron en la penumbra de la cocina.

—Lo siento, pero estabas operando una fractura y no quería molestarte —se justificó ella.

—No te separes de mí, ¿me oyes? —dijo molesto—. Por un momento he pensado que te había pasado algo.

—Ya sé que te pareceré ridícula, pero necesito saber... Tu prometida —aventuró—, ¿te casarás con ella?

—No, claro que no —respondió sorprendido—, pero debo encontrar el momento adecuado para decírselo. Si solo puedo pensar en ti... —Comenzó a besarle el cuello con pasión—. ¿Ves lo que me haces cuando te tengo cerca? No puedo apartarte de mi pensamiento en todo el día...

De repente, oyeron un ruido y se separaron como si un rayo los hubiese fulminado.

—¿Qué estáis haciendo aquí, a oscuras? —preguntó Goig. Los pilló tan desprevenidos que Astruc solo pudo balbucear palabras inconexas.

Por orden del veguer, en las calles de Barcelona se habían organizado batidas para encontrar a los culpables del asalto a la judería. El rey Joan y la reina Violante estaban en Zaragoza, y sin su presencia el Consejo de Ciento no había tenido suficiente autoridad para contrarrestar a las masas atacantes. Habían logrado encerrar en la prisión del veguer a doce de los marineros castellanos que habían iniciado la revuelta, a los que acusaron de incendio, hurto y asesinato, y después de un juicio sumario fueron condenados a morir el día siguiente, colgados en la horca de la plaza de Santa Anna.

Aquella noche los ánimos se calmaron y la gente se recluyó en casa, pero todo el mundo era muy consciente de que aquello no había terminado.

Desde que habían vuelto de casa de Coloma, Goig no se había despegado de su prometido. A todas horas le preguntaba en qué podía ayudarlo, le secaba el sudor de la frente y le acariciaba el hombro. Astruc le respondía siempre con amabilidad y dulzura, lo cual hacía exasperar a Francesca, que, celosa, tenía que hacer un gran esfuerzo para concentrarse en el trabajo. Al final del día, sucios y cansados, los cuatro se sentaron en el poyete de la calle, donde corría un poco más de brisa que dentro del patio.

—Vamos, Goig, te acompaño al castillo —dijo Astruc—. ¿Alguien más quiere ir a pasar allí la noche? ¿Francesca?

Estuvo tentada de decir que sí por el mero hecho de no dejarlos solos, pero finalmente negó con la cabeza.

—Mientras me quede aliento permaneceré aquí —respondió con firmeza Reginó—. No puedo permitir que muera nadie más... Ya son demasiados.

La mujer, alegre por naturaleza, hablaba ahora con amargo resentimiento.

—Yo también me quedo —dijo Goig.

—No, tú no. Solo nos quedaremos los imprescindibles por si algún herido nos necesita por la noche. No sabemos si pueden volver a atacar —dijo Astruc con convicción.

—¿Y ella? —dijo Goig, señalando a Francesca—. Ella debería estar fuera, con los suyos.

«Sabe que soy cristiana», pensó mientras su cuerpo se ponía en tensión.

—Si se queda es porque es médica —dijo Astruc con rotundidad—. Vamos —ordenó sin dejar lugar a réplica.

La sujetó suavemente del brazo y se marcharon. Antes de desaparecer, Goig le rodeó la cara con las manos y le dio un largo beso que Astruc no rechazó, al contrario. Francesca bajó la cabeza, abrumada por una punzada de celos que la atravesó de parte a parte.

Cuando llevaban un rato sentadas, Reginó le soltó:

—Tiene razón. Tú no deberías estar aquí. Vete a tu casa.

—No, Reginó, no pienso irme —replicó perpleja—. Estoy ayudando, no hay suficientes manos para tantos heridos, ya lo sabes.

La mujer se levantó pesadamente y, antes de entrar, dijo:

—Si te crees que porque no me he casado estoy ciega, te equivocas. Ningún cristiano se habría metido en la boca del lobo en estos momentos. Solo puede haber un motivo para que lo hayas hecho, pero desengáñate, querida. Nunca podréis estar juntos. Nuestros dos mundos se han separado para siempre. —Y, dirigiendo la mirada al cielo, continuó—: He oído lo que decían esos fanáticos: conversión o muerte. —Permaneció unos instantes en silencio, como si necesitase tiempo para que las palabras se asentasen—. Conversión o muerte. Yo sé qué escoger. He nacido hija de Israel y así moriré.

La judía suspiró y entró en el patio, donde se ovilló en una manta para intentar descansar un poco.

Cuando regresó de acompañar a Goig, y después de comprobar que todo el mundo estaba durmiendo, hizo un gesto a Francesca para que lo siguiese a la azotea del edificio. El calor había aflojado un poco y el aire allí arriba no era tan irrespirable. Vieron un gran número de hombres jóvenes a las puertas del Call, dispuestos a pasar allí la noche para defenderlo de un nuevo ataque; las habían reforzado con lo que habían encontrado —palos, sacos, vigas, mesas y bancos—, pero se les veía cansados e iban mal armados.

—He hablado con Goig... —comenzó Astruc.

Francesca se irguió de pronto.

—He visto cómo os besabais —lo interrumpió.

Astruc resopló y enseguida la abrazó.

—No podía hacer otra cosa, lo sabes, ¿no? No podía rechazarla delante de todo el mundo.

—Pero es que es tan bella...

El muchacho se separó un momento para mirarla.

—¿Pero tú te has visto? No hay hombre que no caiga rendido a tus pies... Como yo, que estoy totalmente perdido.

La besó con ternura.

—Le he dicho que debemos romper el *erusín*, que no estoy preparado para este matrimonio —explicó entre besos—. Al final lo ha aceptado. —La mirada de Astruc se ensombreció y la fijó en un punto del firmamento.

—¿Qué pasa?

—Aunque luchásemos hombres, mujeres y niños no somos bastantes para detener a los cristianos. Vete ahora que aún estás a tiempo, te lo ruego. A esta hora nadie te vería...

—¡No! —lo cortó ella, separándose de sus labios—.

Lo que tenemos que hacer es sacar a tu familia de aquí. Os puedo esconder en casa y esperar a que todo se calme...

Él la volvió a besar con una sonrisa en los labios.

—¿Una familia judía atravesando la ciudad justamente ahora? Has tenido ideas mucho mejores, Francesca... Nos quedaremos. —Lanzó una mirada cargada de malos presagios hacia las puertas de la judería—. Y que sea lo que Dios quiera.

La perspectiva de la muerte los enardeció de nuevo y volvieron a besarse con más pasión. De pronto, Astruc se encontró con una mirada gélida que lo atravesaba.

—Sabía que todo era por culpa de la cristiana. Solo he necesitado dejaros solos un momento para que os restregaseis como animales en celo —escupió con rabia Goig.

Y dicho esto echó a correr escaleras abajo hacia el Castillo Nuevo para contárselo a todo el mundo.

El asalto final

7 de agosto de 1391

Las horcas estaban preparadas y el verdugo se frotaba las manos: en un solo día ganaría lo mismo que en un mes entero. Las campanas de Santa Anna tocaban a maitines, momento en que debían ser ajusticiados los instigadores del asalto al Call. En la plaza no cabía un alfiler, estaba llena de marineros, pescadores y gente del pueblo llano que no quería perderse el acontecimiento. Pum, pum. Un sonido seco, contundente y rítmico iba subiendo de intensidad. Pum. Pum. Pum. Eran las lanzas y horcas que los congregados golpeaban contra el suelo. Pum. Pum. Pum. Absoluto silencio salvo aquel retumbar que cortaba la respiración. Al fin se oyó una voz que se elevó por encima del estrépito.

—¡Soltadlos!

A esta le siguieron más y más. Un marinero se decidió y subió a la tarima. Luego dos. Tres. Un torrente de gente liberó a los condenados, que se fundieron entre la gente. Las autoridades que asistían al acto, entre otras

Guillem de Santcliment, veguer, el alcalde y algunos consejeros, recibieron el ataque de la turba y hubieron de huir, protegidas por unos pocos soldados.

—¡Que muera el mal gobierno!

La masa enfervorecida se dirigió a la prisión para liberar a los atacantes del día anterior que permanecían retenidos. Los guardias habían huido y no les costó derribar las puertas. Cada vez eran más y más, eufóricos por las victorias logradas sin castigo alguno. Desde allí, un grupo se dirigió a la escribanía del alcalde y le prendieron fuego mientras otro grupo más numeroso asaltaba la sala del Consejo de Ciento proclamando la abolición de los impuestos. Tampoco allí quedaba nadie para frenarlos.

Cuando el sol ya despuntaba, la pandilla de ladrones de Joan, el hermano de Francesca, y de Bertran Serrador se subieron al campanario de la catedral. Desde allí hicieron un llamamiento con el repique de campanas a todos los habitantes de los alrededores de Barcelona, que no tardaron en acudir en masa, excitados por la fiebre de la rebelión: campesinos de Horta, de Sarrià, de Sant Boi de Llobregat, Cerdanyola, Caldes de Montbui, Tiana e incluso gente de Granollers. Exultantes por la respuesta de su convocatoria, los muchachos pregonaban que los prohombres de la ciudad se habían vendido a los judíos por dinero y que para protegerlos no dudarían en matar cristianos. Las proclamas se extendieron con éxito y Joan y sus amigos consiguieron dirigir a la muchedumbre furibunda hacia el lugar que simbolizaba el poder de los ciudadanos honrados, muchos de ellos consejeros: la calle Montcada. Estaban dispuestos a echar abajo sus palacios y destruir sus riquezas, pero cuando ya llegaban, aparecieron oportunamente unos cuantos hombres a caballo con pendones reales. Los capitaneaba una cara bien conocida por el pueblo, el alguacil Ponç d'Alcalà, que había salido a socorrer a los consejeros, que le pagaban el sueldo. Acostumbrado como estaba a hablar con el pueblo llano y hacerlo obedecer, el hombre se dirigió a la multitud con un tono enérgico pero seductor, una combinación que en pocas ocasiones le fallaba.

—¡Gente de bien, no es aquí donde hallaréis justicia, sino más arriba, cerca de Sant Jaume! ¿Quiénes son los traidores? ¡Contestad! ¿Quiénes son los verdaderos traidores del pueblo?

Tan solo necesitó aquella pregunta para que la turba respondiese con furia al unísono:

—¡Los judíos!

—Y ¿dónde se esconden los marranos?

—¡En el Call!

—¡Bautizo o muerte!

Llevaban tiempo despiertos. Estaban dando comida y agua a los heridos y cambiándoles los paños de los emplastos cuando oyeron el runrún procedente de la plaza de Sant Jaume. Reginó y Coloma se miraron con el miedo escrito en los ojos.

—Vuelven —se limitó a constatar Astruc.

Cerraron el portal de la casa y permanecieron en silencio. La espera se hizo eterna. Los atacantes empujaban con tanta furia las puertas del Call que era evidente que no tardarían mucho en abrirlas. Muchos de los defensores huían ante lo inevitable. De repente, una de las puertas cedió. Un grito de euforia. Los cristianos entraron en tromba como una barahúnda de muerte que lo arrasaba todo a su paso. Esta vez su objetivo era el Castillo Nuevo, porque sabían que la mayoría de los judíos se habían refugiado allí. Intentaron abatir las puertas a hachazos y mazazos, pero los judíos les arrojaban piedras y saetas desde las ventanas superiores y tuvieron que desistir. Mientras unos cuantos rodeaban el edificio, muchos otros se encaramaban a las casas de alrededor para poder asediarlo desde una posición elevada. Una incesante lluvia de flechas caía contra sus paredes.

Al poco tiempo entraba por las puertas de la judería una gran cruz. La habían trasladado a pulso y en procesión desde la catedral para subirla al Castillo Nuevo como símbolo de la victoria. Como no podían penetrar en la fortaleza, los ánimos de los cristianos se enardecieron aún más y comenzaron a saquear todo lo que encontraban a su paso. Con las respiraciones entrecortadas, escuchaban órdenes contradictorias, gritos fanáticos, proclamas antijudías... Los heridos que aún estaban conscientes rezaban. Cuando comenzaron a golpear la puerta del patio, Reginó dijo con la voz acerada:

—Huid por las azoteas, es la única salida.

Astruc dudaba.

—Yo ya he tomado una decisión y me quedo con ellos —dijo la judía refiriéndose a los heridos.

—Y yo —dijo Coloma, acercándose a su amiga.

—¡Os digo que os vayáis! Vosotros aún os podéis salvar, ¡aquí solo os espera la muerte y sois demasiado jóvenes para morir! —gritó Reginó empujándolos hacia las escaleras.

Al fin obedecieron y subieron al terrado con el corazón encogido por el gesto de las dos judías. Una vez arriba, la magnitud de la tragedia los dejó sobrecogidos: todo el Call estaba en llamas y decenas de humaredas negras ascendían hacia el cielo, llevándose con ellas montones de papeles que ondeaban en todas direcciones. Se agarraron fuerte las manos. El río de cristianos que entraba era imparable. En algunas azoteas había luchas con espadas entre grupos de asaltantes y de judíos que les hacían frente.

La única salida era saltar a un terrado más bajo. Por fortuna las casas se tocaban unas con otras, de modo que les fue fácil correr hacia el siguiente terrado y hacia el siguiente, sin mirar atrás, concentrando todos los esfuerzos en no dar un traspié y caer al vacío.

—¡Por aquí! —gritó Astruc, señalando una escalera.

Bajaron a trompicones hasta encontrarse en una pequeña cocina donde alguien había dejado una olla al fuego. Permanecieron en alerta un instante, a la espera de oír algún ruido. Los gritos eran lejanos. Al menos por unos momentos estaban a salvo.

—Espérame aquí —ordenó el judío.

Se precipitó escaleras abajo y Francesca oyó cómo aseguraba la puerta de la calle con algunos muebles. Cuando regresó a la cocina, la muchacha se abrazó a él. Permanecieron bastante tiempo en esa postura, abrazándose. Cuando se separaron, tenían el fuego grabado en las miradas.

—Quiero tenerte, Astruc. Ahora.

Los ojos del muchacho centelleaban.

—¿Estás segura?

Francesca le tapó la boca con un beso.

Agarró su túnica negra y se la pasó por la cabeza sin que él opusiese resistencia. Despacio, le quitó la camisa y lo dejó con el torso desnudo. La muchacha se mordió el labio: con la luz del fuego le parecía tan hermoso... Se percató de que aquel hombre que tenía enfrente sentía un deseo tan descarnado por ella que se estremeció. Sin vacilar, con movimientos diestros, él le deshizo las cintas que le ataban el vestido por el pecho y también le quitó la ropa por la cabeza sin apartar los ojos de ella, pendiente en todo momento de sus reacciones. Finalmente, la despojó de la camisa y la muchacha se quedó cubierta tan solo por el justillo.

—Soy virgen —confesó él—. Nunca he estado con una mujer.

Francesca le apartó un rizo que le tapaba la frente.

—Sabrás lo que tienes que hacer.

Con la mano temblorosa, y pidiéndole permiso con la mirada, le quitó el justillo, que le cubría los pechos. Se los quedó mirando un buen rato. Había soñado tantas veces con aquel momento que deseaba saborearlo despacio. Su excitación era tan intensa que las calzas le apretaban. Alzó la mano y la puso encima de uno de los pechos y lo acarició lentamente. Luego el otro. La sensación de hormigueo en la parte baja del estómago era cada vez más fuerte. Ella saboreaba aquel anhelo que iba abriéndose paso en su interior y se deshizo de las calzas y las bragas con un ágil movimiento. Él la imitó, cautivado. Desnudos el uno frente al otro, las ganas de tocarse eran tan intensas que dolían. Astruc no dejó ninguna parte de su cuerpo sin estudiar; nunca se le había presentado así, como un regalo cálido y acogedor que lo invitaba a sumergirse en él. La belleza de Francesca lo tenía absolutamente fascinado. Los cuerpos se aproximaron. Con una mano, el muchacho recorrió su cuello y fue deslizándose por el hombro hasta la cintura. Con la otra bajó por el pecho hasta el vientre y allí se detuvo.

—Continúa —lo conminó ella.

Bajó hasta el pubis sin timidez y la hizo gemir. Con un grito de impaciencia, el muchacho la hizo ponerse de espaldas a él, la agarró por la cintura y la hizo doblarse sobre la mesa de la cocina, pero ella se volvió inmediatamente con una sonrisa en los labios.

—No, eso no, que no soy una yegua, Astruc —le dijo.

Despacio, se sentó sobre la mesa y abrió las piernas. Él la comenzó a besar con tanta pasión que pensó que iba a explotar antes de consumar el acto. Francesca lo guio hasta su interior. La sensación era intensa y les arrancó a ambos un gemido profundo. El judío comenzó a moverse sin dejar de besarla, exasperado, como si así pudiese olvidar que todo su mundo se estaba derrumbando. Poco después gritaban de placer y se agarraban el uno al otro con fuerza para no perder el equilibrio. Empapados en sudor, se volvieron a besar, esta vez con menos codicia, con ternura. Con amor.

—Esto no puede ser un pecado —dijo él mientras recuperaba el aliento—. Es demasiado bonito para que sea un pecado...

Francesca sonreía con el rostro hundido en su cuello cuando, de repente, oyeron un fuerte estrépito en el piso de abajo y se vistieron. Estaban intentando derribar la puerta. Echaron a correr hacia la azotea. Una vez afuera, una vira pasó rozando el vestido de Francesca. En un terrado que estaba a cierta distancia, un grupo de cristianos armados los habían descubierto, y un jovencito los señalaba gritando para instigar al resto a matarlos. Astruc saltó a la casa de al lado y, desde abajo, la ayudó a bajar.

—¡Nos siguen! —alertó Francesca.

Continuaron corriendo hasta que, de pronto, Astruc soltó un grito agónico. Una flecha le había traspasado el hombro derecho. Se encogió un momento por el dolor, pero se la arrancó de un tirón con los dientes apretados.

—¡Por aquí! —ordenó ella. Bajaron por una escalera hasta una estancia donde un matrimonio de abuelos rezaba ante el fuego.

—¡Huid! —exclamó la muchacha—. ¡Los cristianos están aquí!

Los ancianos ni se inmutaron. Los dos jóvenes continuaron bajando las escaleras. Oyeron a los agresores, que ya habían entrado en la casa, y luego un chillido de mujer. «Los han matado.» Francesca se persignó con las manos temblorosas. Salieron a una calle estrechísima y se toparon con un grupo de unos diez judíos que corrían y que los arrastraron con ellos. A pesar de ir de la mano, la fuerza con que los empujaron los obligó a separarse.

—¡No me sueltes! —exclamó él.

Astruc saltó por encima de la gente para aferrar su mano con una mueca de dolor por la herida. Consiguió agarrarla y tiró de ella. Iba empapado en sangre, pero no podía entretenerse en examinar el daño que le habían hecho. Muy pegados al muro de piedra, dejaron pasar al grupo. Aún no habían recuperado el aliento cuando la banda de cuatro o cinco muchachos que los perseguían salieron de la casa. Los miraban con los ojos ávidos de venganza.

—Corre —la conminó Astruc con la voz ronca por el pánico.

La arrastró hacia donde había huido el grupo de judíos, pero después de avanzar diez pasos tuvieron que detenerse en seco. El suelo y las paredes estaban manchados de rojo. Los hombres que hasta hacía un instante corrían a su lado yacían muertos o agonizaban con las gargantas abiertas. Frente a ellos había tres hombres, con los cuchillos aún chorreando sangre. Uno de los asesinos sostenía una cabeza por el pelo con una sonrisa enajenada y la mirada totalmente vacía. Los otros dos respiraban entrecortadamente, blandiendo sendos puñales y con los rostros ensangrentados.

—¡Aquí hay dos más! —gritó el que sostenía la cabeza.

Francesca despertó de su ensimismamiento.

Tanto ella como Astruc se volvieron con intención de huir calle arriba, pero el grupo de jóvenes que los perseguía por los terrados ya estaba a poca distancia y les cerraba el paso. Estaban acorralados.

—Francesca —dijo él, comprendiendo que era el final.

Ella lo abrazó con fuerza y enterró la cara en su pecho.

—Astruc.

Los dos grupos se acercaban, uno por cada lado, profiriendo insultos y burlas que ni siquiera escuchaban, inmersos cada uno en la calidez del otro. Ella no podía imaginar un lugar mejor donde morir, atrapada entre unos brazos que querían protegerla de aquella barbarie absurda. Olió su ropa por última vez. Podía oír el tintineo del hierro de los cuchillos, que ya estaban prácticamente encima. Apretó los ojos aún más fuerte.

—¡Deteneos! —vociferó alguien para hacerse escuchar.

Aquella voz... A Francesca se le paró el corazón.

—No los matéis.

Muy despacio, levantó la vista. «No puede ser él.»

—Es mi hermana.

Se hizo un silencio absoluto.

Entonces la muchacha se encontró con la mirada de Joan. Aún resoplaba por la carrera en los terrados. También reconoció a Bertran Serrador, el ladrón, y a algún otro chiquillo del barrio.

—¿Qué hace aquí una cristiana vestida de judía? —soltó uno de los tres asesinos del otro grupo, alzando el puñal ensangrentado.

Joan temblaba como una hoja, cualquiera habría podido verlo.

—Ha venido conmigo, pero nos hemos separado y la he perdido. —Y dirigiéndose a ella con una sonrisa forzada, dijo—: No es que haya sido muy buena idea lo de disfrazarte de judía, hermana. ¿A quién se le ocurre?

Ella le devolvió la sonrisa.

—Es que me he visto sola y tenía miedo de que los marranos me matasen. Le he robado el vestido a una mujer muerta.

Nadie se movía, parecía que ninguno de ellos los creyese, cuando...

—Es cierto, es su hermana, la recuerdo bien —dijo Bertran—. Una vez me salvó la vida —dijo agradecido.

Sus compañeros renegaron, frustrados, y se disponían a marcharse cuando un hombre del otro lado soltó, señalando a Astruc:

—¿Y él? ¿Quién putas es él?

Los que ya se iban se detuvieron. Todos los ojos estaban puestos en la boca de Joan. Este observó a Astruc, que apretaba los puños con fuerza. Tenía en sus manos su vida, con una sola palabra era hombre muerto, y los tres lo sabían. Ella lanzó un ruego mudo a su hermano con la mirada. Era tan desgarrador que el muchacho tuvo que bajar la vista.

—Es su marido, que también nos acompañaba —dijo al fin en un murmullo.

Los hombres armados blasfemaron, frustrados por tener que renunciar a la matanza cuando ya la tenían al alcance de la mano.

—¡Por el culo de Dios! —exclamó uno de la cuadrilla contraria—. ¿Por qué habríamos de creerte, perro sarnoso? ¿Quién nos dice que no eres un defensor de los herejes?

Ambos grupos alzaron las respectivas armas.

—¡Calma! —pidió Bertran Serrador—. Calma... ¡Entre cristianos no tenemos que matarnos! ¡Los judíos son los enemigos! ¡Es a ellos a quienes tenemos que rajarles el cuello!

Esas palabras tuvieron más efecto del que habría imaginado, y uno de los contendientes dijo:

—Tiene razón, dejémoslos en paz y vayamos a matar cerdos. Aquí estamos perdiendo el tiempo.

Dicho esto, todos menos Joan, Francesca y Astruc desaparecieron calle abajo.

—Toma, quítate la ropa y ponte esto —ordenó Joan a Astruc alargándole su propia capa morada—. Y tú, Francesca, quítate el manto.

Ella obedeció y dejó caer al suelo la capa con el emblema judío.

—Soy judío, no tengo por qué esconderme —dijo Astruc escupiendo cada palabra.

—No es momento de ponerse gallito —replicó Joan—. Haz el jodido favor de obedecer, mierdoso. Ponte mi capa.

—Tiene razón, llevar el círculo es un suicidio —imploró Francesca, agarrándolo del brazo.

Finalmente, Astruc hizo lo que se le ordenaba y se puso la ropa del cristiano. Los tres se dirigieron a las puertas de la judería, donde había un verdadero río humano en ambas direcciones. Y justo cuando estaban a punto de salir...

—No puedo —gimoteó Astruc, echando un último vistazo al castillo—. Mi familia...

—No podemos hacer nada por ellos, ni siquiera sabemos si están vivos —lo amonestó Francesca—. Si no huimos, moriremos.

Vencido por la evidencia, el muchacho inclinó la cabeza, se puso la capucha y salieron los tres a la plaza de Sant Jaume.

—He oído que algunos judíos se están refugiando en el convento de las Magdalenas. Ten cuidado, hermana. Y tú —dijo dirigiéndose a Astruc—, tú preocúpate de que no le pase nada a mi hermana o te encontraré y te arrancaré la cabeza.

Francesca lo retuvo agarrándolo del brazo.

—No vuelvas dentro, Joan. ¡Tú no eres un asesino, por Dios! Si matas a alguien te arrepentirás toda la vida. ¡Te condenarás! —le rogaba—. Por favor, hermano...

El joven pareció conmovido por un instante, pero enseguida se zafó de su mano.

—Ya he hecho más que suficiente salvándole la vida.

Y se dirigió de nuevo al interior del Call, de donde aún salían gritos desgarradores.

En el convento se encontraron una gran sala llena a rebosar de refugiados que habían logrado escapar a la masacre. Entre las muchas personas que yacían aquí y allá estaba el famoso rabino Hasday Cresques, del que tantas veces había oído hablar. Habían matado a su hijo y lloraba junto a su mujer, apoyado en la pared. Era un hombre viejo, de pelo y barba blanquísimos, y en aquellos momentos parecía cargar con toda la tristeza del mundo a sus espaldas. La desolación entre las familias hebreas era total: había quien miraba fijamente al suelo, otros rezaban, algunos lloraban sin lágrimas, pero ninguna de aquellas personas hablaba; lo que habían visto esos días les había robado la voz.

Después de comprobar que la herida del hombro de Astruc no era grave y de curarla con un poco de vino y vendas que le dieron las monjas, Francesca fue a agradecer a la priora Constança de Bellera que les permitiesen quedarse hasta que la situación se calmase un poco, y la religiosa les aseguró que haría todo lo que pudiese por protegerlos. Todavía recordaba con cierto sentimiento de culpa que no había podido impedir que aquellos hombres capitaneados por Berenguer Satorra secuestrasen a Francesca años atrás, y por eso ordenó proteger las puertas del convento con sacos de grano y de harina y bancos del oratorio.

Al volver a la sala comprobó que Astruc no estaba. Lo buscó por todo el recinto sin éxito hasta que, al pasar frente a una de las celdas del último piso, oyó sollozar a alguien. Entró y se lo encontró llorando. Sabía perfectamente qué era lo que lo reconcomía: mientras que ellos dos se habían salvado, toda su familia y sus amigos podían estar muriendo apuñalados o degollados por una horda de fanáticos. No había palabras que pudiesen consolarlo de una incertidumbre semejante. Logró que se pusiese en pie y lo llevó hacia la cocina, que tantos buenos recuerdos le traía. Allí se encontró a Elvira, la cocinera, y a Valençola, con quien se fundió en un gran abrazo. Las mujeres les prepararon unas empanadas de carne y vino griego, que los jóvenes devoraron. Luego se quedaron dormidos junto al fuego, pero tuvieron un sueño agitado y frágil, como sus vidas en aquel momento.

Cuando aún no había salido el sol, la sorprendió la voz cavernosa de Bartomeua.

—Ha venido alguien a verte.

Se levantó sin hacer ruido y se quedó de piedra al ver a Martí en la puerta de la cocina.

—¿Qué haces aquí? —exclamó, sorprendida, sin elevar el tono.

—Dale las gracias a Guillemona. Joan le ha contado que estabas aquí y ella ha venido a pedirme que te ayude. Todo el mundo estaba preocupadísimo por ti. No sabíamos qué te había ocurrido ni dónde estabas. ¿Te han herido? ¿Estás bien? —preguntó con inquietud, escudriñándole el cuerpo.

—Sí, sí, estoy bien... Estamos bien... —dijo, dedicándole a Astruc una mirada que a Martí no le pasó desapercibida—. De momento nos quedaremos aquí, no es prudente que salgamos aún...

—Como quieras, pero si necesitas cualquier cosa, ya sabes dónde estoy.

La muchacha pensó que difícilmente se le presentaría una ocasión mejor para decirle lo que debería haberle confesado hacía mucho tiempo.

—Martí, yo... tengo que contarte una cosa que hace tiempo, mucho tiempo que me corroe —dijo despacio—. Cuando me preguntaste hace tiempo si tú eras el padre de mi hijo...

—Me mentiste, ya lo sé —la interrumpió. Y viendo la cara de sorpresa de ella—: Lo vi en la procesión del Corpus Christi. ¡Por Dios, si tiene mis ojos!

La joven sonrió aliviada.

—Sí, es cierto, sois clavados.

—Te envié una nota a través de Guillemona en la que te lo volvía a preguntar y, aunque no recibí respuesta, estaba seguro.

«Tiré la nota al fuego», recordó.

—Debería haberte dicho la verdad, pero debía seguir adelante sin ti. Tenía que olvidarte si quería vivir.

Martí asintió con semblante triste.

—Veo... —dijo, titubeando—. Veo que amas al judío.

La dejó turbada hasta qué punto podía leerle los pensamientos, y asintió.

—No es difícil quererte, Francesca, nada difícil. Si te quiere tanto como yo te he querido, me conformo —murmuró—. Solo te pido que me dejes ver crecer a Arnau, eso es todo.

—Lo verás crecer, te lo prometo —susurró ella con dolor en la garganta por las ganas de llorar.

A Martí se le humedecieron los ojos. Eran conscientes de que aquella era una despedida distinta a las demás; no estaba teñida por el dolor ni por el rencor, solo sentían la satisfacción de estar haciéndose una promesa que por fin ambos podrían cumplir.

—Siempre serás mi Caracola —dijo él con los ojos anegados en lágrimas.

—Adiós, Martí —respondió Francesca en un hilo de voz.

Y se fundieron en un abrazo largo y tierno.

Letargo

8 de agosto de 1391

Sonaba la hora tercia cuando los judíos abrieron las puertas del Castillo Nuevo. Se rendían. Tenían hambre y sed y eran conscientes de que los niños no aguantarían mucho más. El grito de victoria de los cristianos llegó a todos los rincones de la ciudad, incluso hasta el convento de las arrepentidas, donde el goteo de personas que llegaban, más de ochenta ya, no había parado en toda la noche.

—Han entrado en el Castillo Nuevo —adivinó Astruc con desasosiego—. Tengo que ir.

Se levantó de un brinco, abrumado por la angustia.

—Voy contigo, espérame. —Era tal la determinación de Astruc que Francesca entendió que nada ni nadie podría detenerlo.

En las calles de la ciudad se respiraba un ambiente triunfal envenenado; muchos corrían eufóricos proclamando que la judería había caído, pero muchos otros se escondían dentro de casa, temerosos de las posibles represalias de las autoridades cuando toda la alegría por aquel dudoso éxito hubiese pasado. A Francesca le costaba seguir el ritmo de Astruc, que caminaba como una flecha hacia la plaza de Sant Jaume, donde no cabía un alfiler. La cruz que habían traído de la seo ya era bien visible en lo alto del castillo, como un símbolo del poder indiscutible del cristianismo sobre el mundo. De pronto se hizo el silencio, y avanzaron posiciones para ver qué pasaba. Los judíos salían del Call custodiados por la tropa más fanática de los asaltantes, que los amenazaba con alabardas y espadas para mantenerlos juntos. Muchos de ellos estaban heridos, cansados y, sobre todo, muertos de miedo. Con toda la razón; algunos atacantes portaban largas estacas con algunos cráneos clavados en lo alto. La imagen era terrorífica, incluso para muchos de los cristianos que asistían a la macabra procesión y observaban todo aquello con espanto. Conducían a los judíos a la iglesia de Sant Jaume, a la de Sant Miquel o hacia la catedral para convertirlos en cristianos. Dentro de los templos, muchos de ellos se dejaban bautizar sin oponer resistencia, pero otros se resistían en el último momento y eran obligados a agacharse mientras los clérigos les echaban agua bautismal en la frente. Francesca y Astruc consiguieron situarse en primera fila, por si desde allí veían a los Benevist. Entre los vencidos había muchos conocidos; caminaban cabizbajos, con las mejillas hundidas y la pena inmensa de saber que se dirigían a su propia aniquilación como pueblo. Algunos lloraban aterrados, otros avanzaban con dignidad, pero con el orgullo herido de muerte. Las madres estrechaban a sus hijos contra el pecho para protegerlos de la muchedumbre que los increpaba. La cara de los huérfanos reflejaba todo el horror vivido. Pero ni rastro de los Benevist.

Francesca miró a lo alto de la torre del Castillo Nuevo. Le pareció que allí quedaban judíos. Y entonces comenzó a pasar. Un cuerpo cayó al suelo y quedó aplastado por el impacto. Y otro. Y después otro. Para muchos de ellos aquella era la única salida digna. La gente comenzó a chillar, presa de la histeria colectiva, y la masa se movió en bloque alejándose de aquellos cuerpos, que caían y morían en el acto. El sonido de la carne impactando contra el suelo era estremecedor. Ante aquella imagen, Astruc se mantenía inmóvil, con la boca y los ojos abiertos, sin parpadear. De pronto, soltó un grito silencioso y se desplomó de rodillas con las manos en la cabeza. Y fue en aquel preciso momento cuando ella cayó casi a su lado. Reginó. Con aquellos ojos tan claros abiertos de par en par, mirando al cielo y con un hilo de sangre en la comisura de los labios, que ya no volverían a reír nunca más. Debía sacar a Astruc de allí antes de que él mismo se delatase, así que lo arrastró como pudo lejos de la multitud, pero no lo bastante deprisa como para evitar que viera lo que ocurría un poco más allá; muchos de los judíos que avanzaban en fila hacia el bautismo obligado se salían de ella y se abalanzaban contra la masa. Buscaban terminar de una vez con aquel tormento. La mayoría eran mujeres que preferían dejar aquel mundo donde no les estaba permitida la religión que sus madres y abuelas les habían enseñado y que ellas habían enseñado a sus hijas y nietas. Para horror de ambos, Goig y su hermana fueron dos de ellas. Murieron al instante de una puñalada en el pecho.

Francesca logró arrastrar al muchacho hasta la plaza del Blat, donde hizo que se sentara para recuperarse de la impresión. Estaba blanco y no reaccionaba.

—Goig... solo era una niña —murmuró él con la voz rota—, y su hermana también, las he visto crecer... Los odio —soltó rechinando los dientes—. Os odio a todos.

Ella le sujetó la cara entre las manos con lágrimas en los ojos.

—Astruc, Astruc, por favor, no permitas que te hagan esto.

—¡Sepárate de mí, cristiana! —gritó, apartándola de su lado.

Unos marineros que pasaban por allí, y a los que Francesca conocía, se pararon a presenciar la escena. Entonces Astruc lanzó un fuerte grito al cielo y utilizó toda su corpulencia para embestir a cualquiera que se le pusiera por delante. Entre unos cuantos consiguieron reducirlo a golpes hasta dejarlo inconsciente y se marcharon. Francesca lo ayudó a incorporarse y comprobó que estuviese bien. No tenía nada roto, solo se le había abierto la herida del hombro, que sangraba. Pero eso no era lo que más le preocupaba, sino aquella mirada totalmente vacía. Lo agarró con delicadeza por la cintura y emprendieron el camino a casa.

Aquel día de sangre, más de tres mil judíos se convirtieron a la fuerza, y a muchos de los indecisos los secuestraron en casas particulares o de religiosos para evangelizarlos. Unas cuatrocientas personas terminaron en el fondo de pozos, en las cisternas del Call o esparcidas por sus calles teñidas de rojo. Su pequeño mundo había quedado absolutamente devastado. Reginó tenía razón: judíos y cristianos jamás volverían a convivir en paz. Aquel agosto de 1391 sería recordado como el del fin de la comunidad judía en Barcelona.

La ciudad aún no se había recuperado de las heridas cuando el gobernador de Cataluña, Ramon Alemany de Cervelló, acompañado de su alguacil, Ponç d'Alcalà, ocupaba las calles con doscientos jinetes armados para imponer la paz a la fuerza. Hicieron instalar horcas en la plaza Nova, en la del Blat y en Santa Anna para colgar y descuartizar a los culpables del asalto al Call y el asesinato de los judíos, propiedad del rey. Condenaron a decenas de ellos a la muerte, y a varios centenares a pagar multas altísimas. Poco a poco, la calma se fue imponiendo.

Francesca estuvo un buen rato sin dejar de abrazar a Arnau. Su olor y el contacto con aquella piel tan suave eran como un bálsamo que la ayudaba a tranquilizarse. Se lo llevó a la cama y le canturreó canciones hasta que el niño se durmió. A pesar de que Guillemona y Bonanada habían intentado aislarlo de todo lo que estaba sucediendo, había tenido pesadillas, porque en el barrio los chiquillos contaban las matanzas que habían cometido sus propios padres o hermanos. Al saber que Reginó había muerto, la abuela sufrió un ataque y se le paralizó medio cuerpo. Comenzó dejando de hablar, primero un poco, después del todo. Su pequeño cuerpo arrugado estaba con ellos, pero aquella mujer fuerte y de carácter endemoniado se había apagado sin remedio. Guillemona, que ya era asustadiza por naturaleza, no salía de casa por miedo a ver más atrocidades. Todo se le caía de las manos, y lo que le pasaba a Astruc no ayudaba a serenar los ánimos.

Nada más llegar a casa, el joven se rasgó el vestido por la parte de delante y se negó a cambiárselo o a lavarse o ponerse los zapatos. Celebraba el *shivá*, la semana de duelo. Recitaba en voz baja las oraciones en honor a los muertos, el *kadish*, mientras deambulaba por la casa como un sonámbulo. No ayudaron a mejorar su estado de ánimo las noticias que les llegaban sobre los supervivientes; Mossé Falcó y toda su familia se habían convertido, y ahora el médico se llamaba Francesc de Pedralbes. También el cambista Saltell Cabrit, el primo de Bonjuhà, que había pasado a llamarse Lluís de Jonqueres. Para convencer a todo el mundo de su firme compromiso con el cristianismo, promovió la demolición de la sinagoga del Call Menor y junto con un nutrido grupo de conversos pagó de su propio bolsillo la nueva capilla de la Santa Trinitat que se levantó en su lugar. El mundo de Astruc se estaba desintegrando ante sus ojos y debía resignarse a ser mudo testigo de ello.

Al día siguiente de su vuelta a casa, y movida por una rabia ciega, Francesca se dirigió a primera hora a la plaza de Santa Anna, donde debían sacrificar a once reos culpables de haber asesinado a judíos. Caminaban descalzos y cabizbajos. Observó impasible cómo colgaban a uno, quemaban a otro, a un tercero le cortaban el puño, la pierna, le sacaban un ojo... La carnicería iba transcurriendo ante sus ojos sin despertar compasión alguna en ella. Ni ella misma comprendía cómo aquel espectáculo podía dejarla tan fría. Hasta que al cadalso subió otro de los acusados, un jovencito rubio que apenas tenía dieciséis o diecisiete años.

—Joan... —susurró.

Levantó la mano, pero ni siquiera tuvo tiempo de

decirle adiós porque el muchacho ya colgaba de la cuerda.

—¡No! —chilló.

Se dobló y se dejó caer al suelo. Nadie reparó en su dolor. Nadie le dedicó ninguna palabra de consuelo. La visión de las vísceras y la muerte acaparaba toda la atención de la gente. ¿Qué esperaba? Los ajusticiados eran asesinos, gente de mala vida. Ladrones. Nadie podía sentir compasión por tales bestias sin corazón. Nadie excepto ella, que, en mitad de aquella sed de venganza y odio, recordaba la risa ingenua de Joan con una lubina en las manos o su destreza para hacer nudos marineros con una vieja cuerda... o sus ojos hambrientos. Se maldijo por no haber sido capaz de salvarlo de sí mismo a pesar de quererlo tanto. Lloró durante mucho tiempo mientras metía el dedo en un agujerito que tenía la falda del vestido, hasta que notó los huesos entumecidos. Se incorporó despacio, con un vacío gigante en el pecho. Mientras a su espalda descuartizaban a Bertran Serrador y lo arrastraban despedazado por la calle, Francesca se hizo un firme propósito: reuniría todas las migajas de su vida que quedaban y las recompondría como fuese para poder sobrevivir a aquella barbarie.

Había intentado aproximarse de todas las maneras posibles, pero él se mantenía aislado dentro de una concha transparente. Recibía sus pequeñas muestras de frialdad como flechas, pero se cuidaba mucho de dejar que se le viesen las heridas. Los besos eran cada vez más escasos e indiferentes, siempre era ella quien buscaba el contacto con su piel a través de una caricia o un abrazo. Las frases se habían vuelto cortas, funcionales. Él prácticamente utilizaba solo el «sí» y el «no». Era el primero en meterse en la cama y el último en levantarse, y apenas tocaba la comida, ni siquiera el *haní* que le habían cocinado siguiendo la receta de Sara. La segunda noche Francesca se presentó desnuda en su dormitorio con una vela iluminándole la larga melena. Estaba preciosa. Él la observaba, pero no se movía. La muchacha se puso encima de él, a horcajadas, y colocó las manos de él en sus pechos, primero una, después la otra, pero Astruc volvió la cabeza y cerró los ojos.

—Te deseo... —dijo—, te deseo mucho, Francesca... Pero no puedo, lo siento —se lamentó al fin.

Entonces supo que lo estaba perdiendo, y por mucho que se devanaba los sesos no encontraba la clave para retenerlo. Si quedaba alguien que pudiese sacarlo de aquel letargo eran sus padres y hermanos, pero había buscado a los Benevist por todas partes sin éxito, la tierra se los había tragado. El cuarto día se armó de valor y decidió pedir ayuda a la única persona que conocía todos los secretos de aquella ciudad herida, sus recovecos más oscuros, a sus víctimas y también a quienes aún se ocultaban entre sus sombras: Ponç d'Alcalà. Debía confiar en que el deseo que sentía por ella fuese lo bastante fuerte como para arriesgarse, en aquel momento, a buscar a una familia de judíos desaparecidos. Ningún cristiano con dos dedos de frente, de eso estaba segura, lo haría.

Resonaban las últimas frases del *Agnus Dei* cantadas a cuatro voces y acompañadas por la música del gran órgano de la seo. Hacía poco que había curado de exceso de flema en los pulmones a su organista, Jaume Ballester, que tal vez no tuviera el don de la palabra, pero desde luego nadie podía negar que sabía tocar como los ángeles.

La misa por la asunción de María había finalizado y Francesca estaba esperando tras una de las columnas gigantes de la catedral a que el alguacil pasase por delante. Lo vio en medio del gentío con su esposa y sus hijos. Como siempre, iba emperifollado de la cabeza a los pies, limpio como una patena. Le llamó la atención que vistiese una prenda que le cubría el pecho y que comenzaba a verse por entonces en la ciudad: el jubón. El suyo estaba confeccionado con satén y adornado con hilos de plata. No le llegaba ni a medio muslo, y dejaba al descubierto unas espléndidas calzas de color rojo que atraían las miradas de todo el mundo. «Precisamente lo que él quiere», pensó ella. Por un momento pensó que Ponç d'Alcalà la había visto, pero continuó hasta la salida sin dejar de hablar con unos y otros. Había tanta gente que apenas podía seguirlo, hasta que lo perdió justo en la explanada que se abría ante la seo.

Cuando ya se disponía a volver a casa por la calle de la Tapineria, alguien le tiró del brazo y le llegó un efluvio a espliego.

—Tal vez sois muy devota de la Virgen, pero el olfato me dice que habéis venido a buscarme a mí —soltó el alguacil con aquella sonrisa pícara—. ¿Me equivoco? —añadió con voz melosa.

—Soy muy devota de la madre de Dios —respondió ella, librándose de su mano—, pero... —tragó saliva— lo cierto es que os necesito.

Al amanecer ya estaba ante las puertas calcinadas del Call. Pese a la hora, el calor comenzaba a apretar. Olía a chamuscado, y los recuerdos de la última vez que estuvo allí la asaltaban como dagas, pero se recordó a sí misma que todo aquello lo hacía para salvar a Astruc. Ese Astruc que ya no era Astruc. Un Astruc que era un hombre sin vida con un rencor infinito escrito en la mirada. Ya empezaba a creer que Ponç había cambiado de idea respecto a su promesa de ayudarla cuando vio que se acercaba una figura vestida con ropa sencilla y andrajosa.

—Sabéis que esto no lo haría por cualquiera, ¿verdad? —dijo él sin quitarse la capucha. Se acercó mucho a su cara—. Lo hago porque sois la mujer con más cojones que conozco y porque tengo la esperanza de que mi gesto os ablande el corazón... —susurró con una mirada llena de lascivia.

—Mirad, Ponç, si os creéis que a cambio de esto... —le advirtió inquieta.

El alguacil le puso un dedo en los labios para hacerla callar.

—Yo no creo nada. Me habéis pedido un favor y os lo haré. Soy un caballero. —Ella asintió aliviada. Y al ver que se había quedado mirando con curiosidad su vestimenta, añadió—: He tenido que disfrazarme un poco para no llamar la atención, el alguacil del gobernador no debería estar perdiendo el tiempo buscando a unos judíos desaparecidos. Ahora mismo, aquí dentro no existe la ley, pero si aun así continuáis obstinada en vuestro propósito, no os separéis de mí.

—¿Sabéis dónde están? —preguntó ella, ansiosa.

—Según mis informadores, hay un grupo de judíos que siguen escondidos, pero no os puedo asegurar que los que buscáis estén entre ellos. Seguidme.

Y franquearon las puertas.

El hedor a quemado empezó a mezclarse con otro hedor mucho más fuerte, penetrante y ofensivo. Cuando entendió de qué se trataba tuvo que reprimir las náuseas: carne podrida. Entonces comenzó a verlos. Había cadáveres en descomposición por todas partes. Reconoció al enterrador, Capuchón, que con ayuda de dos chiquillos los iba apilando en un carro. También había judíos con el círculo amarillo vagando por las calles; algunos lloraban, otros simplemente llenaban carretas con las pocas pertenencias que habían podido salvar. Ponç d'Alcalà la condujo hasta la antigua sinagoga, ennegrecida por el fuego, y entró. Ella lo siguió.

—Tiene que ser por aquí... —dijo él mientras bajaba unos escalones que llevaban a una estancia situada en un nivel inferior.

Era una sala bastante oscura, pero, previsoramente, Ponç d'Alcalà llevaba consigo una vela y la encendió. Quedaban algunos papeles tirados por el suelo y poca cosa más, pero el alguacil parecía estar seguro de lo que buscaba y se dirigió a una de las paredes de piedra. Se puso en cuclillas y comenzó a palpar el suelo hasta que encontró una argolla de metal.

—¡Mira por dónde! —exclamó.

Tiró hacia arriba y se abrió una trampilla de madera muy gruesa que solo estaba oscurecida por el lado de fuera.

—Tienen que estar aquí dentro.

—Pero... ¿a dónde conducen estas escaleras? —preguntó Francesca con cierta desconfianza en la voz.

—¿A dónde? Pues a donde se esconden los judíos, querida. A las alcantarillas romanas.

Bajaron por unas escaleras de piedra húmedas y resbaladizas que los obligaban a aferrarse a ambos lados para no caer y a agachar la cabeza para no topar con el techo. La peste a excrementos era intensa. Francesca pisó algo blando, pero prefirió no mirar qué era. Seguían avanzando por un pasillo de techo bajo, iluminados por la luz tenue de la vela, cuando de repente oyeron un grito ahogado.

—Están aquí —dijo Ponç en tono triunfal.

Y, efectivamente, ovillado contra la pared de piedra había un numeroso grupo de mujeres, hombres y niños vestidos con el círculo amarillo y mirándolos aterrorizados. Eran al menos cuarenta. Después de comprobar varias veces con angustia todas y cada una de las caras, Francesca soltó un gemido de impotencia. Ni rastro de los Benevist.

Se dirigían hacia la salida cuando pasaron por delante de la antigua carnicería, ahora convertida en un almacén lleno de trastos viejos y desvencijados. La muchacha recordó la primera vez que preguntó allí por la casa de los Benevist el día que murió su madre y le sobrevino una tristeza profunda.

—Si no estaban allí lo más probable es que estén muertos, lo lamento —aseveró Ponç—. Si queréis mi consejo, olvidaos de los judíos o acabaréis en el fondo de un pozo como ellos...

Justo cuando Francesca se disponía a protestar le

pareció reconocer a alguien al final de la calle. Aquellos andares pausados, la bonhomía escrita en la cara...

—¿Qué os pasa? ¡Parece que hayáis visto un fantasma! —exclamó el hombre.

—Allí al fondo, me parece que se trata del médico que detuvisteis hace tiempo.

El alguacil lo observó de lejos mientras asentía.

—Bernat Oriol. El viejo hijo de puta tenía buenos contactos y se libró más deprisa de lo que un gato tarda en matar a una rata —dijo con rencor. No estaba acostumbrado a que se le escapasen las presas—. Pero... ¿qué está haciendo aquí?

Ambos se metieron en un portal para poder observarlo sin que él se percatase. Daba órdenes a dos muchachos que iban de aquí para allá con una carreta. De pronto, recogieron un cuerpo del suelo y lo arrojaron dentro de mala manera. Francesca se puso la mano en la boca.

—No lo entiendo —dijo Ponç desconcertado.

—Yo sí. Sé perfectamente qué están haciendo.

El alguacil la miró de cerca divertido.

—Por supuesto que lo sabéis. Vos lo sabéis todo. ¿Y bien?

—El médico municipal de Barcelona está robando un cadáver. Quiere intentar lo que no consiguió hace tiempo. Algo que todo médico de este mundo desea.

—¿Y ese algo qué es? —preguntó el alguacil intrigado.

—Hacer una disección.

Ante la evidencia de que Bernat Oriol estaba cometiendo un delito, Ponç d'Alcalà no dudó en seguirlo y, pese a que trató de impedir que Francesca lo acompañase, no hubo manera de convencerla de lo contrario. Siguieron sus pasos y los de los dos muchachos que llevaban la carreta hasta que salieron del Call. La ciudad cristiana estaba aún medio dormida y solo se veía a las hilanderas más madrugadoras, sentadas en los poyetes, y a algún mozo cargado con sacas llenas de especias. Bajaron por la Rambla hasta el portal de Trencaclaus, con su capillita dedicada a san Hipólito, el patrón de los alfareros, siempre a una cierta distancia para no levantar las sospechas del médico. Frente a ellos se extendían cientos de piezas de cerámica de todas clases que habían puesto a secar al sol. La carreta con el cadáver giró por la calle de los Escudellers y entró en un portal bastante grande. Francesca y el alguacil se detuvieron a una distancia prudencial y vieron cómo bajaban el cuerpo y lo dejaban en el suelo, junto a un torno y diversas piezas de barro a medio hacer. Después, entre los dos muchachos, lo metieron en la casa.

—Quedaos aquí —ordenó Ponç—. Iría a buscar un centinela, pero temo que mientras tanto se escapen...

—Tened cuidado, no sabéis lo peligroso que es Bernat Oriol —le advirtió ella.

—Vaya, ¿ahora os preocupáis por mí? —dijo, seductor—. ¿Puede que haya despertado una lucecita en ese corazón de hielo?

—Solo digo que puede parecer inofensivo, pero no lo es.

—Quedaos tranquila, Francesca, que no me va a pasar nada. Son jovencitos que no habrán cumplido siquiera los trece años y él es un viejo chocho que no se aguanta los pedos. Y si aun así me sorprendieran, estoy entrenado para luchar.

Ella observó cómo el hombre entraba en la casa. Al

cabo de bastante tiempo esperando, comenzó a angustiarse. No sabía qué hacer. ¿Ir en busca de ayuda? Cuando llegasen los guardias, si es que los convencía para que la acompañasen, ya no encontrarían a nadie. Sin pensar mucho lo que podría encontrarse, decidió aventurarse y entró en el portal con cautela. Todo parecía en calma. «Demasiado silencio.» Entró por la única puerta y se encontró con un espacio muy oscuro. Se detuvo para que los ojos se le acostumbrasen a la falta de luz. De pronto, oyó un gemido procedente del suelo.

—¡Escapad, Francesca...!

Era Ponç. Le pareció que tenía sangre en los labios. Entonces uno de los muchachos que habían acompañado al médico comenzó a golpearlo con una barra de hierro por todo el cuerpo. Ella intentó huir, pero alguien la agarró por la cintura y de un fuerte tirón la estampó contra la pared. Permaneció aturdida unos instantes. Un dolor punzante le martilleaba el cerebro y no la dejaba pensar con claridad. Con el sabor del pánico en la boca, intentó de nuevo salir de allí, pero, para su desesperación, el otro muchacho se plantó ante la puerta con otro palo en la mano.

—Bienvenida, Francesca. Me ha hecho mucha ilusión veros en el Call, pero, os lo confieso, he pensado mal de vos. ¿Acaso me seguíais? —Aquella voz la hizo estremecer—. ¿O es el destino, que nos quiere unir y nosotros nos empeñamos en desobedecerlo?

—¡Soltadme, Bernat! ¡Quiero irme! —chilló ella irritada.

—No. No os iréis.

Le clavó aquella mirada gélida que tan bien conocía, y en aquel preciso momento tuvo la certeza de que no saldría con vida de allí. El médico, sin que ella hubiese visto de dónde lo sacaba, blandía un cuchillo. La muchacha alzó las manos lentamente.

—Escuchad, Bernat... —dijo con su voz más suave—. No hagáis nada de lo que os podáis arrepentir... Vosotros —rogó a los dos jovencitos, que miraban la escena impasibles—, ayudadme, por favor...

—Se ha terminado —la cortó él, rotundo, en un tono que no admitía réplica—. Ninguna mujer debería querer usurpar el lugar de un hombre, os lo he repetido mil veces a lo largo de los años, pero vuestra ambición ciega no os ha dejado ver cuál era vuestro verdadero lugar en el mundo: una mujer ignorante y pobre que debería dedicar su vida a cuidar de sus hijos y su marido en lugar de buscar tan desesperadamente la fama y la admiración de la buena gente de esta ciudad. —Tomó aire y prosiguió—: Sois una ramera hechicera, una vergüenza para el resto de las mujeres —iba elevando el tono mientras se acercaba a ella despacio—, y no habéis mostrado respeto por nada ni por nadie. Habéis mancillado el buen nombre de nuestro oficio. —La boca le temblaba—. ¡Incluso habéis intentado deshaceros de mí! —estalló, blandiendo el cuchillo en el aire—. Pero ahora os tengo aquí y sois toda mía... Nadie puede salvaros esta vez. Nadie.

Bernat alzó la daga y Francesca chilló. De pronto, una figura se movió en medio de la penumbra. A la muchacha le costaba comprender qué estaba pasando. Todo eran sombras y movimientos fugaces. Oía gritos ahogados y golpes. Bernat Oriol, como ella misma, intentaba entender qué estaba ocurriendo cuando la cara desfigurada y ensangrentada de Ponç d'Alcalà apareció de la nada y se interpuso entre ella y el médico. Cojeaba y tenía un brazo dislocado.

—¡Deteneos, en nombre del gobernador! —gritó el alguacil.

—¿Vos...? —titubeó el médico, totalmente desconcertado—. Qué..., ¿qué hacéis vestido así?

Mientras hablaba miraba obsesivamente hacia el fondo de la estancia, sin duda para saber dónde se habían metido sus ayudantes. Francesca vio que ambos habían sido abatidos y se retorcían de dolor. Debía reconocer que, a pesar de su deplorable estado, Ponç d'Alcalà era un luchador extraordinario. Por primera vez pudo reconocer una chispa de temor en los pequeños ojos del físico; que el alguacil lo hubiese sorprendido a punto de cometer un asesinato quizá no sería algo tan fácil de perdonar, por muy prohombre que fuese. Nada fácil.

En un gesto desesperado, el médico se abalanzó sobre Ponç con la intención de clavarle el cuchillo en el corazón. Lo había visto tan malherido que calculó mal la fuerza que aún le quedaba, porque el alguacil esquivó el ataque, le aferró fuertemente el brazo y logró que el arma saliese despedida. A continuación, agarró el cuchillo y, con un movimiento seco, se lo clavó en el pecho. Luego ambos hombres cayeron al suelo. Francesca se quedó petrificada, con la mirada fija en aquella cara llena de arrugas y sin entender qué había pasado. Un portazo la hizo reaccionar. Los muchachos, viendo que el asunto iba a terminar mal, habían huido, cojeando, como dos ratas. Francesca corrió a tomarle el pulso a Ponç; era débil. Luego hizo lo mismo con Bernat Oriol y el corazón le dio un vuelco. Nada. El médico que le había hecho la vida imposible acababa de exhalar su último suspiro, y notó que un peso que ni sabía que llevaba en el pecho se deshacía como el azúcar en el agua. Al fin era libre.

Astruc no mejoraba. Ni siquiera había reaccionado a la noticia de la muerte del médico, que llegó a todos los rincones de la ciudad. La versión que corría en la calle era que, con la intención de vengarse por su anterior detención, había tendido una trampa al alguacil Ponç d'Alcalà y que este no había tenido más remedio que matarlo para defenderse.

Francesca decidió olvidar aquel episodio y volver a dedicar toda su atención a Astruc. Estaba decepcionada con el resultado de la búsqueda de los Benevist, pero aún no quería darse por vencida y, una vez más, volvió al Call; tal vez no los encontraría, pero con un poco de suerte podría recuperar los objetos más queridos de su amigo: los libros. A aquella hora de la tarde las calles estaban llenas de saqueadores que robaban sin escrúpulos todo lo que podían llevarse consigo. Una vez en la casa se dirigió a la biblioteca, que seguía intacta, y cargó todos los manuscritos en la carreta. También encontró el *januquiá* tirado en el suelo de la cocina, y se entretuvo arrancando la *mezuzá* con los versículos de la Torá de la jamba de la puerta.

Cuando le mostró todo aquello a Astruc, ilusionada por haber podido salvar esos tesoros, él esbozó una sonrisa. Tomó con cuidado el *januquiá* y la *mezuzá*, y los estrechó contra su pecho.

—Quédate tú los libros —dijo—, yo ya no los necesitaré. No volveré a curar a nadie.

Buscó entre los manuscritos un remedio para aquella somnolencia en la que había caído, y en el *Lilium* de

Bernardo de Gordonio halló un capítulo que hablaba de aquella tristeza extrema: «La causa es un humor melancólico que daña el cerebro, perturba el espíritu, ensombrece el alma y es causa de corrupción de la voluntad». Tal como aconsejaba el físico, le había hecho ingerir una poción hecha con raíz de hinojo, perejil, espárragos, brusco y grama, una onza de cada uno, pero después de elaborarla minuciosamente y hacérsela tragar, no había notado ni una pizca de mejora en su humor. Cada día tenía más pesadillas, y gritaba los nombres de Reginó, de Goig y de su familia bañado en sudor. Y nada habría cambiado si al día siguiente Guillemona no hubiese decidido ir a comprar una perdiz en lugar de carne de ternera.

—¡Los he encontrado! ¡He encontrado a los Benevist! ¡Están vivos! —gritó Guillemona, entrando en casa muy exaltada.

En el último momento había decidido cambiar la receta del almuerzo y se había dirigido a la plaza del Oli en lugar de al matadero mayor. Allí una esclava le había contado que se escondían en una casa del Call Menor, que no había resultado tan dañado por los ataques. Estaban con la familia del encuadernador Jafudà Llobell, que los había acogido después de haber conseguido huir de los disturbios. No habían salido de allí ni una sola vez, por eso había sido tan difícil encontrarlos.

—No sabéis lo preocupados que hemos estado por vosotros —dijo Francesca, emocionada, al verlos. Decidió ir primero sin Astruc para asegurarse de que la información de Guillemona era correcta—. Estoy tan contenta de que no os haya pasado nada...

Bonjuhà le estrechó la mano en señal de aprecio.

—Hemos tenido suerte de que Adonai nos haya protegido. Por fortuna, las autoridades de la ciudad se han puesto de nuestro lado y han detenido las matanzas —dijo el judío con los ojos húmedos—. Mi buen amigo Jafudà Llobell, bendito sea, ha salvado a mi familia y también dos libros sagrados de la sinagoga.

Sara abrazaba con fuerza a sus hijos pequeños, Asteró y Samuel, como si tuviese miedo de que de un momento a otro alguien pudiese arrebatárselos. Le contaron a Francesca que de momento vivirían allí, que no podían volver a su casa porque la comisión que se había establecido para la reforma de la judería y su apertura a la ciudad solicitaba unas tasas altísimas por las propiedades y habían tenido que vender la casa a un cristiano viejo que la ocuparía muy pronto.

—¿Sabes que la calle de la sinagoga ahora se llama de Sant Domènec? Se ve que el día del ataque se celebraba ese santo... Dios mío, qué locura —dijo Sara, negando con la cabeza, consternada.

—También dicen que unos diputados de la Generalitat le han comprado la casa al médico Maimó Andali y que quieren derribarla para construir un nuevo edificio. No quedará nada de nuestra judería, nada —añadió Bonjuhà.

—Dile a Astruc que venga a vernos, que lo echamos mucho de menos —le pidió Sara antes de marcharse.

La muchacha salió de allí con la sensación de que la familia Benevist que había encontrado no tenía nada que ver con la que ella conocía; el miedo a ser descubiertos les había dejado una huella invisible pero real. Corrió a contarle la buena noticia a Astruc, que, en lugar de mostrar alegría, se vistió en silencio y pidió que lo llevase con ellos enseguida.

—No puedo seguir más entre cristianos —se limitó a decir.

Francesca tuvo que tragarse las lágrimas y lo acompañó con la esperanza de que su familia lograra devolverlo a la vida. Todos lo recibieron con abrazos, pero él se mostró frío y atemorizado. Pidió que le mostrasen la estancia en la que iba a dormir y ya no salió de allí. Ella entró para despedirse y se lo encontró contemplando la calle a través de la ventana y recitando el *kadish*.

—Aquel que hace la paz en el cielo, que haga la paz para nosotros y para todo Israel. Amén.

Notó la presencia de Francesca, pero no se movió.

—Me voy a casa, Astruc —musitó ella. Y con un atisbo de esperanza, dijo—: ¿Seguro que es esto lo que quieres, quedarte aquí?

El muchacho se limitó a asentir con la mirada fija y vacía, perdida en el infinito.

Éxodo

Sara entró en el obrador con la respiración agitada. Había acudido corriendo, no era conveniente que alguien viese a una judía por aquel barrio. Francesca pidió a Anna y a las aprendizas que atendiesen a la paciente a la que estaba vendando una fractura en el brazo y la hizo subir al piso de arriba. Saludó a Bonanada, que estaba postrada en la cama y ya no se levantaba para nada, cosa que la entristecía mucho; la besó en la frente y luego fueron a sentarse a la cocina.

—¿Cómo está? —preguntó Francesca tímidamente.

—Mal. Sigue igual. —La mujer se echó a llorar—. No es el mismo, le han arrebatado el alma y no es capaz de encontrarla.

La muchacha apretó los puños. Lo cierto es que cada vez que iba a verlo a casa de Jafudà Llobell lo había visto peor, y eso que ya hacía semanas que se había trasladado. Nada más verla, él se encerraba en su dormitorio.

—Primero pensé que solo era cuestión de tiempo, que se le iría pasando, pero ahora veo que no, que quizá ya nunca volverá a ser el Astruc de antes —dijo su madre, negando con la cabeza—. Ese dolor que arrastra lo está consumiendo..., lo acabará matando.

—Voy a ir contigo, quizá esta vez quiera verme y así consiga que me cuente algo —sugirió esperanzada.

Sara se enjugó las lágrimas y la miró con una tristeza absoluta.

—De eso he venido a hablarte, precisamente. —Tomó aire y Francesca se temió lo peor. Apretó los dedos contra la esquina de la mesa—. Nos ha dicho que no quiere que vuelvas.

La muchacha no pudo evitar soltar un suspiro de tristeza.

—Lo siento —dijo la judía, acariciándole el brazo—. No es nada contra ti, estoy segura. No quiere ver a ningún cristiano, y bueno... Tú... tú lo eres. Su curación pide ahora que esté aislado de todo lo que le recuerda lo que vio. —Francesca iba a abrir la boca, pero Sara prosiguió—: También dice que te puedes quedar todos los libros. Nosotros no nos los podemos llevar en el viaje.

—¿En el viaje? —preguntó con la voz trémula.

—Mañana nos vamos a Zaragoza con dos familias más y Coloma, que también estaba escondida. Al fin hemos encontrado quien nos alquile un par de mulas.

—A Zaragoza... —repitió sin ánimo.

—Allí la judería sigue en pie y el rey ha prometido que nos protegerá.

—No —imploró, tomando la mano de Sara—. No, por favor.

—Debes ser fuerte, Francesca, como lo era Bonanada antes de caer enferma. —Al decirlo, se le quebró la voz—. Él solo podrá sobrevivir si se aleja de esto, de todos los recuerdos que le trae la ciudad. Y de ti... Lo sabes tan bien como yo.

—¡Yo no soy fuerte! —Se había levantado y hablaba a gritos. Las lágrimas resbalaban por sus mejillas—. ¡Y si es necesario me convertiré en judía!

Sara se puso en pie y la aferró por los hombros.

—¡Claro que eres fuerte! ¿Cómo podrías haber llegado a ser cirujana si no? ¿Cómo habrías podido aprender todo lo que sabes? ¿Y a operar? Eres un roble, Francesca, y a los robles no hay nada que los tumbe.

La joven sollozaba.

—Astruc nunca permitiría que cambiases de religión, no podría soportar verte hacer semejante sacrificio. Además, convertirse al judaísmo ahora es un suicidio. Piensa en tu hijo. —Le dio un beso en la frente y le dijo—: Cuídate, Francesca, y si puedes olvídalo. Solo así podrás ser feliz.

Cuando Sara ya se marchaba, la muchacha preguntó entre lágrimas:

—¿Cuándo?

La judía se mordió los labios.

—¿Cuándo? —repitió abatida.

—Mañana, al amanecer.

Caía una lluvia fina, las calles estaban enfangadas y el cielo era gris plomizo. Caminaba despacio, tampoco tenía prisa por ver cómo desaparecía de su vida quien la había ayudado a ser la mujer en que se había convertido. Tenía los pies empapados y el alma congelada. Pasó por la plaza de Sant Jaume y miró de reojo las puertas abiertas y quemadas del Call; en el tiempo que había pasado desde el asalto, los cristianos o conversos habían comprado muchas de las casas y estaban reformándolas. Pensaba en Arnau, que la necesitaba lúcida y entera. Solo por él iba a despedir al hombre que la había empujado a conocer sus propios límites. Solo por él no había hecho el equipaje para seguirlo allá donde fuese. La poca dignidad que le quedaba la conservaba gracias a su hijo.

Llegó al Call de Sanahuja y enseguida vio a la familia Benevist y a Coloma en la calle con dos mulas cargadas hasta arriba. Ya estaban preparados para marcharse. Cuando Astruc la vio bajó la mirada.

Todos la abrazaron, y luego se retiraron para que los dos jóvenes pudiesen decirse adiós.

—¿Cómo tienes la herida del hombro?

—Bien, ya no me duele —respondió él con la voz ronca.

—No podía dejarte marchar sin darte una cosa. —Francesca le sujetó la mano y depositó en ella la aguja que había encargado para ella años atrás al maestro Nicolau—. Siempre has querido esta aguja, no lo niegues —dijo con una sonrisa triste—. En el futuro podrás coser las heridas como es debido, no como ahora, que haces auténticas chapuzas.

Consiguió arrancarle una sonrisa tímida. Tenía dos bolsas oscuras alrededor de los ojos y su moreno color de piel se había vuelto oliváceo.

—Sí que me salían bien, y lo sabes. Deberías mostrar más respeto, al fin y al cabo te he enseñado todo lo que sabes. —Mantenía aquella sonrisa tan llena de amargura.

—Siempre puedes quedarte y así me continúas enseñando. Y regañando y molestando, por supuesto, que eso es lo que más te gusta hacer, lo que le gustaba hacer al maestro *inceptor* —añadió con el corazón colgando de un hilo.

Al fin Astruc alzó la mirada. Sus ojos eran como el mar después de una tormenta, revuelto y lleno de restos esparcidos.

—Ya ni me acordaba de que me llamabas así. —Tomó aire, como si estuviese a punto de hacer un esfuerzo colosal—. No sé por qué siempre he tenido la necesidad de ayudarte, y solo de pensar en el dolor que te estoy causando me siento un miserable... No puedo... —Los ojos se le humedecieron—. No puedo seguir empujándote, Francesca. Nunca podré hacerte feliz y tú a mí tampoco, así que si tenemos alguna posibilidad de salvarnos será alejándome de aquí, de ti. —Lanzó una mirada a sus padres, que ya habían echado a andar—. Debo irme —añadió en un susurro.

La muchacha se secó una lágrima con rabia. No iba a darle el gusto de verla llorar.

—No pongas la excusa de mi felicidad, te lo ruego. Soy más lista que eso.

—Tienes razón. Tú siempre has sido infinitamente más lista que yo, por eso supiste ver con claridad que el amor entre un judío y una cristiana estaba destinado al fracaso.

A Astruc se le caían las lágrimas, pero no se molestó en enjugárselas.

—Sí, pero resulta que un joven obstinado me hizo ver que no hay amores prohibidos. Me gustaría que lo conocieses, seguro que te convencería enseguida porque te convencía de todo. Hablaba hasta por los codos.

—Adiós, Francesca. Que Dios te proteja.

Y, despacio, se unió al grupo de judíos que caminaban hacia el portal de la Boqueria.

Francesca permaneció un buen rato sin apartar la vista de ellos hasta que desaparecieron bajo la intensa cortina de agua. No podía moverse de allí, como si unas manos de barro la mantuviesen clavada en el suelo. Astruc se iba para siempre y ella no había sido capaz de retenerlo. Un hombre que pasaba por allí le sugirió que si buscaba clientes acudiese al burdel de Viladalls, que estaba muy cerca, que con aquel tiempo de perros nadie se arriesgaría a coger un catarro ni por una zagala como ella. Francesca se puso a reír como una loca. Solo le faltaba que la confundiesen con una prostituta. Cuando se le pasó el ataque dio la vuelta y se fue a su casa. Se quitó la ropa empapada, la tendió junto al fuego y se puso una camisa seca. El edificio estaba en calma, Arnau y Anna se hallaban abajo, en el obrador, con las aprendizas; con aquel día de lluvia no se había presentado ningún enfermo y estaban jugando. Comenzó a repasar su vida, todo lo que había conseguido, todo lo que había aprendido y también a las personas que había dejado atrás: su madre, Pere, su padre, Joan, Bonanada, que ya era como si no estuviese... y ahora él. Se arrancó de la cara una nueva lágrima. No lloraría más, se prometió. Debía concentrarse en el futuro, que, como siempre le había enseñado Astruc, estaba lleno de cosas maravillosas. Astruc otra vez. Sin estar presente lo impregnaba todo.

Pasaron días y luego semanas. Pasó el verano y entró el otoño, con sus vientos fríos y los días más cortos. Francesca había logrado sobrevivir gracias a la rutina que se había impuesto, que le permitía soportar todo el dolor que llevaba a cuestas. Por la mañana se levantaba temprano, pasaba un rato con su hijo y luego elaboraba las pociones o ungüentos que necesitaba para los enfermos o supervisaba a las aprendizas que los preparaban; luego abría el obrador y no descansaba hasta la hora del almuerzo. Por las tardes volvía a abrir hasta que se iba el sol, cuando cenaban juntos al calor del hogar. Al terminar hacía compañía un buen rato a su abuela y le contaba cosas sobre los enfermos a los que había atendido, aunque ella no la escuchase. Cuando todo el mundo estaba en la cama, le gustaba quedarse un tiempo sola contemplando las llamas, y si la pena se tornaba insoportable, rezaba una oración a san Cugat con la crucecita de madera, que le recordaba a su madre, entre los dedos. Era el momento del día que, como un tesoro, reservaba solo para ella.

Después de aquellos meses convulsos, la ciudad había ido recuperando el pulso enérgico de siempre y los mercaderes se complacían en que la paz y el orden hubiesen regresado a las calles. Nada mejor que eso para sus negocios. Precisamente por la creencia de que el tiempo era oro, encargaron la construcción de una enorme campana pagada por los barceloneses que llamarían Honorata. Tocaría las horas del día y de la noche gracias a dos campaneros, un par de hombres que vivirían en el campanario de la seo y que las tañerían con una maza de cobre durante las veinticuatro horas, ayudados por un reloj de arena. Aquella campana estaba destinada a marcar un cambio en la vida de los barceloneses y barcelonesas; desde su primer tañido, la gente ya no se regía por las horas que marcaba la liturgia de la Iglesia, sino por las horas civiles.

El carro que la transportaba, engalanado con flores y con el pendón de san Paulino de Nola, el patrón de los campaneros, despertaba expresiones de auténtica admiración. Nadie había visto jamás algo tan grande. La plaza de la seo, donde desde primera hora Francesca y Arnau esperaban su llegada, estaba abarrotada. Al bajar del carro, para frustración de todos, la campana se quedó atascada porque los pocos hombres que el Consejo de Ciento había pagado para llevarla no eran suficientes.

—¡Ayudemos a Honorata! —se oía gritar entre la multitud—. ¡Ayudemos a Honorata!

Francesca tuvo que retener por el cuello a Arnau, que ya se ofrecía voluntario. En un instante, doscientos jóvenes más se habían apresurado a buscar cuerdas, y entre todos consiguieron arrastrarla hasta los pies del campanario. Allí fue bendecida por el obispo y bautizada con todos los honores ante los aplausos y gritos del público. Los consejeros que asistían al acto estaban nerviosos, sabían que la parte complicada venía ahora y albergaban dudas. Necesitaron treinta parejas de bueyes que les habían prestado los payeses de los alrededores para poder ir subiéndola hacia arriba, pero, ante el desencanto general, la campana, rebelde, volvió a encallarse a media subida. Desde terrados y torreones todo el mundo observaba aquella gesta sin atreverse a respirar. De repente, se oyó la voz de un marinero con experiencia gritando:

—¡Mojad las cuerdas!

Seguidamente, muchos ciudadanos se unieron a él:

—¡Mojad las cuerdas!

A continuación, llevaron barreños de agua de los pozos y, como el cáñamo al mojarse se encoge, las cuerdas se contrajeron lo suficiente y los bueyes, a latigazos, volvieron a avanzar, hasta que por fin la campana llegó a la cima del campanario. El estallido de júbilo se oyó hasta más allá de las murallas, y la campana no dejó de repicar hasta bien entrada la noche.

Había comenzado a llover, y como cada tarde se había quedado absorta observando las formas del fuego cuando, de pronto, notó una presencia a su lado que le hizo dar un respingo.

—He pensado que es injusto que me la quede; al fin y al cabo... —Astruc le tendía la aguja con mano trémula—. Al fin y al cabo, yo sé coser heridas mejor que tú.

Francesca la tomó sin atreverse a tocarle la piel. Despacio, el joven se despojó del manto mojado y se sentó a su lado para entrar en calor. Tenía la cara y el pelo empapados; sus labios, morados, temblaban por el frío. Se calentó las manos con su propio vaho. Bajo la luz de las llamas, a Francesca le pareció más guapo que nunca. Su corazón latía desbocado. No se atrevía a acercarse. Ni a hablar. Tenía miedo de estropearlo, de dar un paso en falso y que el sueño se desvaneciera. Él tampoco tenía palabras. Solo la miraba con aquellos ojos oscuros, intensos, de carbón. Entonces le acarició la larga melena, que le cubría la espalda.

—Siempre me ha gustado tu pelo, desde el primer momento en que te vi —dijo.

Se aproximó para olerlo, pero se detuvo.

—¿Puedo?

Ella dijo que sí conteniendo la respiración, y el muchacho hundió la nariz entre aquella mata espesa. Cuando se apartó había confusión en su mirada. Se puso a juguetear con un mechón que le caía junto a la cara.

—Supongo que tienes muchas preguntas, pero antes de contestarlas necesito... Hace mucho tiempo que solo pienso en una cosa, si me lo permites —le dijo, clavándole la mirada en la boca.

Francesca se ruborizó de repente y asintió sin prisa. Él le sostuvo el mentón con los dedos y rozó sus labios con los suyos con precaución. El contacto duró un instante, suficiente para que el corazón de Francesca se descontrolase. Astruc se separó enseguida. Parecía estar recordando cómo se daban los besos. Volvió a intentarlo, esta vez los presionó un poco más. Vacilaba. La muchacha respiraba agitada con la boca entreabierta, incapaz de mover un músculo. Él se detuvo otra vez. Lo estaba intentando con todas sus fuerzas, pero algún obstáculo le impedía continuar.

—¿Te ayudo? —preguntó ella en un susurro.

Aguantó la respiración y, al fin, él asintió con la cabeza. Entonces Francesca acarició con los dedos su mejilla y le dibujó unas formas que lo hicieron estremecer hasta la punta de los pies. Como un velo de seda, el dedo índice recorrió sus labios una, dos, tres veces mientras deslizaba la otra mano por el hombro hasta llegar a la nuca y el pelo, que se dedicó a toquetear con suavidad. Astruc cerró los ojos y se mordió el labio.

—¿Continúo?

—Por favor —respondió él en un murmullo.

Despacio, Francesca se acercó a su boca varias veces sin tocarla, jugando a encender el deseo de él poco a poco. Las respiraciones se hicieron más vigorosas. Astruc abrió los labios. Se habían situado al borde del abismo, solo necesitaban el empujón para saltar, y ella esperaba una señal que le indicase que ya estaba preparado para hacerlo. Cuando en sus ojos vio nacer aquel deseo que tan bien recordaba comprendió que era el momento.

—Te he echado tanto de menos... —susurró.

—Lo siento, Francesca. —Su voz sonaba áspera y profunda—. Debía perderte del todo para recordar por qué te amaba.

Las bocas, vibrando de deseo, al fin se dieron una a la otra completamente, incondicionalmente.

—Eso significa que me quieres... Me quieres... —iba diciendo ella entre besos y con una sonrisa radiante.

Astruc estaba embelesado saboreando los labios que tanto había añorado, absorto en sus formas y sabores. Entre besos, logró decir:

—Desde el primer momento en que te vi en la escalera de mi casa. Siempre, Francesca, siempre.

Se entregaron con impaciencia a aquella batalla en que los dos cuerpos se iban desentumeciendo y las manos se buscaban con frenesí explorando cada rincón. Ardían como las llamas que tenían delante, con las mejillas encendidas y los labios hinchados. De pronto, Astruc la agarró con fuerza por la cintura y la levantó. De pie, uno frente al otro, se tomaron de las manos.

—Este es mi compromiso: yo, Astruc, hijo de Bonjuhà y de Sara, médico y cirujano, con diez onzas de mal genio, pero muchas de paciencia, totalmente enamorado de la mujer más lista, valiente y tozuda de Barcelona, te ofrezco todo lo que tengo, que no es mucho. —Se puso las manos en el pecho—. Yo mismo, cuatro consejos que sé que no seguirás y la certeza de que nunca me moveré de tu lado si me quieres.

A Francesca le brillaban los ojos.

—Te quiero, sí que te quiero.

De un salto se agarró a su cuello con las piernas rodeándole la cintura, y Astruc se la llevó al dormitorio.

—*Quo nomine vocabitur?*

—Ramon Mateu.

—*Salis quid petis?*

—La fe de Cristo.

—*Fides Christi quid tibi prestabit?*

—La vida eterna.

—*Hec est vita eterna: ut cognoscas unum et verum Deum. Et quem misit Iesum Christus. Qui cum eo vivit et regnat in unitate Spiritus Sancti Deus. Per omnia secula seculorum.*

—Amén —concluyó Astruc, ahora bautizado como Ramon Mateu.

Se volvió y contempló a todos los que lo acompañaban en el bautismo, antiguos amigos ahora conversos y también algunos cristianos. Estaban en la iglesia de la Santa Trinitat, antes la antigua sinagoga del Call Menor. Ya no quedaba ni rastro de la huella judía en aquel rincón de la ciudad. Todo recuerdo había sido borrado. Era difícil de creer que alguna vez hubiese existido.

Francesca lloraba en silencio, pero no era de alegría, sino porque Astruc, a quien debía acostumbrarse a llamar Ramon, había tenido que abandonar su fe, la de sus padres y hermanos y cientos de generaciones atrás, la de los rabinos de la sinagoga, quienes le habían transmitido las enseñanzas de los sabios, la Torá y el Talmud. Había realizado el sacrificio más grande que un hombre podía hacer por no tener que esconder más su amor ni renunciar a él. El hijo que entonces comenzaba a formarse en su vientre nacería cristiano, pero tanto ella como Astruc podrían verlo crecer y hacerse un hombre o una mujer. Le mostraría el camino por donde Bonanada, que ya estaba en el cielo, y su madre le habían enseñado a caminar desde muy pequeña, el del amor por la medicina. Le mostraría cómo curar y cuidar a los demás y, con un poco de suerte, se convertiría en una buena persona que haría lo posible por que aquel viejo mundo en constante cambio se convirtiese en un lugar donde todo el mundo pudiese convivir en paz.

Arnau corrió a los brazos de Astruc, que lo levantó.

—Ahora ya podrás casarte con mi madre —exclamó.

—Eso será si ella me quiere, Arnau. —Lanzó una mirada de fuego a Francesca, que le acarició la mejilla.

Todos se marcharon a casa, a la calle del Mar. Después de todo, era un día laborable y en el obrador ya se acumulaban enfermos, preñadas y heridos a los que debía atender la mejor cirujana de la ciudad. Francesca de Barcelona.

Apunte histórico

Cuando me topé por primera vez con Francesca Satorra en un libro de historia tuve claro que debía ser la protagonista de mi novela. Tenía pocos datos sobre ella, pero los suficientes para pensar que era una mujer de carácter y valiente: a pesar de tener que pagar una multa por ejercer de médica en un mundo dominado por los hombres, sabemos que continuó con esa labor y que años más tarde el propio rey Joan I le concedió la licencia para trabajar como cirujana. Eso ya era todo un éxito, pero es que además el rey amenazaba con multar a cualquiera que se lo impidiese. El motivo por el que Joan I le dio la licencia cuando era algo que solo ocurría con una ínfima minoría de comadronas era un hueco que yo debía rellenar. Pensé que, fuera cual fuese la historia de Francesca, era potente y estaba muy conectada con lo que siempre ha pasado y todavía pasa a las mujeres, por eso la escogí sin dudarlo un instante.

Lo primero que hice fue situarme en el siglo XIV. Los hechos históricos que aparecen en la novela sucedieron, como los ataques al Call de 1391, que están bastante bien documentados y en los que al parecer el alguacil del gobernador, Ponç d'Alcalà, hizo que las masas se dirigieran contra los judíos; la presencia de la peste en Lleida; la muerte del rey Pere; el bautizo de la campana Honorata en la catedral de Barcelona... Al mismo tiempo, decidí que los personajes que debían convivir con Francesca fuesen lo más verosímiles posible, por eso muchos de ellos también existieron. La estirpe judía de los Benevist, la familia de Astruc, está documentada desde principios del siglo XIV y se sabe que eran médicos, pero que también ejercían una actividad económica y política importante en la judería. Por lo que respecta a las comadronas Reginó y Coloma, también está documentado que practicaban la medicina y que Coloma pasó por un juicio, tal como se cuenta en la novela, en que el rey intervino a su favor, aunque adoptando un papel paternalista y menospreciando la labor de las comadronas. Existieron el médico judío Mossé Falcó, que se convirtió al catolicismo y pasó a llamarse Francesc de Pedralbes; el prohombre judío Hasday Cresques, que escribió libros de filosofía en catalán y hebreo y que perdió a su hijo en los ataques al Call; el apotecario Francesc de Camp, de quien conservamos un inventario y sabemos qué vendía en la tienda; los médicos Guillem Coltteller, Arnau Germà y Bernat Oriol, a quien la reina Violante de Bar pagó doscientos florines de oro... Y, por supuesto, también Joana Sarrovira, otra mujer a la que el rey Joan I concedió la licencia para practicar legalmente la medicina.

También los procedimientos médicos, curas, intervenciones quirúrgicas y manuscritos de medicina se han extraído de documentos de la época o de libros de historia.

He consultado diversos procesos judiciales para saber cómo eran los juicios en aquel tiempo y me he basado en tres casos reales para escribir algunos capítulos del libro en los cuales la violencia contra las mujeres es muy explícita: el de Eulàlia, esposa de Joan d'Osca, que fue condenada a ser emparedada por adulterio a mediados del siglo XIV; el de otra jovencita, Francoia Riera, a quien en 1378 su madre obligó a casarse con el alcalde de Montcada a pesar de que ella estaba enamorada de un muchacho de Badalona, Guillemó; para acabar, el proceso criminal fechado el año 1374 en Barcelona en que Antònia, la esposa de Arnau Marquès, parece que intenta asesinarlo con veneno pero el que acaba muriendo es el gato, y el marido pide a su suegro que mate a su hija como castigo.

Finalmente, ¿sabéis que en Barcelona aún existe una calle que se llama de la Lleona? Ahora ya podéis decir que sabéis de dónde viene el nombre: del zoo particular que tenía la reina en el Palacio Real Menor. Puede que las fieras desaparecieran, pero el nombre permaneció justo en el lugar donde vivía su cuidador, que, por cierto, era judío.

Bibliografía

Libros

Batlle, C., y Vinyoles, T., *Mirada a la Barcelona medieval des de les finestres gòtiques*, Rafael Dalmau, Editor, Barcelona, 2002.

Bolós, J., *Inventaris i encants conservats a l'Arxiu Capitular de Lleida (segles* XIV-XVI*)*, Fundació Noguera, Barcelona, 2014.

—, y Manent, R., *La vida quotidiana a Catalunya en l'època medieval*, Edicions 62, Barcelona, 2000.

Cabré, M., y Ortiz, T., *Sanadoras, matronas y médicas en Europa: siglos* XII-XX, Icaria, Vilassar de Dalt, 2001.

Comenge, L., *La medicina en el reino de Aragón (siglo* XIV*)*, Universidad de Valladolid, Valladolid, 1974.

De Gordonio, B., Dutton, B. (ed.), y Sánchez, M. N. (ed.), *Lilio de medicina*, Bernardo de Gordonio, c. 1260 - c. 1318, Madrid, Arco/Libros, 1993.

García Ballester, L., *Historia social de la medicina en España de los siglos* XIII *a* XVI, Akal, Madrid, 1976.

González de Fauve, M., *Medicina y sociedad. Curar y sanar en la España de los siglos* XIII *al* XVI, Instituto de Historia de España Claudio Sánchez-Albornoz, Facultad de Filosofía y Letras de la Universidad de Buenos Aires, Buenos Aires, 1996.

Granjel, L., *La medicina española antigua y medieval*, Ediciones Universidad de Salamanca, Salamanca, 1981.

Miret i Sans, J., *Sempre han tingut bec les oques*, Adesiara, Martorell, 2013.

Mutgé Vives, J., *Política, urbanismo y vida ciudadana en la Barcelona del siglo XIV*, Consejo Superior de Investigaciones Científicas (CSIC), Barcelona, 2004.

Rabella i Ribas, J. A., *Un matrimoni desavingut i un gat metzinat. Procés criminal barceloní del segle XIV*, Institut d'Estudis Catalans (IEC), Barcelona, 1998.

Riera, J., *El cavaller i l'alcavota. Un procés medieval*, Club Editor, Barcelona, 1973.

Vinyoles, T., *La vida quotidiana a Barcelona vers 1400*, Barcelona, Rafael Dalmau, Editor, 1985.

—, *Història de les dones a la Catalunya medieval*, Eumo Editorial/Pagès Editors, Barcelona, 2020.

—, *Les barcelonines a les darreries de l'edat mitjana (1370-1410)*, Barcelona, Fundació Salvador Vives Casajuana, 1976.

Artículos y tesis doctorales

Álvarez, C., «Físic e cirurgià juheu: La medicina hebrea a la Barcelona del segle XIV», Tesis doctoral, Universidad de Barcelona, Barcelona, 2017.

Benegas López, A., «L'aprovisionament de carn a Barcelona durant els segles XIV i XV», Tesis doctoral, Universidad de Barcelona, Barcelona, 2007.

Busqueta Riu, J. J., «Sobre l'Estudi General de Lleida a l'edat mitjana: algunes qüestions», *Millars: Espai i Història*, 46 (2019), pp. 145-165.

Cardoner Planas, A., «Seis mujeres hebreas practicando la medicina en el reino de Aragón», *Sefarad*, IX (1949), pp. 441-445.

Cifuentes, L., «La promoció intel·lectual i social dels barbers-cirurgians a la Barcelona medieval: l'obrador, la biblioteca i els béns de Joan Vicenç (fl. 1421-1464)», Institut d'Estudis Catalans (IEC), Barcelona, 2000.

Coll Roig, N., «La prohibició de comparses, balls i entremesos a la processó del Corpus: el cas del ball de bastons», *Pedralbes: Revista d'Història Moderna*, Año VIII, 8-2 (1988), pp. 625-632, «Art i Festa».

De Montagut Estragués, T., «Els juristes de Catalunya i la seva organització col·legial a l'època medieval», *Ius Fugit. Revista de Estudios Histórico-Jurídicos de la Corona de Aragón*, 12 (2003), pp. 269-301.

González Hernando, I., «Posiciones fetales, aborto, cesárea e infanticidio. Un acercamiento a la ginecología y puericultura hispánica a través de tres manuscritos medievales», *Miscelánea Medieval Murciana*, 33 (2009), pp. 99-122, Murcia: Servicio de Publicaciones de la Universidad de Murcia, disponible en: <https://doi.org/10.6018/j103391>.

—, «Abrir para comprender: Disecciones anatómicas en libros medievales», *Titivillus. Revista Internacional Sobre Libro Antiguo*, 2 (2016), pp. 27-55, ISSN 2387-0915.

Julià Viñamata, J. R., «Jocs de guerra i jocs de lleure a la Barcelona de la baixa edat mitjana», *Revista d'Etnologia de Catalunya*, 1 (1992), pp. 10-13, ISSN 1132-6581.

Khvalkov, I. A., y Tostado, I. P., «El mercado de esclavos en la región del Mar Negro, siglos XIV y XV», *Historia Social*, 87 (2017), pp. 89-110, disponible en: <http://www.jstor.org/stable/44508918>.

López de Meneses, A., «Cinco catalanas licenciadas en medicina por Pedro el Ceremonioso (1374-1382)», *Correo Erudito*, 5 (1957), pp. 252-254.

Minervini, V., «Una raccolta di 'flos' di cosmética catalana», *Messana: Rassegna di Studi Filologici Linguistici e Storici*, 8 (1991), pp. 129-146.

Molina i Figueras, J., «Un manuscrito catalán de la *Chirurgia Magna* ilustrado en la Corte Vaticana a finales del Quattrocento», *Anuario del Departamento de Historia y Teoría del Arte*, 6 (1994), pp. 23-38, disponible en: <https://revistas.uam.es/anuario/article/view/2548>.

Rich Abad, A., «La comunitat jueva de Barcelona (segle XIV)», Tesis doctoral, Universidad de Barcelona, Barcelona, 1999.

Sabaté, F., «El Veguer a Catalunya. Anàlisi del funcionament de la jurisdicció reial al segle XIV», *Butlletí de la Societat Catalana d'Estudis Històrics*, 6 (1995), pp. 39-62, disponible en: <http://hdl.handle.net/10459.1/30363>.

Vila, P., «Un breu receptari vigatà de medicina popular d'inicis del segle XVI», *Ausa*, [en línea], 25 (168) (2011), pp. 419-427, disponible en: <https://raco.cat/index.php/Ausa/article/view/252686>.

Agradecimientos

Quiero agradecer el asesoramiento de las personas sin las cuales esta novela no habría sido posible:

Teresa Vinyoles, historiadora medievalista, profesora de la Universidad de Barcelona.

Sílvia Planas, historiadora y directora del Museu d'Història dels Jueus y del Institut d'Estudis Nahmànides, de Girona.

Meritxell Blasco, profesora del área de Filología Semítica (Hebreo) de la Universidad de Barcelona.

Imma Falcó, correctora y traductora.

Andreu Lascorz, presidente del ARCCI, licenciado en Filología Hebrea.

Índice

PRIMERA PARTE

SEGUNDA PARTE

booket